Une trompeuse disparition

L'inconnue sans mémoire

CATHERINE ANDERSON

Une trompeuse disparition

BLACK *ROSE*

éditions HARLEQUIN

Collection : BLACK ROSE

Titre original : CRY OF THE WILD

Traduction française de CATHERINE VALLEROY

Photos de couverture
Paysage : © DANIEL GASIENICA / ROYALTY FREE / JUPITER IMAGES
Homme : © GO US PHOTOGRAPHY / GRAPHIC OBSESSION

83-85, boulevard Vincent-Auriol, 75646 PARIS CEDEX 13.

Service Lectrices — Tél. : 01 45 82 47 47
www.harlequin.fr

ISBN **978-2-2802-4489-3** — ISSN 1950-2753

1

Des nuées obscures tourbillonnaient autour de Crysta Meyers, l'entraînant vers un lointain point de lumière. Quand elle l'atteignit, elle s'aperçut qu'elle marchait le long d'un corridor brillamment éclairé. Pleine d'appréhension, elle examina les parois et s'aperçut qu'elles étaient constituées de lourdes caisses d'emballage d'un mètre cinquante sur un mètre. Un entrepôt de stockage ? De la poussière lui piquait le nez et des néons d'un blanc-bleu irréel pendaient des poutres d'acier du plafond.

Le bruit de ses bottes résonna sur le sol de béton tandis qu'elle avançait dans l'étroite allée. Elle s'immobilisa pour faire un rapide inventaire et estima l'ensemble à plus d'une centaine de caisses. Que contenaient-elles ? Et quel était ce sentiment d'urgence qui la tenaillait ?

Elle reprit sa marche et baissa les yeux sur sa tenue. Elle portait une chemise écossaise bleue dont les trois premiers boutons étaient défaits et un jean délavé qui faisait ressortir les muscles de ses cuisses. Il était retenu à la taille par une large ceinture de cuir dont la boucle était ornée d'un dollar d'argent. Elle l'étudia un moment et reconnut soudain dessus les initiales de son frère jumeau, Derrick ; elle lui avait fait cadeau de cette boucle de ceinture pour ses vingt-cinq ans.

L'allée se prolongeait par une autre. Quelque chose de collant lui balaya le visage lorsqu'elle s'y engagea. Une toile d'araignée. Elle cracha et s'essuya les lèvres. Devant elle, des caisses de bois étaient empilées, barrées de l'inscription Diablo Building Supplies Inc. Elle eut envie de se précipiter pour en ouvrir une mais se figea soudain. Son cœur battait précipitamment et la sueur inondait son front. Elle avait peur.

Quelqu'un arrivait. Oui, elle les entendait, à présent. Des voix d'hommes, quelque part sur sa gauche. Elle chercha des yeux où se dissimuler et se demanda ce qui la poussait à se cacher. Qui étaient ces hommes ?

Ils se rapprochaient. Plus leurs voix se faisaient distinctes, plus elle avait peur. Une ombre se profila au bout de l'allée. Crysta pivota sur elle-même et s'enfuit. Elle s'engagea dans une allée, puis dans une autre, et encore une autre à droite, en se faisant l'effet d'une souris dans un labyrinthe. Un son métallique la fit se retourner, et elle vit la boucle de Derrick sur le sol à plusieurs mètres derrière elle. Le dollar en argent qui s'en était détaché roulait en direction d'une palette. Elle ne voulait pas la laisser là, pas avec les initiales de Derrick dessus. Mais, avant qu'elle puisse revenir sur ses pas, l'ombre derrière elle prit la forme distincte d'un homme.

« Dépêche-toi, avant qu'il te voie ! » Elle n'avait aucune idée de qui il s'agissait, mais l'instinct lui dictait de fuir. Elle regarda vivement autour d'elle, en quête d'un repère qui lui permettrait de revenir plus tard et de retrouver la boucle. Sur le sol, près de la palette, elle vit une tache de peinture verte. Rassurée, elle reprit sa course.

Soudain, de manière inexplicable, l'environnement se modifia. Désorientée, en proie à une peur différente, elle s'efforça de comprendre où elle se trouvait.

Elle était entourée de trembles immenses dont les sommets ondulaient contre le ciel immaculé. Ses pieds étaient froids et engourdis. Baissant les yeux, elle vit qu'elle pataugeait jusqu'à mi-cheville dans une rivière peu profonde. Le bruit du courant et le murmure du vent lui parvinrent aux oreilles.

La chemise qu'elle portait maintenant était en flanelle rouge, de style western, avec des boutons-pression en nacre. L'eau glacée s'infiltra dans ses lourdes bottes et détrempa le bas de son jean. Elle portait aussi une ceinture différente, plus étroite, avec une boucle métallique ordinaire.

L'épuisement la fit tituber. Elle était si fatiguée, elle courait depuis si longtemps…

Les rayons du soleil faisaient miroiter l'eau. Sur la droite, elle avisa un épicéa rabougri au tronc tordu par des années d'exposition au vent. Elle s'arrêta pour reprendre son souffle. Une détonation retentit soudain, suivie de jurons. Un frisson de frayeur lui courut le long de la colonne vertébrale.

— Tu t'en tireras pas comme ça, Meyers ! hurla une voix furieuse.

Etait-ce une des voix qu'elle avait entendues dans l'entrepôt ? Elle n'en était pas certaine. Quelque chose d'argenté fendit l'air et tomba à ses pieds. A travers les ondulations de l'eau, elle distingua la boucle de ceinture de Derrick, privée de son dollar qui était resté dans l'entrepôt.

— T'as laissé tomber ça, l'autre soir ! On a pensé que tu voudrais le récupérer. Grosse erreur de l'avoir oublié ! Désolé, mon pote, mais c'est terminé ! dit une autre voix.

Au ralenti, Crysta se pencha, ramassa la boucle et la fourra d'une main tremblante dans la poche de sa chemise. Toujours haletante, elle répliqua d'une voix qui ne lui ressemblait pas :

— Ne vous enfoncez pas, les gars ! J'ai déjà donné l'alerte.

— Tu bluffes. Comment t'aurais fait ?

— Je me suis servi de votre téléphone mobile pour appeler la police d'Anchorage.

Du coin de l'œil, Crysta aperçut les bottillons en caoutchouc de l'un des hommes, verts avec des bandes jaunes sur le dessus. Quelque chose passa tout près d'elle et la douleur explosa dans sa tête. Elle chancela, aveuglée, et s'abattit de tout son long dans l'eau. Elle s'ordonna de se lever et de courir, mais elle était trop étourdie.

L'eau glacée trempait sa chemise et lui léchait la joue. Un goût métallique lui remplit la bouche. Du sang. Elle remua et gémit. Quand elle rouvrit les yeux, tout se mit à tourner. Elle regarda fixement sa main qu'elle levait vers son visage ; son petit doigt lui semblait familier et en même temps inconnu. Une odeur nauséabonde flotta vers elle, comme du poisson pourri.

— Imbécile ! Pourquoi tu lui as tiré dessus ? cria quelqu'un.

— T'as entendu ce qu'il a dit ! Quelqu'un d'autre sait. Faut se débarrasser de lui, on n'a pas le choix.

— T'es dingue ? Qu'est-ce que tu veux dire, se débarrasser de lui ?

L'obscurité engloutit Crysta. Elle s'accrocha avec désespoir aux lambeaux de réalité qui l'environnaient encore, s'efforçant de comprendre leurs paroles. « Lui » ? Roulant doucement sur le côté, elle essaya d'apercevoir les visages des hommes, mais sa vision était brouillée. Quelque chose brilla soudain dans le soleil. Elle comprit ce que c'était et se mit à hurler. Les voix perdirent de leur intensité.

— Tu vas pas le tuer !

— Regarde !

Un déclic menaçant retentit et, l'instant d'après, une détonation déchira l'air.

Crysta s'éveilla en sursaut, le bruit du coup de feu encore dans les oreilles et la poitrine vrillée par une douleur atroce. Elle ne savait pas où elle était et ne pouvait presque pas bouger. Quelqu'un ou quelque chose la retenait. Un instant plus tard, elle prit conscience que les draps et les couvertures s'étaient entortillés autour d'elle. Elle avait dû se débattre dans son sommeil.

Un sanglot sec lui échappa. Elle avait un horrible mal de tête. De son bras libre, elle tâta précautionneusement sa tempe, s'attendant à la trouver enflée. Rien. Puis elle fixa son petit doigt, si semblable à celui qu'elle avait observé dans son rêve. Une seule personne avait des mains comme les siennes : Derrick, son frère jumeau.

La panique l'envahit. Péniblement elle se leva, tellement étourdie qu'elle tenait à peine sur ses pieds. La terreur roulait sur elle en vagues glacées.

— Derrick ?

L'écho de sa voix rauque d'émotion résonna dans la chambre. Elle avala sa salive et pivota sur elle-même.

— Derrick ?

Il n'y eut aucune réponse, seulement le silence. Le pouls battant follement, elle retint son souffle afin de mieux écouter. Pour la première fois de sa vie, elle ne percevait que le silence au-dedans d'elle… un terrible silence.

L'affreuse odeur de poisson collait encore à ses narines, lui causant un haut-le-cœur. Elle allait vomir. En toute hâte elle se dirigea vers la salle de bains et, s'agenouillant, agrippa la cuvette de porcelaine. Le silence dans sa tête s'était amplifié et elle tremblait de tous ses membres.

« Tu as la grippe », se dit-elle. Oui, ce n'était que ça : une grippe et un mauvais rêve.

Sa chemise de nuit lui collait au corps comme un suaire, et ses cheveux couleur cannelle pendaient autour de son visage, poisseux de sueur. Elle avait la fièvre et avait fait un cauchemar. Une sorte de délire. Pourtant, cela paraissait si réel !

Pressant une main sur sa poitrine, elle s'efforça de se calmer et d'ignorer la sensation de catastrophe imminente qui la submergeait. Elle promena son regard sur les objets familiers qui l'entouraient : le porte-savon sur le lavabo, ses pantoufles usées près de la baignoire, son peignoir en éponge, la pile de magazines près des toilettes.

Derrick…

Elle ne parvenait pas à se débarrasser du sentiment que quelque chose n'allait pas. Elle n'aurait pas fait un rêve comme celui-là s'il n'avait pas besoin d'elle.

Tentée d'appeler Blanchette Construction pour savoir où il travaillait cette semaine, elle jeta un coup d'œil à la pendulette posée sur la tablette au-dessus du lavabo. 6 heures. Le patron de Derrick n'apprécierait pas un coup de téléphone à une heure pareille. Et d'ailleurs, que dirait-elle ? « Désolée de vous déranger, mais j'ai rêvé que mon frère avait des ennuis » ? Elle ne pouvait pas se permettre de passer des coups de fil hystériques. Après trois ans de thérapie pour réussir à s'éloigner de Derrick, elle devait être capable de gérer un cauchemar sans céder à la panique. Sinon, cela signifiait qu'elle avait gaspillé à la fois son temps et son argent.

Se rappelant les conseils de son thérapeute, elle ferma les yeux et prit une bonne inspiration, tout en se répétant comme un mantra : « Ce n'était qu'un rêve. » Elle s'efforçait d'y croire, mais ce n'était pas facile. Comment oublier toutes ces sensations et tous ces rêves troublants qui avaient émaillé son passé ?

Des souvenirs d'enfance lui revinrent. Comme cette fois où Derrick avait été victime d'une appendicite pendant un camp de vacances, et où elle s'était éveillée au milieu de la nuit en hurlant de douleur. Ou encore la fois où il avait reçu un coup de batte de base-ball durant un entraînement et où elle, à des kilomètres de distance, était tombée à genoux, aveuglée par la souffrance. « Des coïncidences », avait affirmé le médecin de famille. Derrick et elle savaient cependant qu'il n'en était rien. Pendant des années, son frère avait eu le même genre d'expériences, conscient de sa douleur et de son trouble quand ils étaient éloignés l'un de l'autre. D'une manière inexplicable, que même eux ne parvenaient pas à comprendre vraiment, ils étaient liés sur les plans émotionnel et mental.

Comme toujours après l'un de ces rêves, Crysta ressentait le besoin impérieux de joindre Derrick et de s'assurer qu'il allait bien. Mais, pour son propre bien et celui de son jumeau, elle ne devait pas céder à cette impulsion.

Elle se força à se lever et à respirer. « Ce n'était qu'un rêve. » Cette litanie ne la soulageait pas vraiment. Pourtant, déterminée à ne pas se laisser manipuler par un rêve, elle s'y tint.

Non. Cette fois, elle ne céderait pas.

Elle irait travailler et s'occuperait, exactement comme son thérapeute le lui avait recommandé. Derrick lui-même le lui aurait conseillé, s'il avait été là. C'était un adulte, parfaitement capable de prendre soin de lui-même. S'il avait des ennuis, il trouverait le moyen de s'en sortir.

Il lui fallait une tasse de thé pour se calmer les nerfs et l'estomac. Attrapant son peignoir accroché à la porte, elle sortit de la salle de bains. Toujours un peu vacillante, elle traversa le living-room et entra dans la cuisine. Après avoir mis de l'eau à bouillir, elle s'assit au comptoir et inspira profondément pour lutter contre une nouvelle vague de nausée. Ce n'était qu'un rêve ! Il fallait qu'elle y croie.

Quelques heures plus tard, en dehors d'un vague malaise, Crysta se sentait en pleine forme.

Assise dans l'arrière-boutique de son magasin de vêtements, elle totalisait les tickets de vente de la veille.

Lorsque le carillon de la porte tinta, elle quitta des yeux sa calculatrice et se tourna vers Rosanne, son associée, qui, installée non loin d'elle, étiquetait des sacs récemment arrivés.

— Est-ce Mme Grimes ?

— Non, juste une flâneuse, répondit Rosanne après avoir jeté un coup d'œil dans la boutique. Depuis quand la vieille chipie arrive-t-elle à l'heure ? ajouta-t-elle en souriant. Quelque chose de fantastique va peut-être se produire, et elle ne viendra pas du tout. Quel est son dernier caprice ? Ressembler à un mannequin ?

— Non, à Farrah, je crois. Elle est devenue blonde.

Rosanne leva les yeux au ciel.

— Pitié ! Pour qui nous prend-elle ? Des faiseuses de miracles ? Cette femme ressemble à un sumotori !

Crysta retint un sourire. Après tout, c'était son métier de dessiner des robes destinées à camoufler les problèmes de silhouette. Mme Grimes en avait un peu plus que d'autres, tout simplement.

— Je trouverai bien quelque chose à lui proposer.

— Un régime draconien, par exemple ?

— Oh ! Rosanne !

— D'accord, je déteste les régimes, mais je déteste aussi les kilos.

Crysta jaugea la fine silhouette de Rosanne, certaine qu'elle n'avait jamais eu besoin de faire un seul jour de régime.

— Les silhouettes imparfaites sont notre fonds de commerce, ne l'oublie pas.

— Alors, nous devons remercier Mme Grimes ?

— Au moins, répliqua Crysta, elle fait des efforts pour paraître à son avantage…

Une douleur soudaine dans la poitrine la plia en deux. Elle se laissa aller en arrière contre le dossier de son siège, une main sur le cœur.

— Ah…

— Crysta ! Que se passe-t-il ? s'exclama Rosanne en se précipitant vers elle. Où as-tu mal ? Crysta, pour l'amour du ciel, réponds-moi !

Une vision d'arbres sur fond de ciel bleu lui traversa l'esprit, puis une terrible sensation de chute. Elle s'agrippa au bureau, complètement désorientée. Quand elle reprit conscience de son environnement, la douleur s'était atténuée.

— Oh ! Mon Dieu ! C'est le cœur ? Ça arrive quelquefois, tu sais, même à notre âge.

— Non… non, je vais bien, répondit Crysta d'une voix tremblante. Je vais bien. C'est fini.

— Tu es sûre ? Tu es affreusement pâle. Prends ton après-midi et va voir le médecin. Je vais reporter le rendez-vous de Mme Grimes.

Crysta hésita à peine, même si elle n'avait nullement l'intention d'aller chez le médecin. Après ce qui venait de se passer, thérapie ou non, elle était terrifiée.

— Tu crois que tu pourras t'en sortir toute seule ? C'est une journée chargée…

— Les yeux fermés, assura Rosanne.

Crysta se redressa sur son tabouret et pianota nerveusement sur le Formica du comptoir de sa cuisine. Après avoir passé une heure et demie au téléphone, elle n'avait toujours aucune idée de l'endroit où se trouvait Derrick. Il était en vacances, lui avait dit son patron, mais il ignorait où.

Etant donné les efforts qu'ils avaient faits pour se détacher l'un de l'autre, il ne lui semblait pas étrange que son frère prenne des congés sans l'avertir. En revanche, il était étrange qu'il n'ait dit à personne où il allait. Leur mère ayant des problèmes cardiaques, Derrick et elle mettaient un point d'honneur à rester joignables en toutes circonstances.

Elle lutta contre la tentation d'appeler leur mère. Peut-être saurait-elle où était Derrick... ou peut-être pas. Ce qui était certain, c'est qu'elle s'inquiéterait immédiatement. Après avoir vu ses enfants s'éloigner l'un de l'autre au cours des dernières années, elle comprendrait tout de suite que quelque chose ne tournait pas rond. Et Crysta ne voulait pas risquer cela. Pas à cause d'un rêve.

Agacée d'avoir pris son après-midi pour rester à côté du téléphone, elle regarda sa montre avec un soupir las. Les gens normaux ne passaient pas leur temps de cette façon. Et, s'il y avait une chose qu'elle voulait par-dessus tout, c'était être normale.

« Ça ne peut pas continuer comme ça ! » se morigéna-t-elle.

Ces mots résonnèrent dans son esprit toute la soirée, jusqu'à acquérir toute la solennité d'une promesse. Apprendrait-elle jamais ? Il fallait qu'elle se sorte Derrick de la tête une bonne fois pour toutes ou qu'elle se résigne à vivre le reste de sa vie en célibataire. Cette pensée décourageante la suivit au lit où elle passa une nuit agitée.

Deux jours plus tard, à l'aube, la sonnerie de son téléphone la tira d'un sommeil profond. Elle se redressa, hébétée, et, tout en tendant la main vers l'appareil, jeta un coup d'œil à la lueur grisâtre qui passait par la fenêtre. Qui l'appelait donc à cette heure ? La voix affolée de sa mère lui parvint.

— Maman ? Que se passe-t-il ? Doucement ! Derrick quoi... ?

— La police vient d'appeler. Derrick a disparu !

Crysta eut l'impression que tout se mettait soudain à tanguer autour d'elle.

— Disparu ?

— Le long de la rivière ! Je savais qu'il n'aurait pas dû aller randonner dans cette maudite région !

Sa tête tournait. Elle s'efforça de garder son calme et de

comprendre ce que disait sa mère. Le poste de contrôleur qualité que Derrick occupait chez Blanchette Construction l'emmenait par monts et par vaux le long de la côte Ouest, pour inspecter des chantiers. Il pouvait se trouver n'importe où.

— Maman, tu veux bien commencer par le début ? Où a-t-on vu Derrick pour la dernière fois ?

Comme si elle ne l'avait pas entendue, sa mère, hors d'elle, poursuivit sur sa lancée.

— Oh ! Crysta, il y a des grizzlys par là ! Et des milliers de kilomètres sans rien. Il faut que tu y ailles ! Toi, tu seras capable de le trouver, je le sais !

— Donc il est en Alaska ?

— Bien sûr ! Les gens ne s'évanouissent pas dans la nature, ici aux Etats-Unis !

— L'Alaska est aux Etats-Unis, maman. Essaie de te calmer. Je sais que tu t'inquiètes, mais tu ne dois pas t'agiter comme ça. C'est mauvais pour toi.

— Mais, si on ne le trouve pas très vite, il pourrait mourir d'insolation !

— Ne commence pas à penser au pire. Je suis certaine que ça n'arrivera pas.

Crysta aurait aimé croire vraiment en ce qu'elle avançait. Elle jeta un bref regard à la photo qui, sur sa table de nuit, les représentait, Derrick et elle, bras dessus, bras dessous. Cheveux châtain-roux, grands yeux noisette et traits fins, ils n'auraient pas pu se ressembler davantage, en dépit de leur différence de sexe. Elle ne pouvait imaginer la vie sans lui.

Elle s'humecta les lèvres avant de poursuivre.

— Derrick connaît bien la région. Il trouvera refuge quelque part. As-tu appelé Sam Barrister, le propriétaire du gîte ? Lui et Derrick passent tant de temps ensemble qu'il saura peut-être où il est allé.

— Je viens de l'appeler. Il a essayé de me rassurer, mais je sentais bien qu'il était inquiet. Derrick séjournait chez lui, comme il le fait toujours quand il va là-bas. Il m'avait téléphoné la semaine dernière, en fait, juste avant de partir en randonnée. Il a disparu le long de la Yentna.

— Depuis combien de temps a-t-il disparu ?

— Ils ne savent pas exactement. Il aurait dû revenir hier. En ne le voyant pas arriver, Sam Barrister a réuni une équipe de recherche. Et, après avoir trouvé les affaires de Derrick, ils ont prévenu les autorités. Barrister dit qu'il a essayé de te contacter, mais que les renseignements n'ont pas pu lui donner ton numéro.

— Je vois…

Son corps se couvrit soudain d'une sueur froide, et des images de son rêve lui revinrent à l'esprit. La Yentna avait-elle un épicéa tordu quelque part le long de ses berges ? Et des trembles ?

« Arrête, Crysta, arrête ! Tu ne peux pas recommencer avec ça si tu prétends être saine d'esprit ! »

— Le cherchent-ils toujours ?

Un sanglot étouffé lui parvint.

— Oui, mais pour combien de temps ? Passé un certain délai, ils sont obligés d'abandonner. Crysta, tu peux prendre quelques jours de congé. Cette femme, comment s'appelle-t-elle ?… Elle peut tenir la boutique à ta place.

— Oh ! Maman…

Crysta aurait aimé être auprès de sa mère pour la réconforter. Ces émotions étaient mauvaises pour son cœur.

— Derrick va bien, assura-t-elle. J'en suis certaine. Ne pleure pas, s'il te plaît.

Au bout d'un petit moment, Ellen Meyers parut recouvrer son calme. Elle poussa un soupir tremblant.

— Crysta, tu n'as pas été, euh… en contact avec Derrick ces derniers temps, n'est-ce pas ?

— Bien sûr que non, maman. Tu ne crois pas que je te l'aurais dit ?

— Non. Je veux dire… pas par téléphone, mais… de l'autre manière. Quand tu as dit que tu étais certaine qu'il allait bien, j'ai pensé… Je sais que vous essayez de prendre de la distance, mais…

Il y eut une seconde de silence puis sa mère poursuivit :

— Je savais que cette thérapie ne te ferait aucun bien.

Regarde ce qui arrive… Ton frère a des ennuis, et tu n'as rien senti ! C'est la première fois, Crysta.

Crysta ferma les yeux. Elle devait faire attention à la moindre de ses paroles, sinon sa mère devinerait qu'elle avait rêvé de Derrick. Inutile de la bouleverser davantage.

— Tu es toujours là ?

— Oui, répondit Crysta. J'ai un affreux mal de tête et j'ai du mal à me concentrer, c'est tout.

La voix d'Ellen monta dans les aigus.

— Ça t'est venu soudainement ? Oh ! Crysta, il faut que tu ailles là-bas ! Je sais que ce lien entre ton frère et toi te cause du souci, mais il a peut-être besoin de toi, chérie !

Crysta comprit qu'il ne servirait à rien de nier le lien télépathique entre Derrick et elle.

— Je sais, maman. Je n'ai pas tourné le dos à Derrick, tu le sais. Lui et moi, nous essayons juste de mettre les choses en perspective.

— Alors tu vas y aller ? Plus tu seras près de lui, plus tu auras de chances d'entrer en contact avec lui ! Tu sais… sentir où il se trouve…

Hurler ou raccrocher ne servirait à rien, Crysta le savait bien. Ce n'était pas qu'elle était indifférente, bien au contraire. Ses rêves à eux seuls suffisaient à le prouver. Pourtant…

— Ecoute, maman, je vais appeler Barrister et la police et je te rappellerai ensuite. D'accord ? Je vais voir ce qu'ils disent. Quel est le nom du gîte de Barrister ? J'ai oublié.

— Cottonwood Bend.

L'écho du coup de feu à l'esprit, elle nota rapidement le nom d'une main tremblante. Et si quelque chose de terrible était arrivé à Derrick et qu'elle ait perdu un temps précieux ?

— Je te rappelle tout de suite, d'accord ? Essaie de rester calme.

— Crysta, ne raccroche pas ! Tu vas y aller, n'est-ce pas ? Je paierai ton billet. Promets-le-moi !

— Bien sûr que je vais y aller. Et je paierai moi-même mon billet. J'aime Derrick, maman. Je sais que je n'en ai pas l'air, parfois, mais je l'aime toujours autant.

Mettant fin à la communication, Crysta se laissa retomber sur ses oreillers.

Cottonwood Bend ? Il y avait donc bien des trembles le long de la Yentna… L'incertitude l'envahit. Deux jours entiers s'étaient écoulés depuis son rêve. Et si, contre toute logique, Derrick avait tenté de lui envoyer un message de détresse ?

Sans s'inquiéter de la tirer du lit à cette heure matinale, elle composa rapidement le numéro de sa tante Eva.

— Maman vient de m'appeler, expliqua-t-elle en hâte quand sa tante répondit enfin. La police de l'Alaska l'a contactée. Derrick a disparu.

— Mon Dieu !

— Je me demandais si tu pourrais lui tenir compagnie, tante Eva. Elle est vraiment bouleversée.

— Tu ne vas pas aller là-bas, n'est-ce pas ?

La voix rauque d'Eva était tendue.

— Tu n'as aucune idée de ce à quoi ressemble l'Alaska. J'y suis allée une fois avec ton oncle Fred, tu te souviens, et je sais de quoi je parle. Tu aimes ton frère, je le comprends, mais laisser les autorités s'occuper de le rechercher est la meilleure chose à faire.

Machinalement, Crysta regarda de nouveau la photo de son frère. Aussi compétentes que soient les autorités, elles ne connaissaient pas Derrick aussi bien qu'elle.

— Je sens que je dois y aller.

— C'est à cause de ta mère ?

Crysta se passa la main dans les cheveux. On pouvait toujours compter sur Eva pour comprendre.

— Elle est effondrée. Si ça peut l'aider que j'y aille, c'est peu de chose.

— Aller à San Francisco, peut-être. Mais en Alaska ? Une femme seule ?

— Je m'adapte facilement, tante Eva. De plus, le meilleur ami de Derrick, Sam, est le propriétaire du gîte. Il veillera sur moi. Je n'ai pas le choix. En restant ici, je ne servirai à rien. Maman se sentira mieux si j'y vais, et moi aussi. Au moins, je pourrai m'assurer que tout a été mis en œuvre pour retrouver Derrick.

Elle tendit la main vers son agenda.

— Je dois passer quelques coups de fil. En attendant, je pense que maman ne devrait pas rester seule.

— Je vais aller la voir.

— Essaie de la calmer, tante Eva. Répète-lui que Derrick connaît bien la région. Et puis il m'a dit un jour qu'il n'y avait pas de meilleur guide en Alaska que Sam Barrister. Je vais prendre contact avec la police et leur demander de me tenir au courant. Je te tiendrai informée si j'ai des nouvelles.

Après avoir raccroché, Crysta chercha le code régional de l'Alaska et appela les renseignements pour avoir le numéro du gîte, qu'elle composa immédiatement. Au bout de quelques secondes, la voix grave de Barrister résonna sur la ligne. Etait-ce l'une de celles qu'elle avait entendues dans son rêve ? Non, c'était folie de sa part d'imaginer cela.

Elle se présenta rapidement.

— Vous avez un orage, chez vous, monsieur Barrister ? La communication est très mauvaise.

— C'est un téléphone mobile. Je l'ai fait réparer, mais il ne fonctionne pas très bien. Il faudra s'en contenter jusqu'à la fin de la saison.

Crysta sentit un frisson lui courir le long du dos. Ainsi donc, le gîte n'avait pas de ligne téléphonique.

« Votre téléphone mobile », avait dit Derrick dans son rêve. Celui de Sam ?

— Je pense aller chercher mon frère, monsieur Barrister. Je sais qu'il a disparu au cours d'une randonnée dans les environs.

— C'est vrai.

— Et il a disparu depuis un jour ?

— Deux, en fait.

— Deux jours ! Pourquoi avez-vous attendu si longtemps pour engager les recherches ?

— Je voulais lui donner une chance de réapparaître. Il lui est déjà arrivé une fois de revenir avec un jour de retard, alors je ne me suis pas inquiété au début. Pas avant que je n'aille le chercher et que je trouve son équipement.

Il fit une pause.

— J'imagine que je n'aurais pas dû attendre, mais je déteste organiser des recherches avant d'être sûr que ce soit nécessaire. Ces gars sont tous des bénévoles ; ils doivent quitter leurs emplois et leurs familles.

— Des bénévoles ? Vous voulez dire que ce n'est pas la police qui le recherche ?

— La police le recherche aussi, mais ce sont les bénévoles qui font le plus gros du travail. C'est une zone très reculée. Cela nécessite que des pilotes transportent gratuitement des gens, que des entreprises d'Anchorage donnent des vivres. Vous n'avez pas idée du nombre de personnes impliquées dans ce genre d'opération.

Crysta avait entendu parler des équipes de recherche bénévoles et admirait leur dévouement. Toutefois, comme il s'agissait de Derrick, elle voulait les meilleurs pisteurs, des professionnels si possible. La peur lui noua l'estomac. Elle avait envie d'entendre la voix de Derrick, son rire, de sentir la chaleur de sa main sur la sienne.

— Vous êtes en train de me dire que ce sont des amateurs qui recherchent mon frère ?

En dépit de ses efforts pour rester calme, elle n'avait pu empêcher une note d'hystérie de percer dans son intonation.

Sam Barrister reprit la parole d'une voix patiente.

— Les équipes de recherche sont parfaitement qualifiées. De plus, Blanchette Construction s'est débrouillée pour détacher un hélicoptère Huey avec un laser infrarouge qui détecte les variations de température. Tout est fait pour le retrouver, vous pouvez en être certaine.

— Et cet hélicoptère a-t-il détecté quelque chose ?

— Pas encore, non. Mais ils n'ont commencé à patrouiller la zone qu'hier. Ça représente un territoire immense à couvrir, et même avec tout l'équipement high-tech du monde personne ne peut faire de miracles.

Même si la mention de l'hélicoptère avait impressionné

Crysta, elle se représenta une poignée d'hommes déambulant dans les bois en appelant Derrick, et sa gorge se serra.

— Avez-vous une cabane libre qui pourrait m'accueillir ?

Derrick était trop important pour qu'elle laisse des étrangers s'occuper de tout. Sa mère avait raison, il fallait qu'elle soit sur place.

— Je vous paierai, naturellement. Je souhaite être là et je sais que ma mère en serait beaucoup plus rassurée.

Il hésita une seconde.

— Comment va votre mère ? Derrick m'a parlé de ses problèmes cardiaques, alors je n'ai pas été très content quand j'ai appris que les autorités l'avaient contactée. Je leur avais demandé de se mettre plutôt en relation avec vous ; je suppose qu'ils ont oublié. Pour ma part, je ne suis pas parvenu à trouver votre numéro. Ensuite, votre mère m'a appelé.

Il soupira.

— Je suis désolé. Je voulais vous joindre avant afin que vous soyez là pour amortir la nouvelle.

— Elle est bouleversée, j'en ai peur.

L'inquiétude qu'elle percevait dans les propos de Barrister confirmait tout le bien que Derrick avait dit de lui.

— C'est un voyage très coûteux, Crysta. Je peux baisser mon tarif, mais cela ne changera rien au prix du billet et du trajet en hydravion.

Sa voix était chaude et pleine de sympathie, mais Crysta y décela une certaine tension. Quelque chose ne collait pas.

— Je vois…

Il y eut un autre silence.

— Non, je ne pense pas que vous voyiez. Permettez-moi d'être direct. Venir ici n'est pas une bonne idée.

— Et pourquoi donc, au nom du ciel ?

— Que pourriez-vous faire ? C'est un pays sauvage. Quelqu'un qui ne connaît pas la région peut facilement s'y perdre. Au risque de vous choquer, je dirais que vous serez plus un fardeau qu'une aide… C'est plutôt primitif ici et, au moment où je vous parle, tout le monde est dehors en train de chercher Derrick. Il n'y aura personne pour vous accompagner.

— Je vois…

En fait, elle ne voyait rien du tout et était furieuse contre elle-même d'avoir émis deux fois cette réponse stupide. Pourquoi cet homme essayait-il de la décourager de venir ? Crysta savait par Derrick que toutes sortes de gens séjournaient chez Barrister : des hommes d'affaires, des acteurs, des sportifs, des familles avec enfants. Le gîte principal, quoique rustique, servait des repas vingt-quatre heures sur vingt-quatre à tout hôte affamé qui surgissait des cabanes alentour. Ce n'était pas exactement ce qu'on pouvait qualifier de « primitif ».

— Je sais que vous comprenez, reprit Barrister. Je vous tiendrai informée, je vous le promets. Si Derrick est quelque part dans le coin, nous le trouverons… Vous pouvez compter là-dessus.

— Derrick est mon frère, mon frère jumeau, répliqua sèchement Crysta.

— Et vous l'aimez. Mais l'aimer ne suffit pas, dans un pays comme celui-ci. En fait, c'est un handicap. Il est extrêmement difficile pour les membres des familles de garder leur objectivité. Vous serez bien mieux chez vous. Donnez-moi votre numéro de téléphone ; je vous appellerai ce soir pour vous tenir au courant des recherches…

La ligne se mit à grésiller bruyamment, et Crysta pressa le combiné contre son oreille.

— Monsieur Barrister ?

Elle écouta un moment en serrant les dents de frustration. Coupée ! Elle recomposa le numéro mais n'obtint que le signal « occupé ». Lui avait-il raccroché au nez ? Son téléphone était peut-être de nouveau tombé en panne, mais c'était bien commode…

Laissant retomber le combiné sur son socle, elle récapitula sa conversation avec le propriétaire du gîte et eut la certitude qu'il s'était gardé de lui dire quelque chose. Elle ignorait de quoi il pouvait bien s'agir, mais elle avait la certitude que ses réticences venaient d'autre chose que d'une préoccupation pour sa sécurité. Que lui cachait-il ?

Quoi que ce puisse être, Crysta savait qu'elle n'avait d'autre choix que de s'envoler pour le Nord.

Avec une ferme détermination, elle rouvrit son agenda et, en quinze minutes, réserva une place sur le premier vol pour Anchorage. Elle appela ensuite Rosanne pour lui demander de s'occuper de la boutique jusqu'à son retour, puis elle fourra quelques affaires dans un sac et alla chez sa mère. Elles avaient toutes deux besoin d'un peu de réconfort.

2

Sam cogna le combiné sur le comptoir et écouta de nouveau. Rien. Il poussa un soupir exaspéré. A coup sûr, la sœur de Derrick avait pensé qu'il lui avait raccroché au nez et elle allait prendre le premier vol pour Anchorage. Il fixa le téléphone et jura tout bas. Il y avait des jours où tout allait de travers !

Il s'approcha de la fenêtre pour regarder le bosquet de trembles à travers la vitre embuée. Il aurait aimé s'asseoir un moment, mais il n'avait pas le temps de se reposer.

Dans la grande salle du gîte, à la fois salle à manger et salon, flottait un délicieux arôme de saumon frit et de petits pains. Son estomac se contracta. Il se massa la nuque en penchant la tête en avant pour soulager sa tension.

Que ferait-il si Crysta Meyers débarquait ? Il aurait peut-être dû lui parler de l'état de l'équipement de Derrick. Le sac à dos déchiqueté et son contenu éparpillé évoquaient l'attaque d'un ours, à ceci près qu'il n'y avait pas de sang ni de corps.

Cela le préoccupait. Derrick était rapide à la course, mais pas à ce point. Il n'aurait pas pu échapper à un grizzly si longtemps, donc il aurait dû y avoir du sang à proximité. En outre, les ours attaquaient rarement les humains, à moins d'avoir été provoqués, et Derrick n'était pas stupide.

En toute conscience, Sam ne pouvait laisser entendre à ses proches qu'il avait été victime d'un ours avant d'avoir des preuves plus concluantes. D'autant qu'il avait des raisons de suspecter une intervention humaine dans cette affaire…

Avec un nouveau soupir, il se détourna de la fenêtre et se dirigea à longues enjambées vers son bureau. Il fallait qu'il étudie ces papiers trouvés dans l'attaché-case de Derrick. Cela représentait au moins deux jours de travail. Il se trompait peut-être, mais son instinct lui disait qu'il y avait quelque chose là-dessous. S'il ne trouvait rien, alors il lui faudrait aller à Anchorage.

En attendant, il espérait que Crysta suivrait son conseil et resterait chez elle à Los Angeles… en sécurité.

Au-dessus de l'Alaska

En d'autres circonstances, Crysta aurait trouvé le paysage majestueux mais, en l'occurrence, son sentiment dominant était la frayeur. Comment allait-elle trouver Derrick dans un territoire comme celui-ci ? Ce qui s'approchait le plus d'une route, ici, était une piste d'élans. Et la toundra, parsemée de petits lacs sombres, semblait s'étendre à l'infini, avec à l'arrière plan les monts McKinley et Foraker, comme d'immenses sentinelles coiffées de nuages.

Tandis que le petit avion virait au nord, elle regarda au-dessous d'elle la Big Susitna, une rivière de glacier d'un brun-ocre. Le long des berges, de nombreux arbres avaient été déracinés par la fonte des glaces.

— La Yentna est là-bas, devant nous, cria le pilote, Todd Shriver, en s'efforçant de se faire entendre par-dessus le bruit du moteur. Nous allons suivre son cours jusqu'au gîte.

Crysta se tordit le cou pour regarder dans cette direction. Elle s'était attendue à une autre végétation que des épicéas, des trembles et de la broussaille.

— Il n'y a pas d'autres gîtes, en dehors de Cottonwood Bend ?

— Quelques-uns. Mais vous devez comprendre que le plus proche voisin, dans cette région, est à dix kilomètres au moins.

En temps ordinaire, elle aurait eu plaisir à séjourner dans un gîte reculé, mais savoir que Sam Barrister ne serait pas content de la voir arriver la rendait nerveuse. Et s'il refusait qu'elle reste ?

S'arrachant à cette hypothèse perturbante, elle s'efforça de se concentrer sur le paysage. Les secousses et les tremblements du Cessna rendaient la chose difficile. La brochure sur Cottonwood Bend qu'elle avait prise à l'aéroport de Lake Hood qualifiait le vol vers la Yentna « d'aventure unique » ; elle ne mentionnait pas que ce pouvait être la dernière.

Elle n'avait qu'à s'en prendre à elle-même. Plutôt que d'attendre le lendemain, elle avait persuadé Shriver, avec une promesse de supplément, de l'emmener en surcharge. Elle partageait donc l'avion avec d'innombrables caisses et deux fûts de deux cents litres de carburant pour le générateur du gîte. Derrière elle, un carton à moitié ouvert laissait voir un crâne animal aux orbites noires. Elle ne pouvait s'enlever de l'idée qu'il la regardait.

Dans le cadre de son activité, elle se déplaçait souvent et se considérait comme une voyageuse avertie, mais c'était à bord d'avions de ligne. Cette boîte à sardines améliorée, dépourvue de train d'atterrissage, était quelque chose de nouveau pour elle. Le pilote, grand, blond et tanné par le soleil, aurait pu poser pour une publicité macho. Il en avait d'ailleurs les manières.

Avant leur départ, il avait essayé de la draguer, flirtant ouvertement avec elle et l'invitant à une soirée en ville. Elle avait supposé qu'« en ville » signifiait à Anchorage, mais n'avait pas cherché à savoir ; elle n'était pas là pour faire des rencontres. Et, même si tel avait été le cas, Shriver n'était pas son type. Il était plutôt charmant mais, en matière de relations amoureuses, elle préférait les hommes plus sérieux. Ce beau pilote était sans doute du genre à avoir une fille dans chaque port… ou plutôt derrière chaque buisson.

— Euh… excusez-moi, monsieur Shriver, vous croyez que c'est prudent de fumer ici ? Les vapeurs d'essence sont très fortes, derrière.

— Ne vous en faites pas, chérie. Je transporte du fuel tout le temps, et vous pouvez constater que je n'ai pas encore explosé.

Elle ne trouva pas cela rassurant et se cramponna à son siège comme l'avion amorçait un nouveau virage.

— Il n'y en a plus pour longtemps, lui cria Shriver. Vous avez hâte de partir pêcher le saumon ?

— Je ne suis pas venue pêcher. Mon frère a disparu. Derrick Meyers. Vous le connaissez peut-être ?

Il lui jeta un regard surpris.

— Vous êtes la sœur de Derrick ? Maintenant que vous le dites, c'est vrai que vous lui ressemblez. Vous êtes jumeaux ?

Il secoua la tête.

— Je suis vraiment désolé pour Derrick. Je l'aimais bien. L'avoir comme passager était toujours un plaisir.

— « Etait » ?

— Il connaissait bien la région. Il serait de retour, maintenant… Il a dû avoir un accident.

— Mon frère n'est pas mort.

Pour toute réponse, Shriver haussa les épaules et regarda droit devant lui.

— S'il avait eu un accident, les secouristes auraient trouvé son corps, reprit Crysta, incapable de laisser tomber le sujet.

— Pas forcément. Rappelez-vous qu'il y a beaucoup de prédateurs, par ici.

Un frisson d'horreur parcourut Crysta. Elle n'avait pas pensé à cela. Détournant le visage, elle fit mine de s'intéresser à la Yentna. Ses berges étaient bordées çà et là de trembles et d'épicéas. Elle ne put s'empêcher de chercher des yeux un épicéa isolé ou un lambeau de flanelle rouge.

— Désolé, je ne voulais pas vous bouleverser. Parfois, je parle sans réfléchir. J'aimais bien Derrick. J'ai même transporté pour rien quelques-uns des secouristes.

Crysta enfonça ses ongles dans la paume de ses mains.

— Je vous en suis reconnaissante. C'est juste que c'est dur, vous comprenez ? dit-elle sans le regarder. Dites-moi, la police a-t-elle envisagé qu'il pourrait s'agir d'un crime ?

— Un crime ?

Il fronça les sourcils.

— Vous êtes sérieuse ? Qui voudrait s'en prendre à Derrick ?

— Je ne sais pas… Vous connaissez bien Sam Barrister ?

— Plutôt bien. Vous êtes en train de dire… Non, n'y pensez pas ! Sam est un peu rude, mais il n'est pas violent.

— Et parmi ses clients ? Y en a-t-il de réguliers ?

— Une dizaine, peut-être. Mais, si vous voulez en savoir plus, vous devrez poser la question à Sam. Quant à parler de crime, ma petite dame, vous pouvez oublier ça. C'est une grande famille, ici. Si vous voulez du mystère, faut retourner en ville.

Elle se retint de répondre vertement. Se pouvait-il que Shriver ait raison ? Derrick était-il mort et son corps avait-il été dévoré par les animaux ? C'était peut-être la raison pour laquelle Barrister avait tenté de la dissuader de venir. Pour l'épargner. Elle avait prié pour qu'on retrouve son frère, en s'accrochant à l'idée qu'il était toujours vivant. Les grizzlys ne lui étaient pas venus à l'esprit.

La peur lui noua l'estomac. Il ne fallait pas qu'elle pense à ça ! Fermant les yeux, elle s'efforça de faire abstraction de tout ce qui l'entourait, les vapeurs d'essence, le rugissement du moteur, le tangage de l'avion… Seul Derrick comptait, il fallait qu'elle le retrouve !

« Derrick ? »

Elle écouta au fond d'elle-même, priant pour l'entendre.

« Derrick, réponds-moi, s'il te plaît ! »

Il n'y eut qu'un affreux silence.

— Attachez votre ceinture ! cria Shriver. Nous allons nous poser.

L'hydravion entama sa descente. Pressant sa joue contre la vitre, Crysta aperçut, sur une élévation dans une boucle de la rivière, une grande construction en rondins entourée de cabanes plus petites. Dans une clairière proche, elle repéra un groupe de tentes, sans doute celles des secouristes. Des gens se précipitaient vers la berge, faisant signe pour l'accueillir.

Crysta se cramponna, dans l'attente d'un choc, mais l'amerrissage se fit en douceur. Au milieu de la rivière, reliée à la berge par une passerelle, se trouvait une petite île, à laquelle plusieurs barques en aluminium étaient amarrées. Shriver coupa les moteurs et accosta le long de la bande de terre. Il y eut une secousse quand les flotteurs touchèrent le sol.

— Et voilà, saine et sauve ! s'exclama Shriver en se glissant hors de son siège. Passez de mon côté et faites attention quand vous descendrez. Notez que ça ne m'ennuierait pas de repêcher un p'tit lot comme vous, mais l'eau est glacée.

« Un p'tit lot » ? Crysta ravala un grognement. Ce pilote avait décidément besoin de se civiliser ! Il ne survivrait pas un jour parmi les féministes de Los Angeles… Gardant un visage impassible, elle défit sa ceinture. Suivant l'exemple de Shriver, elle prit pied sur le ponton et, de là, sauta sur la berge marécageuse. Derrick s'était-il tenu là avant elle ?

Tandis qu'elle regardait autour d'elle, un homme corpulent doté d'une tignasse de cheveux roux accourut, chargé de deux grosses boîtes. Il ne lui jeta pas même un regard et se mit en devoir d'aider Shriver à décharger l'un des fûts de carburant.

Contente d'être enfin arrivée, Crysta scruta la berge bordée d'arbres. Derrick était ici, quelque part, et elle était déterminée à le trouver.

Le pilote et l'homme roux conversaient à voix basse. Elle tendit l'oreille, mais la brise fraîche emportait leurs paroles. Avisant ses bagages jetés sur le chemin boueux, à proximité d'une bouteille de gaz et d'une baignoire métallique remplie d'eau rougie et de saumons, elle s'empressa de tirer ses luxueuses valises au sec et les posa sur la passerelle, moins pour les épargner que par souci d'avoir des vêtements propres à mettre.

Shriver déchargea la dernière caisse et se tourna vers elle.

— Bon, je vous souhaite bonne chance, chérie. J'espère que vous le retrouverez sain et sauf.

— Merci de m'avoir fait une petite place.

— Pas de problème.

Le rouquin jeta ses boîtes dans l'avion puis s'immobilisa pour la regarder. A en juger par la curiosité qu'il y avait dans ses yeux, Crysta comprit que Shriver lui avait dit qui elle était. Son regard qui ne cillait pas la mit mal à l'aise ; elle se détourna.

Le paysage lui semblait familier, très semblable à celui de son rêve. Quelques personnes pêchaient dans des bateaux mais, en dehors de cela, il n'y avait que de l'eau et un rideau dense de trembles. Son seul lien avec la civilisation, l'hydravion, était sur le point de repartir.

— Euh… monsieur Shriver. Attendez une seconde, s'il vous plaît.

Le pilote, qui s'apprêtait à monter à bord de l'appareil, se retourna.

— Vous avez un problème ?

— Non, pas vraiment. Je me demandais juste si vous pourriez m'emmener à Anchorage en cas de besoin. Si je vous appelle, vous pourriez m'y emmener le jour même ?

— Ça dépend.

— De quoi ?

— De la météo. S'il y a de la pluie ou des nuages bas…

— Oh…

Anchorage lui sembla soudain à des années-lumière. Si on ne trouvait pas Derrick ici, il faudrait peut-être qu'elle rende visite à l'entrepôt de Blanchette Construction. Juste pour voir si le bâtiment ressemblait à celui de son rêve.

— Et le temps est souvent mauvais ?

— Ça dépend de Dame Nature. Comme toutes les femmes, elle est imprévisible. Mais, la plupart du temps, je fais au moins un aller et retour par jour.

— Alors vous pourriez m'emmener ?

— Oui, s'il y a de la place. Je ne refuse jamais une jolie passagère.

Il lui donna une petite tape sur l'épaule.

— S'il y a quelque chose que je puisse faire pour vous, faites-le-moi savoir.

— Et combien ça me coûtera ? demanda Crysta, en ignorant son geste déplacé.

— Si ça correspond à mon planning, je vous compterai seulement le prix du carburant.

— Je vous prendrai peut-être au mot.

— J'espère bien.

Une rafale de vent fit soudain voler les cheveux un peu longs du pilote. Elle l'observa. Il n'était pas laid, mais ses yeux étaient étranges. D'un bleu froid, ils semblaient vides d'expression.

Elle songea alors aux yeux expressifs de Derrick, qui reflétaient aussi bien le chagrin que la joie, et cette comparaison involontaire lui serra le cœur.

— Merci encore, monsieur Shriver, pour tout, dit-elle d'une voix un peu tremblante.

Shriver lui posa de nouveau la main sur l'épaule et lui adressa un grand sourire.

— Vous me remercierez quand il y aura de quoi me remercier, d'accord ? Et oubliez ce que j'ai dit tout à l'heure. La pensée positive fait parfois des miracles.

Laissant retomber sa main, il pivota sur lui-même et s'installa dans l'avion.

— A plus, Riley ! Ne vide pas la rivière de ses poissons !

Le rouquin se mit à rire.

— L'en faudrait un autre que moi. Bon vol !

— Toujours. Et garde un œil sur la dame pour moi, O.K. ?

Comme il refermait sa porte, Crysta remarqua tout à coup ses bottillons en caoutchouc. Verts avec des bandes jaunes. Son regard se déplaça vers les pieds du dénommé Riley. Il portait les mêmes.

Le moteur de l'avion se mit à vrombir et Crysta se sentit envahie par la solitude tandis que le Cessna s'éloignait de l'île. Jusqu'à présent, Shriver était la seule personne qu'elle connaissait en Alaska. Fourrant les mains dans les poches de son jean, elle inspira profondément l'air étonnamment pur et se dirigea vers la berge, bien décidée à rencontrer Sam Barrister au plus vite.

— Hé ! m'dame ! cria le nommé Riley en hissant une caisse de vivres sur son épaule. Vous oubliez vos affaires !

Crysta avait espéré que le gîte aurait un employé qui s'occuperait des bagages. Elle soupira et revint sur ses pas. Alors qu'elle était sur le point de prendre ses valises, la passerelle se mit à tanguer fortement.

Elle se retourna et vit un homme brun de haute taille venir

vers elle à grandes enjambées. Malgré son souci de garder l'équilibre, trois choses la frappèrent : c'était l'homme le plus grand qu'elle ait jamais rencontré, sa beauté égalait sa taille, et il paraissait très en colère.

3

Crysta lui fit face. La passerelle était étroite, et l'inconnu en occupait toute la largeur. Tout dans son allure — la manière dont il marchait, ses larges épaules et l'expression de ses yeux bruns — lui donnait l'air d'être chez lui dans ce pays rude. Elle espéra de toutes ses forces que sa colère n'était pas dirigée contre elle.

Pas de chance ! Il s'arrêta net devant elle.

— Crysta Meyers, je présume ?

— Et vous devez être Sam Barrister.

Il fronça les sourcils, et de petites rides se creusèrent au coin de ses yeux abrités par de longs cils noirs. Le vent souleva ses cheveux bruns, les repoussant en désordre sur son front.

Crysta enfonça ses mains dans ses poches. Pour une raison inconnue, elle n'avait pas imaginé Sam Barrister comme quelqu'un d'aussi beau et d'aussi viril. Un sweat-shirt rouge moulait les contours impressionnants de sa poitrine, et un jean délavé couvrait ses jambes musclées. Il portait un étui à couteau à la ceinture et, comme Shriver et Riley, il était chaussé de bottillons verts à bandes jaunes. Les baskets qu'elle-même avait aux pieds étaient de toute évidence inadaptées pour ce terrain, mais elle n'y pouvait rien. Elle n'avait pas eu le temps de faire les magasins avant de partir.

Elle revint au visage de l'homme. Le soleil effleurait sa mâchoire non rasée, soulignant une pointe d'argent parmi les poils noirs. Fin de la trentaine, début de la quarantaine ?

— Y a-t-il des nouvelles de mon frère ? Les recherches se poursuivent-elles ?

— Si j'avais pu vous joindre, je vous l'aurais dit. J'espérais que vous me rappelleriez.

— Je suis allée chez ma mère, après notre conversation. Elle est bouleversée.

Quelque chose passa dans les yeux de Barrister. De l'inquiétude ?

— Vous auriez dû rester avec elle ! Je vous ai dit que votre présence ici n'était pas nécessaire.

— Si c'était votre frère qui avait disparu, où seriez-vous ?

Cela l'arrêta. Il détourna le regard, comme s'il ne pouvait la regarder en face.

— Je comprends votre inquiétude, mais je n'ai pas de place pour vous.

Il désigna de la tête le groupe de tentes.

— Toutes les cabanes sont occupées.

— Si vous avez un sac de couchage, je m'en contenterai. Je voulais apporter le mien, mais les passagers de mon vol n'avaient droit qu'à deux bagages.

Il posa sur elle un regard dur et inflexible et ne répondit rien.

Crysta fit un geste de la main en direction des tentes.

— Je pourrai toujours dormir sous un arbre.

Une expression amusée passa fugitivement sur le visage de Barrister.

— Avec les ours ?

— Des ours ? répéta Crysta en écho.

Elle balaya l'endroit des yeux. Il ne lui était pas venu à l'esprit que des animaux sauvages puissent s'aventurer aussi près du gîte. Cependant, si les secouristes pouvaient camper, elle pourrait supporter quelques nuits dehors.

— Si vous n'avez rien d'autre à me proposer qu'une place sous un arbre, je m'en contenterai, assura-t-elle.

Il sembla amusé par sa réaction mais elle détecta aussi une étincelle d'admiration dans son regard. Il esquissa un léger sourire.

— Je pense pouvoir faire un peu mieux que ça.

Crysta ne put s'empêcher de noter qu'il était encore plus beau quand il souriait.

— Je vous remercie de votre aide et je vous présente mes excuses à l'avance pour tout le dérangement que je vous cause. Je ne me doutais pas qu'il y aurait tant de gens ici.

Reculant d'un pas pour mieux le voir, Crysta se dit de nouveau qu'il ne correspondait pas du tout à l'image qu'elle s'était faite de lui. Derrick le lui avait décrit, bien sûr, mais « grand et rude » ne lui rendait pas justice. Il mesurait au moins un mètre quatre-vingt-dix, sinon plus, et avait des épaules pour lesquelles la plupart des adeptes de bodybuilding de Los Angeles auraient tué. Avec son mètre soixante-dix, elle avait rarement rencontré un homme qui lui donne à ce point l'impression d'être petite.

Son regard sombre chercha le sien.

— C'est moi qui devrais m'excuser pour cet accueil. Je n'ai pas dormi plus de deux heures d'affilée durant les derniers jours. Je dois m'occuper du gîte tout en organisant les recherches auxquelles je participe aussi. Je crains que cela n'ait entamé mon sens de l'hospitalité.

Maintenant qu'il en parlait, Crysta voyait ses cernes d'épuisement.

— Il y a quelques minutes, un de mes clients s'est fiché un hameçon dans le doigt, ajouta-t-il. L'épreuve d'avoir à l'enlever tout en étant menacé de poursuites en justice m'a fait perdre le peu d'humour qu'il me restait, admit-il avec un sourire narquois.

Une vague de culpabilité submergea Crysta. Elle comprenait à présent pourquoi il lui avait dit de ne pas venir. Elle toussota, embarrassée.

— Je ne m'étais pas rendu compte que l'organisation des recherches reposait autant sur vous.

— C'est moi qui l'ai voulu ainsi. Derrick est mon meilleur ami.

— Je pourrais donner un coup de main en cuisine. J'ai travaillé comme cuisinière pendant quelques étés.

— Je croyais que vous vouliez accompagner les secouristes !

— Je veux y aller, je ne le nie pas. Mais, si je peux être

plus utile ici et que cela libère quelqu'un de plus expérimenté que moi, je suis prête à le faire, vous comprenez ?

— Bien sûr. L'idée que vous vous perdiez vous aussi me fait dresser les cheveux sur la tête. La disparition de Derrick suffit.

Il posa les mains sur les hanches.

— Allons-y. Vous êtes coincée ici jusqu'à demain matin, de toute façon, alors autant faire contre mauvaise fortune bon cœur.

Il empoigna ses valises. Crysta le suivit, regardant les muscles de ses épaules jouer sous son sweat-shirt. En toute justice, elle ne pouvait le blâmer de lui en vouloir d'être venue. En ville, elle savait se débrouiller ; ici, elle était hors de son élément. Il s'attendait à ce qu'elle soit plus une source d'ennuis qu'une aide, mais elle était déterminée à lui prouver le contraire.

Pourtant, en le regardant, elle éprouvait une sensation purement féminine, et cela la surprit. En temps normal elle était plus intéressée par la personnalité d'un homme que par son physique. Elle mit sa réaction sur le compte des nerfs. Depuis qu'elle avait appris la disparition de Derrick, elle n'était plus elle-même. Sam Barrister incarnait la force et l'énergie virile. Perturbée comme elle l'était, il n'y avait donc rien d'extraordinaire à ce qu'elle se sente attirée par lui.

Il prit le sentier menant au gîte. Après avoir grimpé la pente à toute allure, Crysta était hors d'haleine, mais Sam ne ralentit pas avant d'arriver au gîte.

Il cala l'une des valises sous son bras pour ouvrir la porte puis recula pour la laisser passer. Une bouffée d'air chaud la frappa au visage et elle aperçut une cheminée de pierre dans laquelle dansaient les petites flammes dorées d'un feu mourant. Leurs lueurs faisaient jouer des ombres mouvantes sur les murs de bois. Disposés devant le foyer autour d'une table basse, des fauteuils garnis de coussins conféraient à l'endroit un aspect chaleureux.

Derrick s'était-il assis là ? Elle se le représenta, installé dans un fauteuil, feuilletant un des magazines étalés sur la table basse. Un lourd sentiment de tristesse lui étreignit la poitrine. Et s'il ne revenait jamais ?

A l'autre bout de la pièce se trouvaient des tables sur tréteaux, l'une chargée de nourriture, l'autre occupée par trois hommes dont la conversation et les rires se mêlaient aux crépitements du feu. A en juger par leur tenue, ce n'étaient pas des secouristes. Des clients, probablement. S'attendant à y voir des trophées de chasse, Crysta jeta un coup d'œil aux murs. A son grand étonnement, elle n'en vit aucun.

— Monsieur Barrister, vous ne m'avez pas répondu, tout à l'heure. A-t-on trouvé des traces de Derrick, des indices sur ce qui s'est passé ?

— Je vous en parlerai tout à l'heure, quand nous serons tranquilles, répondit-il à voix basse en jetant un coup d'œil aux trois hommes.

Il passa derrière un comptoir encombré et s'engagea dans un couloir. En lui emboîtant le pas, Crysta remarqua un calendrier écorné avec une photo décolorée du mont McKinley. A la date du 15, une main pressée avait noté : « Retour du téléphone. Préparer chèque. » Elle s'arrêta. On était le 17 juin. Derrick avait appelé leur mère de cet endroit la semaine précédente. Comment avait-il fait si le téléphone était en panne à ce moment-là ?

Plus décidée que jamais à obtenir des réponses, Crysta traversa le couloir et entra dans un petit salon à l'ameublement rustique. Face à la cheminée, un canapé tournait le dos à la porte mais elle aperçut deux grands pieds en chaussettes blanches à un bout.

— Mon fils, murmura Sam en posant les valises dans un coin.

Crysta distingua un petit ronflement, puis un mouvement et un grognement de surprise.

— Papa ? Je croyais que tu étais parti, dit le garçon d'une voix rauque et ensommeillée.

— Pas encore. Nous avons une invitée surprise, Tip. La sœur de Derrick, Crysta Meyers.

Une tête brune apparut derrière le sofa, et Crysta contempla l'un des plus beaux visages qu'elle ait jamais vus. Un T-shirt bleu pâle faisait ressortir un teint mat et de grands yeux marron. Des cheveux ébouriffés et un sourire un peu incertain ne faisaient qu'ajouter à son charme. Elle supposa qu'il devait avoir environ seize ans.

— Sa… salut. Ra… ravi… de… de… vous… r… ren… con… tr… trer, Cr… Cr… crys…

Il baissa la tête et avala sa salive en rougissant. Crysta sentit son cœur se fendre devant ses efforts pour prononcer son prénom.

Sam posa une main sur l'épaule du garçon.

— Tout va bien, fiston.

Jetant un regard d'avertissement à Crysta, il ajouta :

— Tip a un peu de mal à parler quand il rencontre quelqu'un pour la première fois.

Désireuse de le mettre à l'aise, Crysta s'avança et lui tendit la main. Derrick avait mentionné que le fils de Sam était handicapé.

— Eh bien, nous allons être amis, parce que moi, quand je rencontre des inconnus, j'ai tendance à me mettre à trébucher.

Tip fixa sa main.

— Vr… vrai… ment ?

— Tu aurais dû me voir quand j'ai essayé d'être serveuse ! Ça n'a duré que deux heures, et j'ai dû payer de ma poche le nettoyage de la robe d'une cliente. J'avais laissé tomber une assiette de spaghettis sur elle.

— C'est… vr… vrai ? dit Tip avec des yeux ronds.

— Oui. Et les boulettes sont entrées dans son… Bref, c'était affreux. J'ai été virée avant même la fin du dîner.

Tip ouvrit encore plus grands les yeux et s'empara finalement de sa main en esquissant un sourire en coin.

— Pas… be… soin de vous en faire ici. Si vous trébuchez, nous vous aiderons, pas vrai, p'pa ?

Sam jeta un regard à Crysta.

— Et vous m'avez parlé d'aider en cuisine ? Une aide comme celle-là va me faire mettre la clé sous la porte !

— Il vous suffit d'exclure les spaghettis du menu.

Elle crut discerner une ombre de sourire au coin de sa bouche mais il pivota sur lui-même avant qu'elle ait pu en être certaine. Puis Tip attira toute son attention en lui secouant la main si fort qu'elle craignit qu'il la lui arrache.

— Doucement ! protesta-t-elle sans réfléchir.

Tip fronça les sourcils et essaya de retirer sa main, mais elle la retint. En souriant, elle lui imprima un mouvement plus doux.

— Voilà, tu vois ? Comme ça, mais pas si fort.

Tip se tourna vers son père en la relâchant.

— J'ai oublié. Il faut être d… doux avec les dames.

— C'est vrai.

Sam regarda Crysta, le visage vidé de toute chaleur. Elle se recroquevilla ; elle n'avait pas eu l'intention d'humilier Tip.

— Je suis désolé, C… Crys… Crys…

— Appelle-moi Crys. Derrick m'appelait comme ça, quand nous étions jeunes, et parfois ça me manque.

— Crys.

Tip parut heureux de s'en tirer avec une version abrégée et, contrairement à son père, il ne semblait pas contrarié qu'elle l'ait repris sur sa manière de serrer les mains.

— J'aime les s… surnoms. Mon vr… vrai prénom, c'est Sam, comme mon père. Mais quand les gens l… l'appelaient je répondais, et le c… contraire aussi.

Crysta lui adressa un sourire chaleureux.

— Alors on t'appelle Tip ?

Elle fit semblant de savourer le surnom et hocha la tête.

— J'aime ça. Ça te va bien.

Tip hocha la tête à son tour.

— C'est p… parce que mon père ne veut pas que j… je travaille pour rien. Il dit que j'aide les cl… clients autant que ses employés et que je dois avoir des p… pourboires comme eux. Une fois, un client a dit qu'il avait dû me p… payer tellement souvent que je devrais m'ap… peler Tip, pourboire.

— Et le surnom lui est resté, intervint Sam.

— Tu veux voir mes t… tableaux, Crys ? demanda Tip.

Crysta avait une foule de questions à poser à son père mais, devant l'enthousiasme de Tip, elle retint sa langue. Cinq minutes de plus ne changeraient rien, et le garçon semblait y tenir beaucoup.

— Quel genre de tableaux ?

— Juste des t… tableaux.

Tip remonta ses chaussettes et sauta du sofa. Il était aussi grand que son père.

— Vi… viens. Ils sont là.

Il se précipita vers la porte à l'autre bout de la pièce et l'ouvrit à toute volée. Puis, se souvenant des bonnes manières, il s'effaça pour la laisser passer. Dans son excitation, il ne bégayait plus.

— Je les ai faits tout seul. Hein, p'pa ?

— Tip, Crysta veut peut-être faire un brin de toilette. Elle vient de faire un long voyage et elle s'inquiète pour Derrick. Tu pourras les lui montrer plus tard, quand…

— Non, vraiment, l'interrompit Crysta. J'aimerais beaucoup les voir.

En pénétrant dans la pièce, elle eut l'impression d'entrer dans une galerie d'art. Du sol au plafond, les murs étaient couverts par des peintures à l'huile, essentiellement des paysages, mais aussi quelques portraits.

— Oh ! Tip ! dit-elle seulement.

— Tu les aimes ?

— Si je les aime ?

Crysta s'approcha pour regarder de plus près un loup sur un monticule enneigé. Le clair de lune, les nuages contre le ciel ardoise, chaque détail était parfait. On pouvait presque entendre le hurlement de l'animal.

— Je suis stupéfaite.

Tip lança un regard interrogateur à son père. Celui-ci lui adressa un large sourire.

— C'est un compliment, fils.

— Tu as beaucoup de talent, Tip. Tu as déjà fait une exposition ?

— Tip peint pour le plaisir, dit brusquement Sam.

Crysta s'éclaircit la gorge. Parler d'exposition était manifestement tabou.

— J'aimerais beaucoup revenir ici pour les admirer longuement, Tip. Tu as vu ce loup dans un livre ou tu as pris une photo ? Les détails sont à couper le souffle.

— Il peint de mémoire.

Les yeux perçants de Sam croisèrent les siens.

— Il en voit davantage en un seul coup d'œil que la plupart d'entre nous en une heure.

Tip s'avança vers le chevalet placé au milieu de la pièce.

— Viens voir celui-là.

Crysta s'approcha pour regarder la toile en cours. L'espace d'une seconde, elle crut se reconnaître, avec sa chevelure cannelle et ses yeux noisette, mais c'était Derrick. Bien que son visage soit inachevé et que ses traits n'aient pas encore pris vie sous le pinceau de Tip, il était parfaitement reconnaissable. Lorsqu'elle passa du visage aux épaules, son cœur se mit à tambouriner.

— Comme vous le voyez, Tip pense beaucoup à Derrick, dit doucement Sam.

Crysta s'humecta les lèvres.

— Cette chemise… Quand l'as-tu vu la porter, Tip ?

— Quand… quand il est parti ce jour-là. J… juste avant qu'il se perde.

Une ombre passa dans le regard du garçon.

— Je suis d… désolé. Je ne v… voulais pas te rendre triste.

La pièce se mit à tourner autour de Crysta. Sur ce portrait, Derrick portait une chemise western en flanelle rouge, avec des boutons-pression. Exactement comme dans son rêve.

4

Vingt minutes plus tard, Crysta ne s'était toujours pas remise du choc de la collision entre rêve et réalité. En suivant Sam, qui lui faisait visiter le gîte, elle peinait à se concentrer sur ce qu'il disait. Derrick portait une chemise rouge le jour où il avait disparu. Si cette partie de son rêve était exacte, qu'en était-il du reste ? Elle ne pouvait oublier le bruit de coup de feu qui avait clos son rêve. Lui avait-on tiré dessus ?

— Vous m'écoutez ?

Crysta revint au présent et leva les yeux vers le visage pensif de Sam.

— Pardon, je crois que j'étais distraite. Que disiez-vous ?

— Je vous expliquais comment vous servir du sauna, dit-il en lui indiquant la petite bâtisse proche du gîte vers laquelle ils se dirigeaient. C'est plutôt un bain de vapeur, en fait. Vous trouverez tous les articles dont vous avez besoin dans l'antichambre. Comme vous le voyez, le feu brûle en permanence. Nous nous servons tous de ce bain et, pour des raisons de sécurité, il n'y a pas de verrou. C'est la même chose dans les toilettes. Il suffit de tourner le panneau « Occupé » pour ne pas être dérangé.

Toujours un peu déconnectée de la réalité, Crysta remarqua un filet de fumée qui montait de la cheminée du sauna.

— Ce portrait vous a bouleversée, n'est-ce pas ?

Navrée qu'il ait si facilement deviné ses sentiments, elle s'efforça de se concentrer.

— Je suis vraiment désolé, reprit-il. Tip est plein de bonnes intentions, mais il ne voit pas au-delà du moment présent.

Vous êtes devenue si pâle que j'ai cru un moment que vous alliez vous évanouir.

— Tip est adorable. Et ce portrait est magnifique. C'est seulement que…

Craignant qu'il ne lise en elle, elle détourna le regard.

— Je n'y étais pas préparée, c'est tout.

Il l'observa attentivement.

— Crysta… Vous savez comme moi que ce tour du propriétaire est un prétexte. En dehors du fait que vous avez sans doute quantité de questions à me poser, je dois vous dire quelque chose avant que quelqu'un d'autre ne le fasse.

Il avait l'air si sombre qu'elle resserra les bras autour d'elle.

— C'est au sujet de l'état de l'équipement de Derrick… On aurait dit que…

— Monsieur Barrister ?

Sam se tourna vers un homme en jean et chemise orange de secouriste qui paraissait épuisé. Tandis qu'il s'avançait vers eux, Crysta remarqua qu'il tenait un grand sac poubelle. Son estomac se noua.

— C'est un des secouristes, lui dit Sam. Vous voulez bien patienter une seconde ?

Crysta hocha la tête et le regarda aller à sa rencontre. Les deux hommes se rejoignirent à une dizaine de mètres d'elle, mais tout était si calme qu'elle put entendre ce qu'ils disaient.

— Je voulais vous le dire à vous en premier. Nous l'avons finalement trouvé… ou plutôt ce qu'il reste de lui. Plusieurs kilomètres en aval. Je crois que c'est à environ huit kilomètres de là où vous avez trouvé son sac. Un ours, il n'y a aucun doute là-dessus. Il doit y en avoir un féroce dans les parages.

Crysta eut l'impression que le sol se dérobait sous ses pieds. Sam lui jeta un regard inquiet.

— Jim, cette dame est…

— Nous n'avons toujours pas de corps, en fait, poursuivit Jim en hâte en adressant un signe de tête à Crysta. Mais il y a des traces d'ours et du sang sur les lieux. Ou il a été entièrement dévoré ou il a été traîné ailleurs. Nous ne le saurons probablement jamais. Dans les buissons, nous avons trouvé des lambeaux de sa chemise. Du moins, nous supposons que c'est la sienne.

Jim plongea la main dans le sac poubelle et en tira un morceau déchiqueté de flanelle rouge. Une pression en nacre brilla dans le soleil.

— Le labo va faire des tests, bien sûr, pour vérifier le groupe sanguin. Je sais que ce n'est pas grand-chose, mais vous croyez que ce pourrait être sa chemise ?

Un cri échappa à Crysta. Sam se précipita vers elle.

— Crysta…

— Il dit qu'il est mort ?

Elle ne pouvait détacher ses yeux du lambeau de tissu. Elle l'aurait reconnu n'importe où. Etaient-ce les griffes d'un ours qui l'avaient déchiré ?

— Derrick est mort ?

Sam lui prit le bras pour la soutenir.

— Jim, cette dame est la sœur de Derrick.

— Oh ! Bon Dieu ! Je suis désolé. Je ne me doutais pas…

Crysta jeta un regard suppliant à Sam.

— Il ne peut pas être mort. Je le saurais. Je le sentirais. Vous ne comprenez pas ? Il ne peut pas être mort !

Sam ne dit rien et son silence lui fit plus de mal que tout le reste. L'esprit en déroute, elle tourna un regard affolé vers le secouriste qui battait en retraite.

— Ça ne peut pas être un ours, dit-elle. Je l'aurais senti. Je sais que je l'aurais senti !

— Crysta… retournons au gîte. Venez. Je vais vous préparer un irish coffee, et vous allez vous allonger un peu.

La douceur de son ton fit prendre conscience à Crysta de l'hystérie du sien. Elle hocha la tête et le suivit, comme engourdie. Le secouriste avait semblé tellement affirmatif. Ils ne pouvaient pas se tromper à ce point ! Des traces d'ours et du sang… Son rêve ne signifiait peut-être rien du tout.

— Ils… ils se trompent peut-être, murmura-t-elle.

— Je…

Il fit une pause et avala sa salive.

— Jim Sales est l'un des meilleurs pisteurs de la région.

A ma connaissance, il ne s'est jamais trompé. Il ne parlerait pas d'ours s'il n'en était pas certain.

Le trajet de retour vers le gîte échappa à Crysta. A un moment donné, Sam passa le bras autour d'elle et elle eut vaguement la sensation qu'il la soutenait.

Elle s'efforça de poser un pied devant l'autre en essayant de faire le vide dans son esprit. Chaque fois que l'horreur de cette pensée pénétrait son esprit, elle la repoussait. Cela faisait trop mal.

« Pas Derrick ! S'il vous plaît, mon Dieu, faites qu'ils se soient trompés ! » priait-elle.

Le soutien de Sam et la chaleur de son corps étaient les seules choses solides auxquelles se raccrocher. Elle ne résista pas quand il la serra davantage contre lui.

Elle eut confusément conscience qu'il lui faisait traverser le gîte vers son propre appartement et qu'il l'allongeait sur un canapé. Tout semblait enveloppé d'un épais brouillard. Sam lui parla gentiment ; la voix de Tip s'éleva par intermittence. Elle n'arrivait pas à revenir à la réalité car elle ne pouvait l'affronter.

Le temps passa sans qu'elle sache s'il s'agissait de minutes ou d'heures. Puis, peu à peu, son esprit commença à accepter la vérité. Derrick n'était plus. Il n'était pas seulement mort, il n'était plus. Il n'y avait pas de corps. Il n'y aurait pas d'enterrement pour qu'elle puisse lui dire adieu. C'était comme s'il n'avait jamais existé. Un ours. Elle ne parvenait pas à se représenter l'animal qui avait pu faire cela ; il n'y avait rien d'assez monstrueux dans son imagination.

Puis Sam murmura : « Je suis désolé », et la réalité la frappa. Les gens ne disaient pas « désolé » de cette voix rauque si quelque chose d'impensable ne s'était pas produit. Elle essaya de se concentrer sur son visage. La terre entière pouvait bien être désolée, cela ne changeait rien. Comment pourrait-elle annoncer cette horreur à sa mère ?

Elevée par des parents très discrets, Crysta pleurait rarement, et jamais en public. Elle s'était un jour cassé le bras et n'avait pas versé une larme. Aux funérailles de son père, elle avait écouté l'éloge funèbre les yeux secs et la tête haute. Cette fois, la fierté lui manqua. Des larmes s'accumulèrent dans ses yeux, venues du plus profond d'elle-même, et un gémissement lui échappa. Si seulement Sam et Tip voulaient bien la laisser seule un moment…

Au lieu de cela, Sam essaya de la prendre dans ses bras. Il était peut-être l'ami de Derrick mais, pour elle, il était presque un inconnu. Et un inconnu extrêmement séduisant, qui plus est. Bien qu'il ait eu de bonnes intentions, elle se sentit intimidée plutôt que réconfortée et le repoussa. Il recula aussitôt.

— Je suis t… triste pour toi, dit doucement Tip.

C'était peut-être le fait qu'il ne prétende pas comprendre ce qu'elle ressentait, ou alors la vue de ses beaux yeux bruns noyés de larmes, mais Crysta sentit ce qui lui restait de retenue céder. Elle commença à sangloter.

— Oh ! Tip ! Je ne veux pas que tu sois triste aussi.

— Pourquoi ? Toi, tu es triste.

Comme si c'était la chose la plus naturelle du monde, il s'assit près d'elle et la prit dans ses bras. D'une main maladroite, il lui caressa les cheveux et Crysta enfouit son visage au creux de son épaule. Il était solide et rassurant et elle s'accrocha à lui tandis qu'elle prenait enfin conscience avec un sentiment d'horreur de la mort de son frère. Dévoré par un ours ! Elle ne pouvait pas imaginer pire manière de mourir. Les images envahirent son esprit, de plus en plus précises, jusqu'à lui donner envie de hurler.

Non ! Serrant les poings, elle força les images à reculer et se concentra sur le jeune garçon qui la tenait dans ses bras. Elle prit une profonde inspiration.

« N'y pense pas ! »

Ses larmes se tarirent lentement puis séchèrent en longues traînées sur ses joues. Elle reprit contenance et pressa gentiment la main de Tip. Les mots n'auraient pas suffi à exprimer ce qu'elle ressentait.

— L… les ours ne sont pas méchants, murmura Tip.

Elle ne s'était pas rendu compte qu'elle avait verbalisé ses pensées. Une protestation lui monta aux lèvres, mais elle se retint de la formuler. Tip avait raison ; tous les ours n'étaient pas méchants.

— D… Derrick aimait beaucoup les ours. Ils mangent les restes des repas qu'on met sur notre tas de compost, et il aimait bien les regarder. On leur a donné des n… noms. Grognon et Dent-creuse. Et Goinfre, parce qu'il n'aime pas partager. Derrick serait triste s'il savait que tu les détestes. Il disait que les ours avaient b… besoin d'amis pour les protéger des gens stupides qui leur tirent dessus et font des tapis avec leurs p… peaux. J'ai trouvé une c… carcasse, hier.

Son expression s'assombrit.

— Ils l'ont tué juste pour p… prendre la tête et les pattes.

Ne comprenant pas ce qu'il disait, Crysta le dévisagea.

— Les d… dents et les g… griffes sont vendues aux bijoutiers, expliqua Tip avec tristesse.

Elle eut du mal à réprimer un frisson.

— Je te promets que je ne détesterai pas les ours, Tip.

Comme s'il savait que le choc l'avait glacée jusqu'aux os, Sam avait allumé un bon feu. Bientôt, une douce chaleur régna dans le petit salon. Bien que consciente qu'elle aurait dû s'éloigner de Tip, Crysta ne parvenait pas à trouver la force de bouger. Elle était venue ici poussée par le désir de retrouver Derrick et, maintenant, il n'y avait plus rien à trouver. Elle se souvint comme elle avait échoué à sentir la présence de son frère dans l'avion. Etait-ce là un signe ? Malgré le feu, elle se sentait gelée et engourdie.

— Je vais aller parler aux secouristes, dit doucement Sam. Il n'est pas nécessaire que vous veniez. Vous pourrez lire le rapport officiel plus tard, quand vous en aurez la force.

Crysta acquiesça d'un signe de tête. Elle ne pouvait supporter d'entendre les détails sanglants de la mort de Derrick. Pas encore. Elle se redressa et passa les doigts dans sa chevelure. Puis elle leur adressa un sourire tremblant.

— Je suis désolée d'avoir perdu mon calme. Vous me connaissez à peine. C'était un tel choc d'entendre que…

Incapable de mettre des mots sur l'horreur, elle s'interrompit.

Sam et Tip ouvrirent la bouche en même temps, mais Tip fut le plus rapide.

— Nous sommes d… devenus vite amis. C'est toi qui l'as dit.

Perplexe un instant, Crysta comprit soudain que pour lui « vite » signifiait « immédiatement ». Par conséquent, les manières étaient inutiles entre eux.

Elle donna une tape affectueuse dans le dos du garçon.

— Oui, nous le sommes.

Tip sourit jusqu'aux oreilles.

— Je suis content. Ça me fait du bien.

Ce sentiment était réciproque. Tip avait quelque chose de spécial, et Crysta sentait qu'avoir fait sa connaissance l'avait enrichie. Même le chagrin d'avoir perdu Derrick ne pouvait totalement occulter cela.

Trois heures plus tard, quand Sam revint à son appartement, il trouva Crysta endormie sur le canapé, sous une couverture. Tip l'avait sans doute couverte, pensa-t-il. Il alla tirer les épais rideaux afin que la lumière ne perturbe pas son sommeil. A cette époque de l'année, il s'écoulait dix-neuf heures entre le lever et le coucher du soleil et, pour quelqu'un qui n'y était pas habitué, le soleil de minuit pouvait rendre le sommeil difficile. Crysta avait besoin de se reposer, car la journée du lendemain allait être épuisante pour elle.

Après avoir tiré le dernier rideau, Sam se tourna vers elle. Dans la pénombre, il distinguait à peine le pâle ovale de son visage. Quelque chose l'attirait en elle, lui donnait envie de la prendre dans ses bras, de… Surpris par les pensées qui lui venaient, il secoua la tête. Il connaissait à peine Crysta et n'était sûrement pas en position de se montrer familier avec elle, pas avant que tout cela ne soit fini.

Il aurait pu atténuer son chagrin en quelques mots, mais il ne l'avait pas fait et ne le ferait pas. Elle refuserait de partir et n'aurait de cesse qu'il lui dise tout. Mieux valait qu'elle croie Derrick victime d'un ours et qu'elle rentre chez elle, là où elle serait hors de danger.

En dépit des dires des secouristes, Sam ne croyait pas que Derrick ait été tué par un ours. Il l'aurait cru si cela s'était passé près de l'endroit où il avait trouvé son équipement lacéré. Or, c'était à plus de huit kilomètres de là, et aucun homme ne pouvait échapper à un grizzly sur huit kilomètres.

Les secouristes semblaient se satisfaire de cette explication. Après tout, les grizzlys faisaient parfois des choses étranges ; on avait vu des campeurs endormis disparaître avec leurs sacs de couchage. Pour eux, c'était donc seulement un autre incident bizarre, et ils considéreraient l'affaire close dès que le labo aurait émis ses conclusions. Ils n'avaient aucune raison de soupçonner un crime.

Mais lui en avait.

En soupirant, il passa dans la chambre voisine pour vérifier que Tip dormait aussi. Une fois rassuré, il alla dans son bureau et sortit un attaché-case d'une armoire. Les papiers de Derrick s'y trouvaient. Avec un peu de chance, il y trouverait aussi le nom du meurtrier.

Une lumière l'éblouit et elle sentit qu'elle tombait. De la boue, froide et collante, engluait ses bras et ses mains. Elle était plaquée contre une pente, une pente très raide, et glissait vers le bas. Elle regarda derrière elle et vit des remous blancs autour de rochers escarpés en contrebas. Son instinct prit le dessus. Elle s'agrippa à la terre boueuse. La douleur. Comme la boue, elle la submergeait. Une douleur si vive qu'elle lui coupait le souffle. Elle n'avait qu'une envie, se reposer, mais elle n'osait pas.

Repoussant son angoisse, elle enfonça ses doigts et ses orteils dans la boue et rampa vers le haut. Le rugissement de l'eau remplissait ses oreilles. Elle avait si froid, elle était si fatiguée… Elle trouva une prise et se reposa un moment, à bout de souffle. Levant la tête, elle évalua la distance qu'il lui restait à parcourir. Ce n'était pas loin. Poussée par le désespoir, elle reprit sa progression, centimètre par centimètre.

Quand elle parvint au sommet, elle roula sur le dos pour

se reposer. A sa gauche, une cabane de rondins branlante était nichée entre les arbres. De la fumée s'échappait de sa cheminée bancale. Ils étaient toujours là. A cette pensée, son esprit se remplit de questions. « Ils » ? La peur lui mordit le ventre. Il ne fallait pas qu'elle perde de temps à se poser des questions.

« Cache-toi avant qu'ils te trouvent ! »

Elle lutta pour se mettre à genoux. La douleur explosa dans son épaule et sa poitrine quand elle prit appui sur son bras gauche. Elle baissa les yeux. Du sang. Il suintait d'un trou noir au-dessus de son cœur. Elle se mit péniblement debout et examina la blessure. La boue semblait avoir stoppé le flot de sang. Elle fit un pas et une douleur semblable à un coup de poignard lui vrilla la cuisse ; elle serra les dents. Il y avait un lac près de là, et une cabane déserte. Elle y serait en sécurité.

Crysta s'éveilla en sursaut. Elle avait le visage pressé contre les coussins du canapé et le tissu lui grattait la joue. Toujours sous le coup de sa terreur, elle ouvrit lentement les yeux. Un brouillard orange dansait devant elle. Se redressant brusquement, elle s'assit et agrippa sa cuisse droite. Sa tête tournait. Pendant un moment, elle oscilla entre cauchemar et réalité, consciente de son environnement malgré les visions persistantes de boue et de sang. Frénétiquement, elle se frotta la poitrine et les bras.

— Ça v… va ?

La voix de Tip la fit sursauter. S'immobilisant, elle le regarda allumer la lampe posée sur la table basse puis jeta des regards affolés autour d'elle, sur les coussins du canapé, le feu qui pétillait dans la cheminée, ses vêtements et ses mains. Les derniers vestiges de son rêve s'évanouirent.

— T… tu cr… criais, murmura Tip. T… tu disais que tu s… saignais. Tu t'es c… coupée ?

— Non.

Elle avala sa salive.

— Non, Tip. Je crois que je faisais un cauchemar.

Il se détendit un peu.

— Oh ! Je fais des c… cauchemars aussi, parfois. Mon père te laissera d… dormir avec lui, si tu as peur.

Une vague de chaleur monta au visage de Crysta.

— Je suis bien, ici.

Elle posa le regard sur la porte fermée de la chambre de Sam.

— Merci d'être venu me voir. Je suis désolée de t'avoir réveillé.

— Je p… peux te raconter une histoire, si tu veux. Mon père m'en a appris.

Crysta n'avait jamais rencontré quelqu'un d'aussi gentil que Tip.

— C'est très attentionné de ta part. Peut-être une autre fois ? Je suis horriblement fatiguée. Je suis sûre que toi aussi.

— Un peu.

Il paraissait hésiter à la laisser seule.

— B… bonne nuit.

Elle le regarda retourner dans sa chambre. Après qu'il eut refermé la porte, elle posa les coudes sur ses genoux et laissa tomber sa tête dans ses mains. Que lui arrivait-il ? Même maintenant, alors qu'elle était tout à fait réveillée, sa cuisse lui faisait mal et son épaule était raide. C'était insensé !

Une soudaine bouffée d'espoir lui fit relever la tête. Elle se souvint de la détonation dans son rêve précédent. Et cette fois, le sang, la plaie noire dans sa chair. L'orifice d'une balle ? Elle se leva d'un bond et faillit tomber en se prenant les pieds dans la couverture. Pressant les mains contre ses tempes, elle laissa son regard errer sur le feu. Etait-elle en train de perdre l'esprit ou Derrick était-il toujours vivant ?

5

S'il y avait une chance qu'il soit encore vivant, il fallait vite le retrouver, mais elle savait que seul un fou se risquerait à chercher Derrick dans une contrée sauvage aussi vaste. Elle avait besoin de quelqu'un qui connaisse la région. Qui la connaissait mieux que Sam Barrister, l'un des meilleurs guides d'Alaska, selon Derrick ?

De légers coups frappés à la porte de Sam ayant échoué à le réveiller, Crysta s'aventura dans le couloir, vaguement consciente d'un bruit de bourdonnement quelque part. Un générateur ? Une lumière grisâtre entrait par les fenêtres de la salle à manger. Elle regarda sa montre. 2 heures. Pendant un moment elle crut qu'il était 2 heures de l'après-midi, puis elle se rappela qu'en Alaska la nuit ne tombait jamais vraiment. L'obscurité dans l'appartement de Sam était due aux rideaux tirés.

Un rai de lumière électrique filtrait d'une porte entrouverte sur sa droite. Elle s'en approcha, leva la main pour frapper et hésita. Par l'entrebâillement, elle vit Sam, assis à un grand bureau, penché sur une pile de papiers.

Elle donna un léger coup à la porte puis la poussa et balaya du regard son espace de travail. Une magnifique peinture d'élan ornait le mur derrière son bureau. C'était à n'en pas douter une œuvre de Tip. Les parois de pin brillaient dans la lumière de la lampe et une agréable odeur de café flottait dans l'air.

— Monsieur Barrister ?

Sam sursauta au son de sa voix et lui jeta un regard perçant tandis qu'elle franchissait le seuil.

— Je… euh… J'ai besoin de vous parler, dit-elle avec une prudence soudaine.

Pourquoi était-il si nerveux ? Son comportement ne correspondait pas du tout à ce que Derrick lui avait dit à son sujet.

— Vous avez une minute ?

— Bien sûr.

Avec une nonchalance que démentait le pli de sa bouche, Sam jeta les papiers qu'il étudiait dans un attaché-case qui parut familier à Crysta et le referma d'un coup sec avant de le ranger dans un tiroir.

— Entrez donc.

Il se leva en tirant sur son sweat-shirt rouge froissé.

Crysta referma la porte derrière elle et, la main encore sur la poignée, regretta aussitôt de l'avoir fait.

Elle se crispa tandis qu'il contournait le bureau pour venir à sa rencontre. Dans cette petite pièce, il semblait encore plus grand que d'habitude, avec ses longues jambes et ses épaules massives.

— Café ? offrit-il d'une voix tendue. Je viens de le faire.

Le regard de Crysta se posa sur le bureau. Il était parfaitement rangé et la surface de bois brillait de cire, ce qui lui fit penser que l'apparence négligée de Barrister ne lui était pas habituelle. Elle avait envie de traverser la pièce et d'aller ouvrir le tiroir pour regarder ce qu'il y avait dissimulé.

— Oui, volontiers. Un café me ferait du bien.

Il s'approcha d'une petite table roulante placée sous la fenêtre, sur laquelle une cafetière électrique crachotait doucement. Crysta remarqua de nouveau que tout était impeccable, en curieux contraste avec l'air las de l'homme.

Il prit deux mugs sur une étagère de bois et les remplit.

— Vous ne dormez jamais ? demanda-t-elle.

— Crème ? Sucre ?

Il lui jeta un regard par-dessus son épaule.

— Un peu de sucre, s'il vous plaît.

— Pour répondre à votre question, si, je dors. Mais ces derniers jours, je suis trop occupé pour prendre du repos.

Tout en parlant, il s'approcha d'elle et lui tendit un des mugs.

— Asseyez-vous, ajouta-t-il avec un geste en direction du fauteuil vide devant son bureau.

Crysta prit place sur le siège de cuir tandis qu'il posait une fesse sur le bureau. Il avait l'air d'un homme des bois, même à l'intérieur. Elle songea que son allure devait tourner la tête de la plupart des femmes.

D'ailleurs, elle aussi le trouvait très attirant. C'était même étonnant, vu qu'il ne faisait aucun effort pour s'arranger. Une fois encore, elle remarqua les cernes noirs sous ses yeux et les pointes d'argent qui piquetaient ses joues. Son âge se lisait dans les ridules qui marquaient les coins de ses yeux et de sa bouche, témoignant de ses joies et de ses chagrins. Elle avait l'impression qu'il ignorait à quel point il était beau et que, même s'il l'avait su, il n'aurait pas trouvé cela important. C'était quelque chose de plaisant chez lui.

Elle ne put s'empêcher de se demander ce qu'il avait de si pressant à faire pour qu'il soit venu travailler plutôt que d'aller se doucher et dormir.

Comme elle ne disait rien, il toussota, l'air mal à l'aise.

— De quoi vouliez-vous me parler ?

Crysta but une gorgée de café et leva les yeux vers lui.

— Où sont les affaires personnelles de mon frère ?

— Je suis désolé, je croyais vous l'avoir dit. On les a trouvées sur le sentier, déchiquetées par l'ours.

— Derrick emportait son attaché-case en randonnée ?

L'une de ses paupières tressauta mais, en dehors de cela, il resta aussi impassible qu'un joueur de poker.

— Je ne savais pas qu'il avait un attaché-case.

— Son travail amenait Derrick à rencontrer beaucoup de gens, y compris durant son temps libre. Il veillait sur son attaché-case comme la plupart des femmes sur leur sac à main.

Il haussa les épaules.

— Il venait ici pour s'éloigner de tout, vous savez. Et, vu les tarifs des appels, il ne contactait pas grand monde. Il l'a peut-être laissé dans le coffre d'un hôtel à Anchorage.

Crysta sentit tous ses muscles se tendre. Les lèvres pincées, elle considéra l'homme que Derrick appelait son ami. Elle était certaine qu'il mentait.

— En parlant de téléphone... Derrick a appelé ma mère d'ici la semaine dernière. Pourtant, j'ai remarqué sur votre calendrier que l'appareil était en réparation à ce moment-là. Comment a-t-il pu appeler, alors ?

Il jeta un regard vers la porte.

— Riley O'Keefe m'a prêté le sien.

— Riley O'Keefe ?

— C'est un client régulier. Le rouquin que vous avez vu sur l'île à votre arrivée.

Elle se souvenait de l'homme.

— Connaissait-il bien mon frère ?

— Plutôt bien. Riley travaille aussi pour Blanchette Construction.

— A quel poste ?

Barrister hésita.

— Il est contremaître dans un entrepôt.

— Y a-t-il d'autres employés de Blanchette qui viennent ici régulièrement ?

Il chercha son regard avec une crispation de la mâchoire.

— Plusieurs, oui. Steve Henderson vient assez fréquemment — un jeune type brun. Vous ne l'avez peut-être pas remarqué. Riley lui tient assez souvent compagnie, sans doute pour le distraire de ses soucis à la maison.

— Il a des soucis ?

Le regard de Sam s'assombrit.

— Un fils atteint de leucémie. C'est un enfant très jeune, et c'est difficile pour Steve. La pression financière n'arrange rien.

Devant la compassion qu'elle lisait dans les yeux de Sam, Crysta se rappela la raison première de cet entretien. Un homme qui se préoccupait autant de l'enfant d'un autre ne pouvait être totalement mauvais. L'émotion lui noua la gorge.

— Je ne crois pas que mon frère ait été tué par un ours, annonça-t-elle.

Le regard de Sam se vida de toute expression.

— De quoi est-il mort, alors ?

« Attention, Crysta ! »

— Je… je ne crois pas qu'il soit mort.

Sam s'immobilisa complètement et l'observa d'une manière qui lui donna l'impression qu'il lisait en elle.

— Laissez-moi reformuler ça, murmura-t-elle. Je sais qu'il n'est pas mort.

Sam émit un toussotement nerveux.

— Comment pouvez-vous savoir qu'il n'est pas mort ?

Enveloppant son mug de ses mains, Crysta baissa la tête et fixa le tissu épais de son jean, luttant contre l'envie de lui raconter ses rêves. Sa crédibilité était en jeu, il ne fallait pas qu'elle l'oublie.

— Je le sais, c'est tout. Il faut reprendre les recherches. C'est impératif. Nous devons retrouver Derrick avant qu'il ne soit trop tard.

Un silence épais suivit. Puis elle entendit Sam poser son mug sur le bureau. Sans avertissement, il se pencha en avant et lui attrapa l'épaule, la faisant sursauter.

— Crysta, je sais à quel point il est difficile pour vous d'accepter la mort de Derrick, surtout dans de telles circonstances. Il est normal que vous traversiez une période de déni. Y a-t-il quelque chose que je puisse faire pour vous ?

Elle garda la tête baissée. La chaleur de sa main et l'inquiétude qu'elle percevait dans sa voix soulevaient en elle des émotions qu'elle s'était efforcée d'ignorer. La faiblesse, le besoin d'être consolée… Cet homme était celui qui permettait à son fils adolescent de dormir avec lui quand il avait peur, qui lui racontait des histoires pour chasser les cauchemars. Isolée comme elle l'était du reste du monde, elle ne pouvait que se tourner vers lui. Elle avait envie de croire à sa sincérité.

— Vous pouvez m'aider à le retrouver.

Cette requête resta suspendue entre eux. Au bout de quelques instants, Crysta releva lentement la tête.

— Qu'est-ce qui vous fait penser qu'il est vivant, qu'il…

Il lui lâcha l'épaule, se redressa et fit courir ses doigts robustes dans sa chevelure brune, évitant de croiser son regard tandis qu'il pesait les mots qu'il allait prononcer.

— Qu'est-ce qui vous fait penser qu'il y a encore quelque chose à trouver, Crysta ? Vous avez entendu le secouriste comme moi.

Quand il reposa le regard sur elle, Crysta sentit son trouble croître. Sam Barrister avait l'air d'un homme gentil, et son instinct lui disait de lui faire confiance. Réagissait-elle seulement à son apparence ? Ou alors croyait-elle le connaître à cause de ce que Derrick lui avait raconté ? Elle savait que la disparition de Derrick était liée à un crime et qu'elle n'aurait dû faire confiance à personne, mais elle avait besoin d'aide.

— Je sais seulement qu'il est vivant, dit-elle d'une voix rauque.

— Vous le savez ?

Il parut méditer cela. Son incrédulité était toujours perceptible, et Crysta s'interrogea sur la confiance qu'elle accordait à son propre instinct. En considérant les choses du point de vue de Sam, elle devait bien admettre que sa conviction semblait absurde. Pourtant, elle se fondait sur l'expérience de toute une vie et elle ne pouvait l'ignorer. Pas quand la vie de Derrick en dépendait peut-être. Pour résumer, elle se fichait d'avoir l'air d'une folle.

Il rompit finalement le silence.

— Si vous avez une once de preuve, j'organiserai de nouvelles recherches. Mais, s'il vous plaît, comprenez que je ne peux pas le faire sans une très bonne raison. Ces hommes ont des emplois et des familles.

— Je le sentirais, s'il était mort. Nous sommes jumeaux. Les jumeaux sont… davantage liés l'un à l'autre que les autres frères et sœurs.

Elle en avait dit autant qu'elle pouvait se le permettre, mais ce ne serait pas assez. Si elle l'avait bien jaugé, Barrister était un homme pragmatique, qui ne prenait en compte que ce qu'il voyait, entendait ou touchait.

Découragée et méfiante, elle posa son mug sur le bureau. Sam se remit sur pied et l'observa, le visage impassible, comme si elle avait été une enfant désobéissante.

— Si vous ne voulez pas m'aider, marmonna-t-elle, j'engagerai un guide.

Il eut un demi-sourire.

— Les guides sont réservés des mois à l'avance. En trouver un compétent du jour au lendemain est impossible.

Le dernier espoir de Crysta mourut à ces mots. Elle vit dans ses yeux qu'il disait la vérité. Jamais elle ne s'était sentie aussi impuissante.

— Alors je le chercherai moi-même. Vous me mettrez au moins dans la bonne direction ?

Il secoua la tête.

— Non. Une autre disparition est la dernière chose dont j'aie besoin. Nous parlons d'ours dangereux, Crysta ! Un animal sauvage qui peut vous arracher la tête d'un seul coup de patte. Vous n'irez nulle part toute seule, je ne le permettrai pas.

— Vous ne le permettrez pas ? s'exclama Crysta en se levant brusquement. Vous oubliez que je suis majeure. Vous n'avez aucune autorité sur moi.

— Oh si ! j'en ai ! Ceci est mon gîte, et vous êtes mon invitée. Si vous vous faites tuer, je serai responsable.

— Je vous signerai une décharge.

— Une décharge ne vaut rien dans un tribunal. Je connais les dangers de cette région et vous non. Ce serait criminel de ma part de vous laisser prendre ce risque.

— Mais vous avez laissé Derrick partir en randonnée !

— Derrick connaissait bien la région. Pas vous.

— S'il vous plaît..., murmura-t-elle. C'est mon frère !

Le regard inébranlable de Sam croisa le sien. Il avait l'air de vouloir dire oui, sans pouvoir le faire. Sentant qu'il était sur le point de céder, elle resta campée devant lui sans bouger.

Quand cette attente silencieuse devint insupportable, elle pivota sur ses talons et quitta le bureau, tremblante de colère.

Une fois seule, elle ferma les yeux et prit une profonde inspiration. Ses émotions et ses pensées étaient trop confuses pour qu'elle puisse y mettre de l'ordre. Sam Barrister était-il l'ami de Derrick ou son ennemi ? C'était une question à laquelle elle n'avait pas de réponse.

Sam fixa la porte de son bureau, à l'écoute des pas de Crysta, afin de déterminer dans quelle direction elle allait. Quelques instants plus tard, il entendit la porte d'entrée grincer tandis qu'elle sortait.

« Je le sentirais, s'il était mort. » Il ne pouvait pas prendre ces mots à la légère. Que les jumeaux Meyers soient capables ou non de communiquer par télépathie n'était pas la question pour le moment. L'important était que tous deux y croyaient. Sa longue fréquentation de Derrick lui avait appris que, si Crysta sentait quelque chose au sujet de son frère, elle ferait comme s'il s'agissait d'un fait.

Découragé, il laissa son regard se perdre sur les poutres du plafond. Crysta Meyers lui posait davantage de problèmes qu'il ne s'y était attendu. Elle serait en danger si elle restait là et, comme il ignorait de quel côté viendrait ce danger, il était incapable de la protéger. Comment pourrait-il la convaincre de partir ?

Son attitude inamicale n'avait pas marché, et lui dire la vérité était hors de question. S'il lui avouait qu'il soupçonnait que Derrick avait été assassiné parce qu'il était tombé sur une activité illégale au sein de Blanchette Construction, elle insisterait pour rester jusqu'à ce que les meurtriers soient arrêtés et traduits en justice.

Il se demanda si elle avait reconnu l'attaché-case de son frère. Si tel était le cas, elle allait exiger de connaître la vérité.

Une douleur se logea derrière ses yeux. Il grogna et se massa les tempes. Se faire des reproches ne servait à rien, mais il ne pouvait s'en empêcher. Si seulement il avait écouté Derrick avec plus d'attention quand il lui avait fait part de ses soupçons !

« Je ne veux pas faire de spéculations gratuites à ce stade, mais il y a quelque chose qui pue ici, en Alaska, Sam. Je ne suis pas encore certain de ce dont il s'agit, mais je trouverai, crois-moi. »

Préoccupé par de petites incohérences dans ses livres de comptes, il n'avait prêté qu'une oreille distraite aux propos de son ami, ce soir-là. A présent, cette conversation le hantait.

Tout ce qu'il avait, c'étaient ces papiers et l'espoir qu'ils mènent quelque part. Il lui fallait une preuve, quelque chose qu'il pourrait présenter aux autorités.

« Quelque chose qui pue. »

Il fallait qu'il trouve quoi. Et vite, avant que Crysta ne commence à poser des questions gênantes aux mauvaises personnes, des gens qui feraient tout pour éviter d'avoir à y répondre.

« Il y a plus d'un chemin qui mène à Rome. »

Elevée par une mère dotée d'un goût prononcé pour les proverbes, Crysta en avait un à l'esprit en toutes circonstances. C'était l'impasse avec Sam Barrister, mais cela ne voulait pas dire qu'elle allait rester là sans rien faire. Elle allait s'adresser au coordinateur lui-même.

Elle sentait son esprit vaciller sous l'effet de la panique. Le temps passait, et les jours de Derrick étaient comptés.

Tout en descendant la pente, elle balaya du regard le cercle de tentes au milieu des trembles, en espérant que quelqu'un parmi les secouristes serait éveillé. Elle ne fut pas déçue. Un homme, assis sur une souche devant sa tente, était en train d'écrire sur un bloc. Elle s'approcha lentement, s'efforçant de préparer ce qu'elle allait lui dire.

— Excusez-moi, monsieur… Je suis Crysta Meyers, la sœur de Derrick Meyers. Le coordinateur des recherches est-il debout ?

Il s'interrompit et leva les yeux vers elle. Elle reconnut immédiatement l'homme qui avait donné les mauvaises nouvelles à Sam et qu'il avait appelé Jim.

— C'est moi.

Crysta n'en crut pas sa chance.

— Pourrais-je vous poser quelques questions ?

Le regard gris parcourut ses vêtements fripés et s'adoucit.

— Je suis vraiment désolé pour votre frère, mademoiselle. Si je peux répondre à vos questions pour vous aider à traverser cette épreuve, je le ferai volontiers.

Il indiqua une souche voisine de la sienne.

— Asseyez-vous donc.

Crysta se posa sur ce siège improvisé, les mains entre les genoux. Le feu mourant à proximité lui rappela les parties de camping qu'elle avait faites avec Derrick, les soirées passées à chanter tandis qu'il pinçait les cordes de son ukulélé en inventant des rimes idiotes. La douleur la submergea et son sentiment de perte se fit si aigu qu'elle en eut mal physiquement. Elle avait souhaité pouvoir s'éloigner de Derrick et mener une vie normale, ces derniers temps. Maintenant, elle aurait tout donné pour entendre sa voix murmurer dans sa tête.

— Sans euh... corps... comment pouvez-vous être sûr que mon frère est mort ? Vous ne pouvez pas le chercher encore quelques jours ?

Jim coinça son stylo derrière son oreille et regarda pensivement vers les trembles. Des mèches brunes bouclaient sur le col de sa chemise. Il avait besoin d'un rasage et d'une coupe de cheveux. Crysta se demanda si sa famille lui manquait, et s'il comprenait son chagrin.

— Je sais que ce n'est pas facile de perdre quelqu'un de cette manière, dit-il doucement. Mais vous devez l'accepter. Nous avons trouvé des morceaux de sa chemise déchirés et trempés de sang. Il y avait des traces d'ours et des signes de lutte à proximité.

— Avez-vous cherché des signes d'agression ?

— D'agression ?

Le regard qu'il lui lança lui donna l'impression que sa question était ridicule.

— Non. Pourquoi l'aurions-nous fait alors que rien ne laissait supposer qu'il ait pu être agressé ?

« Parce que j'ai entendu un coup de feu. » Crysta se mordit la lèvre.

— Avez-vous vu des empreintes humaines ?

— Bien sûr. Celles de votre frère.

— Pas d'autres ?

Il eut une petite mimique irritée.

— Nous n'avons pas relevé les empreintes, si c'est ce que vous voulez dire. Il y avait des signes de lutte violente, des traces de glissade dans la boue, des empreintes d'ours, du sang, des branches brisées dans les environs, un rocher renversé, et la chemise déchirée de votre frère.

Déterminée à ne pas se laisser décourager, Crysta insista.

— Les traces d'ours sont-elles fréquentes, par ici ?

— Bien sûr qu'elles sont fréquentes.

— Et ces traces-là indiquaient clairement une attaque ?

Le cou de l'homme devint tout rouge.

— Tout indiquait une attaque d'ours.

— Vous avez mentionné des traces de glissade. Avaient-elles été faites par l'ours ? Ou par des bottes ?

Son expression se durcit.

— Mademoiselle, nous avons trouvé les indices clairs d'une attaque par un ours. Il n'y a absolument aucune raison d'en déduire autre chose. Les autorités sont satisfaites en ce qui les concerne. Pourquoi ne l'êtes-vous pas ?

— Vous avez trouvé du sang, mais comment savez-vous que c'est celui de mon frère ?

— Et de qui voulez-vous qu'il soit ? De l'ours ?

Il la regarda droit dans les yeux et soupira.

— Je suis désolé. C'était malvenu. On va faire des tests. S'il ne s'agit pas du sang de votre frère ou de l'animal, nous reprendrons les recherches.

— Mais il sera trop tard !

— Nous aurons les premiers rapports cet après-midi.

— Et, s'il ne s'agit pas de son sang, vous reviendrez et vous recommencerez à le chercher ?

— Je vous le promets.

Crysta cilla et détourna le regard. Au loin, sur l'île, elle vit le rouquin débarquer. Elle se demanda s'il avait passé la nuit à pêcher. Son frère avait disparu. Comment les gens pouvaient-ils continuer à vaquer à leurs occupations comme si de rien n'était ?

— Je ne crois pas que mon frère soit mort. Nous sommes jumeaux, plus proches l'un de l'autre que d'autres frères et sœurs. Je le sentirais, vous comprenez ?

Le coordinateur lui adressa un regard plein de pitié.

— C'est dur à accepter, je le comprends.

— Non, vous ne compr…

Crysta s'interrompit et s'efforça de lutter contre le violent tremblement qui s'était emparé d'elle. C'était tellement affreux de se confier et de savoir que personne ne la croyait ! Si seulement la mention de phénomènes télépathiques ne rendait pas les gens si méfiants ! Par la force des choses, elle avait appris depuis longtemps à peser ses paroles. En dire trop pouvait lui aliéner définitivement l'aide de cet homme.

— Vous avez déjà eu une sensation instinctive ? Quelque chose que vous saviez au fond de vous-même sans pouvoir vous l'expliquer ?

Il continuait de la regarder, visiblement perplexe. Elle se pencha vers lui.

— Je sais que mon frère n'est pas mort. Il est quelque part là-bas, et chaque seconde qui passe diminue ses chances de survie. S'il vous plaît, ne renvoyez pas l'équipe de recherche.

— Mademoiselle, les preuves sont accablantes. Je ne peux pas demander aux gars de rester. Notre association ne m'accordera rien de plus pour couvrir leurs salaires. Navré.

— Leurs salaires ? Alors c'est à ça que tout se résume ? Comment pouvez-vous fixer un prix à la vie d'un homme ? Vous ne pouvez pas abandonner et le laisser là où il est !

Elle avait élevé la voix jusqu'à crier. Quand elle s'en rendit compte, elle mit sa main sur sa bouche. Ses cris avaient probablement réveillé les hommes endormis. Riley O'Keefe n'était plus très loin. A ses regards soupçonneux, elle comprit qu'il avait entendu sa sortie.

Le bruit d'une fermeture Eclair se fit entendre, et un jeune homme brun apparut dans l'ouverture d'une tente. Crysta avala sa salive et, prenant une profonde inspiration, revint au coordinateur.

— Je suis désolée d'avoir crié. Je devrais plutôt vous remercier pour ce que vous avez fait.

— Ne soyez pas désolée, mademoiselle. Croyez-moi, je comprends ce que vous ressentez. J'aimerais pouvoir poursuivre les recherches, mais je ne peux pas. Vous pouvez peut-être appeler la direction de l'association, ou la police d'Anchorage, et voir s'ils nous autorisent à rester. Tout ce dont j'ai besoin, c'est d'un feu vert.

Un sentiment d'inutilité submergea Crysta. Rien de ce qu'elle pourrait faire ou dire ne changerait les choses. Lui raconter en détail ses expériences précédentes de communication télépathique avec son frère ne servirait à rien. Qui l'avait jamais crue, en dehors de ses parents, de Derrick lui-même et de sa tante Eva ? Certainement pas son ex-mari, ni leur médecin de famille, et encore moins son thérapeute.

— J'imagine que je ne peux pas vous engager comme guide ?

Il lui adressa un sourire de regret.

— Comme tout le monde, j'ai un emploi. Mon patron m'autorise à participer aux recherches officielles mais, une fois qu'elles sont terminées, il m'attend.

— Pourriez-vous me recommander un autre guide, dans ce cas ?

— Une dizaine, mais ils ne seront pas disponibles. Ils sont en général réservés un an à l'avance.

— Où cette attaque a-t-elle eu lieu exactement ? demanda-t-elle doucement, espérant qu'il se montrerait plus précis que Sam.

Son regard s'aiguisa.

— Vous ne pensez pas aller là-bas par vous-même, n'est-ce pas ?

Incapable de mentir, elle garda le silence.

Il reprit son stylo et se remit à écrire, lui signifiant clairement que l'entretien était terminé.

— Je suis vraiment désolé pour votre frère, mademoiselle. Si vous avez encore des questions, vous savez où me trouver.

— J'ai le droit de savoir !

— Si vous voulez vous faire tuer, vous le ferez sans mon aide.

— Vous faites de la rétention d'information.

Il pointa l'index vers la rivière, en direction de l'aval.

— C'est à perpète.

Elle eut envie de le secouer.

— A quelle distance ?

— Plusieurs kilomètres.

— Combien ?

— Plus de deux, moins de dix. Je n'ai pas compté.

— Est-ce le long de la rivière, à l'embouchure d'un affluent, dans un marécage ?

Il fronça les sourcils, feignant la confusion.

— Je crois que c'est le long de la rivière, mais c'est peut-être un marécage. De toute façon, c'est le long de la Yentna. Impossible à manquer, nous avons marqué l'endroit avec des fanions.

Furieuse, Crysta se leva et s'éloigna avant de perdre son calme. Cela n'aiderait pas Derrick si elle se fâchait avec tous ceux qui pouvaient le retrouver. En remontant vers le gîte, elle évalua les options qui s'offraient à elle. Elle n'allait pas réussir à convaincre qui que ce soit de continuer à chercher Derrick. Il lui fallait une carte de la région.

Une rafale de vent lui fouetta le visage. Ne connaissant rien à la région, elle allait prendre de sérieux risques en s'aventurant loin du gîte. Elle devait soigneusement planifier les choses. Et, si ses rêves étaient vrais, il y avait pire à craindre que des ours. Il fallait qu'elle se reprenne et qu'elle réfléchisse calmement. Un bain chaud lui éclaircirait peut-être les idées.

Elle se glissa doucement dans l'appartement de Sam et rassembla des vêtements propres. En approchant du sauna, elle eut l'impression qu'on l'épiait. Pourtant, il n'y avait personne en vue. La mettant sur le compte de ses nerfs à vif, elle écarta cette sensation.

Après avoir suspendu ses affaires dans l'antichambre, elle sélectionna quelques morceaux de bois et ouvrit la porte de la chaudière pour alimenter le feu. Puis, munie de savon, de shampooing et d'une serviette, elle pénétra dans la cabine, tirant la porte derrière elle.

Emerveillée par l'efficacité du système, elle inspira profondément la vapeur. Sam avait de bonnes raisons de ne pas mettre de verrou. L'air était si chaud et si épais qu'on pouvait facilement avoir le vertige.

Après s'être lavée, elle se rhabilla sans se maquiller et donna quelques coups de brosse à ses cheveux.

En revenant vers le gîte, elle aperçut du coin de l'œil une tache rouge près de la rivière. Riley O'Keefe. Se rappelant que Sam lui avait dit qu'il travaillait aussi pour Blanchette, elle décida d'aller lui parler afin de glaner quelques informations. Laissant tomber son paquet de vêtements sales près de l'entrée, elle se dirigea vers lui, en frissonnant dans la brise fraîche.

Riley O'Keefe sourit en la voyant approcher. Il était occupé à vider un poisson. Délogeant de l'index une boule de tabac à chiquer de sa joue, il la cracha puis s'essuya la main sur son pantalon avant de la tendre à Crysta.

— Désolé, mais je m'attendais pas à de la compagnie, ce matin. C'est bon de savoir que je suis pas le seul debout.

Dégoûtée à l'idée qu'on puisse mettre dans sa bouche un doigt taché de sang de poisson, Crysta retint un frisson et lui serra la main en dissimulant sa réticence.

— On ne dirait pas la nuit ; c'est plutôt le crépuscule, non ?

— Ouais, mais à cette époque c'est la seule nuit que vous aurez. Ça fait pousser les plantes, mais les nouveaux ont du mal à dormir. Mais ça finira par vous rattraper au bout de quelques jours, et vous verrez qu'vous vous écroulerez comme une morte.

— Je crois que vous connaissez mon frère, dit Crysta avec un sourire forcé.

— Oui, je le connaissais.

Le temps du verbe la fit frémir.

— Sam m'a dit que vous travaillez pour Blanchette ?

— C'est vrai.

Ouvrant la glacière près de lui, il en tira une canette de bière.

— Vous en voulez une ? Ça vous aiderait à dormir, et il m'en reste encore. Je rentre à Anchorage tout à l'heure. Shriver fait l'aller-retour, aujourd'hui, alors je vais travailler quelques heures, refaire le plein de bières et revenir pêcher. La belle vie, quoi !

Il rit de sa plaisanterie et haussa un sourcil.

— Vous êtes sûre que vous en voulez pas ? insista-t-il comme Crysta secouait la tête.

Elle se demanda comment il pouvait se permettre tous ces allers-retours avec un salaire de contremaître.

— Merci, mais je ne bois pas de bière, à moins qu'il ne fasse très chaud.

Il décapsula sa canette et, renversant la tête, se mit à boire à longues gorgées. Crysta se dit qu'il allait la finir d'un trait, mais il s'interrompit bientôt et, après un rot de satisfaction et un sourire d'excuse, il s'essuya le menton de la manche.

— J'ai l'impression que vous êtes le genre d'homme paré à tout, dit-elle d'un ton léger.

— Comment ça ?

— Eh bien, vous m'avez l'air parfaitement organisé. Vous avez fait provision de boisson, et vous voyagez avec votre propre téléphone. Vous l'avez prêté à Sam, la semaine dernière.

— Le téléphone mobile ?

Il hocha la tête.

— Ouais, je l'ai apporté. Dans un endroit aussi isolé, on sait jamais c'qui peut arriver.

Crysta sentit sa gorge se serrer.

— Oui, la disparition de mon frère le prouve.

Riley finit sa bière et jeta la canette dans un sac derrière lui.

— Je suis désolé pour Derrick, à propos. Je voulais vous le dire quand vous avez atterri, mais je savais pas comment m'y prendre.

Son expression de compassion lui fit monter les larmes aux yeux.

— Je suppose qu'il n'y a pas grand-chose à dire, répondit-elle finalement. Vous ne sauriez pas où on a trouvé exactement les affaires de mon frère ? ajouta-t-elle après un instant de silence.

O'Keefe lui jeta un regard entendu.

— Pourquoi vous demandez pas au coordinateur ?

— Je l'ai fait, mais il est resté plutôt vague.

— Vous pensez quand même pas à aller là-bas toute seule ? s'enquit-il d'une voix inquiète.

— Je n'en sais rien encore. Mais, de toute façon, c'est à moi de prendre la décision.

— C'est vrai. Malheureusement, je sais pas où ça s'trouve. Juste que c'est en aval d'ici.

La frustration gagna Crysta. Elle aurait juré qu'O'Keefe en savait plus qu'il ne le disait.

— Si vous le savez, j'aimerais que vous me le disiez. Je connais les risques.

Il lui adressa un regard suppliant.

— Me mêlez pas à ça, d'accord ? C'est pas mes oignons. Je suis juste un client, ici. Si je contrarie Sam, ça en sera fini de mes week-ends.

Comprenant qu'il était inutile de le presser davantage, elle décida de changer de sujet.

— Alors vous venez souvent ici ?

— Chaque fois que je peux.

— C'est super ! La plupart des gens ne peuvent pas se permettre de se payer des billets.

— Tous les pilotes me font une ristourne, et Sam aussi.

— Ça doit quand même représenter de l'argent. Surtout si vous amenez votre ami. Comment s'appelle-t-il ?

— Steve Henderson. C'est pas le seul pote du boulot que j'amène, mais il vient souvent. Question de priorité, je suppose. Je suis célibataire et j'ai pas de mômes, alors je peux me distraire. Et, si ça aide un peu Steve, tant mieux. Je l'aime bien, Steve, on pourrait presque dire que c'est comme un fils pour moi.

— C'est gentil à vous de vous occuper de lui. La plupart des gens n'y penseraient pas.

Elle remarqua soudain la montre d'O'Keefe et se demanda si c'était une vraie Rolex ou une copie bon marché.

— Sam et vous, vous vous connaissez bien ?

Il hocha la tête.

— Sam est un type bien. Tout l'monde l'aime.

— Je sais que mon frère l'aimait beaucoup.

— Ouais, ils s'entendaient bien. La plupart du temps, en tout cas.

Crysta eut soudain la chair de poule.

— La plupart du temps ?

Il haussa les épaules.

— Personne s'entend tout le temps à cent pour cent.

— J'ignorais qu'ils avaient eu un désaccord.

— C'était pas grand-chose.

Pour ne pas paraître trop avide, elle attendit un peu avant de poser la question qui lui brûlait les lèvres.

— Et pourquoi se sont-ils fâchés ?

Il se pencha en avant, regardant ses bottillons verts rayés de jaune.

— Derrick venait souvent, ces derniers temps. Plus qu'avant. Vous savez comment ça se passe, faut pas abuser des bonnes choses. Me comprenez pas mal… ils étaient bons amis. Sam est hors de lui, depuis que Derrick a disparu. Ils se comprenaient pas des fois, c'est tout.

Voilà qui était nouveau pour Crysta.

— Je suppose que nous avons tous des mouvements d'humeur, dit-elle.

Le regard fixé sur le visage rougeaud d'O'Keefe, elle se mordit l'intérieur de la joue.

— Ils ne sont pas querellés la semaine dernière, si ? Juste avant que mon frère ne disparaisse ?

— Même si c'était le cas, ça serait pas mes affaires, répliqua-t-il, le visage soudain durci.

Feignant une indifférence qu'elle était loin de ressentir, Crysta haussa les épaules. Presser O'Keefe ne mènerait à rien, elle préférait garder l'information dans un coin de son esprit et la resservir à Barrister quand il ne s'y attendrait pas.

Elle observa les arbres, remplie de ressentiment envers Sam.

— Eh bien, je crois que je vais aller essayer de dormir. C'était agréable de parler avec vous, monsieur O'Keefe.

— Pour moi aussi. Mes condoléances pour votre frère. C'était un gars vraiment sympa. Il me manquera.

Crysta se retint de le contredire. Derrick n'était pas mort, elle le savait.

6

Une odeur délicieuse flottait dans l'air quand elle arriva à proximité du gîte. Curieuse de savoir qui cuisinait à cette heure de la nuit, elle se fia à son nez et contourna le bâtiment pour découvrir une Indienne replète occupée à mettre des plateaux de saumon dans un fumoir artisanal. Crysta songea qu'elle pourrait peut-être lui en apprendre davantage sur la dernière visite de Derrick.

— Bonjour, dit-elle doucement.

Chargée d'un plateau qui semblait lourd, la femme se retourna légèrement et la fixa de ses yeux noirs, le visage sans expression. Sans se préoccuper d'amabilité, elle émit un vague grognement et reprit son travail. Elle était couverte de bijoux artisanaux des pieds à la tête, y compris sur ses nattes brunes.

— Je suis la sœur de Derrick Meyers.

— Je sais qui vous êtes, répondit l'Indienne d'un ton neutre.

— Alors vous avez l'avantage sur moi.

La femme ignora cette remarque.

— Si vous savez qui je suis, vous connaissez mon frère.

Elle lui fit la grâce d'un autre regard.

— Je le connaissais.

Le cœur de Crysta manqua un battement. Rendue muette par l'animosité mal déguisée de cette femme, elle fixa le sol.

— Il ne voudrait pas que vous soyez ici.

Ces mots avaient été dits si bas que Crysta crut les avoir imaginés. Surprise, elle leva les yeux.

— Pourquoi dites-vous cela ?

— Parce que c'est la vérité. Les Tlingits disent toujours la vérité. Vous marchez dans l'ombre d'un grand oiseau sombre,

Crysta Meyers. La mort est votre compagne. Rentrez chez vous, parmi les vivants. Il n'y a rien ici pour vous, sauf du chagrin… Beaucoup de chagrin.

Ainsi elle était tlingit. Crysta en savait très peu au sujet des tribus d'Alaska, mais il lui semblait que les Tlingits venaient du sud-est de l'Etat. Si c'était le cas, cette femme vivait très loin de son peuple.

— Que… que voulez-vous dire ?

— Ce que j'ai dit. Rentrez chez vous, répéta la femme en reposant les yeux sur les plateaux de saumon. Partez avant qu'il ne soit trop tard.

Sur ce, elle ferma la porte du fumoir et se dirigea vers le gîte, un plateau à la main. Sa jupe colorée tourbillonnait autour de ses mollets rebondis et ses nattes dansaient sur son dos. Crysta mourait d'envie de la suivre et de lui demander des explications, mais elle s'en abstint. De toute évidence, les gens ici n'étaient pas ce qu'ils semblaient être. Barrister s'était disputé avec son frère, et maintenant cette Indienne proférait des menaces à peine voilées.

Elle contourna le bâtiment, ramassa son ballot de linge et entra. Alors qu'elle était dans le couloir, Sam déboucha en face d'elle. Il regardait par-dessus son épaule et parlait à quelqu'un, aussi ne la vit-il pas. Crysta ne put rien faire pour éviter la collision. Etourdie, elle laissa échapper son fardeau et serait tombée si Sam ne l'avait pas rattrapée par les épaules.

— Ça va ? Je suis désolé, j'aurais dû regarder où j'allais.

— Je…

Elle ferma les yeux puis les rouvrit, un peu désorientée.

— Je vais bien, juste un peu secouée.

Il paraissait sincère.

— C'est mon jour pour les rencontres un peu spéciales, marmonna-t-elle. Je viens juste d'avoir un accrochage avec une Tlingit.

— Une Tlingit ? Vous voulez dire Jangles ?

— C'est son nom ? Elle était tellement occupée à me terrifier qu'elle ne s'est pas présentée.

Sam esquissa un demi-sourire.

— Ne vous inquiétez pas. Le cœur de Jangles est au bon endroit. Elle est juste un peu rude, parfois.

— Elle m'a menacée.

— Jangles ?

Cette pensée sembla l'amuser.

— Ça ne lui ressemble pas. Menacée comment ?

— Elle m'a dit de rentrer chez moi, parmi les vivants, avant qu'il ne soit trop tard.

Avec une expression ironique, Sam ramassa le paquet de vêtements et le lui remit dans les bras. Il s'était douché, changé et rasé. Il était encore plus attirant ainsi, ce qui était déjà perturbant, mais la sensation de manque qu'elle éprouvait depuis qu'il avait retiré les mains de ses épaules l'était encore plus.

— Sans doute ses superstitions, suggéra-t-il. Les autochtones ont peur de la mort et de tout ce qui s'y rapporte. Elle est effrayée parce que vous êtes venue chercher Derrick.

— Les Tlingits sont-ils particulièrement superstitieux ?

— Les plupart des cultures indiennes sont truffées de superstitions.

Crysta dut s'avouer qu'elle admirait la manière habile dont il avait évité de lui répondre directement. Elle était certaine que Sam en savait autant à propos des Tlingits que sur l'Alaska. Elle se demanda s'il serait aussi évasif quand elle le coincerait au sujet de sa dispute avec Derrick.

« Je ne crois pas que Derrick soit mort. Je sais qu'il ne l'est pas. »

Ces mots ne cessaient de résonner dans sa tête. Après avoir plaisanté un peu avec O'Keefe, Sam fixa le cours d'eau, l'esprit en déroute. Et si Crysta avait raison ? Et si Derrick était quelque part, vivant mais ayant besoin de secours, tandis que lui-même perdait un temps précieux à examiner le contenu de son attaché-case ?

Il passa en revue leurs recherches initiales. Avait-il manqué quelque chose, un indice significatif ?

Désemparé, il jeta un regard furtif en direction du gîte. Une chose était certaine, il ne voulait pas donner à Crysta l'impression qu'il l'avait crue. Si elle trouvait une faille dans son armure, elle n'aurait de cesse qu'il avoue tout.

Il contourna le bâtiment en espérant que personne ne le verrait s'éloigner. C'était une longue marche jusqu'à l'endroit où on avait trouvé les affaires de Derrick, mais il savait qu'il pouvait y aller, fouiller les lieux et revenir avant que quiconque ne s'inquiète de son absence. Ses longues jambes constituaient quelquefois un atout.

Un mouvement, dehors, attira l'attention de Crysta qui s'apprêtait à étudier la carte prise sur le présentoir de la salle à manger. Par la fenêtre, elle vit Barrister se faufiler entre les trembles en jetant des regards derrière lui. Cette expédition avait forcément un rapport avec Derrick. Elle ne prit pas le temps de réfléchir. Se levant d'un bond, elle courut dehors, déterminée à le suivre sans qu'il s'en aperçoive. Elle espérait seulement qu'O'Keefe, toujours sur la berge, avait assez bu pour ne pas la remarquer.

Très vite, elle se mit à maudire les longues enjambées de l'homme. Pour ne pas le perdre de vue, elle était obligée de trotter et le sous-bois épais qui bordait la rivière la ralentissait, même s'il avait l'avantage de la dissimuler.

Malgré tous ses efforts pour le suivre, il finit par sortir de son champ de vision. Elle se dressa sur la pointe des pieds pour le localiser puis accéléra le pas, inquiète du bruit qu'elle faisait. S'il se retournait et découvrait sa présence, elle n'aurait aucune explication à lui fournir.

Au bout de près d'une heure à ce train, elle eut un point de côté. Elle s'arrêta un moment pour reprendre son souffle puis le chercha des yeux à travers les arbres. Il n'était nulle part. La panique la gagna. Elle l'avait perdu et se trouvait toute seule au milieu de cette nature sauvage !

Un craquement derrière elle la fit pivoter brusquement. Des pas ? Gênée par le bruit du courant, elle tendit l'oreille, tous les sens en alerte. Soudain, les conversations de la matinée lui revinrent à la mémoire. Et s'ils avaient raison et elle tort ? Et si son frère était effectivement mort ?

Un mot résonna dans son esprit plus fort que les autres. « Les ours. » Mais, si un grizzly s'apprêtait à l'attaquer, il était peu probable qu'il prenne des précautions. Une image de la chemise déchirée de Derrick passa devant ses yeux et elle sentit son estomac se nouer. Elle écouta quelques secondes de plus, tressaillant chaque fois que des feuilles agitées par le vent bruissaient au-dessus d'elle. Rien. Quoi que cela ait été, c'était parti.

Quelqu'un de plus prudent qu'elle ne se serait pas lancé dans une telle aventure. C'était son défaut : agir sans peser d'abord les conséquences. La proximité de la rivière la rassurait toutefois un peu, car elle pourrait revenir sur ses pas en la suivant. Et puis les ours se nourrissaient de poisson, n'est-ce pas ?

Ours ou non, elle savait qu'elle n'était pas dans son élément et qu'elle aurait dû rebrousser chemin. Mais elle voulait à tout prix découvrir où allait Barrister.

Elle s'engagea avec détermination dans une étendue d'herbes marécageuses, mouillant son jean jusqu'aux genoux, avant de reprendre pied dans les broussailles en jetant des regards entre les troncs de trembles. Alors qu'elle se dressait une fois de plus pour essayer d'apercevoir Barrister, elle fut surprise par une silhouette sombre qui émergeait du sous-bois.

Un ours ? La terreur l'envahit mais elle n'eut pas le temps de réagir. La seconde d'après, elle eut une brève vision de laine écossaise et Sam Barrister s'abattit sur elle. Le cri instinctif qui lui était monté à la gorge s'échappa sous forme de grognement étouffé quand il roula sur elle, l'écrasant sous son poids.

Elle comprit immédiatement qu'il croyait avoir affaire à un homme et en eut la preuve quand il bougea la main qui était coincée entre sa poitrine et le sol.

— Bon sang de b… Qu'est-ce… ?

Il dégagea brusquement sa main.

— Vous n'avez rien de mieux à faire que de vous faufiler derrière moi comme ça ?

Le visage toujours plaqué contre la terre et les feuilles en décomposition, Crysta n'aurait pas pu répondre même si elle l'avait voulu. Elle s'efforça cependant de reprendre ses esprits. Le contact de la main de Sam lui avait donné des frissons, et cette réaction purement féminine la mit en colère.

Tournant la tête de côté, elle cracha un peu de terre puis se passa la langue sur les dents de devant, histoire de vérifier qu'elles étaient toutes intactes.

Il marmonna quelque chose ressemblant fort à un juron et roula sur lui-même avant de se relever souplement.

— Je vous entendais, mais je ne vous voyais pas. Si j'avais su que c'était vous, je…

Il laissa échapper un soupir exaspéré.

— Je suis désolé. J'ai réagi sans réfléchir.

Crysta se releva sur les coudes, les épaules douloureuses et les joues en feu. L'air incertain, il tendit la main pour l'aider à se remettre sur pieds. La rougeur qui envahissait son cou disait clairement qu'il était aussi troublé qu'elle par leur proximité physique.

— Je suis vraiment désolé. Je n'avais pas l'intention de… Vous n'avez rien de cassé ?

— Non, ça va.

Ravalant sa colère qui, elle le savait, était davantage due à sa gêne qu'à autre chose, Crysta s'épousseta pour se débarrasser des feuilles et brindilles, mettant à profit ce bref silence pour se redonner une contenance.

— Vous réagissez vite, dit-elle en se frottant l'épaule.

— Il ne m'est pas venu à l'esprit que c'était vous. Et, avec tout ce qui se passe, j'ai décidé d'agir d'abord et de poser les questions ensuite.

Crysta s'immobilisa.

— Et que se passe-t-il exactement ? demanda-t-elle.

Le cou de Sam devint plus rouge encore et il haussa les épaules. La brise souleva des mèches noires sur son front et Crysta eut soudain envie de les remettre en place du bout des doigts. Déterminée à ignorer l'attirance grandissante qu'elle ressentait pour cet homme, elle se raidit.

— Vous m'avez caché des choses, lança-t-elle avec frustration.

Il soutint son regard, une lueur indéfinissable dans les yeux, mais ne dit rien.

— Vous vous êtes disputé avec Derrick juste avant qu'il ne parte. Vous le niez ?

— Non.

— A propos de quoi ?

Il serra les dents.

— Ce ne sont pas vos affaires.

Cette réponse mit Crysta dans une telle colère qu'elle vit rouge.

— Pas mes affaires ? Mon frère a disparu ! Tout ce qui le concerne me concerne ! Ne jouez pas à ça avec moi, monsieur Barrister, je n'apprécie pas du tout !

— Sam.

— Je ne pense pas que nous devrions nous appeler par nos prénoms. Je veux des réponses.

— Je suis le meilleur ami de votre frère depuis plus de dix ans. Ça ne compte pas, pour vous ? Comment pouvez-vous me soupçonner d'avoir quelque chose à voir avec sa disparition ?

— Alors soyez honnête avec moi !

Durant une seconde, elle crut qu'il allait s'exécuter. Dans ses yeux noirs, elle lut du chagrin, un chagrin sans doute aussi profond que le sien, mais elle ne pouvait se fier à son intuition.

— Et si vous vous montriez honnête aussi avec moi ? rétorqua-t-il. Pourquoi êtes-vous si sûre que Derrick est vivant ? Pourquoi êtes-vous venue alors que je vous avais dit de ne pas le faire ? Pourquoi vous comportez-vous comme si quelqu'un s'en était pris à votre frère quand on vous a dit et répété qu'il a été attaqué par un ours ? Et pourquoi m'avez-vous suivi, au nom du ciel ?

Refusant de répondre à ces questions, Crysta pinça les lèvres. Une part d'elle-même avait envie de tout lui dire, mais elle se trouvait seule avec lui au milieu de nulle part et ne lui faisait pas confiance. Avec l'avantage de sa taille et de sa connaissance du terrain, il était gagnant d'avance, s'il décidait de s'en prendre à elle. D'un autre côté, il devait bien se douter que deux disparitions en l'espace d'une semaine soulèveraient des questions.

— Si vous êtes si certain que mon frère a été tué par un ours, pourquoi portez-vous un revolver, monsieur Barrister ?

Elle vit que sa question l'avait déstabilisé. Poussant son avantage, elle lui en posa une autre.

— Et où alliez-vous ?

— Faire une promenade.

— Je sais que ce n'est pas le cas et je veux que vous me répondiez.

Il lui lança un regard trop innocent pour être sincère.

— Vous lisez trop de romans policiers. Je me promenais, c'est tout.

— Je ne lis pas de romans policiers, répliqua Crysta en haussant les épaules. Je vous ai vu partir et j'ai décidé de me joindre à vous. Rien de mystérieux à cela, n'est-ce pas ?

L'expression de Sam indiqua clairement qu'elle venait de marquer un point. Il l'observa attentivement pendant quelques instants puis, avec un demi-sourire, tendit la main pour retirer une feuille de ses cheveux et lui caresser la tempe du pouce.

— Vous ne ressemblez pas seulement à Derrick, vous vous comportez aussi comme lui.

Crysta eut la déplaisante sensation qu'il s'efforçait de la distraire et que sa tactique était efficace. Cette idée et ce qu'elle impliquait la remplissaient d'une crainte indéfinissable qu'elle n'avait pas le courage d'analyser pour l'instant.

— J'ai l'impression que ce n'est pas un compliment.

Son sourire s'élargit.

— Probablement parce que vous connaissez Derrick aussi bien que moi. L'expression « tête de mule » semble avoir été faite pour lui.

— Qui se ressemble s'assemble, dit Crysta d'un ton moqueur en puisant dans les proverbes de sa mère. Selon Derrick, vous étiez très proches.

Elle s'interrompit afin de donner plus de force à la suite.

— Est-ce pour ça que vous vous êtes querellés ? Parce que Derrick est une tête de mule ?

Le visage de Sam se ferma.

— Je vous l'ai dit, ce ne sont pas vos oignons.

— Si je suis indiscrète, pourquoi tant de mystère ? Votre dispute avec Derrick ne parle pas en votre faveur, vous devez le reconnaître. Pourquoi la cacher ?

Il leva un sourcil.

— Excusez-moi, mais ai-je l'air d'un ours, Crysta ? Une dispute ne voudrait rien dire, si vous me faisiez confiance.

— Je ne vous fais pas confiance quand la vie de mon frère est en jeu. Vous n'avez pas le droit de garder vos secrets.

Il ne détachait pas les yeux d'elle.

— Et vous n'avez pas le droit de m'accuser sans preuves.

— Peut-être, mais j'ai le droit de savoir où l'on a trouvé les affaires de mon frère. Pourtant, vous refusez de me le dire et vous avez veillé à ce que personne d'autre ne me le dise. Je ne veux pas qu'on me traite comme une enfant.

— Une enfant ? Vous êtes en Alaska, ici, pas au zoo de Los Angeles ! Un ours est capable de vous repérer sur son territoire à des kilomètres et de se précipiter sur vous. Les grizzlys ne prennent généralement pas de gants, et les randonneurs apprennent à rester hors de leur chemin. Ce sont des animaux dangereux et totalement imprévisibles.

— Alors pourquoi ne m'accompagnez-vous pas le long de la rivière ? Je serais en sécurité et je satisferais ma curiosité.

— Vous ne seriez pas davantage en sécurité avec moi.

Le bruit d'une brindille brisée le fit sourciller. L'air mal à l'aise, il regarda par-dessus son épaule. Crysta se demanda si son comportement était destiné à l'effrayer et balaya des yeux le bois derrière lui. Quand il reporta son attention sur elle, leurs regards se croisèrent.

— Je ne pourrais pas me défendre contre un grizzly, alors vous encore moins, reprit-il.

— Allons, monsieur Barrister ! Derrick m'a dit quel excellent guide vous êtes. Vous êtes en terrain connu, ici. Vous ne laissez pas les ours vous empêcher de randonner.

— En temps ordinaire, non. Mais il s'agit de circonstances extraordinaires et d'un ours hors du commun. Contrairement à ce que vous pensez, je suis un type normal. De plus, je vous ai dit que je n'aurais pas le temps de vous escorter.

— Mais vous avez le temps de faire une « promenade ».

Tremblante de colère, elle tendit le bras en direction de l'amont.

— Eh bien, allons-nous rentrer, ou voulez-vous « vous promener » encore un peu ?

— Nous ferions bien de rentrer, grommela-t-il en ravalant un grognement de frustration.

Crysta regarda autour d'elle.

— A quelle distance est-ce ?

Sam était épuisé et fonctionnait en pilotage automatique.

— A environ…

Il se reprit. Elle l'avait presque piégé.

— Vous ne renoncez jamais, n'est-ce pas ?

— Vous renonceriez, vous ?

Elle leva vers lui ses yeux noisette emplis de peur et de douleur, et il eut envie de la consoler. La réponse à sa question était « non ». Si c'était son frère qui avait disparu, il ne renoncerait jamais. Or, il ne pouvait l'admettre. Pas plus qu'il ne pouvait admettre que son expression lui fendait le cœur.

Au cours des dix dernières années, à travers ce que lui en disait Derrick, il s'était forgé une image un peu vague de Crysta. Maintenant qu'il se trouvait face à elle, sa présence le frappait comme un coup de poing en plein visage. C'était une femme bien vivante, en proie au chagrin et à la terreur, et il était impuissant à y remédier. Le fait qu'elle l'attirait davantage que toutes les femmes qu'il avait rencontrées jusque-là rendait la situation encore plus difficile.

De retour au gîte, Sam laissa Crysta à la porte et descendit à la rivière, en apparence pour accueillir des clients, en réalité pour attendre une meilleure occasion de s'esquiver. Tant qu'il ne serait pas certain qu'elle ne le suivrait pas, il ne s'y risquerait plus.

Un sentiment d'impuissance l'accompagnait partout où il allait. Derrick. Il ne pouvait oublier son ami.

« Quelque chose qui pue. » Qu'avait-il voulu dire par là ? Et qui soupçonnait-il ? Sam était dans le noir complet. Derrick était certainement tombé sur une activité illégale au sein de sa société, mais laquelle ? « Il y a quelque chose qui pue ici, en Alaska », avait-il dit. « Je les prendrai sur le fait. » Il avait découvert quelque chose de grave, de si grave que les hommes impliqués l'avaient tué pour se protéger.

L'avaient-ils vraiment fait ?

« Je sais que mon frère n'est pas mort. Je le sens. » Il s'assit sur la berge, bras autour des genoux, épaules affaissées. Il y avait une seule consolation dans tout cela : s'il était vivant, Derrick était capable de survivre en Alaska pendant une longue période. A moins, bien sûr, qu'il n'ait été sérieusement blessé. Dans ce cas, il n'avait probablement pas pu tenir longtemps.

Plus déterminée que jamais à partir chercher son frère, Crysta revint à sa carte dès son retour au gîte. Elle était profondément absorbée quand Tip traversa la salle à manger, les cheveux ébouriffés.

— S… salut, Crys. Qu… qu'est-ce que tu fais ?

Devant son sourire timide, elle n'eut pas le cœur de le renvoyer.

— Je regarde cette carte. Assieds-toi.

— Je t'emb… bête ?

Elle se força à sourire.

— Bien sûr que non. Je t'aime beaucoup.

Il balança sa jambe par-dessus le banc qui lui faisait face et s'assit à califourchon, le coude posé sur la table. Son sourire creusait une fossette dans sa joue, rappelant l'expression de Sam quand il n'était pas maussade. Il regarda la carte.

— Je suis souvent allé par là, dit-il en désignant un endroit en amont du gîte.

— Vraiment ?

Tip connaissait sans doute bien la région, songea Crysta, et pourrait lui donner des indications. Mais, avant qu'elle puisse l'interroger, il changea de sujet.

— T... tu penses vraiment que je pourrais vendre mes peintures ?

Crysta sentit à quel point sa réponse lui importait. Elle hésita un peu, car Sam avait clairement manifesté sa désapprobation à ce sujet.

— Je crois non seulement que tu pourrais les vendre, mais que tu pourrais devenir célèbre si tu exposais tes œuvres.

Souriant jusqu'aux oreilles, Tip sauta du banc.

— Je vais peindre.

Crysta le regarda s'éloigner. Tip avait envie d'exposer ses peintures, mais Sam ne le permettait pas. Il devait pourtant être capable de comprendre que son fils puisse avoir besoin d'être accepté et reconnu par ses pairs. C'était cruel de le maintenir dans l'isolement ici, uniquement en contact avec les clients.

Avec un soupir de lassitude, elle regarda par la fenêtre. Elle n'avait pas le temps de jouer les conseillers d'éducation. Se levant, elle s'approcha de la vitre et regarda en direction de la rivière pour voir si Sam avait de nouveau tenté de filer. La lumière du soleil la fit ciller. Il aurait dû faire nuit, à cette heure-ci. Derrick était-il quelque part par là, blessé et affaibli ? Le besoin d'agir l'envahit avec une telle force que tous ses muscles se tendirent.

Elle vit Sam sur l'une des barques, en train d'aider un des clients à replier un grand filet de pêche. En l'observant, elle se dit que c'était l'occasion parfaite pour fureter un peu.

Un frisson la parcourut tandis qu'elle jetait un coup d'œil vers la porte du bureau. Etait-elle verrouillée ? Les battements de son cœur s'accélérèrent. Elle se sentait coupable, mais elle n'aurait pas de repos tant qu'elle n'aurait pas examiné cet attaché-case à l'air si familier.

Après s'être assuré que personne ne la voyait, elle alla à

la porte et tourna la poignée. Ce n'était pas fermé à clé. Elle se glissa dans la pièce, referma derrière elle et se dirigea en toute hâte vers le bureau. Plus vite elle le ferait, plus vite elle pourrait ressortir.

Elle ouvrit le tiroir. Une vague de déception la submergea quand elle n'y vit qu'un épais agenda relié de cuir. Où était l'attaché-case ? Prenant l'agenda, elle le feuilleta.

Les pages s'ouvrirent au tiers du volume sur une boucle de cheveux noirs fixée par un morceau de Scotch. Une annotation courait à droite dans une grosse écriture masculine. « Dix-huit mois. » Sur une autre page, une dent minuscule avec une petite note : « Première dent de Tip, perdue à six ans pendant qu'il apprenait à faire des bulles avec un chewing-gum au raisin. »

Saisie d'un besoin irrépressible d'en savoir davantage sur Sam Barrister, elle tourna les pages. Des photos instantanées de Tip, des dessins maladroits au crayon, une flèche, des fleurs séchées… Tout était commenté de la même main. Elle sourit malgré elle : c'était l'album souvenir d'un père aimant.

Elle pouvait presque visualiser Tip enfant, les yeux brillant d'excitation, courant dans le gîte avec des surprises pour son papa. Cela en disait long sur l'homme qui avait conservé ainsi tous ces petits souvenirs. L'un des dessins de Tip représentait un homme mince, tenant un enfant sur ses genoux, un livre d'histoires à la main. Connaissant le penchant de Tip pour les détails, Crysta supposa que Sam devait lui avoir souvent lu des histoires. Cet homme pouvait-il être dénué de sentiments ?

Remettant l'agenda à sa place, elle ouvrit les autres tiroirs puis vérifia les placards le long du mur. Rien. La poussière qui s'élevait des piles de papiers lui picota le nez. Enfin elle le découvrit derrière un tas de dossiers jaunis et reconnut l'éraflure que lui avait infligée le pékinois de sa mère des années auparavant.

Les mains tremblantes, tout sentiment de culpabilité envolé, elle prit l'attaché-case de Derrick. Sam Barrister lui avait menti. Etait-il un père aimant, en fin de compte, ou un assassin ?

Bouleversée par les implications de sa découverte, elle posa la mallette sur le bureau. Quand elle l'ouvrit, une autre pensée lui vint. Il ne l'aurait pas cachée s'il n'y avait pas eu quelque chose qu'il ne voulait pas qu'elle voie. Mais quoi ?

Elle passa la demi-heure suivante à s'efforcer de répondre à cette question. Les documents contenus dans les dossiers de Derrick n'avaient rien de mystérieux : feuilles d'inspection, bons de commande, ordres de mission, notes jetées au hasard, rien que Sam aurait pu craindre de lui montrer.

Alors que cachait-il ? Peut-être avait-il déjà retiré l'élément compromettant de l'attaché-case ?

Le claquement de la porte d'entrée la fit sursauter. Des pas lourds traversèrent la salle à manger. Le cœur battant, elle ferma vivement l'attaché-case et le remit dans le placard. La peur lui nouait soudain l'estomac. Si Sam était impliqué dans la disparition de son frère — et ça en avait tout l'air —, il était peu probable qu'il hésite à se débarrasser d'elle.

A son grand soulagement, les pas s'éloignèrent. Elle gagna la porte sur la pointe des pieds et se glissa hors de la pièce pour rejoindre le salon où elle feignit de s'intéresser aux magazines posés sur la table basse.

Personne ne semblant l'avoir vue, elle se détendit un peu. Pour ne pas avoir l'air suspect aux yeux de Sam quand il reviendrait, elle devait s'occuper. D'une pierre deux coups, pensa-t-elle. Jangles, la cuisinière, serait certainement une mine d'informations si elle pouvait la persuader de parler.

Se dirigeant vers le fond du gîte, elle poussa la porte battante de la vaste cuisine. Jangles ne lui accorda qu'un coup d'œil avant de reporter son attention sur ce qu'elle mélangeait dans un énorme saladier en métal.

— J'ai promis à Sam de vous donner un coup de main, commença Crysta de sa voix la plus amicale. Je suis sûre que vous êtes débordée, depuis que les secouristes sont là.

— J'ai vu pire, répondit la Tlingit. Et il ne me reste qu'un repas à préparer avant qu'ils ne reprennent tous l'avion.

— Je peux peut-être vous aider quand même. Je sais me rendre utile dans une cuisine.

En réalité, elle était plus douée pour la mode que pour la préparation de petits plats.

— Je peux vous passer des ustensiles, faire la vaisselle, laver le sol… Dites-moi.

Les yeux sombres de Jangles brillèrent d'un défi silencieux.

— Si vous y tenez, vous pouvez vider ces poissons derrière vous.

Le cœur au bord des lèvres, Crysta remonta ses manches et s'approcha du double évier. L'un des bacs contenait une bassine pleine à ras bord de saumons. Leurs petits yeux ronds et fixes lui donnèrent la chair de poule. Jusque-là, elle n'avait vu de poissons qu'étêtés, nettoyés et joliment disposés sur de la glace à la poissonnerie.

— Je croyais que les pêcheurs nettoyaient eux-mêmes le poisson, dit-elle faiblement.

— Certains le font, d'autres pas. On me paie la même chose quel que soit le travail, alors je ne me plains pas.

Comment vidait-on un saumon ? se demanda Crysta, perplexe, tandis que derrière elle Jangles s'affairait, ouvrant et refermant les placards.

La voix d'Ellen Meyers s'insinua dans son esprit : « Sers-toi de ta tête, Crysta. » Ça ne pouvait pas être si difficile que ça. Dégoûtant peut-être mais pas difficile.

Saisissant le couteau qui reposait au bord de l'évier, Crysta se mit en devoir de couper la tête d'un des poissons. Que ne ferait-elle pas pour son frère ! Mettre Jangles de son côté était crucial, alors s'il fallait en passer par là…

— Quand vous aurez fini, ce serait bien qu'il y ait encore un peu de chair, dit calmement Jangles.

Le son de sa voix fit sursauter Crysta. Elle se retourna avec un petit sourire embarrassé.

— Vous pourriez me montrer ?

Jangles garda une expression impassible. Lui prenant le couteau des mains, elle pratiqua quelques incisions rapides dans un poisson, avant de le vider et de l'écailler.

— C'est simple, conclut-elle en le jetant dans l'autre bac. Quand ce sera fini, rincez-les et nous découperons des filets et des steaks.

Cette femme n'avait visiblement que faire des petites

natures. Crysta non plus, d'ailleurs, mais chez elle personne ne vidait de poissons.

Un petit coup frappé à la porte extérieure retentit. Il ne manquerait plus qu'un autre touriste apporte le produit de sa pêche, songea-t-elle. Avec un gros soupir, elle se remit à sa tâche.

Jangles lui jeta un regard agacé et alla ouvrir.

— Qu'est-ce que tu veux ? demanda-t-elle d'un ton rude. Je t'ai dit de ne pas venir ici !

Une voix masculine répondit dans une langue que Crysta ne comprit pas. Jangles répliqua de même et, après un regard inquiet vers Crysta, sortit.

Prenant appui contre l'évier, Crysta se hissa sur la pointe des pieds pour regarder par la fenêtre. Elle aperçut Jangles qui s'éloignait rapidement du gîte en compagnie d'un Indien solidement bâti. Ils pénétrèrent dans le bois. Là, hors de portée d'oreilles, ils s'arrêtèrent et il sembla à Crysta qu'ils se disputaient. Jangles ne cessait de jeter des regards par-dessus son épaule, comme si elle craignait d'être vue.

Perplexe, elle se rinça les mains et alla vérifier les casseroles que Jangles avait laissées sur le feu. Elle baissa la flamme sous une énorme friteuse. Qu'avait donc cet homme de si important à dire pour qu'elle ait tout laissé en plan ?

Elle retourna à l'évier et vit Jangles revenir. Quand la Tlingit entra dans la cuisine, elle était hors d'haleine et agitée. Crysta s'affaira sur un autre poisson.

— J'ai baissé le feu sous la friteuse.

— Ah, merci.

— C'était un ami à vous ?

L'Indienne lui jeta un regard impénétrable et ne répondit pas. C'était peut-être son amant, se dit Crysta, et Sam interdisait sans doute les visites durant les heures de travail. Il était difficile d'imaginer cette petite femme replète engagée dans une liaison torride, mais quoi d'autre ? Si l'homme était venu pour une tout autre raison, elle n'aurait certainement pas réagi de cette manière.

Crysta prit un autre saumon en soupirant. Elle aurait voulu

pouvoir chercher Derrick par elle-même. Si seulement il avait disparu à Los Angeles, qu'elle connaissait comme sa poche ! Elle ne serait pas là, plongée jusqu'aux coudes dans des entrailles nauséabondes de saumon, à perdre un temps précieux.

Sa tentative de communication avec Jangles avait lamentablement échoué. Quand tout le poisson fut nettoyé, Crysta la regarda lever des filets dans la chair rose. Puis, une fois sa technique comprise, elle l'imita.

Après plusieurs minutes de silence, elle n'y tint plus.

— Ai-je fait quelque chose pour que vous ne m'aimiez pas ?

Jangles continua à lever les filets sans s'interrompre.

— Je n'ai rien contre vous. Je pense que vous devriez partir, c'est tout. C'est ce que Derrick voudrait.

Crysta médita sa réponse avec soin.

— Pourquoi croyez-vous que je devrais partir ?

Jangles s'arrêta enfin pour darder sur elle son regard noir.

— Parce que vous êtes en danger.

— Il y a d'autres gens, ici. Vous ne leur dites pas de partir.

— C'est différent. Vous, vous marchez dans les ombres et vous courtisez la mort.

— Ce sont des bêtises.

— Vous croyez ? Je ne parle pas beaucoup, alors on oublie que j'ai des oreilles. Partez, Crysta Meyers, avant qu'il ne soit trop tard. Vous ne pouvez plus aider votre frère.

— Qu'avez-vous entendu ? la pressa Crysta. S'il vous plaît, dites-le-moi, Jangles ! Mon frère n'est pas mort, je le sais. Aidez-moi !

— C'est ce que je fais. Partez.

— Vous pensez que quelqu'un lui a fait du mal ? Vous en avez parlé à quelqu'un ? Il faut le faire, il le faut ! Ils ont cessé de le chercher, mais il est peut-être encore en vie.

— Je ne sais rien. Je ne peux rien faire, et vous non plus. Vous prenez de grands risques à poser des questions et à suivre Sam. Les gens acculés sont dangereux. Partez avant qu'il ne soit trop tard.

« Les gens acculés » ?

— Alors cessez de parler d'ombres et donnez-moi quelque chose de concret ! s'exclama Crysta, rivant ses yeux à ceux de l'Indienne.

Jangles détourna le regard et refusa de dire un mot de plus. Elles finirent de découper les filets en silence. Crysta avait envie de pleurer. Les allusions de Jangles à des choses qu'elle avait entendues étaient ce qui se rapprochait le plus d'un indice, jusque-là. Comment pourrait-elle quitter la place sans en obtenir davantage ?

7

Finalement Crysta n'eut d'autre choix que d'aider Jangles à préparer le petit déjeuner. « Les gens acculés. » Ces mots résonnaient dans sa tête.

Lorsque tout fut prêt, elle continua de se rendre utile en transportant les plats dans la salle à manger. Du saumon et des steaks, des frites maison, des œufs, des toasts, des biscuits, des roulés à la confiture et des crêpes… Elle était impressionnée par la quantité de nourriture que Jangles avait préparée.

Les clients et les secouristes sur le départ s'approchèrent du buffet pour se servir. Se rappelant les mots de sa mère selon lesquels on n'attrape pas les mouches avec du vinaigre, elle s'efforça de rester aimable et de sourire à chaque homme qui lui présentait ses condoléances.

Les délicieuses odeurs des différents plats lui donnaient un peu la nausée, sans doute parce qu'elle n'avait rien mangé depuis longtemps. Elle ne se souvenait plus de son dernier repas.

Après avoir fini d'aider Jangles, elle se servit à son tour et alla s'asseoir à une table inoccupée. Alors qu'elle mâchonnait un morceau de steak, elle sentit un regard posé sur elle. Un jeune homme brun aux yeux bleus la fixait, l'air préoccupé. Elle reconnut en lui l'homme qui était sorti d'une tente pendant qu'elle parlait avec le coordinateur.

La manière insistante dont il la regardait la mit mal à l'aise. Elle avala la viande avec effort et détourna les yeux, l'appétit coupé.

— Il faut vous mettre quelque chose dans l'estomac. Vous ne pouvez pas vivre seulement de caféine, croyez-moi !

La voix de Sam la fit sursauter. Il s'assit en face d'elle avec une assiette remplie à ras bord. Etait-il déjà passé à son bureau ? Elle pria pour qu'il ne lise pas la culpabilité sur son visage.

— C'est difficile de manger alors que je devrais être en train de faire autre chose, répondit-elle. Le temps passe, et je n'ai encore rien fait d'utile.

— Vous n'êtes ici que depuis…

Il jeta un coup d'œil à sa montre.

— … douze heures.

— J'ai l'impression que ça fait des jours. C'est mon frère qui a disparu, on dirait que vous ne le comprenez pas.

Il y eut une longue pause.

— Oh si ! Je le comprends, croyez-moi, dit Sam. Mais vous ne pouvez rien faire. J'ai essayé de vous dire au téléphone que vous perdriez votre temps en venant ici.

— Je ne suis pas d'accord. Je suis sûre que je pourrais faire beaucoup ! répliqua-t-elle d'une voix étranglée par la colère.

Malgré ses affirmations, elle savait que c'était faux. Elle avait échoué à persuader Jim Sales de continuer les recherches et aucun guide n'était disponible. La seule chose qu'elle pourrait encore faire serait de chercher Derrick elle-même, mais c'était si dangereux que seule une idiote s'y risquerait.

— Pourquoi ne me faites-vous pas confiance ?

Lui faire confiance ? Elle en aurait presque ri. Elle devait pourtant admettre que son ton préoccupé sonnait juste.

Des larmes brûlantes lui noyèrent soudain les yeux et se répandirent sur ses joues. Furieuse de son manque de contrôle sur elle-même, elle les essuya d'un geste rageur.

— Vous vous attendez à ce que je vous fasse confiance ? riposta-t-elle. Pourquoi ne me faites-vous pas confiance à moi ? Vous pourriez commencer par répondre à mes questions. Personne ici ne veut m'indiquer dans quelle direction chercher Derrick.

Des émotions impossibles à déchiffrer s'agitèrent dans les sombres profondeurs du regard de Sam, qui serra les dents.

— Je ne pense pas que vous soyez armée pour ça.

Il avait raison, mais elle ne pouvait l'admettre devant lui.

— Vous avez peur pour votre frère, poursuivit-il d'un ton apaisant. Et la peur est mauvaise conseillère.

— J'en supporterai les conséquences.

— Et moi aussi pour vous avoir laissée faire. Vous êtes dans une région inconnue et dans un état de stress intense. Vous êtes épuisée. Vous ne pouvez pas penser clairement.

— Vous vous sentez toujours responsable des autres ?

Il esquissa un demi-sourire.

— Seulement quand les circonstances l'exigent. Et vous n'êtes pas n'importe quelle autre… Vous êtes la sœur de mon meilleur ami.

— Oui, et votre meilleur ami est sans doute mourant. Comment pouvez-vous ne rien faire ?

Il la dévisagea un long moment.

— Ne me jugez pas sur les apparences, Crysta. Derrick me faisait confiance. Pourquoi n'en faites-vous pas autant ?

— Parce que vous…

Elle se mordit la lèvre ; elle avait presque fait allusion à l'attaché-case. Elle se sentait soudain épuisée.

Sam soupira et poussa son assiette de côté.

— Crysta, pourquoi ne prenez-vous pas le vol pour Anchorage avec les secouristes ? Laissez-moi m'occuper des recherches.

— Quelles recherches ? cria-t-elle un peu plus fort qu'elle ne l'aurait voulu.

Le silence se fit soudain dans la salle à manger, mais elle se fichait qu'on l'écoute.

— Montrez-moi quelqu'un qui l'a recherché aujourd'hui !

Elle regarda autour d'elle. L'homme aux yeux bleus la fixait toujours.

— Qui est cet homme ? Il n'arrête pas de me regarder.

Sam suivit son regard.

— C'est Steve Henderson. Il ne vous regarde pas, il est simplement distrait. C'est lui dont le fils est malade.

Crysta sentit son cœur se serrer. Il n'était pas étonnant qu'il ait une telle expression dans le regard. Elle ressentit une sorte d'empathie pour lui.

— Pourquoi n'est-il pas chez lui, avec son fils ? murmura-t-elle.

— Il dit que le médecin a conseillé aux membres de la famille de poursuivre leurs activités habituelles, sinon l'enfant comprendra que son état est désespéré et réagira moins bien au traitement. Il ne s'amuse pas, ici, comme vous le voyez. La moitié du temps, il reste assis le regard perdu. Je n'ose imaginer ce qu'il ressent…

Il grimaça.

— Parfois je me sens coupable de me réjouir que ce ne soit pas Tip.

— Y a-t-il un espoir pour l'enfant ?

— Une greffe de moelle osseuse. Ils attendent un donneur, et alors on l'enverra à Seattle pour l'opération.

— Ça doit coûter horriblement cher !

— Plus qu'un grutier comme Steve ne peut se le permettre. D'autant que, selon O'Keefe, il est déjà endetté.

Sam prit un peu d'œufs brouillés avec sa fourchette, mais il paraissait avoir perdu l'appétit.

— Le mois dernier, nous avons fait une quête pour un téléviseur et un magnétoscope pour Scotty. Ce n'est malheureusement qu'une goutte d'eau dans la mer. Il voudrait aller à Disneyland, ses parents voudraient lui payer des vidéos pour qu'il ne manque pas trop les cours… c'est sans fin.

Une image de Steve Henderson et de sa femme penchés sur le lit de leur enfant mourant se forma dans l'esprit de Crysta. Quelle douleur devait être la leur ! Sa gorge se noua.

— Crysta…

La voix de Sam traîna sur la dernière syllabe et il lui saisit le poignet.

— Vous êtes épuisée. Allez vous allonger un moment. Mon lit a des draps propres. Si je veux me reposer, j'irai dans la chambre de Tip.

En le regardant, Crysta songea qu'il était l'incarnation du héros romantique : grand, brun, puissamment bâti et irrésistible… Le genre d'homme dont toute femme rêvait. Mais qui se cachait derrière cette façade ? Il lui vint à l'esprit qu'en acceptant son offre elle dormirait peut-être dans le lit d'un assassin. Cette pensée lui donna la chair de poule.

— Je n'ai pas le temps de dormir, répliqua-t-elle en dégageant son poignet.

Elle prit une profonde inspiration et se leva.

— Je vais aider Jangles à nettoyer, puis j'étudierai encore ces cartes forestières.

— Pourquoi ? Pour sortir d'ici et vous perdre aussitôt ? Vous croyez que c'est ce que Derrick voudrait ?

Crysta eut envie de lui dire que Derrick l'avait appelée au secours, mais ses rêves étaient quelque chose qu'elle ne pouvait partager avec personne sans risquer de voir sa santé mentale mise en doute.

— Je vais le chercher. Est-ce que par hasard vous auriez des bottillons en caoutchouc à ma taille ?

Il fit un geste en direction d'un placard près de la porte.

— Ce sont surtout des tailles d'homme. Je ne crois pas qu'elles vous iront.

Crysta prit note de les examiner plus tard. Se rappelant soudain la cabane branlante qu'elle avait vue dans son dernier rêve, elle s'humecta les lèvres et laissa son regard se perdre en direction de la fenêtre.

— Y a-t-il des cabanes, en aval ?

— Non. Pourquoi ? demanda-t-il d'une voix dure, la forçant à le regarder.

— Au cas où j'aurais besoin d'un refuge, mentit-elle. Il doit bien y avoir une cabane quelque part.

— Il y a des cabanes abandonnées dans l'intérieur des terres, mais aucune le long de la rivière. Ou alors, s'il y en a, je ne les ai jamais vues. Ce n'est pas une métropole, ici.

Il plissa les yeux. Bien rasée, la ligne puissante de sa mâchoire ajoutait à l'attrait de son nez droit et de ses pommettes osseuses. Il possédait un je-ne-sais-quoi, sans doute sa taille impressionnante, qui faisait perdre à Crysta son assurance coutumière. En d'autres circonstances, elle se serait fiée à son jugement ; il connaissait la région, tout l'indiquait.

Il serait déraisonnable de négliger ses avertissements, mais elle n'avait pas le choix.

— Y a-t-il quelque chose que je pourrais dire qui vous dissuaderait de partir ? demanda-t-il doucement.

— Je prendrai toutes les précautions nécessaires, répliqua-t-elle au lieu de répondre à sa question.

— Si vous vous perdez, savez-vous au moins vous servir d'une boussole ?

— Je ne suis pas une experte, mais ça ne doit pas être compliqué. En outre, il y a le soleil pour me guider.

Il posa sa fourchette sur le bord de son assiette.

— Vous oubliez que nous n'avons pas les mêmes levers et couchers de soleil, ici.

— Je m'y retrouverai.

— Vous allez vous perdre.

— C'est un risque à prendre.

— Et vous jouez avec mon gagne-pain.

— J'ai dit que je vous signerai une décharge.

— Et je la ferai graver sur votre tombe, c'est ça ? Faites-moi une faveur. Reposez-vous au moins avant de partir. Sans cela, vous vous écroulerez avant d'avoir parcouru dix kilomètres.

Puis il se leva de table, l'air beaucoup plus en colère qu'il ne l'aurait dû, estima Crysta. En quoi cela le concernait-il, après tout, qu'elle se fasse tuer ? Elle ne croyait pas un instant que son vrai souci soit sa réputation. C'était un pays libre ; il ne pouvait être tenu pourresponsable si de doux dingues de la ville négligeaient ses conseils et insistaient pour prendre des risques.

Ce n'est qu'après son départ qu'elle remarqua qu'il n'avait pas touché à son assiette. Elle posa les yeux sur la sienne sans le moindre appétit. Seule la certitude d'avoir besoin de nourriture lui fit reprendre sa fourchette.

Après avoir aidé Jangles à nettoyer la cuisine, Crysta ouvrit l'armoire aux bottillons afin de voir si une paire lui conviendrait. Hélas ! elles étaient toutes bien trop grandes. Déçue, elle reprit la carte qu'elle avait étudiée plus tôt. L'étalant sur la table, elle suivit du doigt la fine ligne du fleuve afin de s'y reconnaître. Quand elle lut l'échelle dans le coin droit, elle sentit son courage l'abandonner. Un centimètre pour cent kilomètres ? Considérant la carte avec une terreur renouvelée, elle se laissa aller contre le dossier de sa chaise. Jusque-là, elle n'avait pas pris conscience de l'étendue de ce territoire.

La peur lui noua l'estomac. Sam avait raison ; elle ne pouvait entreprendre ces recherches seule. Elle n'avait pas la moindre idée de la manière de s'orienter. Pour elle, rien ne ressemblait tant à un arbre qu'un autre arbre.

Une image de l'épicéa courbé par le vent lui traversa l'esprit, lui rendant un peu de détermination. L'arbre de son rêve poussait sur la berge même. Si elle le trouvait, elle trouverait Derrick. Le problème était qu'il y avait d'innombrables rivières dans la région, sans parler de centaines, sinon de milliers, de petits cours d'eau. Lequel Derrick avait-il suivi ?

Si lasse qu'elle en avait des courbatures, Crysta se pencha sur la carte, la fixant sans plus la voir. Des points noirs dansaient devant ses yeux. Avec un soupir de défaite, elle se passa une main sur le front. Sam avait raison sur un autre point : il fallait qu'elle dorme un peu, sinon elle serait incapable de faire quoi que ce soit. La manche de son sweat-shirt lui effleura le nez et une odeur de saumon la fit grimacer. Elle se redressa en fixant le tissu taché. Tant pis. Elle n'avait pas le temps de se laver.

Fronçant le nez, elle se leva et replia la carte qu'elle fourra sous son bras. Après deux heures de sommeil, elle partirait et, avec l'aide de Dieu, elle retrouverait son frère.

La chambre de Sam Barrister reflétait le caractère de l'homme. Se rappelant le penchant de son ex-mari pour le verre et le chrome, Crysta songea qu'elle préférait de beaucoup l'approche simple et naturelle de Sam. C'était un lieu où l'on pouvait se détendre sans se soucier de laisser des traces de doigts.

Les meubles étaient robustes et joliment patinés par le temps. La courtepointe, avec son motif d'anneaux, avait été cousue à la main mais apportait pourtant une touche masculine. Quant aux taies d'oreillers, elles étaient d'un blanc éclatant. Des bottes en cuir tachées de boue étaient posées près du lit à la tête duquel une peinture à l'huile d'une aurore boréale, d'une beauté si poignante qu'elle fascina Crysta, ornait le mur. Quoi d'étonnant à ce que Sam aime tant son pays ?

Elle l'imagina vivant un siècle plus tôt, pionnier grand et rude bâtissant son existence dans ces étendues sauvages, le regard fixé sur l'horizon.

Elle prit le livre posé sur la table de chevet. Il traitait de loups, le genre de littérature qu'elle aurait pu trouver dans la bibliothèque de Derrick. Ils avaient visiblement beaucoup en commun.

En soupirant, elle reposa le livre et se sentit perdue et effrayée. Elle savait pourquoi : il n'y avait plus de murmure dans sa tête. Derrick était-il toujours vivant ? Et, si oui, pourquoi ce silence menaçant ? Il était peut-être inconscient ou endormi.

« S'il vous plaît, mon Dieu, faites qu'il vive ! » pria-t-elle.

En regardant autour d'elle, Crysta songea soudain que c'était l'occasion ou jamais de fouiller la chambre de Sam. Méthodiquement, elle chercha partout, y compris sous le matelas, mais ne trouva rien. Le cœur lourd, elle tira les épais rideaux, plongeant la pièce dans l'obscurité.

« Tiens bon, Derrick, je vais venir. Je ne te laisserai pas tomber. » En ôtant ses vêtements elle pensa à Sam dans cette pièce, retirant sa chemise, s'asseyant sur le lit pour se débarrasser de ses bottes. Cette image la troubla comme s'il se trouvait là avec elle. Le parfum masculin de la chambre ajoutait à cette illusion, un mélange agréable de linge séché au grand air et d'après-rasage. Un courant d'air passa sur sa peau, la faisant frissonner.

Elle espérait que Sam se souviendrait qu'il lui avait offert de se servir de sa chambre et qu'il n'y ferait pas brusquement irruption. En enfilant sa chemise de nuit de flanelle, elle agita les orteils sur le tapis tissé et étira ses bras douloureux. Un réveil posé sur la table de chevet lui rappela que le temps passait. Il était devenu son ennemi et celui de Derrick. Elle régla l'alarme afin de ne pas dormir trop longtemps.

Ouvrant les draps, elle se glissa dans le lit. L'odeur écœurante du poisson mort s'insinua dans ses narines. Elle fronça les sourcils et éloigna son poignet autant que possible de son nez, en se demandant comment cette odeur pouvait être aussi tenace. Elle s'était pourtant soigneusement lavé les mains et les poignets, et son sweat-shirt sale gisait à présent sur le plancher.

Roulant sur le côté en chien de fusil, elle posa sa joue sur l'oreiller et ferma les yeux. Une douce chaleur l'envahit et ses muscles se détendirent peu à peu. Le tic-tac hypnotique du réveil la berçait. Au bout d'un moment, elle allongea une jambe.

Son genou entra alors en contact avec quelque chose de froid. La peau parcourue de picotements, elle s'immobilisa et cessa de respirer. Il y avait quelque chose dans le lit ! Elle tendit une main tremblante vers la lampe de chevet et l'alluma. Puis, faisant appel à toute sa force de volonté, elle rejeta drap et couverture et vit une longue forme sombre se détacher sur le tissu blanc.

« Oh ! mon Dieu ! »

Elle bondit du lit, les yeux comme des soucoupes, en frottant frénétiquement ses mains sur sa chemise de nuit. Un énorme saumon gisait sur le drap, la bouche déchirée par un hameçon et les entrailles débordant d'une entaille pratiquée dans son ventre.

Elle recula d'un pas, le cœur au bord des lèvres.

« Oh ! mon Dieu… »

La porte du bureau de Sam s'ouvrit avec une telle force que la poignée alla s'écraser contre le mur. Il leva les yeux, stupéfait. Crysta se tenait sur le seuil, un paquet blanc dans les bras, tanguant comme si elle essayait de garder l'équilibre. Sa chevelure auburn encadrait son visage d'un blanc de craie et ses yeux noisette pleins de feu. Pendant un moment il fut tellement pris au dépourvu qu'il en oublia la mallette de Derrick posée sur son bureau.

— J'ai un mot à vous dire, monsieur Barrister !

C'était davantage un ordre qu'une requête. Elle s'avança vers lui comme un général menant la charge. Il n'eut pas le temps de rassembler les papiers de Derrick mais glissa promptement l'attaché-case dans un tiroir en espérant que, toute à sa fureur, elle ne remarquerait rien.

— Eh bien, je voulais moi aussi vous parler, répliqua-t-il en manière de diversion. Autant le faire tout de suite, puisque vous êtes là. J'ai vu Tip, tout à l'heure. Vous lui avez rempli la tête d'inepties avec vos histoires d'expositions.

Il farfouilla dans les papiers devant lui, s'efforçant de dissimuler ceux de Derrick sous les siens. Puis, feignant l'irritation, il se renversa dans son fauteuil.

— Je ne veux plus que vous lui disiez un mot à ce sujet !

Crysta contourna son bureau. La colère lui allait bien, soulignant son teint et faisant étinceler ses yeux déjà magnifiques. D'un geste sec, elle lui jeta le paquet blanc dans les bras. Le tissu se déroula et quelque chose de lourd lui tomba sur les cuisses. Quand il vit ce que c'était, il en sauta presque de son fauteuil. Aussi habitué qu'il soit aux saumons, il n'en avait jamais eu un, a fortiori les entrailles à l'air, sur les genoux.

— Qu'est-ce que…

— J'ai accepté votre offre de dormir dans votre lit, mais j'ai trouvé l'autre occupant un peu trop odorant à mon goût.

Sam leva les yeux sur un index fin brandi sous son nez. De toute évidence, personne n'aurait pu se vanter de pouvoir intimider facilement Crysta Meyers. Elle se pencha vers lui et il comprit qu'elle n'hésiterait pas à le repousser d'une bourrade s'il essayait de se lever.

— Votre fils et son talent gâché sont vos affaires. Je ne dirai plus un mot de ses peintures. Mais…

Le doigt se rapprocha.

— … mon frère est mon affaire et votre petite farce dégoûtante n'y changera rien !

— C'était dans mon lit ? Crysta, je ne…

— Tenez-vous-le pour dit, monsieur Barrister, une bonne fois pour toutes. Je ne partirai pas d'ici avant d'avoir trouvé mon frère. Il faut davantage que des ours et des poissons pour m'effrayer. C'est clair ?

C'était clair comme de l'eau de roche. On ne s'était pas adressé à lui sur ce ton depuis des années.

— Je n'ai pas mis ce poisson dans le lit, Crysta. Comment pouvez-vous croire…

Elle saisit une poignée de papiers sur son bureau et les lui agita devant la figure.

— Comment ? Et ça, monsieur Barrister ? Des papiers tout droit sortis de l'attaché-case de mon frère ! Un attaché-case que vous avez prétendu n'avoir pas vu ! Je suis venue ici ce matin et je les ai trouvés. J'en ai assez de vos mensonges !

Sam posa le regard sur les feuilles froissées qu'elle tenait. La partie était terminée. Il devait tout lui dire. Sa présence déplaisait à quelqu'un, ce poisson en était la preuve. S'il ne la mettait pas au courant, elle pouvait se jeter tête la première dans un piège mortel.

— S'il vous plaît, ne les déchirez pas, dit-il calmement. Ils me seront peut-être utiles pour comprendre ce qui est arrivé à Derrick.

— Vraiment ?

Elle les reposa brutalement sur le bureau.

— Vous voulez dire que vous admettez finalement que ce n'est pas un ours qui en a fait son dîner ? La vérité, enfin ! Je vous en prie, ne vous arrêtez pas en si bon chemin !

— Il faut que nous parlions, mais pas ici.

Il prit le saumon et l'enroula de nouveau dans le drap.

— Allons chez moi, où personne ne pourra nous entendre.

Jetant le tout dans la corbeille à papier, il releva les yeux juste à temps pour surprendre l'expression méfiante de Crysta. Maintenant que sa colère s'était exprimée, elle se demandait visiblement s'il n'envisageait pas de la faire taire définitivement.

Cela renforça sa détermination à tout lui raconter. Crysta n'était pas du genre à éviter les confrontations. Elle disait ce qu'elle pensait, quelles que puissent être les conséquences. C'était une qualité qu'il admirait mais, si elle se trouvait face à la mauvaise personne, sa franchise pourrait la mettre dans une situation sans issue. Il ne pouvait la blâmer de ne pas lui faire confiance.

— Crysta, la salle à manger est à portée d'oreilles de mon appartement.

Elle fit un pas en arrière et secoua la tête pour se débarrasser d'une mèche qui lui couvrait un œil.

— A condition que j'aie le temps de hurler.

Sam se leva. Bien que grande pour une femme, Crysta lui arrivait à peine à l'épaule. Même s'il n'y avait pas eu leur lutte dans les bois, tous deux savaient qu'il avait largement l'avantage physique sur elle. Il décida de la piquer dans sa fierté.

— Vous avez peur ? Vous ne ressemblez peut-être pas tant que ça à Derrick, tout compte fait.

Elle le foudroya du regard.

— Allons-y, je vous suis.

Sam sortit de son bureau, péniblement conscient qu'elle ne voulait pas lui tourner le dos.

Une bûche s'écroula dans l'âtre, projetant en l'air une gerbe d'étincelles. Installée sur le canapé, les mains croisées sur les genoux, s'efforçant sans grand succès d'avoir l'air détendue, Crysta attendait que Sam commence à parler. Il avait pris place dans un fauteuil, les pieds fermement plantés sur le sol. Prêt à bondir à tout moment, se dit-elle.

— Je ne sais pas par où commencer, dit-il.

Le son de sa voix dans le silence la fit sursauter. Il lui lança un regard entendu.

— Pourquoi ne pas commencer par votre dispute avec Derrick ?

— C'est anecdotique par rapport à la situation globale.

— Que vous dites !

Il plissa les yeux.

— Si vous voulez tout savoir, c'était au sujet de Tip. Comme vous, votre frère a l'agaçante manie de se mêler de ce qui ne le regarde pas et je le lui ai dit. Nous avons élevé le ton. Fin de la discussion.

— Mais ce n'était pas la fin de votre amitié ?

— Notre amitié n'a jamais été remise en cause. Ce n'était pas la première fois que nous parlions de Tip, et je prie Dieu pour que ça n'ait pas été la dernière. Les amis peuvent avoir des différends, vous savez.

Elle prit un moment pour digérer cette information.

— Ai-je raison de penser que la dispute concernait le talent artistique de Tip ?

— Oui, et ce que vous lui avez dit a un effet désastreux, souligna-t-il en lui jetant un regard noir. Tip est tout sauf prêt à vivre en ville.

— Il m'a posé la question. Je lui ai dit la vérité. Aurais-je dû lui mentir ?

— La vérité telle que vous la voyez. Il s'agit de mon fils. Je sais mieux que personne ce par quoi il est passé et je sais ce qui l'attend. J'ai vu comment les gens…

Il s'interrompit, la bouche déformée par un rictus de dégoût. Puis, passant la main dans ses cheveux, il soupira.

— Comme je l'ai dit, ma dispute avec Derrick était sans rapport avec lui-même ou ce qui lui est arrivé. Alors laissons tomber le sujet.

Crysta hocha la tête. Il lui avait dit la vérité, elle le voyait dans ses yeux.

— Je comprends pourquoi vous trouviez inutile de m'en parler, dit-elle doucement. Je suis désolée d'avoir insisté.

Il fit courir le bout de ses doigts le long de sa mâchoire en grimaçant.

— Oui, eh bien… j'aurais dû vous le dire, mais la vérité, c'est que ce n'est pas facile d'y penser. Nous euh…

Il se tourna pour regarder par la fenêtre et poursuivit d'une voix subitement rauque.

— Je l'ai laissé partir sans lui dire au revoir. Nous étions tous les deux énervés. S'il est mort, c'est une terrible manière d'achever une amitié vieille de dix ans.

Résistant à la tentation de le consoler, Crysta porta son attention sur le feu. Son chagrin était évident, mais était-il réel ? Du coin de l'œil, elle observait chacun de ses mouvements.

— Pourquoi avez-vous menti au sujet de son attaché-case ? Et pourquoi avez-vous essayé de vous esquiver ? J'aimerais vous faire confiance, Sam, mais vous ne m'en donnez pas l'occasion.

Il sourit légèrement.

— Non, n'est-ce pas ? Pouvons-nous traiter une question à la fois ? Je ne voulais pas que vous veniez parce que je craignais que ce soit dangereux.

— Dangereux ? A cause des ours ?

Il croisa son regard.

— Je me fais davantage de souci pour les tueurs à deux pattes, Crysta.

Il lui raconta brièvement ce que Derrick lui avait dit la veille de son départ.

— Il avait découvert « quelque chose qui pue » chez Blanchette. Ce sont ses propres mots, pas les miens.

— Quelque chose qui pue…

Une expression intense sur le visage, Crysta s'avança au bord des coussins.

— A-t-il dit de quoi il s'agissait ? Et comment savez-vous que ça concerne l'entreprise et pas autre chose ?

— Il n'a pas voulu développer. Vous connaissez Derrick et son sens de l'éthique. Il ne voulait pas porter d'accusations avant d'avoir des preuves. Quant à Blanchette, c'est une supposition de ma part. « Quelque chose qui pue ici, en Alaska », m'a-t-il dit. J'ai compris qu'il s'agissait de quelque chose qui ne concernait pas les autres sites. C'est pourquoi j'examine le contenu de son attaché-case pour trouver des indices. Jusqu'ici, je n'ai rien trouvé.

Crysta sentit une démangeaison dans la nuque. Elle ne pouvait s'empêcher de se rappeler son rêve et la détonation.

— Donc, vous pensez qu'il avait découvert quelque chose d'illégal chez Blanchette et qu'on l'a réduit au silence ?

— Exactement.

— Et plus tôt, quand vous vous êtes esquivé, pourquoi ne vouliez-vous pas que je le sache ?

— Je ne voulais pas vous impliquer.

Il se pinça l'arête du nez entre deux doigts et soupira.

— Vous sembliez si certaine qu'il n'était pas mort que je me suis demandé si les secouristes n'avaient pas manqué quelque chose. Et, comme je pensais que vous ne partiriez jamais si je vous disais ce que je savais, j'ai continué à faire semblant de croire à l'histoire de l'ours.

— Etait-ce si terrible que je sache ?

— Oui, si vous commenciez à insister auprès des mauvaises personnes. Vous pouviez finir en statistique sur les méfaits des ours, tout comme votre frère.

— C'est valable pour vous aussi, Sam. Je suis une grande fille.

— Et vous êtes la sœur de Derrick. Je voulais vous mettre dans le premier avion en partance. C'est ce qu'il aurait voulu.

Crysta sentit sa tension se relâcher un peu. Elle n'était pas entièrement convaincue, mais cette histoire était déjà plus crédible que la théorie de l'ours.

— Vous ne pourrez pas vous débarrasser de moi, je le crains. Je resterai ici tant que nous n'aurons pas retrouvé Derrick.

Il ne put réprimer un sourire.

— Si vous restez, il voudrait que je garde un œil sur vous.

Crysta leva les yeux au ciel.

— Laissez-moi vous dire une chose, Sam. C'est généralement Derrick qui a besoin qu'on s'occupe de lui.

Se levant, elle s'approcha de la cheminée et ajouta :

— Je veux que vous m'incluiez dans vos plans.

— J'avais l'intention de descendre la rivière pendant que vous dormiriez.

— Alors je vais avec vous.

— C'est une longue marche, et vous êtes fatiguée. Vous allez me ralentir. Je ne pense pas que…

— Je ne suis pas si fatiguée que ça, insista-t-elle, bien qu'elle le soit.

Il regarda le feu un moment.

— D'accord. Au moins, si vous venez avec moi, je sais

que vous serez en sécurité et que vous ne ferez pas de bêtises de votre côté.

Crysta s'était attendue à plus de résistance de sa part. Elle hésita, partagée. S'il la trompait, il serait bien plus facile de l'attaquer une fois loin du gîte.

8

Pour plus de prudence, Crysta se débrouilla pour faire savoir à Jangles, Riley O'Keefe et deux autres clients qu'elle partait avec Sam pour une randonnée.

Tandis qu'ils se mettaient en marche, il lui adressa un sourire éclatant.

— Vous êtes sûre que vous ne voulez pas inviter quelqu'un ? Plus on est nombreux, plus on est en sécurité.

Crysta se sentit rougir, de gêne ou de colère, elle ne savait. Si Sam était honnête, il était inexcusable de lui laisser penser qu'elle ne lui faisait pas confiance. D'un autre côté, mieux valait prendre des précautions et si cela l'offensait, eh bien tant pis.

Sa seconde marche le long de la rivière lui parut bien moins exténuante que la première, sans aucun doute à cause du rythme de Sam. Le fait qu'il ralentisse le pas pour elle était rassurant ; un tueur n'aurait pas été aussi attentionné.

Quand ils atteignirent le ruisseau, il chercha le passage le plus étroit, sauta par-dessus et lui tendit la main. Répugnant à lui donner l'impression qu'elle avait besoin d'aide, elle hésita à la prendre. Elle avait toutefois pataugé dedans quelques heures plus tôt et savait à quel point l'eau était glacée.

— Vous venez ?

Une trace d'impatience dans sa voix la décida. Jaugeant la distance, elle resserra ses doigts sur les siens et sauta. En atterrissant, son pied gauche glissa dans la boue. Sam la rattrapa mais, ce faisant, glissa lui aussi. Ils faillirent tomber dans la boue tous deux, mais il reprit son équilibre au dernier moment et la soutint d'un bras de fer autour de la taille.

Crysta cessa de respirer. Elle sentait les cuisses de Sam

contre les siennes et ses seins étaient plaqués contre sa cage thoracique. Ils se figèrent tous deux.

Les yeux noirs de Sam se rivèrent aux siens et un frisson de désir la parcourut tout entière. Jusque-là, elle s'était tellement méfiée de lui qu'elle avait refoulé son attirance pour lui. A présent, toutes ses raisons d'y résister semblaient s'être évanouies. Sam pencha sa tête brune et elle s'immobilisa, attendant et désirant son baiser d'une manière incompréhensible pour elle. Pendant une seconde de flottement, juste avant que ses lèvres n'effleurent les siennes, elle se demanda ce qui la désarmait à ce point chez lui. Puis une sensation de ravissement balaya toute pensée.

Si le baiser de Sam fut d'abord hésitant, cela ne dura qu'un instant. Sa timidité disparut pour laisser place à une brûlante ardeur. Oubliant tout, elle s'abandonna et moula son corps contre le sien.

Leur baiser s'acheva aussi soudainement qu'il avait commencé. Une lueur d'incrédulité dans les yeux, Sam l'éloigna gentiment de lui et se remit en marche le long de la berge comme si de rien n'était. Crysta perçut cependant sa confusion dans les longues enjambées qu'il faisait ; il avait été aussi pris au dépourvu qu'elle.

En d'autres circonstances, la situation aurait été plutôt amusante, étant donné que Derrick s'était efforcé sans succès de les rapprocher pendant des années. Mais les choses étant ce qu'elles étaient, ils avaient mieux à faire que céder à leurs pulsions.

Elle allongea le pas pour le rattraper et, très vite, se mit à haleter d'épuisement. Sam lui lança un regard surpris et ralentit le rythme.

Soulagée, elle se maintint à sa hauteur sans pouvoir s'empêcher de le regarder furtivement. Toutes ses fibres vibraient de la proximité de son corps.

Penser à Sam de cette manière ne faisait que compliquer les choses, se tança-t-elle. Qu'est-ce qui lui prenait ? Elle n'était même pas certaine qu'il soit digne de confiance ! Elle nageait en pleine confusion, et il n'avait fallu qu'une étincelle pour mettre le feu aux poudres.

Ils traversèrent deux cours d'eau, des marécages, des prés. Elle n'avait aucune idée du temps qui s'était écoulé. Quelle distance avaient-ils parcourue ? Huit, dix kilomètres ? Les seuls bruits étaient ceux de l'eau courante et des branches agitées par le vent.

— Alors, qu'en pensez-vous ? dit-il tout à coup.

— De quoi ?

— Qui a mis ce poisson dans mon lit, selon vous ?

Elle se demanda pourquoi il lui avait fallu si longtemps pour s'interroger sur cet incident.

— Mon premier mouvement a été de vous accuser.

Il fit la grimace.

— Mettre un poisson dans mon propre lit ? Accordez-moi un peu d'intelligence. Il en faut plus que ça pour vous faire fuir.

C'était un compliment détourné, mais un compliment tout de même.

— Alors qui ?

— La salle à manger était pleine de gens. N'importe qui aurait pu m'entendre vous proposer ma chambre. Mais je me demande si c'est une farce stupide ou une tentative d'intimidation pour vous faire partir.

— Je penche pour la dernière hypothèse. Regardons les choses en face, les entrailles de poisson n'ont rien de drôle.

Sam contourna un buisson.

— Je suis d'accord. A présent, la question est : qui ?

— Je ne suis pas ici depuis assez longtemps pour m'être fait des ennemis. C'est peut-être Jangles ; elle ne m'aime pas.

Il secoua la tête.

— Jangles vous apprécie. Elle s'efforce juste de vous convaincre de vous mettre en sécurité.

Crysta hésita puis se lança, en espérant ne pas mettre cette femme en danger.

— Elle sait quelque chose. Elle ne veut pas le dire, mais elle ne croit pas non plus que Derrick ait été dévoré par un ours.

— Je l'ai compris.

— Et vous ne l'avez pas interrogée ?

— J'ai essayé. Jangles est l'une des dernières représentantes d'une population en voie de disparition. Elle s'accroche aux vieilles coutumes et est très fière de son héritage tlingit. Elle aime l'Alaska, ses habitants et sa faune avec passion, et elle accorde beaucoup de prix au silence. Si elle ne veut pas parler, il ne sert à rien de…

Il haussa les épaules.

— Ce dont je suis certain, c'est qu'elle ne ferait jamais une chose pareille. Ce n'est pas dans sa nature.

Crysta se rappela l'animosité qu'elle avait lue dans les prunelles de la femme.

— Je comprends que vous soyez amis, mais…

— Le courage et l'honnêteté font partie de son héritage, poursuivit-il. Si elle a quelque chose à dire, elle le fait directement. L'hypocrisie est une lâcheté, pour elle.

Il semblait si convaincu que Crysta décida de lui accorder ce point.

— Mais vous saviez qu'elle a un ami tlingit ?

Sam lui lança un regard aigu.

— Un ami ?

— Un petit ami, je suppose. Il est venu à la porte de la cuisine, ce matin. Elle avait l'air très contrariée et lui a dit qu'il n'était pas censé venir là. Ensuite ils se sont éloignés dans le bois et ils avaient l'air de se disputer.

Le front de Sam se plissa.

— Vous êtes sûre qu'il était tlingit ? J'ignorais qu'il y en avait d'autres dans la région.

— Il ne parlait pas anglais, et elle lui a répondu dans sa langue. Si ce n'était pas tlingit, alors quoi d'autre ?

— Il est possible qu'elle parle plus d'une langue amérindienne, répondit pensivement Sam. Ou alors ce type est bien tlingit.

— Pourquoi voudrait-elle garder cette visite secrète ?

— Je ne sais pas.

Il posa un regard préoccupé sur elle.

— Elle sait que ses amis sont les bienvenus au gîte.

Un frisson courut le long de la colonne vertébrale de Crysta.

— Elle prépare peut-être quelque chose qu'elle ne veut pas que vous sachiez.

— Si c'est le cas, il n'y a pas à s'inquiéter. Je lui fais entièrement confiance.

Crysta comprit à son expression ferme qu'il était inutile de poursuivre dans ce sens. Elle prit toutefois mentalement note de garder un œil sur la femme.

— Alors, si ce n'est pas elle, qui d'autre ?

— Quelqu'un qui séjourne au gîte, c'est certain. Et, si Derrick faisait bien allusion à Blanchette, nous devons supposer qu'il s'agit de quelqu'un qui y travaille.

— Vous pensez à quelqu'un ?

Sam hésita.

— Je n'aime pas accuser sans preuves.

— Oublions un moment ce principe, voulez-vous ? Nous ne nuirons à personne si ça reste entre nous. Cela a été l'erreur de Derrick. S'il avait mentionné les personnes auxquelles il pensait, nous saurions à présent qui pourchasser.

Sam esquissa un léger sourire.

— « Nous » ? On dirait que vous commencez à me faire confiance.

Crysta sauta par-dessus un trou marécageux et essuya ses semelles sur l'herbe.

— Vous croyez que je serais ici avec vous si j'avais des doutes ? répliqua-t-elle avec plus d'assurance qu'elle n'en ressentait.

— Malheureusement, oui. Vous prenez trop de risques, Crysta, sans évaluer les conséquences. Comme me suivre aujourd'hui, fouiller mon bureau et m'affronter au sujet du poisson. Vous avez réfléchi à ce qui aurait pu se passer si je vous avais prise sur le fait ?

— Je l'ai envisagé.

— Vraiment ? J'en doute un peu. Nous ne sommes pas à Los Angeles. La police n'arrive pas dans les cinq minutes si vous l'appelez. Votre mentalité de femme moderne peut vous coûter très cher ici.

— J'ai pris des cours d'autodéfense. Je sais me débrouiller.

Il s'arrêta brusquement, cillant dans le soleil. L'impact de son regard la fit s'immobiliser aussi.

— Nous sommes à une dizaine de kilomètres du gîte, lui rappela-t-il. Je pèse cinquante kilos de plus que vous. Que pourriez-vous me faire ? Une prise de karaté au cou ?

— J'ai dit à plusieurs personnes que je partais avec vous. Cela ferait très mauvais effet s'il m'arrivait quelque chose, rétorqua-t-elle. Quant à l'autodéfense, mon moniteur m'a appris à viser beaucoup plus bas que le cou.

Elle sentit son pouls accélérer devant le sourire coquin de Sam mais, avant qu'elle puisse réagir, il se remit en marche.

— Ce que j'essaie de vous dire, c'est de ne vous fier à personne. Personne, c'est clair ? Vous avez raison, nous sommes dans le brouillard. Mon instinct me porte vers Riley O'Keefe, mais je ne peux rien prouver. De plus, il est rentré à Anchorage avec Shriver après le petit déjeuner, et je ne pense pas qu'il ait eu le temps de s'introduire dans ma chambre.

Il poussa un soupir las et fit courir sa main dans ses cheveux.

— Derrick a peut-être découvert quelque chose ici, à Cottonwood Bend, reprit-il en se remettant à avancer à grandes enjambées. C'est une possibilité que nous ne pouvons pas écarter, mais il y a deux autres gîtes dans un rayon de dix kilomètres. Les avions, les gens et les marchandises ne cessent d'aller et venir.

Près d'une rangée d'arbres, il stoppa pour l'attendre. Il lui lança un regard pensif et plus détendu.

— Je n'avais pas l'intention de me montrer condescendant, tout à l'heure, dit-il en lui prenant le bras pour l'aider à enjamber un tremble couché. Mais vous n'étiez pas sûre de moi quand vous avez accepté de venir, vous ne pouvez pas le nier. C'était de l'inconscience de prendre un tel risque. Rien que le fait de penser que vous pourriez commettre la même erreur avec la mauvaise personne me fait dresser les cheveux sur la tête.

Crysta s'apprêtait à répliquer quand elle se rappela à quel

point elle s'était sentie vulnérable un peu plus tôt. Il lui en coûtait de l'admettre, mais il avait raison.

— Je comprends que vous ne pensiez qu'à Derrick, ajouta-t-il patiemment. Pourtant, même si vous n'y croyez pas, il est peut-être mort. Dans ce cas, vous sacrifier ne servira à rien.

— Je ferai ce que j'ai à faire.

Il resserra les doigts sur son bras.

— Crysta, s'il est vivant, il peut survivre pendant longtemps par ici.

— Pas s'il est blessé !

— Une petite coupure à la tête peut saigner beaucoup. Le sang que les secouristes ont trouvé n'indique pas forcément qu'il a été sérieusement blessé. Il connaît les ours. S'il avait un grizzly sur les talons, il a peut-être enlevé et jeté sa chemise en guise de diversion.

L'image de la blessure au-dessus du cœur de Derrick traversa l'esprit de Crysta.

— Vous ne pensez pas un mot de ce que vous dites. Vous ne croyez même pas qu'il s'agisse d'un ours. Sinon vous n'auriez pas emporté une arme.

Il pinça son nez entre ses doigts et laissa échapper un soupir épuisé. Après une longue minute, il laissa retomber sa main.

— Je n'arrive pas à comprendre, dit-il d'une voix rauque. Il n'y a qu'une seule chose dont je sois sûr, c'est que je ne veux pas qu'il vous arrive quoi que ce soit.

La sincérité de son expression fit oublier à Crysta ce qu'elle voulait dire. Pendant une seconde, elle éprouva le besoin impérieux de chercher du réconfort dans ses bras.

Elle savait que c'était un désir enfantin mais, comme Sam, elle était si lasse d'essayer de comprendre qu'elle pouvait à peine réfléchir. Un pisteur respecté était convaincu que Derrick avait eu affaire à un ours. Pourtant, Sam pensait qu'il avait été victime d'un crime. Qui avait raison ? Les hommes qui s'en étaient pris à Derrick avaient-ils mis en scène l'attaque de l'ours pour détourner les soupçons ? Et ses rêves ? S'agissait-il vraiment de visions télépathiques envoyées par Derrick ou était-elle en train de perdre la tête ?

Comme s'il avait senti qu'elle était au bord des larmes, Sam lui prit le bras et l'entraîna. Peu après, ils émergèrent en plein soleil et Crysta cilla, momentanément aveuglée. Quand sa vision s'éclaircit, elle s'arrêta soudain.

— Que se passe-t-il ? murmura Sam.

Elle fixait le paysage devant eux.

— C'est ici que ça s'est passé.

— Je crois que c'est un peu plus loin.

— Non, répondit-elle d'un ton ferme, les yeux fixés sur un épicéa sur la berge à quelques mètres d'eux. C'est ici, Sam.

Il balaya l'endroit des yeux, l'air dubitatif. Crysta était immobile, la tête pleine d'images. C'était l'endroit qu'elle avait vu en rêve, où les trois hommes l'avaient rattrapée.

— Vous avez raison, dit-il soudain en pointant quelque chose du doigt à sa gauche.

Comme dans un état second, Crysta regarda ce qu'il indiquait. Quelqu'un avait enfoncé un piquet orange dans le sol en guise de repère. Sam s'approcha lentement, tête baissée.

— C'est là. C'est incroyable… que vous l'ayez deviné, je veux dire.

Avec un sentiment d'étrangeté, Crysta le suivit et posa le pied sur une large tache noire. Elle reconnut du sang séché. Le sang de Derrick, selon le coordinateur. Elle eut soudain les jambes en coton.

— C'est exactement ce que Jim a décrit, des traces d'ours et du sang…

Le visage sombre, Sam effleura la branche cassée d'un buisson.

— Mon Dieu ! Ils avaient raison et je me trompais, poursuivit-il. C'était bien un ours.

Sa voix rauque d'émotion crispa les nerfs de Crysta. La nausée lui tordit l'estomac. Fermant les yeux, elle murmura : « Non » de manière presque inaudible.

Sam leva les yeux.

— Que voulez-vous dire par « non » ? Les preuves sont là.

Le sentiment d'irréalité de Crysta ne se dissipait pas. Elle se retourna pour regarder l'épicéa. Il ne pouvait y avoir deux arbres à ce point semblables. Derrick s'était trouvé là, avec des hommes à ses trousses. Elle n'était pas en train de perdre l'esprit.

— Ce n'était pas un ours, affirma-t-elle avec force.

Comme une somnambule, elle se dirigea vers la rivière. Dans son rêve, elle cherchait un refuge en amont, dans la direction d'où Sam et elle venaient. Derrick avait essayé de revenir à Cottonwood Bend… vers son ami, Sam Barrister.

D'autres images de son rêve l'assaillirent tandis qu'elle approchait de la berge. Un éclair d'argent passant au-dessus de son épaule et atterrissant dans l'eau avec un « plouf » sonore. La boucle de Derrick. Elle s'était penchée pour la ramasser et l'avait mise dans la poche gauche de sa chemise.

Une bouffée soudaine d'excitation l'envahit. Elle se plia en deux pour examiner le sol.

— A-t-on trouvé la boucle de ceinture de Derrick dans la poche de sa chemise ?

— La chemise qu'il portait quand… Non, je ne crois pas. Jim l'aurait mentionné.

— Alors elle est encore ici quelque part. Quand ils l'ont soulevé après lui avoir tiré dessus, elle a dû tomber de sa poche.

Elle se mit à patauger dans l'eau.

— Aidez-moi, Sam ! Elle est là, forcément.

— De quoi parlez-vous ? Quelle boucle ? Tiré dessus ? Je ne comprends rien !

— Mais si ! Aidez-moi à la chercher ! Dans mon rêve, j'ai mis la boucle dans ma poche. Ensuite quelqu'un m'a frappée et je suis tombée. Quand je me suis retournée, ils parlaient de se débarrasser de lui. J'ai entendu un coup de feu, et…

Elle pressa la main sur son cœur en regardant Sam droit dans les yeux.

— … je me suis réveillée avec une douleur terrible dans la poitrine. Vous ne comprenez pas ?

Sans prêter attention à ses pieds trempés, elle remonta sur la berge.

— Je savais que c'était ici, parce que je l'ai vu en rêve ! Ce n'était pas de moi que je rêvais, mais de Derrick. On lui a tiré dessus. Et ils ont essayé de faire passer ça pour l'attaque d'un ours.

Concentrée sur le déroulement exact des péripéties, elle ne remarqua pas l'expression circonspecte de Sam tandis qu'elle lui décrivait les détails de son rêve.

— Et tout ce que vous avez vu, c'étaient leurs bottillons vert et jaune ?

Il leva un sourcil et regarda ses pieds.

— Crysta, tout le monde en porte, ici. Je suis désolé, mais ce n'est pas particulièrement concluant.

— Vous devez me croire, Sam ! La vie de Derrick en dépend.

Elle reprit son souffle et avala sa salive.

— Derrick et moi, nous avons un lien spécial.

— Un lien ?

Il évitait de croiser son regard.

— Nous…

Elle se mordit la lèvre et fit une pause, comme si elle s'apprêtait à plonger d'une falaise. Il allait la croire folle, elle le savait.

— … nous sommes reliés télépathiquement.

— C'est une intéressante théorie.

— Ce n'est pas une théorie, bon sang !

Sa véhémence ramena le regard de Sam sur elle.

— Vous êtes sérieuse, dit-il après l'avoir dévisagée un moment.

— Bien sûr que je le suis ! Vous croyez que je plaisanterais dans un moment pareil ? Derrick peut m'envoyer des messages par la pensée, un peu comme…

Elle eut un geste d'impuissance.

— Comme des ondes radio. Parfois, je perçois des images, aussi. Et ça marche dans les deux sens.

Elle était consciente que tout cela paraissait insensé, mais elle ne pouvait s'arrêter. Il fallait qu'elle le convainque.

— C'est arrivé de nombreuses fois, je vous le jure.

D'une traite, elle lui raconta toutes les fois où, Derrick étant malade ou blessé, elle avait ressenti les mêmes douleurs.

— J'étais à des kilomètres de lui, Sam, chaque fois. Je ne pouvais absolument pas savoir !

— Alors pourquoi sommes-nous en train de le chercher ?

Une lueur de défi passa dans son regard.

— Pourquoi ne l'appelez-vous pas tout simplement pour savoir où il est ?

Le sarcasme était voilé mais bien présent. Crysta réprima son irritation.

— Je ne peux pas ! Il ne me répond pas. Mais il m'a appelée à l'aide quarante-huit heures avant que la police n'appelle ma mère. C'est pour ça que j'ai reconnu cet endroit. Je l'ai vu en rêve !

Il jeta un regard dubitatif autour de lui. Crysta s'approcha.

— Je ne vous l'ai pas dit avant parce que j'avais peur que vous me preniez pour une folle. Et aussi parce que j'avais peur de vous ! Si vous aviez été impliqué, Sam, vous vous seriez senti menacé par mon lien avec Derrick.

— Alors pourquoi me le dites-vous maintenant ?

— Parce que, maintenant, je sais que vous n'aviez rien à voir avec tout ça.

Elle fit un geste en direction du petit épicéa.

— Dans mon rêve, je courais dans cette direction, vers Cottonwood Bend. Vous comprenez ? Il courait vers vous, sachant que vous l'aideriez !

Dans son désespoir, elle agrippa la chemise de Sam. Aussi rapidement que possible, elle lui raconta son second rêve.

Sam la prit par les épaules. Ses accents suppliants le touchaient au cœur. Derrick lui avait parlé de son « lien » avec sa sœur, mais Sam n'avait pas compris à quel point tous deux y croyaient. Par nature, il ne croyait que ce qu'il voyait. Pourtant, pour Crysta, il était prêt à essayer de comprendre.

— Je vous crois, Crysta, dit-il en la secouant légèrement. Je vous crois. Calmez-vous, je vous en prie.

C'était la première fois de sa vie que Crysta entendait ces mots, en dehors de sa famille, bien sûr. Pendant un moment, elle en fut abasourdie.

— Vous me croyez ? s'exclama-t-elle. Vous voulez dire que vous allez reprendre les recherches ?

Il resserra les doigts sur ses épaules.

— Je crois que vous avez eu ces rêves et que vous croyez de tout votre cœur qu'ils viennent de Derrick.

Elle sentit son cœur chavirer.

— En d'autres termes, vous croyez que je vous raconte « ma » réalité.

— J'essaie, Crysta. Vous ne pouvez pas me reprocher d'avoir des réserves.

La frustration l'envahit. Elle se détourna et posa le regard sur la rivière. Tout le monde s'était toujours montré sceptique.

— Je n'aurais pas dû vous en parler. On pourrait croire que j'aurais appris après toutes ces années, mais non…

— Crysta…

— Non, non ! Ça va, j'ai l'habitude, dit-elle en balayant ses protestations d'un geste de la main. Du moins, je devrais.

Elle eut un petit rire amer.

— Avez-vous idée du nombre d'amis que j'ai perdus à cause de ça ? Sans parler de mon mariage. On finit par se blinder.

— Si seulement vous aviez une preuve…, répondit-il calmement. Il y a beaucoup en jeu.

Elle pivota sur elle-même.

— Votre réputation ? Votre crédibilité ? Qu'avez-vous à perdre ?

— Il ne s'agit pas de moi. Je ne peux pas demander aux secouristes de délaisser leurs emplois sans une preuve tangible.

— Mais je peux le prouver ! cria-t-elle. Sa boucle de ceinture, Sam ! Si elle n'était pas dans sa chemise, alors elle est ici.

Elle se remit à chercher frénétiquement. Manifestement dépassé, Sam resta immobile quelques instants puis se mit à l'aider. Dix minutes plus tard, Crysta dut admettre sa défaite.

— Elle n'est pas là.

Pour ne pas éclater en sanglots, elle se mordit la lèvre. Derrick comptait sur elle, et elle avait misérablement échoué.

— Crysta…

Sam s'avança lentement vers elle.

— Chérie, je sais que vous êtes bouleversée et que vos rêves vous semblent réels. Mais n'est-il pas possible qu'ils ne soient que le produit de votre espoir ? Vous aimez trop Derrick pour accepter l'impensable… Il n'y a aucune trace ici d'agresseur à deux pattes. Croyez-moi.

— Deux choses, dit-elle en posant la main sur la poitrine de Sam pour l'empêcher d'approcher davantage. Pour commencer, j'ai fait le premier rêve quarante-huit heures avant d'être informée de la disparition de Derrick. Et, ensuite, ne m'appelez pas « chérie ». C'est condescendant. Vous ne vous serviriez pas d'un terme pareil pour vous adresser à un homme, n'est-ce pas ?

— J'imagine que non.

Avec une expression irritée, il croisa les bras sur sa poitrine et lui emboîta le pas tandis qu'elle prenait la direction de l'amont.

— Où allez-vous ?

— Je retourne au gîte. Je vais étudier la carte pour me familiariser avec la zone et demander à Jangles de me préparer des vivres. Ensuite, je reviendrai ici.

— Pour quoi faire ?

— Pour chercher mon frère.

Comme il soupirait, Crysta se tourna vers lui.

— Ecoutez, je comprends que vous ne me croyiez pas et je ne peux pas vous le reprocher. Mais ça ne veut pas dire que je renonce.

Elle reprit sa marche.

— Je sais ce que je sais. Je vais revenir et personne, pas même vous, ne pourra m'en empêcher.

— Même si vous venez de voir de vos yeux les preuves de l'attaque d'un ours ?

Crysta releva le menton.

— On peut fabriquer des preuves.

— Il n'est pas facile d'amener un ours à coopérer, rétorqua-t-il.

Une idée la frappa soudain.

— Sauf s'il est mort.

Son regard vola vers lui.

— La carcasse d'ours dont m'a parlé Tip, privée de tête et

de pattes… Et si les agresseurs de Derrick s'en étaient servis ? Même un médecin légiste ne verrait pas la différence.

Sam plissa les yeux, réfléchissant visiblement.

— J'imagine que c'est possible. C'est très tiré par les cheveux mais, en se servant d'un ours mort, ils auraient pu tromper un expert avec des poils et des traces de salive.

— Possible mais improbable pour vous, dit-elle d'une voix creuse. Pour moi, une simple possibilité est suffisante.

— Et si je vous disais que je veux bien suivre votre instinct ?

Cette question la fit tressaillir.

— Que voulez-vous dire ?

— Que je vais oublier les preuves et la logique juste pour cette fois. Je ne peux pas demander aux secouristes de repartir, mais je peux continuer à chercher moi-même.

— Loin de moi l'idée d'argumenter, mais… pourquoi ?

— Disons que pour le moment je vous accorde qu'il pourrait y avoir quelque chose de l'ordre de la télépathie entre des jumeaux. Aussi longtemps qu'il reste une chance qu'il soit vivant, il serait stupide de négliger ce que vous dites.

— Oh ! Sam, je pourrais vous embrasser !

— Embrasser un homme qui vous traite de façon aussi condescendante ?

Elle ignora la pique.

— Alors vous allez revenir avec moi ?

— Je n'ai pas dit ça.

— Sam, dans mon rêve, Derrick était sérieusement blessé ! Il est urgent de le retrouver !

Il secoua la tête.

— Si sa blessure était très grave, il est trop tard. Sinon, il sera capable de se débrouiller jusqu'à ce que nous le trouvions. L'affolement n'est pas la bonne solution.

Il leva une main apaisante.

— Je sais que vous avez vu une cabane, dans votre rêve. C'est bien, mais ce n'est pas assez. Il y en a des centaines à l'intérieur des terres. On pourrait y passer des jours.

— Il est certain que nous ne la trouverons pas dans son attaché-case.

— Mais il y a peut-être là une piste. Vous avez rêvé d'un entrepôt. Si c'est vrai, ça prouve que mes soupçons au sujet de Blanchette sont fondés. Si nous découvrons ce que Derrick suspectait, nous pourrons identifier ses attaquants.

— Merveilleux ! Sans le témoignage de Derrick, nous aurons des coupables mais sans rien à leur reprocher. A quoi cela servirait-il ?

— Les coupables peuvent nous dire où est Derrick ou, au moins, nous indiquer la direction.

— Et pourquoi auraient-ils cette amabilité ? Ils s'incrimineraient eux-mêmes en le faisant.

— Si nous les trouvons, Crysta, je pense pouvoir les persuader de coopérer, dit-il d'un ton neutre.

Elle baissa les yeux sur ses mains et vit qu'il serrait les poings. Aussi effrayante que soit la perspective de le voir perdre son calme, c'était aussi étrangement rassurant de savoir que, pour la première fois depuis qu'elle était en Alaska, elle avait un allié à ses côtés.

Tandis qu'ils marchaient, elle remarqua que Sam faisait fréquemment des pauses pour balayer les environs du regard.

— Que cherchez-vous ? murmura-t-elle.

— Des traces de grizzly. Que vous le vouliez ou non, nous ne pouvons pas négliger les signes que nous avons vus. Je n'ai pas l'intention de risquer nos vies en pariant sur le fait qu'ils ont été faits par des humains.

Crysta sentit ses cheveux se hérisser sur sa nuque.

— Et, s'il y a un ours dangereux dans les parages, qu'allons-nous faire ? Vous n'avez même pas d'arme.

— Au temps pour moi. J'aurais dû me douter que Jim n'aurait pas été convaincu sans raison.

— Les grizzlys peuvent-ils grimper aux arbres ?

Il fit la grimace.

— Ils seraient plutôt du genre à les déraciner.

Il posa ses yeux noirs sur elle.

— Si nous croisons un ours, couchez-vous par terre, mettez-vous en position fœtale, la tête dans les bras, et faites la morte. S'il vous renifle, ne bougez pas et ne criez pas. Avec un peu de chance, il finira par s'en aller.

— Et si je n'ai pas de chance ?

Sam se contenta de balayer de nouveau les bois du regard. Son air préoccupé était suffisamment éloquent.

9

Leur trajet de retour fut épuisant. Le moindre obstacle sur le chemin faisait trébucher Crysta. Sam fit un geste en direction d'un talus herbeux.

— J'ai besoin d'une pause.

Il s'assit et elle s'effondra près de lui. En dépit de la brise qui montait de la rivière, elle avait chaud et transpirait. Sam s'étendit sur le dos, la tête sur ses bras repliés. Avec bien moins de grâce, Crysta s'allongea sur le ventre.

Elle savait qu'il s'était arrêté pour elle. Il était habitué aux longues randonnées. Elle respira profondément et passa la langue sur ses lèvres sèches. L'eau de la rivière avait l'air trop boueuse pour être consommée.

Comme s'il avait lu dans ses pensées, Sam prit une petite gourde à sa ceinture et la lui tendit.

— Vous voulez un peu d'eau ?

Crysta acquiesça et se désaltéra. Elle lui rendit la gourde et le regarda boire avec un soupir de satisfaction.

— Ça va ? demanda-t-il en raccrochant la gourde à sa ceinture. C'est une longue marche, pour quelqu'un qui n'en a pas l'habitude.

Elle se sentit piquée dans sa fierté.

— Ça va. Et vous ?

Ce n'était pas parce qu'elle était épuisée qu'elle devait perdre son sens de l'humour.

— Si vous êtes trop fatigué, vous pouvez vous appuyer sur moi le reste du chemin, proposa-t-elle.

Un rire étouffé lui répondit.

— Merci beaucoup.

Cessant de faire semblant, elle roula sur le côté et étudia le profil de Sam. Son visage contrastait avec les herbes hautes et les trembles à l'arrière-plan et en faisait curieusement partie en même temps.

— Sommes-nous en train de monter ? demanda-t-elle.

— La pente est légère.

— Dites ça à mes jambes !

Un sourire taquin étira ses lèvres pleines.

— Je suis désolé. J'aurais dû m'arrêter plus tôt. J'avais la tête ailleurs.

Crysta songea qu'elle aurait bien voulu avoir des pensées qui lui fassent oublier son épuisement.

— Ailleurs où ?

— Dans les papiers de Derrick. Mon instinct me dit qu'il y a quelque chose dedans, quelque chose que je ne vois pas.

Il ferma les yeux.

— C'est notre seule chance.

Crysta referma la main sur une touffe d'herbe tendre et en tortilla les brins. L'odeur douce-amère monta jusqu'à ses narines, lui rappelant l'époque du collège, quand elle se prélassait avec Derrick sur la pelouse devant la maison.

Depuis leur conversation sur l'attaque de l'ours, elle se sentait plus à l'aise avec Sam. Elle lui avait révélé des pensées qu'elle avait rarement partagées sans qu'on se moque d'elle.

— Sam, dites-moi honnêtement, pensez-vous que Derrick soit mort ?

Il tourna la tête pour la regarder.

— Je le croyais. Maintenant que vous m'avez raconté vos rêves, je n'en suis plus si certain.

Comme s'il sentait qu'elle avait désespérément besoin d'être rassurée, il lui adressa un regard plein de gentillesse.

— S'il vous contacte, il ne peut pas être mort, n'est-ce pas ?

— C'est précisément ça. Depuis que j'ai fait ce rêve la nuit dernière, je ne l'entends plus.

Un frisson glacé lui courut sur la peau.

— Il n'y a plus que le silence, un horrible silence. Depuis aussi longtemps que je me souvienne, je l'ai toujours senti.

Je ne peux pas l'expliquer. Je suppose que vous me croyez folle. Les gens, même ceux que je considérais comme de bons amis, ont tendance à m'éviter quand j'en parle.

Sa bouche trembla tandis qu'elle s'efforçait de prononcer les mots suivants.

— Je ne sens plus rien, Sam. C'est comme s'il était parti.

— Je ne pense pas que vous soyez folle.

Sa voix avait pris une tonalité grave qui l'apaisa sans qu'elle sache pourquoi.

— Et, même si je le croyais, quelle différence cela ferait-il ? Vous êtes vous, Crysta, avec vos sentiments, votre relation avec Derrick et ce truc de télépathie. Ceux qui vous évitent parce que vous êtes vous-même ne valent pas que vous perdiez du temps avec eux.

— J'ai peur…

— Je sais.

La simplicité de sa réponse était exactement ce dont elle avait besoin. Pas de jugement, de sermon analytique, ni de moquerie cruelle. Elle comprit soudain qu'elle s'était fait un ami. Les larmes jaillirent de ses yeux.

— Merci d'avoir dit ça.

Il se tourna sur le côté et posa une main sur sa joue, ses doigts effleurant légèrement son oreille. Crysta se serait probablement soustraite à ce contact le matin même. A présent, cela lui semblait tout naturel.

Sa main était grande, et chaude. Même si elle savait qu'il voulait seulement la consoler, son contact lui donna des frissons. Elle laissa ses yeux se fermer, absorbant sa force. Il ne dit rien.

— Il est peut-être inconscient, murmura-t-elle d'une voix rauque.

— Peut-être. Ou trop épuisé pour pouvoir communiquer. Vous êtes très fatiguée, vous aussi. Ça doit avoir une influence.

Sa compréhension apparente lui faisait du bien, mais elle n'en devait pas moins affronter la réalité. Derrick était peut-être parti. Il fallait qu'elle accepte ce que cela voulait dire.

— Je l'aime plus qu'une sœur n'aime généralement un

frère. J'imagine que ce n'est pas toujours le cas entre jumeaux, mais il y a une proximité entre nous, une sorte de sentiment d'unicité.

Elle ouvrit les yeux.

— Même quand nous nous disputions, ce lien n'était jamais rompu.

— Je sais. Je connais Derrick depuis longtemps. Rien qu'à la manière dont il parlait de vous je savais qu'il y avait quelque chose de spécial entre vous.

— Il faut que j'appelle ma mère pour la tenir au courant. Je ne sais pas quoi lui dire. S'il est… mort, comment vais-je…

Sam déplaça légèrement sa main et son pouce vint se poser sur sa lèvre supérieure comme pour lui imposer silence.

— Crysta, s'il est mort, votre mère s'en remettra et vous aussi. Vous continuerez à vivre, comme tous ceux qui ont perdu un être cher. Vous devez vous concentrer sur les recherches, pour le moment. Pas sur ce que les gens pensent ni sur ce que vous devriez dire à votre mère.

Elle inspira profondément.

— Vous avez raison. Je suis désolée.

— Ne vous excusez pas.

Il retira sa main de sa joue et s'assit, enroulant ses bras autour de ses genoux.

— Vous faites face bien mieux que la plupart des gens. Si les rôles étaient inversés, Derrick serait effondré.

Quelques minutes plus tard, ils repartirent côte à côte, dans un silence un peu inconfortable au début. Soudain, sans avertissement, Sam lui prit la main et la serra fortement.

— Qu… qu'est-ce que c'est ? chuchota-t-elle, l'esprit envahi par des images de grizzlys affamés.

Il lui fit signe de se taire. Crysta scruta les arbres, effrayée. Au bout d'un moment Sam se détendit et reprit sa marche.

— Un tour de mon imagination, sans doute. J'ai cru entendre quelque chose.

— Un petit animal peut-être ?

Il sourit.

— Probablement. Je n'ai pas dormi depuis si longtemps que je deviens nerveux.

Sa grande main chaude et calleuse se resserra autour de la sienne. Emue, elle lui rendit la pression de sa main. Il tourna vers elle un regard interrogateur. De surprise, elle fit un faux pas. Il tendit le bras pour l'empêcher de trébucher et la hanche de Crysta se pressa contre sa cuisse. Le trouble s'installa de nouveau entre eux mais, cette fois, Sam ne tenta pas de l'éviter en allongeant le pas.

Le cœur de Crysta se mit à battre plus vite. Tout cela était fou ! Dire que ce n'était pas le moment était au-dessous de la vérité. Sam Barrister n'était pas son type, et elle n'était pas le sien. Un propriétaire de gîte en Alaska et une conseillère en mode ? C'était ridicule ! Alors pourquoi se sentait-elle autant attirée par lui ?

Elle n'avait aucune réponse à cela ni l'énergie pour explorer ses émotions. Seul Derrick comptait.

Le Cessna de Todd Shriver flottait près de l'île quand ils arrivèrent en vue du dernier méandre de la Yentna.

— On dirait que Shriver a ramené Riley, dit Sam. Il pourrait occuper tous les pilotes de la région avec ses allées et venues.

Crysta mit sa main en visière au-dessus de ses yeux pour se protéger du soleil et s'efforça d'apercevoir le contremaître rouquin.

— Ce matin, il m'a dit qu'il allait chercher de la bière.

— Il le fait tout le temps.

— Est-il alcoolique ?

— Je ne suis pas sûr qu'alcoolique soit le terme exact. C'est un soiffard, c'est certain. En tout cas, les restrictions de bagages l'obligent à aller régulièrement en ville pour se réapprovisionner.

— Comment peut-il se permettre toutes ces dépenses ?

— Son père est mort récemment. J'ai entendu dire qu'il avait hérité d'une somme substantielle.

Crysta fronça le nez.

— Elle ne durera pas longtemps, à ce rythme.

— Probablement pas, mais ce ne sont pas mes oignons. Je lui fais un prix parce qu'il séjourne souvent ici et qu'il amène des amis.

Des bruits de voix leur parvinrent. Poussée par la vision d'un grand verre d'eau et d'un gros sandwich, Crysta pressa le pas. Elle s'efforçait de ne pas penser au coup de fil qu'elle allait passer à sa mère ; il valait parfois mieux laisser certaines choses de côté jusqu'au moment où il fallait vraiment s'en occuper.

— Hé ! Barrister ! cria une voix masculine.

Todd Shriver venait vers eux à grandes enjambées sur la berge boueuse. Il se passa un bras sur le front et rit, hors d'haleine.

— Bon sang ! Je ne suis plus aussi jeune que je le croyais !

En l'observant, Crysta s'efforça de comprendre ce qui la dérangeait chez lui. Il avait un sourire contagieux et se montrait amical. Faute d'une meilleure explication, elle décida que c'était le manque de caractère de son visage qui lui déplaisait.

— N'est-ce pas notre cas à tous ? dit-elle.

Sam fit jouer ses épaules, sans chercher à dissimuler son propre épuisement.

— Nous avons fait une longue marche, Todd, et nous mourons de soif. Cela peut-il attendre un peu ?

Le sourire du pilote s'évanouit et il tourna son regard bleu de glace vers Crysta.

— Bien sûr. En fait, je vais rester un peu pour pêcher. Mais, avant de prendre le bateau, je voulais vous présenter mes condoléances, mademoiselle Meyers. J'ai entendu la nouvelle.

Il secoua la tête.

— Un ours, qui l'eût cru ? Et Derrick, entre tous.

— Cela arrive aux meilleurs, fit Sam avec un regard intense pour Shriver. Mais rarement par ici, il est vrai.

— Ce qui est d'autant plus navrant. Pourquoi ici ? Pourquoi lui ? Je suis vraiment désolé, déclara le pilote en inclinant la tête vers Crysta.

Elle remarqua qu'il ne cessait de jeter des coups d'œil en

direction de la rivière, comme s'il craignait de manquer sa partie de pêche. Elle aurait voulu le remercier aimablement pour ses condoléances, mais elle ne pouvait pas. Comme Steve Henderson, elle trouvait difficile d'accepter que les gens poursuivent tranquillement leur petite vie. Elle se reprocha d'être trop centrée sur elle-même. Pour Todd Shriver, Derrick n'était qu'une vague connaissance.

— Je vous remercie, dit-elle enfin, mais n'oubliez pas que l'on n'a pas retrouvé son corps. J'ai toujours espoir.

— Je ne peux pas vous le reprocher.

Shriver esquissa un sourire lent, destiné, elle en était certaine, à lui faire battre le cœur.

— Et comme j'ai dit, si vous avez besoin de moi, je ne vous compterai que le carburant.

Il recula d'un pas.

— Je ferais mieux d'y aller avant qu'ils partent sans moi.

Crysta le regarda s'éloigner.

— Et maintenant, il ne pense plus qu'à attraper le plus gros poisson. On dirait un gosse, vous ne trouvez pas ? murmura-t-elle.

— Shriver ?

Sam lui lança un regard incrédule.

— La plupart de mes clientes se pâment devant lui.

— Le poisson, les femmes, tout est bon à prendre, pour les types comme lui.

Sam laissa échapper un rire un peu gêné.

— Il y a des hommes pires.

Elle haussa les épaules.

— L'apparence n'est pas tout. Il est trop juvénile pour moi.

Le sourire de Sam réchauffa jusqu'à ses yeux bruns. Posant une main sur son épaule, il l'entraîna vers le gîte.

— Ce n'est pas un mauvais gars, mais ça fait du bien de savoir que toutes les femmes ne s'entichent pas d'un beau gosse. Il y a encore de l'espoir pour des types comme moi.

Crysta lui lança un regard aigu. Un homme aussi beau que lui ne pouvait pas se croire sans attraits !

— Et vous ? répliqua-t-elle. Etes-vous attiré par un joli visage ?

Il la dévisagea.

— Seulement s'il appartient à une femme vraiment spéciale.

Cette réponse, couplée à l'intensité de son regard, fit monter le rouge aux joues de Crysta, qui baissa vivement la tête pour cacher son embarras.

Tandis que Sam se rendait dans la cuisine pour commander une assiette de sandwichs à Jangles, Crysta appela sa mère, redoutant le moment où elle devrait admettre qu'elle ne savait toujours pas où était Derrick. Ce fut sa tante Eva qui répondit et lui expliqua qu'Ellen dormait. Soulagée, Crysta la mit au courant de la situation en prenant garde à ne pas mentionner ses rêves.

— Il vaut mieux ne pas parler de cette histoire d'ours à maman, l'avertit Crysta. Je suis convaincue que Derrick est vivant et ça ne ferait que la bouleverser. Dis-lui seulement que je suis bien arrivée et que…

Elle s'interrompit.

— … et que je fais tout mon possible pour le retrouver.

Il y eut un bref silence sur la ligne.

— Crysta, cette disparition n'est pas ta faute. Tu as l'air tellement épuisée que je me demande si je ne vais pas m'inquiéter davantage pour toi que pour lui.

— Je vais bien, tante Eva.

— Vraiment ?

Consciente du reproche affectueux dans la voix de sa tante, Crysta repoussa sa frange de cheveux.

— Tout à fait. Ecoute, le tarif de cet appel est astronomique, il faut que je raccroche. Dis à maman que je l'aime, d'accord ?

— Je le lui dirai… Comme si elle ne le savait pas, soupira Eva. Tu me promets de ne pas te mener trop durement ?

Crysta sourit malgré elle. Alors qu'elle raccrochait, Sam et Jangles sortirent de la cuisine.

— Les sandwichs arrivent, dit cette dernière en la fixant de ses yeux noirs.

— Super, je suis affamée ! s'exclama Crysta en suivant Sam dans son bureau.

Elle s'assit devant le bureau et regarda Sam verser de l'eau dans la cafetière électrique. Puis il sortit les pans de sa chemise de son pantalon et commença à en défaire les pressions.

— J'espère que ça ne vous ennuie pas, mais il faut que j'enlève une couche.

— Il fait chaud ici, c'est vrai.

Détournant le regard du croissant de peau nue révélée par son T-shirt en V, elle se releva pour ouvrir le tiroir de droite et en sortit l'attaché-case de Derrick.

Sam se pencha sur elle, un bras appuyé sur le bureau, tandis qu'elle farfouillait dans les papiers. Elle les avait déjà passés vainement en revue dans l'après-midi, et le désespoir l'envahit.

— Vous avez une idée de ce que ça pourrait être, Sam ?

Il soupira et fit le tour du bureau pour s'asseoir dans son fauteuil.

— J'aimerais bien. Ce doit être quelque chose qui sort de l'ordinaire.

Crysta parcourut une facture. Une idée la frappa soudain.

— Et s'ils achetaient des matériaux de qualité inférieure ? On peut faire de gros bénéfices, avec ça.

— Trafiquer le budget, vous voulez dire ?

Sam secoua la tête.

— J'y ai pensé et j'ai contacté un ami entrepreneur à Anchorage. Je lui donné une liste des commandes et il m'a confirmé qu'il s'agit d'entreprises de bonne réputation.

Crysta émit un grognement et laissa tomber la facture.

— Alors de quoi s'agit-il ? Nous perdons du temps. Ne vaudrait-il pas mieux retourner le long de la rivière et fouiller de nouveau la zone ?

— Vous pensez que les secouristes ne l'ont pas déjà fait ?

— Mais il ne peut pas être allé bien loin ! Pas s'il était blessé.

L'expression de Sam s'assombrit.

— Si votre rêve est vrai, ses agresseurs ont dû l'emmener.

— Vous êtes un bon pisteur, n'est-ce pas ?

— Jim est bien meilleur que moi. S'il y avait eu une piste, il l'aurait vue. Mais il n'y a que des traces d'ours.

Crysta se rendit soudain compte de la confiance qu'il lui accordait en s'efforçant d'envisager la véracité de son histoire.

— Il y a bien quelque chose que nous pourrions faire !

Il leva les yeux du document qu'il parcourait.

— Peut-être, mais ces papiers sont la meilleure piste que nous ayons.

Crysta brûlait de le contredire, mais elle s'en abstint. Dix minutes plus tard, Jangles leur apporta de délicieux sandwichs à la viande. Le café était prêt.

Après avoir mangé, Crysta sentit la fatigue s'abattre sur elle. Cependant, déterminée à poursuivre sa tâche, elle leur versa à chacun une tasse de café et se rassit pour étudier d'autres papiers.

Sam avait raison à propos de la quantité de matériaux qu'achetait Blanchette. Elle n'y connaissait rien, mais il y avait beaucoup de tout et surtout des tuyaux.

L'épuisement rendait sa vision floue. Elle battit des paupières et se redressa. Quelques secondes après, elle remua sur son siège et s'étira ; elle avait de plus en plus de mal à rester éveillée.

Sam l'observa un instant en réprimant un sourire. Elle dodelinait de la tête et la liasse de papiers qu'elle tenait était sur le point de tomber. Désireux de la voir aller se reposer mais sachant qu'elle refuserait s'il le lui suggérait, il revint à sa lecture.

Un moment plus tard, un léger ronflement le tira de sa concentration. Crysta était affalée de côté dans son fauteuil, la tête penchée sur l'épaule. Il la regarda en souriant et décida qu'il aimait le petit ronronnement qu'elle produisait.

L'horloge au mur faisait entendre son tic-tac régulier, la cafetière émettait de petits crachotements, et Crysta ronflotait. Apaisé par ce petit concert, Sam sourit de nouveau et se remit au travail.

*
* *

La sueur lui coulait sur les flancs. Elle avait l'impression qu'on lui avait plongé un fer rouge dans la poitrine. Elle s'efforça d'ouvrir les yeux en se demandant pourquoi le cuir du fauteuil lui paraissait si dur.

Elle fixait l'obscurité. Elle n'était plus dans le bureau de Sam mais assise près d'un petit feu de cheminée dont les faibles flammes vacillaient. La pièce était obscure et sentait la fumée, l'humidité et la poussière. Au fond, une fenêtre cassée était tapissée de saleté et de toiles d'araignées. S'efforçant de respirer, elle posa la tête contre la pierre de la cheminée et regarda les panaches de fumée monter vers les poutres du plafond.

Elle était malade, très malade. Son corps était en feu. Elle baissa les yeux et vit qu'elle tenait un couteau à la main. Son bras trembla tandis qu'elle approchait la lame de l'orifice dans sa poitrine. La balle. Il fallait l'enlever, sinon elle mourrait d'infection.

Elle enfonça la pointe du couteau dans sa chair. La douleur était terrible, et des tourbillons rouges dansèrent devant ses yeux. Il lui fallut toute sa volonté pour plonger la lame plus avant et atteindre la balle. Son corps se mit à trembler violemment et la sueur lui dégoulina sur le visage.

« Mon Dieu, aidez-moi ! »

La douleur augmenta, insoutenable, et la pièce se mit à tourner. L'obscurité se referma sur elle à l'exception d'un étroit tunnel lumineux. Finalement la balle fut éjectée hors de la blessure et rebondit sur le sol, noire de sang.

Elle laissa tomber le couteau, qui tinta sur le dallage de pierre. Il ne fallait pas qu'elle perde connaissance, pas encore. Le sang coulait de l'orifice dans sa poitrine, en rythme avec ses battements de cœur. C'était bien, ça nettoierait la blessure. Ramassant le couteau, elle en fit chauffer la pointe à blanc dans le feu et l'appliqua sur la blessure. Le corps rigide, elle gémit de douleur et sentit l'odeur de sa chair brûlée.

*
* *

— Crysta ! Crysta, chérie, réveillez-vous !

Attirée par cette voix, Crysta chercha désespérément à reprendre sa respiration. Le visage terrifié de Sam apparut au milieu de tourbillons noirs. Elle réprima une nausée.

— Ça fait mal ! Ça fait mal !

— Quoi ? Où ça ?

— Ma poitrine... ma poitrine.

Les bras de Sam l'encerclèrent. Elle s'appuya contre lui tandis qu'il défaisait les boutons de sa chemise. Un courant d'air frais frappa ses clavicules. Des doigts chauds se pressèrent sur sa gorge, il lui prenait le pouls.

D'un seul mouvement, il la souleva et l'étendit sur le sol.

— Restez tranquille, chérie. Faites-moi confiance, d'accord ? J'ai une formation de secouriste. Tout ira bien.

Crysta pressa les mains sur sa poitrine pour soulager la douleur qui la taraudait. Il lui prit les poignets et la força à allonger les bras le long de son corps. Une autre nausée la submergea et elle tenta de s'asseoir en hoquetant.

Sam lui passa un bras autour des épaules et la soutint. Il lui essuya le front avec son mouchoir, terriblement inquiet.

— Ça va aller, Crysta. Détendez-vous.

Elle pressa une main tremblante au-dessus de son sein gauche. Sam fixa son visage vidé de toute couleur et l'écouta balbutier une description incohérente de son rêve. Une balle ? Un couteau ? Derrick, seul et blessé, dans une cabane ?

En proie à une frayeur inexplicable, il repoussa la main de Crysta et découvrit un petit cercle rouge, nettement visible sur sa peau ivoire. Il en eut la chair de poule.

Lentement, Crysta reprit son calme. Sam avait laissé son bras autour d'elle, lui caressant le dos et la rassurant d'un murmure. Sa respiration s'apaisa. Il vit que l'empreinte sur sa peau était en train de s'estomper peu à peu. Les questions se bousculaient dans son esprit. Comment s'était-elle fait cette marque ?

— Il est vivant, Sam. Il est vivant !

Elle renversa la tête pour le regarder.

— Il faut le trouver, vite !

Ne sachant que répondre, Sam avala sa salive.

— Calmez-vous, Crysta. Ce n'était qu'un cauchemar.

— Non !

Elle secoua la tête et s'efforça de s'écarter de lui.

— Ce n'était pas un rêve ! Vous devez me croire ! Nous perdons du temps ! Il faut aller voir la police et les persuader de faire quelque chose !

— Avec quelles preuves ? demanda-t-il gentiment. Vos rêves ? Comment pourrions-nous les convaincre ?

— Et si nous faisions une reconnaissance aérienne ? Nous pourrions trouver la cabane dans laquelle il se trouve.

Aussi patiemment qu'il le put, Sam lui expliqua de nouveau que les cabanes à l'intérieur des terres étaient très nombreuses. De plus, le Cessna de Todd ne pouvait atterrir dans de mauvaises conditions météo. Il leur faudrait des jours, voire des semaines, pour en vérifier seulement quelques-unes.

— Et l'hélicoptère dont vous m'avez parlé ? cria-t-elle.

— Le Huey ? Crysta, c'est un appareil militaire utilisé uniquement pour les recherches officielles.

Sam étudia son visage crispé. Comment lui faire comprendre à quel point l'Alaska était vaste ?

— Nous pourrions louer un autre hélicoptère. Il y a sûrement des pilotes que ça intéresserait !

— Ça coûterait une fortune. Il ne s'agit pas de quelques heures, mais de journées entières. J'ai quelques économies, mais elles ne suffiraient pas.

A la pensée de Tip et des coûts exorbitants de sa scolarisation pendant les mois d'hiver, il soupira.

— Je suis désolé, Crysta. Je n'en ai tout simplement pas les moyens.

— Moi non plus, reconnut-elle d'une voix tremblante. Mais nous ne pouvons pas nous contenter de fouiller son attaché-case !

Il l'aida à se redresser, conscient qu'elle ne supporterait pas de continuer à perdre du temps à examiner des papiers. Sa pâleur était alarmante. Il savait qu'il devait décider de s'efforcer de comprendre ce qui était arrivé à Derrick ou de s'occuper de Crysta pour rendre sa peine supportable. Si elle avait raison, chaque heure qui passait réduisait l'espoir de le retrouver vivant.

— O.K., ces papiers ne mènent peut-être à rien, admit-il en lui caressant les cheveux. Nous pouvons aller à Anchorage.

Il plongea son regard dans le sien.

— Vous m'avez dit que vous avez rêvé d'un entrepôt, n'est-ce pas ? Je pense que nous devrions aller chez Blanchette et demander l'autorisation de faire le tour des entrepôts. Nous trouverons peut-être le bâtiment dont vous avez rêvé.

— Et une piste ?

Elle avait l'air tellement reconnaissante que Sam se sentit brusquement coupable. Il voulait croire à ses rêves, mais son côté réaliste se rebellait.

— Peut-être, dit-il sans se compromettre. Mais, avant de partir, il faut que nous nous reposions tous les deux.

— Nous reposer ?

Sam lui effleura la joue du pouce.

— Je n'en peux plus, je suis fourbu.

— Mais Derrick… Nous n'avons pas le temps de dormir, Sam ! Il a besoin de moi, vous ne comprenez pas ?

— Il faut dormir quelques heures. Nous serons plus efficaces.

Avec une réticence évidente, Crysta finit par acquiescer. Sam se releva et lui tendit la main. Une fois qu'elle fut debout, il la dévisagea un long moment, luttant contre l'envie brûlante de la prendre dans ses bras.

— Pourquoi n'allez-vous pas faire un tour au sauna ? suggéra-t-il. Ça vous aidera à dormir. Je vous promets de régler le réveil pour que nous ne dormions pas trop longtemps.

Trop lasse et découragée pour argumenter, Crysta se dirigea vers la porte en songeant que plus tôt elle se reposerait, plus tôt ils pourraient partir pour Anchorage.

— Dites à Todd de ne pas partir sans nous !

— Je vais demander à Tip de descendre le prévenir.

La vapeur formait autour de Crysta un épais nuage dont la chaleur apaisait son corps endolori. Elle fit couler de l'eau sur ses épaules pour se rincer et attrapa la serviette pendue au crochet. Après s'en être drapée, elle se laissa aller en arrière sur le banc et posa la tête contre le mur, épuisée.

Un son étouffé lui parvint de l'antichambre. Elle redressa la tête, tentant de percer l'écran de vapeur. Elle avait oublié de tourner le panneau « Occupé », et quelqu'un avait sans doute cru que la place était libre.

— Il y a quelqu'un ? appela-t-elle.

Il n'y eut pas de réponse mais elle sentit une présence. Pourquoi ne lui répondait-on pas ?

Avant qu'elle puisse s'interroger plus avant, un fracas fit trembler le plancher. Surprise, Crysta sauta sur ses pieds. On aurait dit que le tas de bois s'était écroulé.

Incapable de voir quoi que ce soit à cause de la vapeur, elle s'avança prudemment vers la porte. L'écho de pieds bottés se fit entendre, puis un grincement de métal tandis qu'on ouvrait la porte de la chaudière. D'autres bruits suivirent. Soulagée, elle comprit que quelqu'un ajoutait du bois dans le feu. Elle se rappela avoir vu Tip en apporter plus tôt dans la journée.

— Tip, c'est toi ?

Elle se rapprocha du mur en tâtonnant.

— C'est moi, Crysta. J'ai oublié de tourner le panneau avant d'entrer. Tu pourrais attendre que je m'habille avant de regarnir la chaudière ?

Pas de réponse. Elle crut entendre la porte de la chaudière se refermer. Etait-il possible qu'on ne l'entende pas ?

Elle n'était pas particulièrement prude, mais elle n'avait aucune envie qu'un pêcheur entre. Elle trouva la porte et décida de l'entrouvrir pour voir qui était là.

Le battant ne bougea pas. Les battements de son cœur accélérèrent.

— Ou-ouh ! C'est moi, Crysta Meyers. Que se passe-t-il ? Le tas de bois s'est écroulé ?

Elle poussa la porte plus fort et laissa échapper un petit rire.

— Je crois que la porte est bloquée !

Pas de réponse. Elle poussa une nouvelle fois, de toutes ses forces.

— Hé-ho ! Il y a quelqu'un ?

La panique la saisit à la gorge. Elle la refoula et recula pour prendre de l'élan avant de se précipiter sur la porte.

— Tip ! Quelqu'un ! Répondez-moi !

Le son de sa voix fut absorbé par les parois de bois. Elle se retourna et fixa les tourbillons de vapeur. Etait-ce son imagination ou la température avait-elle augmenté ? Se rappelant le bruit du bois jeté dans la chaudière, elle revint à la porte, horrifiée. Quelqu'un l'avait-il délibérément enfermée ici ?

— O mon Dieu…

Elle posa la main sur sa gorge. Il n'y avait aucune raison de laisser son imagination prendre le dessus. Quelqu'un était sans doute venu apporter un chargement de bois, avait dérangé par mégarde le tas de bûches et ne l'avait pas entendue crier.

La meilleure solution était de rester calme et de… Ses pensées s'éparpillèrent. Et de faire quoi ? se moqua sa petite voix intérieure. Mijoter lentement ? Et si personne ne revenait ?

Crysta se mit à longer le mur, tâtant les étagères. Il y avait sûrement là quelque chose qui pourrait l'aider à débloquer la porte. Un pied de biche aurait été l'idéal, mais elle doutait que Sam ait laissé un outil métallique à rouiller dans cet endroit.

Elle fit le tour du réduit jusqu'à ce que ses genoux heurtent rudement le banc. Sa recherche avait été vaine. S'immobilisant pour écouter, elle se força à respirer calmement.

La sueur lui ruisselait sur le corps. L'air était chaud et épais dans sa bouche. Le mystérieux porteur de bois avait-il ouvert le compartiment vapeur de la chaudière ?

« Reste calme ! » s'ordonna-t-elle. Aucun bruit ne lui parvenait du dehors. Si elle criait, l'entendrait-on ?

Elle se rapprocha de la porte en se sentant bizarrement tremblante et faible. La chaleur était en train de dissiper ses dernières forces. Quelqu'un allait forcément arriver. Si elle ne revenait pas, Sam viendrait voir ce qui se passait.

Quelque peu rassurée à cette idée, elle s'appuya à la porte. « Reste calme. Sam va venir. » Aussi cauchemardesque

que soit sa situation, elle en rirait plus tard. L'air chaud avait tendance à monter ; au pire, elle pouvait s'allonger sur le sol. Sa tête tournait et son corps pesait comme du plomb. Combien de temps lui restait-il avant de succomber à cette chaleur ?

— Au secours ! Au secours ! Je suis dans le sauna !

Elle hurla encore et encore et perdit la notion du temps. Elle tambourina contre la porte et se cassa les ongles en essayant d'introduire les doigts entre les lattes de bois.

Ses pensées devenaient de plus en plus incohérentes. Elle tomba à genoux, cédant à la panique, et griffa frénétiquement le bois. Il fallait qu'elle sorte d'ici ! Terrifiée, elle tambourina de plus belle contre la porte en hurlant. Vaguement, elle eut conscience que sa voix faiblissait. Finalement, elle s'écroula sur le côté et pressa le visage contre le bas de la porte, dans l'espoir de trouver un peu d'air frais.

— Sam ! Sam !

Un sanglot lui monta à la gorge et un étourdissement la saisit.

10

— Où est Crys ? demanda Tip en entrant dans le bureau de son père.

Une tache de peinture marquait sa joue et ses cheveux étaient aussi ébouriffés que s'il avait mis la tête près d'un ventilateur.

— Elle fait une sieste.

Tip eut l'air perplexe.

— Euh… je viens de frapper à la porte de sa chambre, et elle ne répond pas. Je… euh… je voulais lui montrer mon portrait de Derrick.

Maîtrisant son agacement, Sam s'interrompit dans son travail. Il négligeait Tip depuis des jours ; comment lui reprocher de réclamer un peu d'attention ?

— Elle dort sans doute profondément. Elle est vraiment épuisée, Tip.

Le garçon rougit.

— Elle n'est pas dans son lit, j'ai regardé.

— Tu as fait quoi ?

— J'ai frappé d'abord.

— Tip, tu sais que tu ne dois pas ouvrir la porte de la chambre d'une dame. Elle aurait pu ne pas porter de pyjama. Je t'ai déjà expliqué ça.

— Elle n'était pas là. Je n'aurais pas regardé si elle avait été déshabillée, papa, précisa-t-il en rougissant plus encore.

Sam sourit malgré lui.

— Tip, c'est difficile de ne pas regarder quand on a une dame nue devant soi. Les règles sont les règles. N'entre plus dans sa chambre si elle ne te dit pas d'entrer. Elle est probablement encore au sauna. Quand elle sera là, je veux que tu me promettes de ne plus aller dans sa chambre comme ça.

Tip soupira et leva les yeux au ciel.

— Je te le promets.

Il eut un haussement d'épaules exagéré.

— Je ne vois pas où est le problème. Je te regarde et tu me regardes.

— C'est différent.

— Comment ça ?

Sam se renversa dans son fauteuil et observa son fils. Ce n'était pas le moment d'avoir une discussion sérieuse sur le sexe avec lui. S'il espérait que Tip ait une vie normale et se marie un jour, il était bien trop épuisé pour se charger d'une tâche pareille maintenant.

— Les femmes sont différentes, dit-il en faisant un geste vague. Elles sont très…

Il fit une pause, cherchant un mot que son fils comprendrait.

— … pudiques. Tu sais, comme quand tu montres tes peintures ? Elles n'aiment pas qu'on les voie sans vêtements.

— Alors pourquoi elles font des photos nues ? demanda-t-il, étonné.

Sam se raidit.

— Quoi ?

— Tu sais, dans ces magazines.

— Quels magazines ?

Tip rougit.

— Ceux qu'apportent les clients. Je croyais que tu étais au courant.

Ravalant son irritation contre ces hommes qui avaient cru bon d'exposer un jeune garçon à des images sexuelles, Sam s'éclaircit la gorge. Il ne voulait pas que l'attitude de Tip envers l'autre sexe se modèle sur ces cochonneries.

— Je préférerais que tu ne les regardes plus, Tip.

— C'est mal de les regarder ?

— Pas exactement, non. Mais ce genre de magazines exploite les femmes, et je désapprouve ça.

Sam vit à son expression que cela lui passait bien au-dessus. Avec un soupir, il posa les coudes sur sa table et sourit.

— Il faudra que nous parlions de tout ça. Cet après-midi j'ai trop de travail et je me fais du souci pour Derrick. Mais, la semaine prochaine, les choses se calmeront. Nous irons déjeuner à Antler Slough, ça te va ?

— Super !

Tip se gratta la joue et fronça les sourcils en découvrant la peinture sur ses doigts. S'essuyant sur sa chemise, il ajouta :

— Je ne regarderai plus de photos de dames nues.

— Bon. Et maintenant file, vaurien. Nous nous verrons plus tard, d'accord ?

Après que Tip eut refermé la porte, Sam secoua la tête et se mit à rire. Les complications avec les enfants ne finissaient-elles donc jamais ?

Cinq minutes plus tard, la porte s'ouvrit de nouveau. Tip se tenait sur le seuil, tout pâle, s'efforçant de parler. Sam vit tout de suite que quelque chose n'allait pas.

— Calme-toi, Tip. Respire.

— Crys… Crys… le bois… la p… porte. Je… j'ai essayé de le déplacer mais ça pr… prenait trop de temps. Il faut que tu v… viennes. V… vite !

Sam bondit de son fauteuil.

— Où est-elle ?

— D… dans le s… sauna.

— Oh ! bon sang !

Il se rua dehors, Tip sur les talons. Le trajet jusqu'au sauna lui parut durer une éternité. Il grimpa en deux enjambées les marches et poussa précipitamment la porte. Lorsqu'il découvrit le tas de bois écroulé qui bloquait la porte intérieure, son sang ne fit qu'un tour. Les vêtements de Crysta pendaient au crochet ; elle était donc là.

Avec l'aide de Tip, il se mit à rejeter les bûches de côté. Un feu d'enfer ronflait dans la chaudière, dégageant une telle chaleur qu'ils pouvaient à peine respirer. Il leur fallut au moins deux minutes pour se frayer un passage. Sam comptait les secondes. Enfin, il repoussa le dernier morceau de bois et ouvrit la porte. Un nuage compact de vapeur l'accueillit. Il fit un pas en avant, l'estomac noué par la peur.

— Crysta !

Son pied heurta quelque chose de mou. Il tomba à genoux, haletant, et ses mains rencontrèrent de la chair fiévreuse.

— Crysta !

Il la prit dans ses bras, ressortit du sauna en bousculant Tip, puis la déposa doucement sur le sol et chercha des doigts son pouls sur sa gorge. Il ne détecta qu'une faible pulsation.

— Tip, va vite tremper des serviettes dans l'eau froide et apporte-les-moi. Vite, fils !

Il se mit en devoir de lui faire du bouche-à-bouche. Le soulagement l'envahit quand il sentit sa poitrine se soulever sous ses mains. Tip revint avec les serviettes et Sam en enveloppa Crysta. Steve Henderson arriva quelques instants plus tard en courant.

— Elle est… vivante ?

— Oui, Dieu merci.

Sam reprit Crysta dans ses bras et la recouvrit d'une autre serviette.

— Steve, va chercher Jangles, vite. Elle saura quoi faire.

Crysta se réveilla lentement, consciente d'une main sur ses cheveux et d'une voix d'homme qui lui parlait. Soulevant les paupières, elle vit le visage mat de Sam Barrister penché vers elle. Derrière lui se tenait Tip, qui se mordait nerveusement la lèvre.

Puis elle se souvint.

— Sam ! dit-elle d'une voix rauque en essayant de s'asseoir.

Son corps était étrangement lourd.

— Doucement…

Il la repoussa délicatement en arrière.

— C'est fini, maintenant. Vous êtes au lit, en sécurité.

— La porte… elle ne voulait pas s'ouvrir !

Elle avala sa salive. Sa gorge était desséchée, douloureuse.

— J'ai crié de toutes mes forces.

— C'est Tip qui vous a trouvée. Vous avez eu beaucoup de chance. Quelques minutes de plus et…

Il lui caressa doucement la joue.

— Vous voulez boire de l'eau ? Le médecin a dit que vous deviez prendre beaucoup de liquide.

— Le médecin ?

— Nous avons appelé l'hôpital d'Anchorage. Heureusement, Jangles est une bonne infirmière. Pas très orthodoxe, mais elle sait y faire.

Glissant un bras sous ses épaules, il l'aida à s'asseoir et approcha un verre d'eau fraîche de ses lèvres.

— Pas trop vite.

Crysta but avidement. Il lui fallut toute sa concentration pour lever le bras et s'essuyer la bouche de la manche de sa chemise en coton. A en juger par la taille, elle devait appartenir à son hôte. Epuisée par l'effort, elle esquissa un faible sourire.

— J'ai l'impression d'être passée sous un train.

Elle se laissa retomber sur les oreillers.

— Je n'arrive pas à comprendre ce qui s'est passé, dit Sam. Le bois est rangé depuis des années contre le mur et il n'est jamais tombé.

Crysta referma les yeux. Elle n'avait jamais eu aussi peur de sa vie. Elle voulut changer de position mais y renonça. Ses muscles ne lui obéissaient pas.

— J'ai froid, Sam. Puis-je avoir une couverture ?

— Pas tout de suite. Nous avons essayé de faire baisser votre température avec de l'eau froide. Si je vous donne une couverture, cela n'aura servi à rien.

Une image vague de Sam posant des linges mouillés sur son corps nu lui traversa l'esprit, mais elle était trop épuisée pour s'en soucier. Elle frissonna et agrippa le drap.

— Je gèle…

— Votre température est encore un peu haute. Ça va passer.

— J'ai mal à la tête. Vous pourriez tirer les rideaux ?

Il alla le faire et revint s'asseoir au bord du lit.

Elle s'humecta les lèvres. Elle avait encore soif, mais n'osait rien demander de plus à Sam.

— Quelqu'un est entré… avec du bois, je crois, murmura-t-elle. Ensuite le tas est tombé. J'ai crié, mais j'imagine qu'on ne pouvait pas m'entendre de l'antichambre. Celui qui était là a refourni le feu et est parti sans répondre. Quand j'ai essayé d'ouvrir la porte, elle était bloquée.

Sam prit l'une de ses mains dans les siennes et examina ses ongles. Jetant un coup d'œil à Tip, il lui demanda s'il s'était acquitté de ses tâches quotidiennes.

Tip ouvrit de grands yeux.

— Oui, j… j'ai tout fait.

— Tu as oublié de remettre du bois dans le sauna ?

— N… non. J'en ai apporté deux chargements et je les ai bien r… rangés, juste comme tu m'as montré.

Son ton était inquiet.

Crysta s'efforça de le distinguer dans la pénombre et son mal de tête empira.

— J'ai vu Tip porter du bois ce matin. Il y en avait plein quand je suis entrée, et il était parfaitement rangé.

Sam posa un regard grave sur elle.

— Il y a quelque chose que vous ne me dites pas.

L'estomac de Crysta se noua.

— C'est tellement idiot que c'en est risible.

— Alors faites-moi rire.

— Eh bien… J'ai un peu paniqué, j'imagine, quand je n'ai pas pu sortir, et l'idée m'a traversée que… C'est sûrement idiot parce que ce genre de chose arrive tout le temps…

Sam approcha de nouveau le verre d'eau de ses lèvres.

— Ce n'est pas si idiot que ça, parce que le couvercle de la chaudière était ouvert et le compartiment à bois plein à ras bord. Personne n'y met jamais autant de bois.

Crysta sentit ses cheveux se dresser sur sa tête.

— Vous voulez dire que…

Elle but quelques gorgées et s'adossa de nouveau en le fixant.

— Mais j'aurais pu mourir là-dedans !

— Vous avez bien failli mourir.

Elle ferma les yeux.

— C'est insensé, qui voudrait ma mort ?

— Peut-être personne. C'était peut-être un accident, après tout. Ce ne sont que des suppositions.

L'air pensif, il tourna les yeux vers la fenêtre obscure. Quand des pas se firent entendre au-dehors, il se leva et écarta légèrement les rideaux.

— Sam, qu'est-ce que c'est ?

— C'est Jangles. Elle descend à la rivière. Il y a un homme avec elle.

— L'Indien ?

Sam hocha la tête, les sourcils froncés.

— Si un de ses amis lui rend visite, je me demande pourquoi elle ne le fait pas entrer.

— Vous croyez que c'est son petit ami ?

Sam les observa un moment, puis esquissa un sourire un peu contraint.

— Je suppose… Il vient juste de l'embrasser pour lui dire au revoir.

Cette information soulagea un peu Crysta.

— Elle a peut-être peur de votre désapprobation.

Il soupira et se frotta le front.

— Je me ferais plutôt du souci. Si elle se marie et s'en va, je ne sais pas comment nous ferons sans elle. Il n'est pas facile de trouver quelqu'un qui accepte de vivre aussi loin d'Anchorage la moitié de l'année. Revenons à nos moutons, ajouta-t-il en s'asseyant sur le bord du lit. J'aimerais que vous soyez plus prudente, dorénavant. Essayez de rester à proximité de quelqu'un, moi, Tip ou Jangles.

— Je suis juste allée prendre un bain de vapeur, lui rappela-t-elle.

— La prochaine fois, j'irai avec vous.

Elle eut un frémissement à la pensée de la vapeur épaisse.

— Je n'y retournerai pas de sitôt.

— Vous ne ferez rien de sitôt de toute façon. Le médecin a dit que vous deviez vous reposer pendant vingt-quatre heures et boire des litres d'eau.

— Vingt-quatre heures !

En dépit de sa faiblesse, Crysta ne pouvait accepter l'idée de rester confinée au lit si longtemps.

— Non, Sam ! Nous devons aller à Anchorage.

— Vous êtes déshydratée.

— Et alors ? Je boirai en chemin.

Elle essaya de s'asseoir et se sentit immédiatement nauséeuse.

— Je ne vais pas rester au lit une journée entière ! protesta-t-elle en s'efforçant de se lever.

Un étourdissement la saisit et Sam s'empressa de passer un bras autour de ses épaules pour l'empêcher de tomber.

— Vous voyez ? Vous êtes malade, Crysta, et il faut suivre les ordres du médecin. Perdre conscience dans une pièce pleine de vapeur n'est pas quelque chose d'anodin.

Elle vit au pli de sa bouche qu'il ne céderait pas, quelle que soit son insistance.

— Alors allez-y, vous ! s'écria-t-elle. Je vous décrirai l'entrepôt.

— Je ne vous laisse pas seule, répliqua-t-il. Pas après ce qui vient de se passer. Préparez-vous à subir ma compagnie.

— Je vais devenir folle, si je reste allongée ici.

— Nous étudierons encore les papiers de Derrick.

— Ça lui fera une belle jambe !

La pensée de son frère la minait. Des larmes se mirent à ruisseler sur ses joues et elle détourna le visage pour les dissimuler. Elle savait que Sam avait raison : elle était trop faible pour aller où que ce soit.

— Et, s'il n'y a plus de papiers, je joue très bien aux échecs, suggéra-t-il gentiment.

Pour toute réponse, elle émit un grognement.

— Le rummy ?

Cette fois, se moquant qu'il la voie pleurer, elle le regarda en face.

— Apportez l'attaché-case.

*
* *

En dehors de leur permettre de passer une fois de plus en revue les documents de Derrick, cette journée fournit à Sam, Crysta et Tip l'occasion de faire plus ample connaissance et de forger de solides liens d'amitié. Grâce à quelques questions délicates en l'absence de Tip, Crysta apprit que la mère du garçon, une décoratrice d'intérieur pleine d'ambition qui ne supportait pas l'idée d'élever un enfant handicapé, était partie avant son deuxième anniversaire. Si Crysta se sentait désolée pour Tip, elle l'était plus encore pour Sam. La désillusion se lisait toujours dans son regard quand il parlait d'elle.

Quand Tip quitta de nouveau la pièce pour faire du pop-corn, Crysta se mit à battre les cartes d'un air absent.

— J'imagine que nous avons tous nos blessures, dit-elle doucement. C'est à se demander si l'amour en vaut la peine.

— Janet ne savait pas aimer, répondit Sam d'un ton neutre. Ça en dit long sur mon goût en matière de femmes, n'est-ce pas ?

— C'était peut-être sa faute, Sam. Ne vous reprochez pas un mauvais choix.

— C'était plus qu'un mauvais choix, avec un enfant au milieu. Janet n'avait pas les qualités requises pour être mère. Je n'ai pas su le voir, et c'est mon fils qui en paie le prix maintenant. Tip était comme un jouet pour elle.

Ne sachant que dire, Crysta garda le silence.

— Quand je regarde en arrière, je ne sais pas comment j'ai pu croire l'aimer, poursuivit-il. J'étais trop jeune, sans doute. Elle était jolie, vive et gaie. Je ne me suis pas rendu compte de son égoïsme avant que nous soyons mariés et qu'elle cesse de ne montrer que ses meilleurs côtés.

Il plongea son regard dans celui de Crysta.

— Pour le bien de Tip, j'ai fait en sorte de préserver notre mariage, mais ça aussi a été une erreur. Elle est restée juste assez longtemps pour que Tip s'attache à elle, puis elle a disparu de sa vie.

Son regard se fit sombre et lointain.

— Je n'ai jamais compris comment elle avait pu l'abandonner. Moi oui, mais son fils, non.

Crysta ne savait que répondre. Elle connaissait Tip depuis peu, mais il avait déjà conquis son cœur.

— Les premières semaines, j'ai eu envie de la rattraper et de l'étrangler, avoua rageusement Sam. Entendre mon fils pleurer parce qu'il voulait la voir, alors qu'elle était sans doute en ville avec une brochette de jeunes loups sans même songer à lui… ça me rendait fou.

Après un long silence, Crysta lui effleura la main.

— Nous devenons tous fous, parfois. Si jamais vous rencontrez Dick un jour, demandez-lui dans quel état étaient les draps que je lui ai donnés quand il est parti.

Elle réprima un sourire.

— Il m'avait dit qu'il voulait les partager en deux. Je me suis fait un devoir de le satisfaire…

Sam éclata de rire, et Crysta sourit jusqu'aux oreilles.

— Le fait qu'il avait déjà une petite amie quand il est parti n'avait bien sûr absolument rien à voir.

Elle lui adressa un clin d'œil.

— Ou peut-être que si…

Sam souriait encore, mais son sourire s'était fait plus triste.

— Vous l'aimez toujours ?

— Sincèrement ?

Elle haussa les épaules.

— Oui. C'est lui qui a voulu le divorce, pas moi, même si je n'ai pas lutté. Il a pris prétexte du fait que mon frère tenait trop de place dans notre vie.

Elle prit une longue inspiration.

— De toute manière, il faut bien en prendre son parti. Aujourd'hui, le mariage n'est plus le seul horizon des femmes. Ma vie est bien remplie, mon affaire prospère, et j'ai plein d'amis. Et, en vivant seule, je ne dérange personne si je me réveille au milieu de la nuit, persuadée que mon frère a besoin de moi.

Sam l'observa pensivement.

— Est-ce si mauvais que l'on ait besoin de vous ?

— Seulement s'il y a un mari qu'il faut ménager, répondit-elle avec un petit sourire contraint. Pour Derrick et moi, ce genre de chose est normal. Mais mon analyste est persuadé que notre mère nous a conditionnés et que nous sommes tellement convaincus que nos rêves sont basés sur des faits que nous manipulons les événements pour qu'ils se réalisent.

— Et vous croyez à sa version des choses ?

— J'essaie.

Le regard de Sam s'assombrit.

— A moi, ça me paraît être des sornettes. Qu'est-ce qui est normal, de toute façon ? J'ai un problème avec ce mot.

— Quoi qu'il en soit, j'ai passé trois ans et dépensé des milliers de dollars en thérapie depuis mon divorce à la recherche de cette enviable normalité.

— Vous finirez par rencontrer l'homme qu'il vous faut.

— Aucun homme n'a jamais supporté les intrusions de Derrick dans ma vie. Ni Dick ni personne.

— Crysta, cet homme-là comprendra. Ne renoncez pas au mariage uniquement parce que vous avez échoué une fois.

— Vous pouvez parler ! Ce n'est pas vous qui vous risquerez une seconde fois, je le vois dans vos yeux.

Il rassembla les cartes et les mélangea d'une main experte, avant de les poser sur son genou.

— J'ai rencontré une autre femme, il y a environ cinq ans.

Il eut un sourire sans joie.

— Cette fois, j'ai cru que je faisais un choix lucide car elle était l'exact opposé de Janet. Casanière, pas particulièrement séduisante, et plutôt sérieuse de nature.

Il fit la grimace.

— Je n'étais pas amoureux d'elle mais, à cette époque, j'étais toujours convaincu que mon fils avait besoin d'une mère. Et, après Janet, cela me semblait plus important que l'amour.

— Que s'est-il passé ?

Il coupa les cartes et sortit un trois, ce qui sembla l'amuser.

— Avec mon habituel manque de chance, j'ai encore fait un mauvais choix. Si vous voulez des tuyaux sur la manière de tout rater, appelez-moi.

— Oh ! Je me suis très bien débrouillée sans vous ! répliqua-t-elle avec un petit rire.

— Quelques jours après nos fiançailles, j'ai remarqué près du téléphone des notes qu'elle avait prises et je lui ai demandé de quoi il s'agissait. Elle a fini par m'avouer qu'elle cherchait une pension pour Tip. Fin de la relation.

— Pourtant, de nombreuses femmes chériraient Tip comme un fils.

— Elever un enfant handicapé pose beaucoup de problèmes. Peu de femmes ont envie de s'en charger quand par-dessus le marché cet enfant n'est pas le leur. Ces dernières années, j'ai compris que Tip s'en sort très bien avec la situation telle qu'elle est. Je suis heureux d'être célibataire.

— Heureux ou seulement résigné ? Le handicap de Tip n'est pas si grave que ça. La femme qu'il vous faut l'aimerait, Sam.

— Vraiment ? Vous n'avez pas idée du nombre de fois où Tip a été blessé par quelqu'un. Ici, il est protégé. Dans le monde extérieur, les enfants comme lui sont maltraités. Je ne veux pas le soumettre à d'autres rejets.

— C'est pour ça que vous ne voulez pas qu'il expose ses peintures ?

Le visage de Sam se crispa.

— Qu'y a-t-il de mal à ce qu'il tire plaisir de la peinture en amateur ? Si je le laisse entrer dans ce monde-là, certaines critiques le déchireront et il ne sera plus jamais capable de retrouver la magie de son art. La peinture est toute sa vie.

— Mais vivre pleinement signifie que l'on accepte parfois d'être critiqué. Vous l'entravez dans un domaine où il excelle. Il aura peut-être de mauvaises critiques, mais la plupart des grands artistes en ont. Et il se peut aussi qu'il devienne immédiatement célèbre. Vous avez envisagé cette possibilité ?

— Vous parlez exactement comme Derrick.

Crysta haussa un sourcil.

— Mon frère et moi nous avons tendance à voir les choses de la même manière.

S'immobilisant, elle observa le visage mat de Sam et se rappela son album-souvenir et son impression que Sam était un père hors du commun.

— Je sais que vous aimez Tip. Et il le sait, ce qui est le

plus important. Laissez-le prendre un peu son envol, Sam, et soyez là s'il a besoin de vous. C'est le rôle des parents.

— Vous oubliez qu'il est handicapé.

— Beethoven l'était aussi.

De légers coups frappés à la porte interrompirent leur conversation. Sam se leva pour ouvrir. Todd Shriver se tenait sur le seuil.

— Je me suis permis d'entrer, dit-il, car personne ne m'a répondu à la porte d'entrée. Je ne voulais pas faire de bruit, au cas où Mlle Meyers aurait été en train de dormir.

Adressant un sourire à Crysta, il ajouta :

— J'ai entendu parler de votre mésaventure. Je vois que je me faisais du souci pour rien, vous avez l'air en pleine forme.

— J'aimerais bien que vous en persuadiez Sam.

Shriver sourit.

— Attention, ne vous faites pas une réputation de patiente difficile.

— Plutôt de patiente impossible, dit Sam en posant des yeux rieurs sur Crysta.

Elle fut soulagée de voir qu'il ne semblait pas lui en vouloir de leur conversation au sujet de Tip.

— J'ai hâte que nous soyons en route pour Anchorage demain, pour qu'elle cesse de me harceler.

— Tip m'a dit que vous vouliez que je vous emmène. Vous allez voir le médecin ?

Sam secoua la tête.

— Non. En fait, nous avons d'autres affaires à traiter. Bien que voir le médecin ne serait pas une mauvaise idée.

— Tenez votre langue, monsieur Shriver ! Vous voyez ce que vous avez fait ? s'exclama Crysta en levant les yeux au ciel. Je vais parfaitement bien, je vous l'ai dit.

Sam revint s'asseoir sur le lit avec décontraction, sa hanche pressée contre les jambes de Crysta.

— Tu penses pouvoir nous ramener demain soir ? demanda-t-il à Shriver. Si ce n'est pas le cas, nous pourrons sans doute attraper un vol avec un autre pilote.

Todd s'appuya au chambranle de la porte.

— Pas de problème. Demain soir, je dois livrer de l'essence à un gîte en amont. J'aurai de la place pour vous.

— Parfait, dit Sam.

Le regard de Shriver glissa sur Crysta.

— Vous avez l'intention d'aller chercher les effets personnels de Derrick ?

— Euh… oui, je ferai ça aussi.

— Bien. Je suis content de pouvoir vous aider.

Sam se leva et se dirigea vers la porte, suggérant par là à Shriver de les laisser.

— A demain matin, alors.

Le réveil affichait minuit. Son tic-tac régulier apaisait Crysta. Sam avait posé sa tête sur cet oreiller. Etre dans sa chambre, réchauffée par son édredon, lui procurait un sentiment de sécurité probablement exagéré.

Allongée, elle regardait vers la fenêtre par laquelle entrait une lueur grise en pensant à Derrick. Aussi horrible qu'ait été son dernier rêve, elle n'avait plus l'affreuse sensation qu'il était mort. Cette communication intermittente entre eux prouvait le contraire. Elle ne s'était pas trompée en supposant que son silence était dû à une perte de conscience. C'était un espoir ténu mais c'était un espoir.

Le grincement de la porte attira son attention. Sam passa la tête par l'entrebâillement et, voyant qu'elle était réveillée, entra. Il tenait quelques papiers à la main.

— Comment va la tête ?

— Bien mieux.

Il jeta un coup d'œil à la carafe sur la table de chevet.

— On dirait que vous avez sifflé vos trois litres.

— Presque.

Soudain troublée, Crysta vérifia d'une main que sa chemise était bien fermée. Durant les heures de repos forcé qu'elle avait endurées, elle avait eu tout le loisir de repenser à sa nudité quand Sam l'avait sortie du sauna.

— Vous êtes suffisamment en forme pour parler ? demanda-t-il.

— Bien sûr.

Elle se redressa contre les oreillers et remonta le drap. Le matelas s'affaissa sous le poids de Sam quand il s'assit à côté d'elle. Elle remarqua qu'il avait des cernes.

— Jim vient de m'appeler.

— C'est le sang de Derrick, n'est-ce pas ?

— Les tests préliminaires montrent qu'il est du même type.

Elle prit une grande inspiration.

— Je ne m'attendais pas à autre chose.

Il agita les papiers.

— Je crois que j'ai trouvé quelque chose.

Son cœur fit un bond.

— Qu'est-ce que c'est ?

— N'espérez pas trop. Ce n'est peut-être rien de significatif.

— Quoi, Sam ? Ne me faites pas attendre !

Il étala les documents devant eux.

— Ce sont des factures pour des tuyaux, toutes marquées « Renvoyé ». Quelques-unes ont des annotations et des points d'interrogation de la main de Derrick.

— Et alors ?

— Crysta, vous ne trouvez pas bizarre de renvoyer des matériaux ?

— Pas particulièrement. Si la commande est trop importante, on peut la renvoyer. Pourquoi immobiliser du capital dans du stock inutile ?

Il leva la main.

— Vous raisonnez en termes d'activité restreinte. Pensez une minute aux grandes entreprises de la côte Ouest. Blanchette a de nombreux chantiers en Alaska et plusieurs entrepôts, aussi le stockage ne pose pas de problème. Si vous savez que vous aurez besoin de tuyaux sur un chantier d'ici à quelques mois, renverriez-vous le surplus ?

L'esprit de Crysta se mit en marche. Elle s'assit plus droit.

— D'accord, je comprends votre point de vue. Il n'est pas

logique de renvoyer à grands frais quelque chose dont vous aurez besoin plus tard.

Elle survola rapidement les documents étalés sur ses genoux.

— Mais dans quel but, Sam ? Pourquoi quelqu'un ferait-il ça ?

— Je ne sais pas. Ça m'a frappé et…

Il tapota les initiales de Derrick sur l'une des factures.

— … je crois que Derrick avait remarqué quelque chose aussi. Ce n'est pas grand-chose, mais c'est un début.

Gagnée par l'excitation, Crysta hocha lentement la tête.

— J'ai hâte de partir pour Anchorage, dit-elle en jetant un coup d'œil au réveil. Nous trouverons peut-être l'entrepôt dont j'ai rêvé et ce que Derrick y cherchait.

— Peut-être. Au moins c'est une piste.

Rassemblant les documents, Sam évita son regard, toujours mal à l'aise quand elle faisait allusion à ses rêves. Il l'avait encouragée à rester fidèle à elle-même et lui avait dit que l'homme fait pour elle comprendrait sa relation avec Derrick. A présent, il se trouvait dans une position inconfortable où il désirait être son ami, et peut-être plus, mais où il continuait à douter d'elle.

La croire ou ne pas la croire, tel était son dilemme.

11

Le temps était couvert. Après un vol très agité dans le Cessna de Todd, Crysta avait hâte de quitter l'aéroport de Lake Wood. Luttant contre une bouffée d'anxiété, elle prit place avec Sam dans le taxi qu'il avait réservé. Le véhicule se dirigea vers les rues de banlieue où étaient situés les locaux de Blanchette Anchorage.

Sam semblait aussi nerveux qu'elle et ne cessait de remuer sur son siège tout en jetant des regards par la lunette arrière. Quand ils furent presque à destination, elle remarqua son comportement bizarre et suivit son regard.

— Quelque chose ne va pas ?

Il prit un air penaud.

— J'ai cru qu'un autre taxi nous suivait. Mais il a tourné il y a trois rues de cela.

Des souvenirs de son enfermement dans le sauna envahirent Crysta. Elle croisa les bras sur sa poitrine en frissonnant. Sam pouvait bien penser qu'il était paranoïaque, mais le fait était que quelqu'un avait essayé de la tuer.

— Vous avez froid ?

Hésitant à admettre qu'elle frissonnait de peur et peu désireuse de saper le moral de Sam, elle opta pour un petit mensonge.

— Il ne fait pas très chaud.

Sam passa aussitôt un bras autour de ses épaules et l'attira contre lui. Toujours un peu troublée à l'idée qu'il l'avait vue nue la veille, elle se raidit. Une lueur chaleureuse brilla dans les profondeurs sombres des yeux de Sam.

— Ne faites pas ça, murmura-t-il.

— Pas quoi ?

Il resserra son bras et s'installa plus confortablement contre le dossier de la banquette.

— Vous le savez très bien. Toute la scène est restée floue pour moi, je vous assure.

Crysta, qui aurait dû avoir l'habitude qu'on devine ses pensées, se sentit rougir. Sam n'était pas Derrick, et sa perspicacité la faisait se sentir vulnérable. Elle voulut détourner le visage mais il l'en empêcha en lui prenant le menton.

— C'est la vérité. Vous n'avez pas à vous sentir gênée.

Elle se mordilla la lèvre inférieure et fixa son menton, ce qui était plus facile que de croiser son regard.

— Je sais, c'est idiot.

— Vous ne seriez pas normale si vous n'étiez pas gênée, chuchota-t-il. Et, si je me souviens bien, être normale est très important pour vous.

Son ton taquin allégea l'atmosphère, soulageant sa tension. Elle eut un sourire dubitatif.

— Honnêtement, vous ne vous souvenez de rien ? Je ne suis pas sûre que vous soyez normal, dans ce cas.

Ce fut à son tour de sourire.

— Je n'étais pas complètement aveugle, j'ai juste…

Il s'interrompit et émit un rire léger.

— Crysta… il y a regarder et regarder. Disons simplement que je ne vous reconnaîtrais pas dans une rangée de femmes nues. Ça vous va ?

— D'un côté, oui. De l'autre, je ne suis pas sûre que ce soit flatteur.

Il éclata de rire juste au moment où le taxi stoppait devant l'entrée de Blanchette et la lâcha pour prendre de l'argent dans sa poche. Crysta fut plus rapide que lui et tira la somme de son porte-monnaie.

— C'est moi qui paierai le déjeuner, grommela-t-il tandis qu'ils descendaient de voiture.

Le ciel était bas et d'un gris déprimant. Crysta inspira une grande bouffée d'air salé.

— C'est mon frère que nous essayons de trouver, donc c'est moi qui devrais payer les dépenses.

— Rectification. C'est mon ami que nous essayons de trouver, donc je devrais payer. En outre, il a disparu pendant qu'il séjournait chez moi.

Crysta s'était déjà rendu compte de la fierté de Sam, mais elle savait qu'il n'était pas très riche et ne voulait pas que ce voyage soit une charge pour lui.

— Ecoutez, vous m'avez logée gratis jusqu'ici, alors pourquoi ne partagerions-nous pas à partir de maintenant ?

— D'accord.

Ils se mirent en marche du même pas, se séparant seulement pour contourner une flaque de boue. Crysta fit un mouvement de la tête en direction des bureaux devant eux.

— Puisque je suis la sœur de Derrick, c'est moi qui parle. D'accord ?

— Pas de problème.

Plus ils approchaient, plus Crysta sentait grandir sa nervosité. Allait-elle pouvoir reconnaître l'entrepôt ? Sam gravit les marches deux par deux et lui ouvrit la porte.

— J'imagine que vous êtes du genre à insister pour partager l'addition quand un homme vous invite à sortir ? dit-il d'un ton taquin.

— Est-ce une invitation ? répliqua-t-elle avec un sourire impertinent, appréciant son effort pour la distraire.

Sam la suivit à l'intérieur.

— Je suis un peu vieux jeu. Quand je sors avec une femme, c'est moi qui paie.

— Comme c'est mignon ! Alors quand ?

— Quand quoi ?

— Quand allons-nous sortir ensemble ?

Un rire silencieux éclaira son visage.

— Quand je vous le demanderai.

— Vous êtes vraiment vieux jeu. Je pensais justement à vous inviter.

— J'accepte…

Il ralentit le pas pour s'effacer devant elle quand ils arrivèrent à la réception. Crysta se présenta à la blonde derrière le comptoir. Après avoir écouté patiemment la jeune femme exprimer sa désolation au sujet de Derrick, elle entra dans le vif du sujet.

— Je me demandais si mon ami, M. Barrister, et moi-même pourrions faire le tour des entrepôts. Je, euh…

Elle n'eut pas de mal à éclater en sanglots.

— J'aimerais beaucoup voir où mon frère travaillait. J'ai toujours eu envie de venir, voyez-vous. Et maintenant…

— Je comprends, dit la réceptionniste d'un ton plein de compassion. Il n'y a pas de problème. En fait, nous laissons entrer tous les visiteurs munis d'un badge. Mais vous savez, mademoiselle Meyers, Derrick n'avait pas de bureau ici. Il se déplaçait d'un chantier à l'autre et emportait son travail avec lui. Je crains que…

— Non, non, je suis venue dans l'espoir de visiter les entrepôts.

— Eh bien, c'est possible. Je vais vous donner une liste des locaux et une carte.

En quelques minutes, Crysta obtint deux badges visiteurs et ressortit avec Sam en étudiant la liste des entrepôts.

— Le principal entrepôt est ici, dans le complexe, lui dit-il sur le perron.

Une rafale de vent les bouscula si fort que Crysta en perdit presque l'équilibre. Repoussant ses cheveux de ses yeux, elle se courba pour descendre les marches.

— Montrez-moi la direction.

— Vous ne reconnaissez rien ?

Crysta lui lança un regard entendu.

— Je n'ai pas rêvé de l'extérieur, Sam. Mon rêve commençait à l'intérieur. Si vous voulez me tester, au moins soyez juste.

— Je n'essaie pas de vous tester.

— Bien sûr que si.

— D'accord, c'est vrai. Je serais soulagé d'avoir une preuve tangible de la véracité de vos rêves.

Crysta se demanda s'il était vraiment sincère. Elle espérait pouvoir lui fournir cette preuve car, pour une raison qu'elle ne s'expliquait pas, il était devenu extrêmement important pour elle qu'il y croie.

La lumière bleutée des néons suspendus au plafond baignait l'intérieur du bâtiment. L'odeur piquante des planches et les gaz d'échappement des engins se mélangeait à l'air salé qui s'engouffrait par la gigantesque porte d'entrée. Remarquant à peine le chariot élévateur jaune qui les contournait, Crysta s'immobilisa sur le seuil.

— C'est ici, murmura-t-elle.

— Vous êtes sûre ? Tous ces entrepôts se ressemblent.

— J'en suis sûre, dit-elle en s'avançant, les jambes molles. Je ne peux pas vous dire pourquoi, mais je sais que c'est ici.

Plongeant son regard dans celui de Crysta, Sam eut l'impression étrange qu'elle n'était plus vraiment là. Elle se mit en marche sans regarder où elle allait, les yeux dans le vague. Il se dépêcha de la rattraper et lui prit le bras. Un Clark près d'eux manœuvra et souleva un chargement de bardeaux. Personne ne semblait prêter attention au fait que deux visiteurs se trouvaient sur les lieux. Des matériaux de construction de toute sorte jonchaient la vaste étendue de ciment.

— Crysta ?

Elle poursuivit son chemin comme si elle ne l'avait pas entendu. Sam resserra ses doigts sur son bras, s'efforçant de guider ses pas. Au début elle parut hésiter puis, tout à coup, elle prit un rythme régulier, se dirigeant vers l'allée centrale. En s'y engageant, Sam eut l'impression d'entrer dans un corridor étroit, à ceci près que les parois étaient constituées de caisses d'emballage.

Au bout de l'allée, Crysta ralentit.

— Les caisses que j'ai vues ne sont plus là.

Sam suivit son regard jusqu'à un tas de palettes vides. Elle fit de nouveau quelques pas, balayant du regard le sol de ciment. Quand elle aperçut une tache de peinture verte, elle se raidit. Il accentua la pression de sa main sur son bras, sans bien savoir pourquoi, peut-être à cause de l'expression de son visage pâle.

— La tache de peinture, Sam ! Elle est là, exactement comme dans mon rêve.

Elle se laissa tomber à genoux et passa la main sous une palette vide. Mal à l'aise, Sam regarda derrière eux. Si quelqu'un les voyait, il ne saurait comment justifier le comportement bizarre de Crysta.

— Il est là, j'en suis sûre !

— Crysta, relevez-vous. Que faites-vous ?

L'ignorant, elle plongea le bras sous un tas de bois.

— Il faut que je le trouve. C'est une preuve, vous ne comprenez pas, Sam, une preuve !

— Une preuve de quoi ? Que cherchez-vous ?

— Le dollar d'argent de sa boucle de ceinture. Il est tombé ici, près de la tache de peinture !

— Crysta, tous les entrepôts ont des taches de peinture.

Elle poussa un cri de triomphe et se releva vivement puis, lui faisant face, ouvrit la main sur un dollar d'argent. Numismate averti, Sam nota aussitôt qu'il ne s'agissait pas d'un dollar d'argent pur, mais qu'il était ancien.

Le cœur battant, il fit un pas en avant. Il avait offert autrefois un dollar de 1906 à Derrick. Trouver un vieux dollar sous une palette dans un entrepôt était en soi assez étrange mais,si celui-ci était bien de 1906, il devrait reconnaître qu'il ne pouvait s'agir d'une coïncidence. Retenant son souffle, il prit la pièce pour y lire la date.

Lorsqu'il leva les yeux vers Crysta, il vit qu'elle souriait.

— Je ne suis pas folle. C'est la preuve, Sam.

Sam comprit soudain l'énorme importance de cette trouvaille pour elle. Cela allait au-delà de la situation présente. C'était une preuve pour elle-même, une revanche sur ces années où elle avait douté d'elle-même. Oubliant où ils se trouvaient, il l'attira à lui pour l'étreindre chaleureusement.

— Bien sûr que vous n'êtes pas folle. Je ne l'ai jamais pensé.

— Vous ne me croyiez pas. Pas vraiment.

— J'avais des réserves, mais je n'ai jamais pensé une minute que vous étiez folle, Crysta.

— Vous me croyez, maintenant ?

Sam ouvrit la main et regarda de nouveau la pièce.

— Oui, Crysta, je vous crois. Sans réserve.

La tension parut quitter son corps et elle s'appuya contre lui, pressant le visage contre son épaule.

— Vous ne pouvez pas savoir comme ça me rend heureuse de vous entendre dire ça !

— J'aimerais l'avoir dit plus tôt, répondit-il d'une voix rauque.

Elle émit un petit rire mouillé et, faisant un pas en arrière, renversa la tête pour croiser son regard. Ses yeux étaient pleins de larmes.

— Vous avez prouvé que vous étiez mon ami, même quand vous aviez des doutes. Et c'est le plus important, Sam.

Sam en eut la gorge nouée. Son ami ? Il ne savait ni quand ni comment c'était arrivé, mais l'amitié n'était plus ce qu'il ressentait pour elle. Cette découverte subite le stupéfia, mais il n'était pas encore prêt à s'interroger sur ses sentiments.

— Eh bien, nous sommes dans une impasse à présent, dit-il en s'écartant un peu. Pas de caisses, pas de piste. Qu'allons-nous faire, maintenant ?

S'essuyant les joues, Crysta renifla et regarda autour d'elle.

— Nous allons visiter les autres entrepôts. Les caisses que j'ai vues ont peut-être été déplacées.

— Et s'il n'y a rien ?

— Alors nous déciderons quoi faire.

Une lueur déterminée éclairait ses yeux noisette.

— La défaite n'est pas au programme. Je ne renonce pas.

— Moi non plus, renchérit Sam en faisant sauter la pièce avant de l'empocher. Trouvons un taxi et allons voir les autres entrepôts.

« Rien. »

Le mot résonnait dans la tête de Crysta tandis qu'elle et

Sam quittaient le dernier entrepôt. Ils n'avaient rien trouvé. Des images de Derrick, extrayant la balle de sa poitrine, envahirent son esprit. Son frère était en train de mourir, et elle visitait des entrepôts à Anchorage. Elle ne s'était jamais sentie aussi nerveuse… et coupable.

— Crysta ?

La voix de Sam la tira de ses pensées cauchemardesques pour la ramener à la réalité. Une réalité qui ne valait guère mieux. Le temps humide et maussade s'accordait à son humeur. Une voiture les dépassa à vive allure, les aspergeant de gouttelettes d'eau sale.

— Je n'ai pas la moindre idée de ce que nous devrions faire, avoua-t-elle d'une voix tremblante.

Il lui passa le bras autour des épaules.

— Ecoutez, ce n'est pas parce que nous n'avons rien trouvé qu'il n'y a rien à découvrir. Il faut continuer.

Elle croisa son regard et, pendant plusieurs secondes, ils se tinrent là, immobiles, communiquant silencieusement. Quelque chose d'indéfinissable se passait entre eux et Crysta sentit que les liens qu'ils étaient en train de nouer ne pourraient jamais être rompus.

— Non, il ne faut pas renoncer.

Elle prit une profonde inspiration et fourra les mains dans les poches de sa veste.

— Tant que j'ai des images de Derrick, rien n'est perdu.

— Marchons, proposa-t-il. Je réfléchis mieux quand je suis en mouvement.

Crysta lui emboîta le pas. Sam avait échangé son habituelle paire de bottillons vert et jaune pour des chaussures en cuir montantes. Un jean et une chemise en flanelle n'étaient pas une tenue très élégante mais, sur lui, c'était tout à fait sexy.

Tandis qu'ils quittaient le périmètre de l'entreprise, un camion les dépassa et freina au portail avant de s'engager dans la rue. Crysta le regarda disparaître dans la circulation.

— Il va sans doute chercher des matériaux au port, déclara Sam.

Crysta se mordit la lèvre. Le camion n'était plus qu'un petit point orange, à la lisière de son champ visuel.

— Sam, c'est ça !

— Quoi ? Je ne comprends pas.

— Ces caisses, dans mon rêve, contenaient peut-être quelque chose d'illégal. Il n'y en a aucune de semblable dans les entrepôts. Et si elles n'étaient pas censées être là ?

Perplexe, Sam s'efforçait de comprendre ce qu'elle suggérait.

— Réfléchissez. Quelqu'un a commandé un surplus de tuyaux et l'a renvoyé à Seattle. C'est bizarre, nous en avons déjà parlé.

— Jusque-là je vous suis.

— Hier soir, nous nous demandions pourquoi. C'est du trafic, Sam ! Des marchandises illégales. Comment pourriez-vous sortir quelque chose d'Alaska pour l'envoyer à Seattle et le vendre dans le reste du pays ?

Le regard de Sam se fit aigu et il émit un petit sifflement.

— Dans des caisses de tuyaux ?

— Exactement ! Une commande trop importante, des marchandises dissimulées dans le surplus, et retour à l'envoyeur ! Si quelqu'un à Seattle se charge de les réceptionner, c'est un plan parfait !

— Crysta, vous êtes incroyable ! Comment cela vous est-il venu simplement en regardant ce camion ?

— A cause de ce que vous avez dit ! Aller charger au port ; cela pouvait marcher dans les deux sens.

Il hocha la tête.

— Bien sûr. Quelle idée géniale j'ai eue !

Elle se mit à rire doucement et leva les yeux au ciel.

— Alors maintenant, Monsieur le Génie, dites-nous ce qu'il y a dans ces caisses dont j'ai rêvé.

— Quelque chose d'illégal ?

— Sam, je parle sérieusement !

— Je n'ai pas la moindre idée de ce que ça peut être.

Crysta s'appuya contre la clôture grillagée.

— Moi non plus.

Elle fixa une fente dans le béton.

— Jouons à « Et si… ».

Il vint s'appuyer près d'elle, le bras pressé contre son épaule.

— Et si…, commença Crysta.

— Et si Derrick avait remarqué le surplus de tuyaux et avait eu la même idée que moi ?

— Alors il aurait essayé de trouver de quoi il s'agissait.

— En venant à l'entrepôt et en ouvrant les caisses.

— Et si, à côté de ces caisses, il en avait vu de plus petites qui n'appartenaient pas à l'entreprise ?

— Il les aurait ouvertes, approuva Sam.

— Et si, quand il était là, le coupable était arrivé ?

— Alors il se serait enfui à toutes jambes.

— Et si pendant qu'il courait le dollar était tombé, il n'aurait pas pris le risque de revenir le chercher.

— Il aurait prié pour que les coupables ne le trouvent pas.

— Mais s'ils l'avaient trouvé ?

— Ils seraient devenus très nerveux.

Sam croisa son regard, un pli le long de la bouche.

— Selon la taille de leur opération, les sommes en jeu et les peines de prison qu'ils risquaient, ils auraient soupesé leurs options, poursuivit-il. Ils auraient sans doute essayé de se débarrasser de lui.

— Et si, après qu'ils se sont débarrassés de lui, sa sœur était arrivée en Alaska et avait commencé à poser des questions ?

— Ils auraient essayé de l'effrayer avec un poisson mort puis, voyant que ça ne marchait pas, de la tuer en faisant passer ça pour un accident.

— Et ils auraient aussi probablement décidé d'arrêter leur trafic pendant quelque temps. Pas vous ? Réfléchissez, Sam. Derrick a disparu et sa sœur fourre son nez partout. Ils ne peuvent pas continuer comme si de rien n'était.

Il jeta un bref coup d'œil en direction de l'entrepôt.

— Ils attendraient que les choses se calment et dissimuleraient la marchandise quelque part.

— Et le dernier endroit où ils la cacheraient serait dans un des entrepôts de l'entreprise !

Sam fronça les sourcils et se frotta le menton.

— Il n'est pas facile de cacher un grand nombre de caisses. On ne peut pas les amener chez soi à cause des voisins. Il faut que ce soit un endroit suffisamment vaste et discret pour ne pas éveiller les soupçons.

— Dans un endroit sec, sans doute, et fermé à clé.

Sam hocha la tête. Au bout d'un moment, il claqua des doigts et s'écarta de la clôture.

— Venez ! Nous devons passer des coups de téléphone !

— A qui ?

— Aux sociétés de garde-meubles !

Crysta lui prit le bras, l'obligeant à s'arrêter.

— Sam, on ne peut pas appeler tous ces endroits et demander simplement si quelqu'un a déchargé récemment un tas de caisses…

— Pas « quelqu'un ». Riley O'Keefe.

— Riley ? Pourquoi lui ?

— Premièrement, parce que je ne l'aime pas ; deuxièmement, parce qu'il jette l'argent par les fenêtres ; troisièmement, parce qu'il est contremaître. Il passe sans doute les commandes ou alors il est en cheville avec quelqu'un qui le fait. En tout cas, c'est un début de raisonnement.

12

Sam entreprit d'appeler les sociétés de garde-meubles depuis une cabine téléphonique en se faisant passer pour Riley O'Keefe.

Avec un naturel que Crysta ne put s'empêcher d'admirer, il raconta à chaque employé qu'il avait perdu les clés de son box et qu'il se demandait s'il serait possible d'en obtenir des doubles. Les premiers appels n'aboutirent à rien car le nom d'O'Keefe ne leur disait rien.

Au moment où Crysta commençait à perdre espoir, Sam eut enfin en ligne un homme qui reconnut le nom. D'après ce qu'elle comprit de la conversation, il n'était pas possible de fournir des doubles aux clients et il devait faire appel à un serrurier.

Avec un petit rire, Sam répondit qu'en y réfléchissant il avait jeté son contrat de location et qu'il ne se souvenait plus du numéro de son box. Etait-il possible qu'on le lui indique pour qu'il puisse le communiquer au serrurier ?

Après une courte attente, il remercia l'employé et raccrocha. Se retournant dans l'espace confiné de la cabine, il adressa un sourire découragé à Crysta.

— Eh bien, on dirait que nous avons trouvé la bonne société. Malheureusement, il n'est pas simple d'accéder au box d'O'Keefe. Le serrurier demandera une pièce d'identité avant de l'ouvrir.

L'esprit en ébullition, Crysta le rejoignit dans la cabine et fixa le téléphone.

— Alors sommes-nous dans une impasse ou y a-t-il un autre moyen ?

Visiblement agité, Sam aplatit ses cheveux noirs ébouriffés par le vent en fronçant les sourcils.

— Nous sommes si près du but, maintenant ! dit-il. Nous n'allons pas laisser un petit obstacle nous barrer la route.

— La seule manière d'entrer est de forcer la serrure. C'est illégal, Sam. Nous pourrions avoir de sérieux ennuis, et même aller en prison.

Il l'observa pendant un moment sans rien dire puis sourit.

— Nous ferons cellule commune. Vous prenez le risque ?

Ayant du mal à croire que cet homme si pratique et réfléchi soit soudain prêt à jeter toute prudence aux orties, Crysta le dévisagea. Il parlait sérieusement.

— Et Tip ? demanda-t-elle.

— Crysta, il ne s'agit pas de prison à vie ! Jangles s'occuperait de lui. La vie de Derrick ne tient plus qu'à un fil, il faut penser à lui.

Elle sentit sa gorge se serrer.

— Tip a besoin de vous, Sam. Je ne veux pas que vous fassiez quelque chose que vous regretteriez.

— Si je laisse l'éventualité d'un petit séjour en prison m'arrêter, Derrick pourrait en mourir. Nous n'avons pas le choix.

— Dans ce cas, il n'y a personne d'autre avec qui je souhaiterais partager une cellule. Comment pourrai-je jamais vous remercier, Sam ?

— Pour quoi ?

— Pour être venu ici, alors que je n'avais aucune preuve de la réalité de mes rêves.

Il lui passa le bras autour de la taille et l'attira à lui en souriant.

— L'important, c'est que nous soyons ici, Crysta !

Il fit courir sa main le long de son dos jusqu'au creux de ses reins, et un frisson la parcourut tout entière. Le sourire de Sam s'effaça, lui montrant que ce qui avait commencé comme une étreinte affectueuse venait soudain de prendre un autre tour. Elle sentit son cœur battre plus vite.

Renversant la tête, elle le regarda avec une surprise mêlée d'un sentiment d'inéluctabilité. Après le contact forcé de leurs corps la veille, ils étaient devenus de plus en plus conscients l'un de l'autre et cette attirance venait de culminer dans ce rapprochement spontané.

— C'est fou, murmura-t-il d'une voix grave.

Avant que Crysta ne puisse approuver, il pencha la tête et effleura ses lèvres d'un baiser hésitant. Puis son bras se resserra autour d'elle et il la pressa contre son corps comme pour annihiler la distance entre eux. En quête d'air, Crysta entrouvrit la bouche.

Elle avait été embrassée de nombreuses fois mais elle eut soudain l'impression d'avoir perdu le contact avec le sol. Tout se mit à tourner autour d'elle et le monde s'évanouit à l'exception de Sam Barrister, sa bouche et ses bras, son corps dur et exigeant qui faisait palpiter le sien.

Reprenant sa respiration, Sam lui effleura la joue des lèvres, goûtant sa peau.

— Je n'arrive pas à croire à ce qui nous arrive.

Reprenant conscience de son environnement par degrés, Crysta cilla. Elle appuya la joue contre la poitrine de Sam, écoutant les battements désordonnés de son cœur. Son regard se dirigea soudain vers la paroi de la cabine et se posa sur le visage médusé d'un vieil homme qui attendait manifestement de pouvoir passer un appel.

— Sam ?

— Ne dites rien. Je suis désolé. Je ne sais pas ce qui m'a pris…

— Sam, il y a un homme qui nous regarde, insista-t-elle en se dégageant.

Sam comprit finalement et ils sortirent de la cabine en toute hâte. L'homme leur adressa un clin d'œil.

— Désolé, fit Sam.

— Pas de problème. C'était l'attente la plus agréable que j'aie eue depuis longtemps.

Crysta et Sam rougirent de concert et s'empressèrent de s'éloigner.

— Je vais avoir quarante-deux ans le mois prochain, annonça

soudain Sam en se passant les doigts dans les cheveux. Je n'arrive pas à croire que je viens de faire ça !

Feignant l'insouciance, Crysta haussa les épaules.

— Nous sommes tous les deux sous pression. Vous vous êtes laissé un peu aller, c'est tout.

Il posa sur elle un regard inquisiteur qui la fit de nouveau rougir.

— C'est vraiment tout ?

— Pour le moment, il le faut. Jusqu'à ce que je trouve Derrick, je ne peux pas m'impliquer sur le plan émotionnel.

Les mâchoires serrées, il reporta son attention sur le trottoir devant lui.

— Je suis désolé d'avoir dépassé les bornes.

— Il n'y a pas de mal.

Ces paroles résonnèrent longtemps dans l'esprit de Crysta. Même si elle ne l'aurait jamais admis, elle n'était pas certaine d'être sortie indemne de cette étreinte passionnée. Sam Barrister représentait un véritable danger pour le monde sûr et confortable qu'elle s'était créé depuis son divorce.

Après avoir jeté sa veste sur le fil barbelé qui surmontait le mur pour les protéger des écorchures, Sam fit la courte échelle à Crysta pour l'aider à grimper.

— Normalement, on fait ces choses-là la nuit, marmonna-t-elle.

— Nous ne pouvons pas attendre qu'il fasse noir, Crysta. Nous sommes en Alaska, vous vous souvenez ?

— Je voudrais presque que Shriver ait refusé de nous attendre. Je viens juste de découvrir que j'ai le vertige.

Elle crut l'entendre rire tout bas et fut ravie de constater qu'il gardait son sens de l'humour.

— Derrick vous a-t-il jamais dit qu'il aimerait que nous soyons ensemble ? demanda-t-il doucement.

En équilibre précaire sur le mur, Crysta enregistra sa question avec stupéfaction.

— Au nom du ciel ! Qu'est-ce que ça vient faire là-dedans ?

— Je me disais seulement qu'il avait raison... Nous formons une bonne équipe, répondit-il d'un ton taquin.

C'était la dernière chose qui importait à Crysta à cet instant. Aussi prudemment que possible, elle passa par-dessus le barbelé et sauta. Une seconde plus tard elle atterrit brutalement sur le sol.

— Je vous ai dit de sauter, pas de vous jeter dans le vide ! Ça va ?

Elle se releva en titubant et épousseta son jean.

— Ça va. Dépêchez-vous, on va nous voir !

Avec une agilité étonnante pour un homme de sa taille, Sam se hissa sur le mur et redescendit de l'autre côté sans même effleurer les barbelés. Puis il récupéra sa veste et ils se hâtèrent vers le box de Riley où les attendait un nouveau problème.

— Il nous faudrait quelque chose pour forcer la serrure, chuchota Sam.

Laissant Crysta devant le box, il s'éloigna à la recherche d'un outil et revint quelques minutes plus tard avec un pied de biche.

— Quelle chance ! Où l'avez-vous trouvé ?

— Il traînait sur le perron de l'accueil.

Il inséra l'extrémité de l'outil sous le rideau de fer et pesa de toutes ses forces. A la troisième tentative, un bruit sourd se fit entendre et la porte commença à remonter.

Dès que l'ouverture le lui permit, Crysta se glissa dans le box, plissant les yeux pour mieux voir. Des caisses étaient empilées contre les murs jusqu'au plafond. Chacune d'elles mesurait à peu près un mètre de large sur un mètre et demi de long. Se rappelant avoir vu les mêmes dans son rêve, elle esquissa un sourire de satisfaction.

— En plein dans le mille !

Sans perdre de temps, Sam la contourna et ouvrit une des caisses à l'aide du pied de biche. Crysta regarda dedans. Des boîtes de conserve brillaient faiblement dans la lumière.

— Qu'est-ce que c'est ?

— Des boîtes de saumon ! s'exclama Sam avec un juron.

Il fit tomber la caisse sur le sol et éparpilla les boîtes du bout du pied.

— Rien ! Rien que du saumon en conserve !

Crysta en ramassa une.

— Donnez-moi votre couteau. Je veux voir ce qu'il y a dedans.

Sam tira son couteau de son étui et prit la boîte qu'elle tenait.

— Surprise, surprise… du saumon, dit-il sèchement en relevant le couvercle.

Ne s'avouant pas vaincue, Crysta se mit en devoir d'ouvrir d'autres caisses tandis que Sam ouvrait les conserves les unes après les autres. Manifestement, il n'y avait rien d'autre que du saumon dans le box de Riley, ce qui ne pouvait en aucune manière être qualifié de marchandise illicite. Quand il devint évident que leur inspection n'aboutirait à rien, Sam jeta un coup d'œil à sa montre.

— Shriver nous attend à l'aéroport dans quarante minutes. Il faut ranger et partir.

D'un même mouvement, ils se mirent à ramasser les boîtes et à les empiler dans les caisses, qu'ils refermèrent tant bien que mal avant de jeter les conserves ouvertes dans une poubelle située à l'extérieur.

— Avec un peu de chance, ils ne s'apercevront pas que la serrure a été forcée avant la prochaine visite de Riley, dit Crysta tandis qu'ils quittaient l'endroit.

Durant le vol de retour vers Cottonwood Bend, le moral de Crysta sombra et un sentiment de défaite l'envahit. Le temps passait, et rien de ce qu'ils avaient fait ne les avait menés nulle part. Il fallait trouver quelque chose, sinon son frère allait mourir.

En raison des turbulences, Shriver était concentré sur le pilotage. L'estomac noué par l'anxiété, Crysta interrogea Sam à voix basse sur les cabanes à proximité du gîte. L'air préoccupé, il se tourna pour lui faire face.

— Il y en a beaucoup, je vous l'ai dit. La plupart à des kilomètres de la rivière.

— Pourrions-nous aller en voir quelques-unes ?

— Nous pourrions prendre un 4x4 et y aller demain, mais il faudrait faire une partie du chemin à pied et dormir sur place. Cela signifierait perdre deux jours, et nous ne pouvons pas nous le permettre.

— En d'autres termes, c'est non.

Son regard se posa sur elle avec une intensité particulière.

— Crysta, c'est votre frère ; je ne vais pas vous dire non. Mais vous comprenez qu'en choisir une au hasard serait comme donner un coup d'épée dans l'eau. Vous avez envie de prendre ce risque, sachant combien le temps nous est précieux ?

— Eh bien, c'est toujours mieux que de ne rien faire. Je ne sais pas ce que nous pourrions faire d'autre. Et vous ?

— Pour le moment, je ne sais pas. Mais quelque chose pourrait me venir.

Crysta se détourna et regarda tristement par le hublot. Les ondulations interminables du paysage la déprimaient. Sam avait raison : ils n'aideraient pas Derrick en errant sans but dans cette immensité.

Son silence permit à Sam de réfléchir. Se calant confortablement dans son siège, il se renversa en arrière et ferma les yeux pour passer en revue leur journée. Jusqu'à ce qu'il ouvre la boîte de saumon dans le box, il avait été certain que Riley O'Keefe était leur homme. S'était-il trompé ? Cela voudrait dire qu'ils avaient perdu leur temps. Aller vérifier les cabanes une par une n'était peut-être pas une si mauvaise idée, après tout.

Après l'amerrissage de l'hydravion, Crysta sortit derrière Sam et accepta silencieusement sa main pour sauter sur la berge. Se tournant vers Shriver, elle le remercia de leur avoir permis de venir avec lui gratuitement.

A mi-chemin du gîte, Sam la saisit par le bras.

— Laissez-moi vous dire quelque chose.

La dernière chose dont elle avait envie était d'une conversation.

— De quoi voulez-vous parler ?

— Je voudrais m'excuser. Si vous voulez que nous allions voir quelques cabanes, allons-y.

Tout près de pleurer, Crysta fit quelques pas en direction des arbres.

— Non, Sam, dit-elle par-dessus son épaule. Vous avez raison. C'est un coup d'épée dans l'eau. Je suis désolée, mais comme je ne sais plus quoi faire… Vous comprenez ?

— Oui, bien sûr.

Souhaitant qu'il ne la suive pas, elle lui lança un regard. Parfois on ne pouvait plus que verser des larmes, et c'était ce qu'elle avait besoin de faire.

— Je crois que… euh… je vais faire une petite promenade.

— Je préférerais que vous n'en fassiez rien, dit-il gentiment. Après ce qui s'est passé hier matin, ce n'est pas sûr.

Le doux murmure des trembles l'attirait pourtant. Elle ne voulait rien d'autre que se perdre dans leur ombre et échapper aux regards importuns pendant un moment.

— J'ai besoin d'être seule, Sam.

Il la contourna afin de voir son visage.

— Etes-vous tellement bouleversée que vous ne pouvez pas même en parler ?

S'efforçant de rester impassible, elle ignora sa question.

— Je resterai à portée de voix du gîte.

— Crysta, venez là.

Tout en parlant, il lui prit le bras et l'attira à lui.

— Il ne faut pas que vous restiez seule.

— Si ! S'il vous plaît, Sam, allez-vous-en !

Il la prit dans ses bras et posa une main sur son visage.

— Ne faites pas ça, murmura-t-elle. Je veux rester seule.

— Je sais. Mais je ne peux pas vous laisser dans cet état.

— Je vais pleurer, gémit-elle, et quand je pleure ce n'est pas beau à voir, je vous assure.

Il fit courir ses doigts dans sa chevelure et posa sa joue au sommet de son crâne.

— Vous plaisantez toujours quand vous avez peur ou que vous êtes bouleversée ?

— Les autres solutions sont pires.

— Je prends le risque.

— Je ne veux pas que vous me voyiez comme ça.

Un sanglot lui monta dans la gorge. S'appuyant contre lui, elle cessa de lutter contre les larmes. Elles débordèrent sur ses joues, en ruisseaux brûlants.

— Mon Dieu, Sam, j'ai peur ! Ses jours sont comptés, je le sens.

— Nous allons le trouver. Il résistera jusque-là, Crysta.

— Et s'il a une infection ? S'il perd du sang ? Sans parler d'eau ou de nourriture. Personne ne peut survivre sans cela.

— Nous le trouverons.

— Mais peut-être pas à temps.

Un tremblement la secoua.

— Il faut que j'appelle ma mère, mais que vais-je lui dire ? Qu'il est vivant, mais que je ne sais pas où il est ?

Sam sentit ses entrailles se nouer en percevant la douleur dans sa voix. Fermant les yeux, il resserra son étreinte autour d'elle. Ses longs cheveux épais et brillants glissèrent sur son poignet comme de la soie.

— Elle ne croira jamais que je suis incapable de le trouver. Jamais. Elle pensera que je n'ai pas essayé.

— Pourquoi penserait-elle ça ? Vous aimez Derrick, tout le monde peut le voir.

— Parce que… c'est précisément ce que j'ai essayé de faire, l'oublier…

Soudain, Sam comprit à quel point la vie de Crysta était difficile. Pour un observateur extérieur, un lien télépathique pouvait sembler presque amusant mais ça ne l'était pas. Ce lien avait fait d'une terrible disparition un véritable cauchemar. Crysta se sentait responsable d'une manière que personne ne pouvait comprendre. Si son frère mourait, elle ne s'en remettrait sans doute jamais.

— Nous aimerions tous être quelqu'un d'autre, parfois,

murmura-t-il d'une voix rauque. Mais, en fin de compte, c'est impossible. Nous ne pouvons que faire de notre mieux.

— Je devrais pouvoir le trouver ! Je devrais pouvoir voir où il est, mais j'en suis incapable.

Sam la prit par les épaules et l'éloigna de lui pour pouvoir la regarder dans les yeux.

— Pouvez-vous lire les pensées de Derrick à volonté ?

— Non, mais…

— Ecoutez-moi ! Vous exigez de vous des choses que personne n'envisagerait une seconde… tout ça parce que vous avez un don ? Vous avez des flashes, mais vous ne voyez pas tout. Ce n'est pas raisonnable de vous faire des reproches.

Le visage pâle, elle le regarda avec des yeux noyés de larmes. Sam tressaillit en comprenant combien il l'avait secouée. Elle avait besoin qu'on l'écoute, pas qu'on lui fasse la leçon.

— Allons, venez vous asseoir un instant.

La prenant par la main, il la mena vers un bouquet de trembles. Il s'assit au pied de l'un d'eux, le dos appuyé au tronc argenté, et la fit asseoir près de lui. Elle retira immédiatement sa main et entoura ses genoux de ses bras.

— Parlez-moi, Crysta, dit-il doucement. Vous savez ce que j'entends dans votre voix ? De la culpabilité. Pourquoi ? Il ne s'agit pas seulement de ne pas pouvoir trouver Derrick, n'est-ce pas ?

Elle prit un moment pour répondre. Quand elle le fit, elle tourna un regard hanté vers lui.

— Vous êtes l'ami de Derrick. Vous ne me le pardonnerez jamais si je vous le dis.

— Essayez.

— D'accord. Alors je dois vous dire que j'aime mon frère, mais qu'une partie de moi…

Elle commença à trembler. Sam vit ses lèvres frémir, mais les mots ne sortaient pas.

— Vous le haïssez un peu aussi, c'est ça ? demanda-t-il.

— Je ne le hais pas. Mais une partie de moi lui en veut à cause de ce qu'il fait à ma vie.

Elle s'essuya les joues d'un revers de main et renifla.

— Pendant un moment, j'ai vraiment cru que je lui avais échappé. Je commençais juste à accepter toutes ces idioties de mon thérapeute. Tout ce que j'avais à faire, c'était ignorer mes rêves et ils finiraient par s'en aller.

— Et c'était ce que vous vouliez ?

— Oui. Vous vous souvenez que je vous ai dit que le mariage n'était pas mon but premier dans l'existence ? J'ai menti, Sam. Je voudrais des enfants, une famille. Aussi loin que je puisse m'en souvenir, c'est ce que j'ai toujours voulu. Et Derrick m'en a empêchée.

— Est-ce certain, Crysta ? Ou est-ce que vous n'avez pas trouvé l'homme qu'il vous fallait ?

— Vous ne comprenez pas. Ce n'était pas la faute de Dick. Personne ne pourrait supporter que j'aie constamment des flashes de Derrick. Vous n'avez pas idée…

— Alors, dites-moi.

— Quelquefois, les images arrivent à des moments délicats.

Elle repoussa ses cheveux sur son front et cueillit un brin d'herbe.

— Ça n'allait pas trop mal, les deux premières années de mon mariage. J'avais quelquefois des flashes, mais rien d'alarmant. Puis Derrick a rompu avec Eileen.

Elle s'humecta les lèvres.

— Il était au trente-sixième dessous. Il a commencé à boire et à avoir de terribles sautes d'humeur. Une fois, Dick et moi venions juste de nous mettre au lit et là, en plein milieu…

Elle rougit comme une pivoine.

— … j'ai eu un flash de Derrick qui cassait une bouteille de whisky dans l'évier et qui essayait de s'ouvrir les veines. J'ai sauté hors du lit et couru chez lui. Dick était furieux.

— Furieux ?

Une bouffée de colère traversa Sam.

— Il pouvait sûrement comprendre que vous deviez y aller. Qu'étiez-vous censée faire d'autre ?

— Dick ne croyait pas à ces visions. Il pensait que c'était uniquement du cinéma et il voulait que je me débarrasse de Derrick.

— Mais vous ne le pouviez pas…

— Il a commencé à être jaloux. Pour lui, notre relation était inacceptable…

— Mais quel est le rapport avec le fait que votre mère vous tienne pour responsable de tout cela ?

— Dick insistait pour que je choisisse entre Derrick et lui, sans comprendre que je n'avais pas le choix.

De nouvelles larmes lui montèrent aux yeux.

— J'aimais Dick, alors j'ai essayé. J'ai cessé de voir Derrick et ma mère. Mais les rêves ont continué, et Dick est devenu de plus en plus parano. Puis, un jour, Derrick a eu un accident de voiture. Je me suis réveillée au milieu de la nuit. Trente minutes plus tard, j'étais à l'aéroport. Peu après cela, Dick est parti.

Sam renversa la tête en arrière, fixant la voûte de feuillage au-dessus de lui.

— Il est parti quand vous aviez le plus besoin de lui.

— Quel homme serait resté ? C'est pourquoi j'ai continué ma thérapie. J'ai compris que je ne pourrais jamais avoir une vie normale si je ne devenais pas un individu distinct de mon frère.

Elle ferma les yeux et se mordilla la lèvre inférieure.

— Je voulais être libre. Et maintenant, je le suis.

Les choses devenaient plus claires pour Sam.

— Et votre mère sait que vous vouliez vous libérer de lui.

— Oui. Et moi aussi, je le sais.

— Crysta…

Sam céda finalement à son besoin de la consoler et l'entoura de ses bras.

— Chérie, tout ce que vous vouliez, c'était une chance de mener une vie normale. Il n'y a rien de mal à ça. Vous n'avez pas souhaité la disparition de Derrick.

— C'est ma faute si je ne peux pas entrer en contact avec lui ! cria-t-elle. Vous ne comprenez pas ? J'ai essayé pendant si longtemps de ne rien sentir ! Et, maintenant que sa vie en dépend, je n'y arrive plus !

Sam voyait surtout, avec une clarté aveuglante, qu'aucune

parole ne l'apaiserait. A part secourir Derrick, rien ne le pouvait sans doute. Si Derrick réapparaissait, ils auraient besoin tous les deux de parler longuement et de se débarrasser de ce terrible bagage émotionnel. Mais s'il ne revenait pas ?

Il ignorait ce qui se passerait… Il savait seulement qu'il en était venu à chérir la femme qu'il tenait dans ses bras. Retrouver Derrick présentait maintenant un triple enjeu : il en allait non seulement de la vie de Derrick, mais aussi de la paix de son esprit et surtout de celui de Crysta.

13

La lueur du feu dansait contre les murs du salon de Sam, en contraste frappant avec l'humeur sombre de Crysta. Les rideaux étaient tirés, lui procurant la sensation de sécurité dont elle avait besoin. Sam l'avait laissée seule pour un moment, emmenant Tip avec lui, afin qu'elle puisse reprendre son calme avant d'appeler sa mère.

Elle faisait les cent pas, s'arrêtant devant les photos encadrées de Tip et de Sam. Tip avait beaucoup de chance, songea-t-elle, d'avoir un père comme le sien. L'amour inconditionnel de Sam pour son fils éclatait sur chaque image.

Serrant les dents, elle quitta le salon pour utiliser le téléphone mobile, en souhaitant presque qu'il ne fonctionne pas. Manque de chance, la ligne était parfaitement claire.

— Tu as des nouvelles ? s'écria Ellen.

Crysta leva les yeux au bruit de la porte et vit entrer Steve Henderson. Il tourna à droite pour s'asseoir à l'une des tables. Comme toujours, il avait l'air triste et troublé.

— Non, maman. Pas grand-chose, en tout cas. Derrick est vivant, j'en suis certaine. Il ne faut pas t'inquiéter.

— Il t'a contactée de nouveau ?

Crysta sentit sa gorge se serrer.

— Oui… Une ou deux fois.

— Oh ! Crysta, ma chérie, tu ne peux pas savoir comme je suis heureuse de t'entendre dire ça ! Je ne sais pas ce qui t'a pris ces dernières années, cette histoire de prendre du recul par rapport à ton frère…

Elle émit un petit rire de soulagement.

— Où est-il ? Je me suis fait tant de souci !

Crysta s'appuya contre le comptoir et serra le combiné dans sa main.

— Je ne sais pas où il est, pas encore.

— Qu'est-ce que tu veux dire, pas encore ?

— Il va bien, maman. Et je le trouverai. L'Alaska est un territoire immense. Ça prend du temps.

— Mais tu disais qu'il était entré en contact avec toi.

— Oui. Mais les images sont…

Elle ferma les yeux.

— Très brèves. Trop brèves pour identifier l'endroit.

— Tu as essayé ?

— Bien sûr que j'ai essayé ! Pourquoi est-ce que tu me poses la question ?

Crysta s'éloigna du comptoir et inspira profondément pour rester calme.

— Je le trouverai, maman, c'est promis.

— Oh ! chérie, je sais que tu le trouveras. Savoir qu'il est vivant est déjà un tel soulagement.

Ellen se tut un instant.

— Je me suis fait tant de souci pour Derrick et pour toi.

— Moi ? Je vais bien, maman, vraiment.

Le reste de la conversation se perdit dans le flou pour Crysta, consciente d'avoir fait une promesse sans savoir si elle pourrait la tenir. Après avoir raccroché, elle retourna à l'appartement et s'assit sur le canapé.

« Derrick ? Tu m'entends ? »

Seul le silence lui répondit. Se rappelant toutes les fois où elle avait reçu des images de Derrick, elle pressa ses mains tremblantes sur ses yeux. A présent qu'il était en danger de mort, elle ne voyait rien.

Qu'avait-elle donc fait, mon Dieu ?

Son chagrin était trop profond pour qu'elle puisse pleurer. Elle se leva et se dirigea vers l'atelier de Tip où une forte odeur de térébenthine l'accueillit. Elle fit quelques pas vers le chevalet. Tip avait réalisé un merveilleux travail sur le portrait de Derrick. En regardant le visage de son frère, elle perdit momentanément le sens de sa propre identité. Il avait l'air tellement réel qu'elle pouvait presque l'entendre rire et voir le vent fouetter ses cheveux bouclés. Elle observa ses yeux. C'était comme regarder dans un miroir. Etait-il possible d'aimer autant quelqu'un et de se sentir en même temps si ligotée par cet amour ?

Son regard se posa sur l'arrière-plan du portrait, notant les détails que Tip avait soigneusement reproduits. Le Cessna de Todd était amarré à l'île. Les trembles frémissaient sous le vent. Derrière les pieds de Derrick gisaient deux énormes saumons.

En soupirant, Crysta passa aux autres tableaux, heureuse d'y trouver une distraction. Un canard, un caribou, un loup, un ruisseau dans un pré marécageux… Elle n'avait jamais vu de peintures aussi vivantes.

Elle s'immobilisa devant le portrait de Todd Shriver et sourit en remarquant à quel point Tip avait réussi à rendre le menton mou du pilote et l'inexpressivité de son regard. Todd se tenait sur l'îlot, le Cessna derrière lui, et Tip avait reproduit chaque détail, jusqu'aux crochets de ses bottillons.

Avec la sensation que quelque chose lui échappait, Crysta porta son attention sur les bagages et les marchandises que Tip avait peints sur le sol près de Todd. Soudain son regard fut attiré par des caisses de boîtes de saumon en conserve. Avec une urgence croissante, elle survola du regard les autres portraits accrochés au mur. Elle en repéra rapidement un de Riley O'Keefe, également sur l'île. Tip avait de nouveau représenté des boîtes de saumon près de l'avion.

En toute hâte, elle sortit de l'appartement et du gîte. Sam se trouvait près de la passerelle, en train de parler à Gary Nelsen, un des hommes de Blanchette qui venait fréquemment pêcher avec O'Keefe.

Dévalant la pente au trot, elle l'appela.

— Sam ! Je peux vous parler un moment ?

— Bien sûr.

Après avoir salué Nelsen, Sam la rejoignit.

— Quelque chose ne va pas ?

Crysta pouvait à peine contenir son excitation.

— Venez avec moi, je veux vous montrer quelque chose !

*
* *

Les sourcils froncés, Sam recula et examina de nouveau les boîtes de conserve de saumon sur le portrait d'O'Keefe. Puis il regarda les autres toiles que Crysta avait décrochées.

— Je n'avais jamais remarqué qu'il y avait autant de saumon qui allait et venait, murmura-t-il.

— Ça pue, non ?

Le regard de Sam se posa sur elle.

— Vous pensez que c'est à ça que Derrick faisait allusion quand il disait que ça puait ?

— J'en suis certaine. Il a un sens de l'humour un peu particulier. Je suis convaincue qu'il y a quelque chose d'autre que du poisson dans ces caisses.

— Je crois que vous avez raison. C'est une couverture parfaite. Le saumon en boîte est si courant par ici que personne n'y prête attention.

— Regardez cette peinture. C'est Jangles mais, à l'arrière-plan, Todd Shriver descend de l'avion. Et, manifestement, il vient décharger des marchandises.

— Il s'apprête peut-être à repartir.

— Non. Regardez l'eau derrière l'avion, Sam.

Crysta désigna le sillon derrière l'appareil.

— Il vient juste d'amerrir.

— Vous avez raison. Vous avez l'œil pour les détails.

— Moi ? répliqua-t-elle en riant. C'est Tip qui a une mémoire photographique !

Elle fit glisser son doigt jusqu'à la porte du Cessna.

— Regardez ce qu'il y a à l'intérieur.

— Des conserves de saumon.

— Exactement.

Sam se redressa et se gratta la tempe, l'air perplexe.

— Bon. Le saumon va et vient. Je suis peut-être un peu lent, mais je ne comprends pas. D'abord, nous avons pensé qu'une marchandise illégale était dissimulée dans les tuyaux. Maintenant, nous savons que ces caisses arrivent ici. Etes-vous en train de dire qu'un trafic s'opère sous mon nez ?

Elle lui adressa un sourire excité.

— Réfléchissez ! Vous venez juste d'admettre que vous n'aviez jamais remarqué qu'il y avait autant de caisses de conserves de saumon. C'est une couverture absolument parfaite ! Riley apporte les caisses ici, à Cottonwood Bend, puis les remplit de quelque chose d'autre. Ensuite, elles repartent pour l'entrepôt à Anchorage. Après l'heure de fermeture de l'entreprise, il transfère la marchandise en question dans les caisses de tuyaux qui seront renvoyées à Seattle.

Sam émit un petit sifflement admiratif.

— Oui, aucun pilote ne ferait attention à ce genre de caisses.

— Exactement !

— D'accord. Admettons que vous ayez mis le doigt sur quelque chose, Crysta. Maintenant, il faut découvrir ce que contiennent ces boîtes. Je ne peux pas aller voir la police sans preuve.

Crysta soupira.

— Je n'en sais rien. Je n'ai cessé d'y penser et je n'arrive pas à imaginer ce que c'est. Nous pourrions peut-être intercepter Riley avant qu'il n'embarque la prochaine fois et ouvrir les caisses.

— Il ne s'en ira pas avant demain. Nous n'avons pas le temps d'attendre.

Il s'interrompit un instant.

— Le soir où Derrick est venu dans mon bureau, il était vraiment en colère… Il m'a dit qu'il allait « les prendre sur le fait » selon ses propres mots. Quoi que ce soit, ça l'a tellement choqué qu'il était prêt à courir des risques. Ensuite, ce doit être quelque chose de relativement petit pour que Riley puisse le dissimuler dans ces caisses.

— De la drogue, peut-être ? Derrick aurait été horrifié.

Sam secoua la tête.

— Nous sommes trop isolés, ici, pour un trafic de drogue. Ça se passe plutôt sur la côte, près des grandes villes, ou le long de la frontière mexicaine. Et, si vous pensez à un laboratoire, les produits et le matériel nécessaires seraient bien trop volumineux pour être cachés dans des boîtes de conserve.

— Alors qu'est-ce que c'est ?

— Peut-être des peaux. Derrick se serait vraiment mis en colère pour du braconnage.

— Les peaux rapportent-elles donc autant d'argent ?

Sam soupira.

— J'imagine qu'on pourrait en tirer un profit régulier, mais pas assez s'il fallait les transporter aussi souvent.

— Alors ?

Sam enroula un bras autour de ses épaules.

— Prenons un café. Je sèche. Quelquefois, quand on attend un peu, la réponse surgit soudain comme par magie.

Tandis que Sam allait chercher le café, Crysta ajouta une bûche dans le feu. Quand il revint, ils s'assirent tous deux sur le canapé, à quelques centimètres l'un de l'autre, et sirotèrent leur café en observant pensivement les flammes.

— Je n'arrive pas à comprendre ce qui pourrait leur rapporter assez d'argent pour qu'ils prennent autant de risques, dit Sam.

Crysta se pencha pour poser sa tasse sur la table basse.

— C'est forcément quelque chose à quoi nous ne pensons pas.

Elle se tourna vers lui.

— Sam, j'ai peur que nous ne le trouvions pas à temps... Après tout ce que nous avons fait, nous allons quand même échouer.

La regardant au fond des yeux, Sam vit tout son désespoir. Il posa sa tasse à côté de la sienne et lui caressa les cheveux et la nuque. Sa peau était si douce. L'attirant à lui, il se renversa contre le dossier du canapé, la tête de Crysta au creux de son épaule.

— Je ne sais pas, Crysta. Je ne sais vraiment pas.

Pressant la joue contre sa chevelure soyeuse, il fixa le feu, le cœur déchiré de ne pouvoir soulager sa peine. Il resserra son étreinte et fit glisser sa main entre son bras et son flanc, le long de sa cage thoracique. Elle était si menue, si fragile ! Ce n'était pas le moment de laisser le désir obscurcir ses pensées, songea-t-il. Il était avant tout un homme réaliste et pragmatique, mais il était aussi un homme, tout simplement. Et, en tant que tel, il devait admettre qu'il la désirait.

Il se sentit terrassé par cet aveu. Pis encore, il savait que « désir » n'était pas un mot suffisant pour décrire les émotions qui le remuaient. Il la désirait au point qu'il en tremblait, qu'il en était effrayé. Il y avait une justesse dans leurs rapports, une magie, une douceur… Le simple fait de la tenir dans ses bras lui donnait l'impression d'être un homme complet. C'était une expérience parfaite… et pourtant impossible.

Il avait un fils qui posait quelques problèmes, une sorte d'homme-enfant qui ne mûrirait jamais tout à fait. Il l'adorait tel qu'il était et ne lui en voulait certainement pas de nécessiter tant d'attention, mais une femme qui n'était pas sa mère ne pourrait jamais être aussi compréhensive, surtout Crysta, qui avait une vie bien remplie à Los Angeles.

Son devoir était de faire passer son fils avant tout, il ne pouvait l'oublier. Pourtant, il avait aussi des besoins qu'il repoussait depuis trop longtemps. Serait-ce vraiment mal de voler à la vie un moment d'amour avec cette femme si spéciale ?

Il déplaça sa main et ses doigts effleurèrent le renflement de la poitrine de Crysta. Sa gorge se serra. S'il faisait l'amour avec elle, il ne serait plus capable de s'arrêter.

A sa grande surprise, elle remua dans son étreinte et renversa la tête, les yeux mi-clos et les lèvres entrouvertes.

— Sam ?

Il répondit à la demande qu'elle n'avait pas formulée en inclinant la tête vers elle. C'était fou, il le savait, mais il ne pouvait pas s'en empêcher. Un seul baiser… Un baiser dont il se souviendrait le restant de ses jours.

Elle sentait le café, sa bouche était tiède et sucrée, ses lèvres humides. C'était si doux, si incroyablement, si merveilleusement doux ! Sam, d'habitude si raisonnable, en oublia tout : la porte entrouverte, Tip qui pouvait entrer à tout instant… Son esprit se vida de toute pensée et, avant de s'en apercevoir, il l'avait allongée sur le canapé à côté de lui.

Le corps de Crysta épousait parfaitement le sien. Elle gémit et renversa la tête en arrière. Répondant à son invite, il parsema la courbe gracieuse de son cou de baisers avant de descendre plus bas.

Les boutons de son chemisier s'ouvrirent comme par magie. Le cœur battant, Sam repoussa les pans du vêtement et fit courir sa bouche jusqu'à ses seins, qui semblaient n'attendre que cela sous la dentelle de son soutien-gorge. Sa peau était aussi parfaite et crémeuse que l'ivoire, soyeuse, chaude et palpitante.

Sam se raidit soudain, une main sur son sein, l'esprit en ébullition.

De l'ivoire !

Crysta l'entendit jurer et ouvrit les yeux. Il était immobile, une expression incrédule sur le visage.

— Sam ?

Il sauta du canapé et lissa ses cheveux tout en la regardant.

— De l'ivoire, Crysta, dit-il d'une voix rauque. Votre peau est comme de l'ivoire.

Ce n'était pas très original, mais Crysta accepta le compliment avec autant de grâce qu'elle le put. Reboutonnant rapidement son chemisier, elle se redressa.

— Euh… merci…

— De l'ivoire, Crysta ! C'est ça ! Vous ne comprenez pas ? C'est ce qu'ils trafiquent ! Je n'arrive pas à croire que je n'y ai pas pensé plus tôt ! Tous les journaux en parlent depuis quelque temps. Des défenses de morses. On a trouvé des sites entiers d'animaux massacrés !

— De l'ivoire ?

Crysta s'assit, d'abord perplexe, puis les paroles de Sam firent leur effet et un frisson d'excitation la parcourut.

— De l'ivoire ! Bien sûr ! On peut faire fortune avec ça !

— Une fortune ? Vous plaisantez ! Une tête montée vaut plus de mille dollars. Vous avez une idée de la quantité qu'ils ont pu faire sortir d'ici ?

— Qu'est-ce qu'une tête montée ?

— La partie avant d'un crâne de morse avec les défenses toujours attachées.

Crysta se rappela la couverture d'un magazine avec une photo sanglante de cadavres de morses sans tête, éparpillés sur une plage déserte. Un frisson de répulsion la parcourut.

— Ce salopard ! s'exclama Sam. Il tue des morses ! Pas étonnant que Derrick ait été tellement en colère.

— Attendez, Sam ! Nous ne sommes pas sur la côte. Il n'y a pas de morses, ici.

— Bien sûr que non, mais il les transporte depuis la côte. Il s'arrête sur une plage, massacre les animaux, coupe les têtes et les apporte ici pour les nettoyer, avant de les expédier à l'entrepôt à Anchorage. L'odeur ferait vomir n'importe qui. Quel meilleur endroit pour faire tout ça que Cottonwood Bend ? Des vols quotidiens et des bâtiments isolés !

— Alors il les nettoie quelque part près d'ici, les dissimule dans les caisses de saumon et les apporte au gîte pour les envoyer à Anchorage ? Mais une tête de morse ne rentrerait pas dans une boîte d'un mètre cinquante de long !

— Si. Il suffit d'enlever les défenses. On peut démonter une tête montée et la remonter ensuite.

— Et, une fois les têtes cachées dans les caisses, les pilotes ne savent pas ce qu'ils transportent ! Sam, vous êtes un génie ! Tout correspond ! Derrick a dû découvrir ce que tramait Riley !

— Et l'a probablement suivi.

Elle leva la main.

— Attendez… Dans mon rêve, j'ai vu trois hommes. Il a des complices.

— Ça va sans dire. Personne ne pourrait opérer à une échelle pareille sans aide. Ils sont probablement plus de trois. Nous avons déjà déduit qu'il leur fallait un contact à Seattle. Plus deux ou trois autres types sur les sites d'abattage.

Sam grimaça.

— Crysta, ça devient de plus en plus dangereux. Nous ne pouvons pas aller voir la police avant d'avoir pris Riley sur le fait, c'est-à-dire avec une caisse contenant de l'ivoire. Je ne veux pas que vous soyez mêlée à ça.

— Oh que si ! Questionner Riley est notre seul espoir de savoir où est Derrick. J'irai jusqu'au bout, Sam.

Le regard de Sam s'assombrit.

— Je ne veux pas que vous soyez blessée.

— Moi non plus. Mais nous avons fait du bon travail ensemble jusqu'ici, alors ne changeons rien.

— Oui, n'est-ce pas ? murmura-t-il, avec une expression plus éloquente que n'importe quel mot.

Après un moment d'émotion, il esquissa un sourire triste.

— Désolé de…

Son regard se posa sur le canapé.

— Ce n'était pas très chevaleresque de ma part, de m'interrompre comme ça…

Crysta se mit à rire doucement.

— Non, mais étant donné vos raisons je réserve mon jugement jusqu'à la prochaine fois.

Y aurait-il une prochaine fois ? Il l'espérait plus qu'il ne voulait l'admettre même si, au fond de lui, il savait que tous deux ne s'en porteraient que mieux si l'occasion ne se représentait jamais. Crysta avait ses propres problèmes, et elle n'avait nul besoin des siens.

— Bon, reprit-il en faisant quelques pas vers la cheminée pour éviter de croiser le regard de Crysta. Tout ce que nous avons à faire, c'est découvrir l'endroit où ils nettoient l'ivoire et nous aurons assez de preuves pour aller voir la police. Et pour faire revenir les secouristes.

Crysta pouvait à peine contenir son excitation.

— Si je reconnais l'endroit où ils sont installés, je pourrai peut-être trouver Derrick toute seule.

Sam se tourna vers elle, le sourire aux lèvres. En dépit du temps qui leur faisait défaut, c'était un moment de triomphe et de joie. Il voulait partager cela avec elle et laisser les inquiétudes pour plus tard.

— La meilleure manière de les trouver est de faire une reconnaissance aérienne, dit-il. C'est probablement tout proche de la rivière, pour pouvoir charger l'avion.

— Todd est encore là. Vous pensez qu'il nous emmènerait ?

— Je suis sûr que oui.

Sam revint vers elle et lui posa la main sur l'épaule. Puis il la guida en direction de la porte et attrapa au passage son coupe-vent posé sur une chaise.

— Allons réserver l'avion.

Au moment où il posait la main sur la poignée de la porte, Tip entra en coup de vent.

— Où tu vas, p'pa ? Il est presque l'heure d'aller se coucher.

— Nous avons des choses à faire, Crysta et moi, répondit gentiment Sam.

Tip prit un air déçu.

— Je croyais que tu allais me lire le livre…

Sam ressentit une bouffée de culpabilité. Voilà des jours qu'il négligeait Tip, et cela l'ennuyait de le laisser seul de nouveau. Tip avait souvent des cauchemars.

— Je suis désolé, fils. Nous le ferons demain.

Le regard de Tip se posa sur Crysta.

— Tu v… viendras me faire la lecture ? Le livre que papa me lit parle d'un trésor enterré.

Crysta lui pressa doucement la main.

— Tu sais, Tip, si nous trouvons Derrick, il sera peut-être blessé ou malade, et il devra aller à l'hôpital. Il faudra que j'aille avec lui, et je ne serai peut-être pas là demain.

— Alors tu ne reviendras pas ?

Crysta n'hésita qu'une seconde.

— Et je ne te reverrais plus ? Jamais de la vie ! Nous sommes amis, tu te souviens ?

Le garçon esquissa un sourire réticent.

— Pour de vrai ?

— Bien sûr, que c'est pour de vrai. Pour toujours, Tip. Je reviendrai. Peut-être avec Derrick. Ça serait bien, non ? On pourrait faire du pop-corn et se faire tous la lecture.

— J'aimerais bien. Et t… toi, p'pa, tu aimerais ça ?

Sam n'aurait su dire combien.

— Et si je demandais à Jangles de rester avec toi ce soir ? Je parie que tu aimerais avoir de la compagnie.

— O.K., dit Tip, visiblement rasséréné.

Quand ils furent sortis de l'appartement, Sam s'adressa à Crysta.

— Il faut que je parle à Jangles. Vous patientez une minute ?

Bien que pressée de se trouver déjà dans les airs, elle savait que Sam avait d'autres obligations.

— Bien sûr que oui. Nous serons tous deux plus tranquilles en sachant que tout va bien pour Tip.

La sincérité de son ton noua la gorge de Sam. Y avait-il une possibilité, une vague possibilité, qu'il ait enfin trouvé une femme qui n'en voudrait pas à Tip ? Tout en se hâtant d'aller chercher Jangles, il s'ordonna de ne pas fonder trop d'espoir sur le comportement de Crysta. Elle pouvait en changer une fois mise devant la perspective d'une vie entière de concessions à l'égard de Tip.

D'amers souvenirs l'envahirent. Il ne laisserait personne faire encore du mal au garçon. Qu'il échoue lui-même était une chose, mais exposer son fils à un autre rejet serait criminel.

14

Le Cessna vira sur l'aile, grinçant et tremblant en perdant de l'altitude. Crysta pressa son visage contre le hublot, scrutant le paysage au-dessous d'elle. Le toit d'une cabane apparut dans son champ de vision. Elle chercha la main de Sam derrière elle et la serra.

— Je ne pense pas qu'il s'agisse de celle-là, murmura-t-il afin de ne pas se faire entendre de Shriver. Il n'y a pas de sentier jusqu'à la rivière.

Depuis le poste de pilotage, Todd s'adressa à eux.

— Qu'est-ce que vous cherchez ? Je connais bien la zone, je peux peut-être vous aider.

Avant de monter à bord, Sam et Crysta avaient décidé de parler le moins possible de leurs soupçons. Sam ignora donc la question de Shriver et se pencha en avant.

— Vire à gauche, Todd. L'endroit que nous cherchons doit être tout proche du gîte.

Le pilote fit ce qu'on lui demandait. En le regardant manœuvrer habilement, Sam songea à ce que lui ou un autre pilote auraient à affronter si on les prenait à trafiquer. Courir un tel risque n'avait aucun sens. Les pilotes impliqués ignoraient sans aucun doute tout de leur cargaison illicite. La colère le prit de nouveau. Des gens qui massacraient des morses n'avaient évidemment pas beaucoup de conscience et se fichaient de qui ils entraînaient avec eux.

Cette pensée le ramena à la question la plus troublante de toutes. Qui étaient les coupables ? L'incertitude dans laquelle ils se trouvaient était la principale raison de leur silence sur les raisons de leurs recherches.

Crysta repéra une autre cabane à la pointe de l'aile.

— C'est peut-être la bonne, dit doucement Sam. Il y a un chemin jusqu'à la rivière. Fais un cercle, Todd, et repasse plus bas, dit-il plus fort.

Tandis que l'avion plongeait vers le sol, lui donnant une vue frontale de la cabane, Crysta sentit son pouls s'accélérer. Une sensation de déjà-vu l'envahit.

— Sam ! souffla-t-elle.

— Vous pensez que c'est celle-là ?

Elle hocha vigoureusement la tête.

— Hé ! Todd, tu peux te poser sur cette portion de rivière ?

Todd fit un premier passage, étudiant avec soin le lit de la rivière.

— Ça m'a l'air faisable. Vous voulez essayer ?

— Oui, pose-nous.

Après l'amerrissage, bien que Sam lui ait assuré qu'à cette distance ils pourraient sans problème rentrer à pied au gîte, Todd insista pour les accompagner à la cabane.

— Hé ! dit-il en levant les mains au ciel. Pourquoi vous laisser là ? Je n'ai rien de mieux à faire.

Même s'il aurait préféré qu'il ne vienne pas avec eux, Sam ne put trouver de bonne raison pour l'en dissuader. De plus, si leurs soupçons se vérifiaient, Shriver avait probablement été impliqué sans le savoir dans le trafic et il n'était que justice qu'il soit présent quand ils trouveraient des preuves à présenter aux autorités.

Les deux hommes se mirent en marche et Crysta leur emboîta le pas. Pour une raison inconnue, elle se sentait mal à l'aise. Derrick essayait-il d'entrer en contact avec elle ? Elle s'efforça d'éclaircir son esprit, mais son excitation était telle qu'elle ne parvenait pas à se calmer.

A environ huit cents mètres de la rivière, Sam s'immobilisa et observa le sol. Puis il leva les yeux et pointa son doigt en direction d'un taillis. A travers le feuillage Crysta vit quelque chose briller dans le soleil.

— Des quads ! s'exclama Sam.

Lui et Todd s'enfoncèrent dans les fourrés.

— Pas possible !

Todd repoussa les branches et révéla des engins à quatre roues.

— Qui les a laissés ici ?

Sam regarda Crysta d'un air interrogateur, ne voyant pas comment poursuivre cette exploration sans mettre Shriver au courant, et elle hocha la tête avec réticence. Sans donner de noms, Sam expliqua au pilote la raison de leur venue.

— Si nous ne nous trompons pas, les trafiquants se servent de ces véhicules pour transporter l'ivoire depuis la rivière jusqu'ici, conclut-il.

Shriver émit un petit sifflement.

— Je n'arrive pas à croire que moi ou les collègues, on n'a rien vu passer !

— Tu n'as pas de reproches à te faire, répondit Sam. Le saumon en boîte ne parle pas.

— J'imagine que non.

Todd secoua la tête et donna un coup de pied vengeur dans l'un des engins.

— Et si on s'en servait ?

— Non, dit vivement Sam. Il pourrait y avoir quelqu'un à la cabane. Le bruit les alerterait.

— C'est vrai, reconnut Shriver en adressant un sourire à Crysta. Il va falloir marcher.

Une fois de plus, elle les suivit. Le sentier vira sur la droite à travers un pré et aboutit à un ruisseau peu profond. Elle ne portait que des tennis. Sans un mot, Sam la souleva dans ses bras pour lui faire passer le cours d'eau.

Par-dessus l'épaule de Sam, elle regarda Shriver s'engager dans l'eau. Le soleil fit tout à coup briller ses bottillons verts. Un frisson remonta le long de sa colonne vertébrale et son premier rêve lui revint à la mémoire. Les bottillons ! Ce n'était pas un indice significatif, avait dit Sam, car tout le monde en portait en Alaska. C'était vrai, les bottillons verts étaient très communs. En revanche, la manière curieuse dont Todd

Shriver attachait les siens ne l'était pas. Au lieu de les lacer en croisillons, il avait fait des échelles, comme sur le portrait que Tip avait fait de lui.

Elle se raidit.

— Que se passe-t-il ? Je vous fais mal ? s'inquiéta Sam.

Todd leva les yeux et fit halte au milieu du ruisseau. Son regard croisa celui de Crysta. Pour la première fois, elle y vit une expression. De l'hostilité. Elle essaya de parler mais n'y parvint pas. Shriver mit la main dans sa poche.

— Sam…, souffla Crysta.

Mais il était trop tard. Shriver tira de sa poche un revolver d'aspect menaçant et le pointa sur le large dos de Sam, une cible impossible à manquer. Inconscient de ce qui se passait derrière lui, ce dernier escaladait toujours la berge.

— Sam ! Oh ! mon Dieu, Sam, Shriver est…

D'un mouvement rapide du pouce, Shriver ôta le cran de sûreté. Ce claquement métallique figea Sam.

— Continuez, mademoiselle Meyers : « Shriver est avec eux. » C'est ce que vous alliez dire, non ?

Le pilote sourit méchamment. En le regardant, Crysta comprit soudain ce qui la troublait depuis le début chez lui. Ce n'était pas son air d'éternel adolescent ni la perfection de ses traits : c'était le manque de compassion qu'on y lisait.

— J'espérais pouvoir éviter ça, leur dit-il. Ça aurait été beaucoup mieux pour tout le monde.

Il haussa les épaules.

— Tant pis… Nous allons juste continuer à marcher.

Sam posa Crysta sur ses pieds et se retourna en jetant un regard méprisant à Shriver.

— Alors tu n'étais pas un innocent, finalement.

— Il t'en a fallu, du temps, pour piger ! On marche sur des œufs depuis deux jours, convaincus que vous étiez sur le point de tout comprendre. Surtout après que j'ai suivi votre taxi et que je vous ai vus faire le tour des entrepôts. Riley a grimpé aux rideaux, quand je le lui ai dit.

Il haussa de nouveau les épaules.

— Allons-y. Quand vous êtes venus me demander de

vous emmener, j'ai prévenu Riley. Nous savions que c'était le début de la fin. Les copains se sont mis en route dès que nous avons décollé. Nous allons tous nous réunir à la cabane pour trouver une solution au problème que vous nous posez. Comme toujours, Riley trouvera une solution inventive.

— « Les copains » ? répéta Sam. Qui d'autre est impliqué ?

Crysta eut la terrible impression qu'elle connaissait déjà la réponse. L'image de Jangles conférant avec cet homme bizarre dans les bois lui traversa l'esprit. Tout correspondait. Jangles, née en Alaska, était la personne idéale pour un trafic d'ivoire de morse.

— C'est pas tes affaires, répliqua Shriver.

— Pourquoi faites-vous ça ? demanda Crysta. Pour l'argent ?

— Les trucs comme ça ont tendance à vous échapper, vous savez. Des gars sympas qui essaient de se faire un peu d'argent de poche, et tout d'un coup, crac, Derrick a des soupçons, Riley a la gâchette facile, et on ne peut plus s'en sortir. Vous croyez que j'avais l'intention de tuer qui que ce soit ? Mais c'est trop tard.

Sam essaya de le raisonner.

— Pour l'amour du ciel, Shriver, il n'est pas trop tard. Si Riley a tiré sur Derrick, tu crois qu'il hésitera à nous tuer ? On te collera en prison pour le restant de tes jours pour avoir trempé là-dedans.

— Je crois qu'un meurtre et le trafic suffiraient pour ça, dit Shriver en secouant la tête. Mais j'irai pas en prison. La seule raison pour laquelle j'ai fait ça, c'est que je voulais un peu de fric pour impressionner mon ex. Un uniforme de prisonnier ne va pas la séduire, hein ? De toute façon, c'est pas ma faute si Riley n'a aucun scrupule.

— Si vous faites ça, vous êtes fou ! cria Crysta.

— C'est votre faute, espèce d'idiote !

Shriver pataugea vers eux, le revolver pointé sur Crysta.

— Pourquoi est-ce ma faute ? demanda-t-elle.

Si elle parvenait à le distraire en le faisant parler, Sam pourrait peut-être tenter quelque chose.

— Je suis une victime, dans cette histoire !

— Une victime bien trop fouineuse.

Il lui donna un petit coup sur la hanche avec le canon du revolver.

— Tournez-vous, tous les deux, et gardez les mains sur la tête. Allez, en route !

Un frisson secoua Crysta. Et s'il décidait de leur tirer dessus sans attendre ?

— Je suis seulement venue chercher mon frère, dit-elle d'une voix tremblante.

— Ouais, ouais. Et le saumon qu'on a mis dans le lit, ça vous suffisait pas ? Vous auriez dû partir aussitôt. Mais non, vous vous êtes incrustée.

— Je suppose que vous allez me dire que c'est vous qui m'avez piégée dans le sauna.

— Non, j'ai pas le courage de faire des trucs comme ça. Ça c'est la spécialité de Riley.

— Mais comment a-t-il fait ? demanda Crysta. Vous étiez tous les deux en train de pêcher.

— Rectification. Vous pensiez que nous pêchions. Nous avons débarqué en aval et nous avons marché pour revenir.

— Et tu es resté là pendant qu'il enfermait une femme innocente dans le sauna ? jeta Sam.

Crysta se sentait malade de frayeur, et pas seulement pour elle-même.

— Shriver, s'il vous plaît, supplia-t-elle. Arrêtez ça maintenant, avant que Riley n'arrive ! Sam a un fils. Que ferait Tip sans son père ? Réfléchissez à ce que vous êtes en train de faire, aux vies que vous allez détruire !

— J'y peux rien. C'est Riley qui décide. Continuez à marcher.

Pour Crysta, ce fut le trajet le plus long de toute sa vie. Au fond du pré, ils traversèrent une rangée d'arbres qui bordait une autre clairière. Enfin, elle aperçut la cabane à une centaine de mètres.

Sam la regarda d'un air sombre.

— Nous sommes hors de la zone officielle de recherche, dit-il doucement. Ça explique pourquoi le pilote de l'hélicoptère n'a rien remarqué. En partant du point où j'avais trouvé les affaires de Derrick, les secouristes ont couvert un rayon d'une journée de marche et se sont arrêtés quand ils ont trouvé les traces de l'ours.

— Malin, hein ? lança Shriver. On a fait en sorte qu'ils trouvent les traces de l'attaque avant qu'ils n'agrandissent le cercle pour englober notre site de nettoyage. On a pris un risque, évidemment. Si le pilote du Huey avait remarqué le sentier et envoyé quelqu'un vérifier, on aurait été pris... Mais, heureusement pour nous, il se fiait avant tout à son radar infrarouge.

A environ cinquante mètres de la cabane, ils tombèrent sur une berge abrupte au-dessus d'un torrent. Crysta fit un faux pas en regardant les rochers qui affleuraient à la surface de l'eau. C'était la berge qu'elle avait tenté d'escalader dans son rêve. La sueur lui coulait sur le visage. Elle tourna légèrement les yeux dans la direction par laquelle elle s'était enfuie après avoir grimpé la pente. Derrick était là quelque part, dans une cabane humide près d'un petit lac.

— C'est par ici que vous avez jeté le corps de mon frère, n'est-ce pas ?

Elle se retourna juste à temps pour saisir l'expression surprise de Shriver.

— Comment le savez-vous ?

— Juste une supposition, répondit froidement Crysta. Pourquoi ici, Todd ?

— C'était assez loin de l'endroit où on a mis en scène l'attaque de l'ours pour que les secouristes ne le trouvent pas. Avec les arbres et les rochers, il ne pouvait pas être vu depuis les airs. Et, comme vous voyez, ses restes n'ont pas duré assez longtemps pour nous poser problème. C'est ce qu'il y a de sympa, avec Dame Nature, elle nettoie rapidement derrière nous...

Une vague de haine submergea Crysta. Shriver méritait d'aller en prison. Pour longtemps.

— C'est comme ça que nous allons finir aussi ? demanda Sam. En nourriture pour les charognards, Shriver ?

— Non, pas vraiment. Deux autres disparitions par ici éveilleraient les soupçons. Riley parle de vous emmener jusqu'aux bancs de boue près d'Anchorage et de vous jeter de l'avion. Quand on trouvera vos corps, on pensera que vous vous êtes aventurés trop loin en voulant admirer la vue.

Il fit claquer sa langue.

— Au cas où vous ne sauriez pas, mademoiselle Meyers, les bancs de boue sont comme des sables mouvants.

— Je suis guide, lui rappela Sam. Qui croira que j'ai fait une chose aussi stupide ?

— Vous êtes amoureux ; tout le monde vous a vus ensemble. Les hommes font des trucs débiles, quand ils essaient d'impressionner leurs copines, pas vrai ?

Une fois qu'ils furent arrivés à la cabane, Shriver ordonna à Crysta d'entrer la première afin de garder l'œil sur Sam. Une puanteur de graisse de baleine et de poisson pourri l'accueillit. Elle se souvint de cette odeur dans son premier rêve et la nausée lui souleva le cœur. Contre l'un des murs, des crânes effrayants étaient empilés. Il y en avait au moins une cinquantaine, une collection macabre qui représentait au minimum cinquante mille dollars. L'image du crâne d'animal qu'elle avait aperçu dans le Cessna de Shriver lui revint à la mémoire.

Son regard se posa ensuite sur une table où un reflet argenté attira son attention. La boucle de ceinture de Derrick. On voyait distinctement le trou dans le métal. Comme elle l'avait supposé, la balle était passée à travers la boucle qu'il avait mise dans la poche de sa chemise et c'est pourquoi ses attaquants l'avaient récupérée avant de lacérer sa chemise afin de ne pas laisser d'indice.

Shriver s'empara d'un rouleau de corde posé dans un coin et le jeta à Sam.

— Attache-la, ordonna-t-il. Et pas d'entourloupes. Serre bien ou je la tue.

Sam lia les poignets puis les chevilles de Crysta comme il le lui demandait. Tandis qu'il achevait le dernier nœud, Shriver passa derrière lui et abattit son revolver sur son crâne.

Sam s'écroula comme une masse, heurtant au passage Crysta qui, déséquilibrée, tomba à la renverse en criant son nom.

Rempochant son revolver, Shriver se mit en devoir de ligoter rapidement Sam. Quand ce fut fait, il remit Crysta sur ses pieds, le regard toujours curieusement dépourvu d'expression. Elle pria pour qu'il ne pense pas à vérifier les liens de ses poignets.

— Je vais guetter l'arrivée des copains, jeta-t-il avant de tourner les talons. Soyez sage, hein ?

Crysta prit la tête de Sam dans ses bras, espérant qu'il n'était pas gravement blessé. Elle lui posa une main sur la joue et refoula ses larmes. Le voir dans cet état lui fit comprendre soudain à quel point elle tenait à lui. Très doucement, elle effleura du doigt la grosse bosse rouge qui ornait sa tempe. Ça n'avait pas l'air trop grave. Elle ne s'y connaissait guère, mais il allait probablement s'en sortir.

— Sam ? Sam chéri… S'il vous plaît, Sam, réveillez-vous et regardez-moi !

Ses paupières battirent et il ouvrit enfin les yeux.

— Crysta ? Vous n'êtes plus attachée ? Comment…

— C'est un truc que j'ai appris dans un roman policier. Il faut tendre les poignets en les croisant pour gagner un peu de jeu. J'ai pu me libérer et vous détacher.

— Un roman policier… Vous m'avez menti. Je le savais.

Un rire monta dans la gorge de Crysta et elle laissa couler ses larmes.

— Vous pouvez vous asseoir ?

Il essaya sans succès de se redresser. Crysta s'efforça de l'aider, mais il était si lourd qu'elle n'y arriva pas.

— Sam, il faut que vous repreniez vos esprits !

Il posa un regard vague sur elle.

— Vous m'avez appelé chéri ?

— Sam !

Crysta lui saisit le menton.

— Shriver est dehors avec un revolver, et Riley va arriver d'un moment à l'autre !

Il se passa une main sur le front et ferma les yeux en tâtant la bosse sur sa tempe.

— Avec quoi m'a-t-il frappé ?

— Avec son revolver.

Leurs minutes étaient comptées. Si elle ne faisait pas quelque chose, ils allaient mourir. Elle se leva et, regardant autour d'elle, avisa un tas de bois de chauffage.

— Restez allongé avec les mains derrière vous comme si vous étiez toujours attaché, d'accord ?

— Qu'allez-vous faire ?

— Nous sortir de là.

Elle ramassa une bûche et jeta un coup d'œil à travers la vitre crasseuse. Le crépuscule était là, ce qui indiquait que le temps avait passé. Suffisamment pour que Riley soit tout proche, maintenant. Elle regarda Sam.

— Contentez-vous de revenir à vous.

Il tenta de se soulever sur un coude.

— Crysta, soyez raisonnable. Vous ne faites pas le poids avec Shriver, et il est armé.

Elle leva la bûche.

— Ça ira si je le prends par surprise.

Elle alla se poster derrière la porte, prit une grande inspiration et poussa un hurlement. Sam sursauta. Une seconde plus tard, elle cria de nouveau. Des pas lourds se firent entendre sur le perron et la porte s'ouvrit à toute volée.

Lorsque Shriver s'avança, elle lui abattit la bûche sur la tête de toutes ses forces. Le pilote fit quelques pas en titubant, se retint au mur et secoua la tête en la dévisageant. Crysta lui rendit son regard avec une incrédulité horrifiée.

— Espèce de petite…

Il n'eut pas le temps de finir sa phrase. S'arrachant au sol, Sam lui envoya son poing massif dans le menton. La tête du pilote heurta le mur et il s'affaissa lentement sur le plancher en roulant des yeux, une expression de surprise sur le visage.

Sam se laissa tomber à côté de lui.

— Si nous sortons d'ici vivants, je vais vous faire prendre de vrais cours d'autodéfense. Vous auriez dû le frapper sous l'oreille, pas sur le crâne.

— Comment pouvais-je savoir qu'il avait la tête aussi dure ? En plus, je voulais l'assommer, pas le tuer !

— Très charitable de votre part, grommela-t-il. Ligotez-le, vite. S'il revient à lui, il ne sera pas aussi gentil que vous.

Crysta s'activa. Une fois Shriver attaché, elle revint à Sam.

— Vous pouvez vous tenir debout ?

S'appuyant d'une main contre le mur, Sam se mit à genoux et hocha la tête. A en juger par l'expression de son regard, Crysta comprit qu'il n'était pas en état de marcher.

— Allez-y sans moi, dit-il en haletant.

— Quoi ?

— Vous m'avez entendu. C'est votre seule chance, Crysta.

Elle courut regarder par la fenêtre.

— Je ne vais pas vous laisser là !

Il s'ébroua et se débrouilla pour poser un pied à plat sur le sol.

— Vous voulez bien m'écouter, pour une fois ? Je vous ralentirais. S'ils nous prennent, ils nous tueront tous les deux. Partez !

— Non !

Il avait repris quelques couleurs. Il releva la tête et la foudroya d'un regard irrité quoique encore un peu flou.

— Je savais que vous alliez dire ça. Avant de vous rencontrer, je ne m'étais jamais rendu compte à quel point les autres femmes sont ennuyeuses.

Le coup qu'il avait reçu sur la tête lui avait enlevé tout bon sens, pensa Crysta avec agacement. Elle traversa vivement la pièce et le saisit par le bras.

— Sam, pour l'amour du ciel, ce n'est pas le moment de…

— Des déclarations d'amour ?

Avec son aide, il se mit debout en titubant, l'entraînant dans ses mouvements désordonnés.

— Mais si, reprit-il. Il n'y aura peut-être pas d'autre occasion.

Le soutenant de son mieux, Crysta fit deux pas en direction

de la porte. Il se prit les pieds dans les jambes de Shriver. Elle oscilla, faillit perdre l'équilibre, puis repartit en avant.

— Sam, il faut vous concentrer. Vous m'écoutez ?

— Je ne suis pas sourd, chérie, seulement étourdi.

Elle grinça des dents et le soutint d'une main tout en ouvrant la porte de l'autre.

— Ce sont nos vies qui sont en jeu ! grogna-t-elle en le tirant sur le perron.

— Tout à fait.

Il dévala les marches.

— C'est pourquoi…

Il s'immobilisa et se pencha en avant, les mains sur les genoux en inspirant une énorme bouffée d'air frais.

— Il y a des choses qu'on ne peut pas remettre à plus tard. Je veux que tu saches que tu es une femme extraordinaire, Crysta Meyers.

— D'accord, je le sais maintenant, marmonna-t-elle, tout en notant avec plaisir qu'il s'était mis à la tutoyer tout naturellement.

Elle le reprit par le bras, balayant du regard la rangée d'arbres devant eux, le cœur battant. Riley pouvait apparaître à tout instant.

— Faisons en sorte qu'il y ait un plus tard, d'accord, Sam ?

Il se redressa, l'air un peu plus frais après avoir respiré. En cillant, il dégagea son bras et le lui posa sur les épaules en s'appuyant lourdement sur elle.

— Je veux aussi un plus tard, crois-moi. Si Riley me tue, je ne pourrai jamais explorer cette petite marque de naissance que tu as sur…

Crysta en resta bouche bée.

— Tu m'as dit que tu n'avais pas regardé !

— Moi aussi, j'ai menti.

Ils descendirent vers la rivière, Sam appuyé sur elle. En cheminant à travers les herbes hautes, Crysta eut l'impression d'être une tortue transportant un sac de ciment. Juste au moment où ils atteignaient les arbres, elle distingua un mouvement du coin de l'œil. Des cheveux roux, une chemise à carreaux, un jean. Glacée de terreur, elle tourna la tête. Riley O'Keefe. Une silhouette grande et mince se profilait derrière lui. Steve Henderson ? Elle n'avait pas plus tôt enregistré leur présence qu'un coup de feu souleva un geyser de poussière à ses pieds.

— Sam !

Pour toute réponse, Sam la poussa à terre, lui écrasant le visage dans l'herbe, et se jeta à côté d'elle. Le sol marécageux lui trempa instantanément chemise et pantalon. Elle suivit Sam en rampant en direction des arbres.

Une fois à couvert, il se releva sur les genoux et jeta un regard entre les herbes hautes.

— Ils arrivent par ici.

Il l'attrapa par le bras et se releva péniblement. Avant que Crysta ait compris ce qu'il voulait faire, il l'avait poussée dans un fourré touffu.

— Ne bouge pas et ne fais pas un bruit ! Compte jusqu'à deux cents et ensuite cours à la rivière. Ils ne te retrouveront pas si tu marches dans l'eau.

Sur ce, il recula et s'éloigna entre les arbres. Reprenant ses esprits, Crysta s'extirpa de son abri. Malgré son pas encore incertain, Sam avait déjà parcouru une trentaine de mètres. Elle comprit que le désespoir le poussait et courut après lui.

— Sam ! Reviens !

Comme si le son de sa voix l'aiguillonnait, il accéléra le pas, augmentant encore la distance entre eux. Elle faillit l'appeler de nouveau, mais le bruit de pieds bottés frappant le sol la fit s'immobiliser. Elle plongea à couvert dans un buisson, les yeux rivés sur la clairière. Riley et Henderson apparurent, trottant à petite vitesse, et partirent dans la direction où Sam avait disparu.

Le cœur battant la chamade, Crysta serra les poings. Sam n'était pas en état de jouer les héros et il ne pourrait pas aller loin. Riley et Henderson allaient le rattraper et le tuer.

Avec un sanglot, elle rampa hors du buisson et se releva. Durant une seconde elle resta là, comme enracinée. Sam lui donnait une chance de s'en sortir. Elle devait fuir. Si elle se montrait, Riley allait la tuer. Avait-elle perdu tout bon sens ? Mais, soudain, la certitude que sa vie ne valait pas la peine d'être vécue sans Sam s'imposa à elle. Elle voulait une chance de tout recommencer avec lui.

Sans plus hésiter, elle se mit à courir. Elle ne le laisserait pas mourir pour elle. Tout cela était arrivé par sa faute à elle, à cause de son obstination.

Sortant des arbres, elle vit les trois hommes courir dans la clairière. Sam était complètement à découvert. Elle comprit qu'il s'offrait comme cible, afin de lui permettre de s'échapper. Riley s'arrêta tout à coup et visa Sam de son revolver. Steve Henderson, derrière lui, cria quelque chose.

Elle hurla. Son cri se répercuta dans la tranquillité du crépuscule. Riley pivota sur lui-même. Elle agita les bras pour qu'il la distingue.

— Cours, Sam ! Cours ! Ne fais pas ça, s'il te plaît !

Un coup de feu retentit. De la poussière s'éleva à côté de Crysta, et une petite pierre la frappa à la cuisse. Elle sentit une horrible paralysie la saisir. Puis elle entendit Sam rugir de colère.

Les yeux rivés sur Sam, qui chargeait Riley, elle fit un pas en avant.

— Sam, non ! cria-t-elle dans un sanglot en se remettant à courir.

A partir de là, tout se déroula comme dans un film au ralenti. Riley se retourna et pointa son arme sur Sam. Steve Henderson hurla « Non ! » et se jeta sur lui. Les deux trafiquants roulèrent sur le sol, luttant pour s'emparer de l'arme. Crysta et Sam les atteignirent en même temps, venant de deux directions différentes.

— Je ne te laisserai pas les tuer ! grondait Steve. Ça suffit, O'Keefe ! C'est fini !

O'Keefe prit le dessus et écrasa son pied sur le visage d'Henderson.

— Fini ? Encore un effort, espèce d'imbécile, et nous serons riches ! Je te laisserai pas tout ficher par terre !

Sam les contourna et, attrapant la main de Crysta, l'entraîna dans sa course. Derrière eux, les deux hommes se battaient toujours sans merci.

— Sam, nous ne pouvons pas laisser Steve !

Le visage pâle, Sam continuait à courir, la tirant derrière lui. Il avait la paume humide. Il était à deux doigts de perdre connaissance, songea Crysta.

— Qu'il se débrouille ! cria-t-il d'une voix tremblante. Je vais te sortir de là !

Quand ils atteignirent les arbres, un nouveau coup de feu retentit, étrangement étouffé. Ce n'était pas une balle perdue, comprit Crysta, quand elle vit O'Keefe se remettre debout et brandir son revolver au-dessus de Steve, qui se tenait le ventre.

— O mon Dieu ! gémit-elle.

Chancelant comme un ivrogne, Sam s'essuya le front d'un revers de manche, reprit son souffle et se remit à courir.

— C'est nous ou eux, Crysta ! Cours, mon cœur, cours !

Tout était flou autour de Crysta. Elle s'efforçait de se concentrer sur le sol, sur les jambes de Sam, mais tout lui semblait noyé dans une sorte de brouillard. Elle avait mal aux poumons et un point de côté. Ils continuèrent à courir dans la seconde clairière, dans le marécage, de nouveau dans les arbres.

Sam s'arrêta lorsqu'ils arrivèrent près des quads. Il se jeta comme un fou sur l'un des engins, rejetant les branchages qui le camouflaient. Crysta se hâta de l'aider, terrifiée par la pâleur de son visage et le film de sueur qui le recouvrait.

— Bon sang ! cria-t-il. Ils ont pris la clé. Il va falloir trafiquer les fils.

— Pas le temps ! Riley arrive !

Sam jura de nouveau et lui reprit la main. Tandis qu'ils se remettaient à courir, Crysta aperçut les eaux boueuses de la rivière et le Cessna. Elle se retourna, consciente que Riley allait apparaître d'un instant à l'autre. Il allait deviner qu'ils se dirigeaient vers les quads ou la rivière.

Tout à coup, Sam lui lâcha la main et se mit à tituber. D'une main il se retint à un arbre.

— Crysta…

Il avait du mal à respirer.

— Je n'en peux plus…

Elle l'attrapa par le bras.

— Appuie-toi sur moi.

— Non !

Il releva la tête, s'efforçant de la regarder en face.

— Va à l'avion. Tu as vu Todd le manœuvrer.

— Je ne sais pas piloter un avion ! cria-t-elle d'une voix aiguë.

— Tu peux le faire avancer ! Vas-y, bon sang ! Je l'entends !

Crysta entendait aussi la course de Riley. La terreur lui rendit des forces. Passant un bras autour de la taille de Sam, elle le tira en avant.

— Je ne te laisse pas ici.

Le Cessna se balançait devant eux. Un coup de feu retentit. Elle se mit à sangloter et se jeta à l'eau avec l'énergie du désespoir, entraînant Sam dans son élan. Il agrippa le ponton et lança une jambe en avant pour grimper sur l'aile. Crysta ouvrit la porte de la cabine et le tira après elle.

— Vite, Sam, vite !

Tous deux roulèrent dans le cockpit. Crysta referma la porte et s'assit sur le siège de pilotage. Une balle transperça la porte et frappa le pare-brise.

Le cerveau de Crysta se mit en pilotage automatique. Elle démarra le moteur d'une main fébrile.

— Voilà ma Crysta, dit Sam. Je savais… que tu pouvais… y arriver.

Une autre balle traversa la porte de l'avion et vint se ficher dans le siège du pilote, à quelques centimètres de son épaule. Crysta se pencha en avant pour regarder par la porte. Riley courait vers l'avion en s'efforçant de les viser. Elle jeta un regard terrifié aux manettes. Et ensuite ? Elle n'arrivait pas à se souvenir.

— Allez ! lança Sam en haletant. Vite !

Et elle le fit, sans savoir comment, sans savoir ce qu'elle avait touché. L'hydravion fit une embardée. L'instant d'après, son soulagement fit place à l'horreur. Ils étaient en train de décoller ! Elle se mit à hurler. L'appareil tangua et l'aile droite plongea dans l'eau. Sam s'effondra contre elle.

— Diminue les gaz, cria-t-il d'une voix rauque. Equilibre-les. C'est ça, chérie, tu y es.

La rivière devant eux faisait un coude aigu sur la gauche, et elle n'avait aucune idée de comment faire virer l'avion.

— Le gouvernail à droite ! A droite !

— Le quoi ?

Sam tendit le bras en avant. L'avion tourna et ils prirent le virage. Crysta avait l'impression qu'elle allait vomir. La rivière n'était faite que de tours et de détours ; c'était la mort assurée, à la vitesse où ils allaient. Mais, si elle s'arrêtait, Riley les suivrait sur la berge, prêt à décharger son revolver sur eux.

— Nous n'allons pas nous en sortir, Sam !

— Oh si !

Il lui agrippa le genou et se laissa aller contre le dossier de son siège.

— Nous formons une super-équipe, tu te souviens ?

Une super-équipe dont l'un des membres était à peine conscient, songea Crysta. Pourtant, chaque fois qu'elle était sur le point de renoncer, Sam se débrouillait pour lui redonner courage. Après ce qui lui parut une éternité, ils passèrent le dernier méandre et arrivèrent en vue du gîte. Elle se dirigea vers l'îlot.

— Ralentis ! cria Sam.

Son avertissement vint trop tard. Le Cessna heurta le fond de la rivière trop vite et monta sur la berge, s'arrêtant d'un coup si brusque que Sam et elle furent projetés contre le tableau de bord. Les hélices se plantèrent dans la terre et le petit avion se cabra. Enfin, après quelques hoquets graves, le moteur s'arrêta et un silence irréel se fit. Prise de tremblements, Crysta ferma les yeux. Sam lui passa un bras autour de la taille et pressa son front contre le sien.

— Tu sais que tu es une sacrée bonne femme ?

— Je vais finir par le croire, marmonna-t-elle.

— Il faut aller au gîte appeler la police. Il leur faudra des heures pour venir, et Riley pourrait arriver entre-temps.

Crysta doutait qu'il essaie d'approcher le gîte. Il allait probablement tenter de s'échapper par l'intérieur. Mais, sans avion, il ne faudrait pas très longtemps aux autorités pour lui mettre la main dessus.

— Tu peux y arriver ou faut-il que j'aille chercher de l'aide ?

Il lui adressa un sourire tremblant.

— J'ai l'impression qu'après ça nous pouvons traverser n'importe quoi ensemble, tu ne crois pas ?

Sa question était chargée de sens. Ouvrant la porte, Crysta regarda le gîte et, soudain, ce qui lui avait semblé si évident sur le moment prit des proportions terrifiantes. Sam lui offrait une nouvelle vie, sa vie. Il ne pourrait y avoir de compromis. C'était sa maison, la sienne et celle de Tip, ils vivaient là. Et elle, que voulait-elle ?

D'une voix étranglée, elle murmura :

— Derrick est toujours là-bas, Sam. Je ne peux penser à rien d'autre pour le moment.

Il lui prit la main et lutta pour s'extraire de son siège. Son regard chercha le sien.

— Quand la police aura arrêté Riley et ses complices, les secouristes pourront retourner là-bas.

— Je n'ai pas besoin des secouristes, répondit-elle avec un peu plus de force. Je sais où il est. Il y a un petit lac à quelques kilomètres au nord de leur site. Il est dans une cabane là-bas.

Sam hocha lentement la tête.

— Je connais l'endroit. Le lac est trop petit pour un avion et le terrain trop marécageux pour un quad. Il faudra y aller à pied.

— Si Derrick a survécu jusqu'à maintenant, dit doucement Crysta, il tiendra jusqu'à notre arrivée.

Les yeux de Sam s'assombrirent.

— J'aurai récupéré d'ici à ce que la police arrive.

Tout en le soutenant pour sortir de l'avion, Crysta se dit qu'elle n'avait aucune raison d'en douter.

15

Cinq heures plus tard, Crysta se tenait sur la berge en contrebas du gîte, les oreilles bourdonnantes du bruit des moteurs de l'avion qui s'apprêtait à partir. Les rayons du soleil lui réchauffaient le visage, en contraste frappant avec le frisson glacé qui lui parcourut le dos quand la police poussa O'Keefe sur la passerelle, à quelques pas d'elle.

Le rouquin lui lança un regard féroce et fit mine de s'arrêter. L'officier de police qui tenait ses menottes les releva, lui tordant un peu les bras.

— Continue à marcher, mon pote.

Riley cracha en direction de Crysta.

— Si vous étiez pas arrivée, à cette heure-ci, je serais aux Bahamas en train d'me dorer au soleil.

Crysta sourit.

— Mais il fait bien trop chaud, là-bas. Vous seriez en sueur.

— Vous croyez que j'sais pas c'que c'est d'suer ? C'est parce que j'étais fatigué d'suer qu'j'ai fait ça ! C'était mon tour de m'la couler douce, pour une fois !

Sentant Sam derrière elle, Crysta détacha son regard du trafiquant et se retourna. Il n'avait pas encore tout à fait repris ses couleurs.

— J'ai quatre volontaires prêts à partir avec nous au lac. Jangles nous a préparé des provisions, et j'ai emprunté une civière.

— Sam, tu n'as pas besoin de venir.

— Il faudra m'attacher pour m'en empêcher.

Crysta pinça les lèvres. Elle savait qu'il risquait une sérieuse humiliation si ses déductions sur l'endroit où se trouvait Derrick se révélaient inexactes.

Le regard de Sam se posa sur l'îlot.

— Nous avons le temps d'aller voir Steve avant qu'ils ne l'emmènent ?

Crysta hocha silencieusement la tête. Quelques minutes ne changeraient rien pour Derrick.

Une fois sur l'îlot, Sam héla un policier qui s'apprêtait à embarquer. Après un bref échange, il leur fit contourner l'aile et, les pieds dans l'eau, ils purent parler à Steve, allongé sur une civière dans une cabine bondée.

— Steve ? appela doucement Sam.

Le mince jeune homme ouvrit les yeux et leur adressa un faible sourire.

— Alors vous avez réussi à vous en sortir. Je suis…

Son visage se contracta et il serra les dents.

— Je suis désolé, Barrister. Je n'ai jamais voulu qu'on fasse du mal à quelqu'un. C'était mal, très mal, mais cela me semblait peu de chose pour faire un peu d'argent… pour Scotty.

— Dès que j'ai su que tu en faisais partie, j'ai compris pourquoi, Steve, dit Sam.

Les yeux de Steve se remplirent de larmes.

— Ils ont trouvé un donneur. Ma femme m'a appelé hier soir. Il a une chance de s'en sortir, maintenant. Dommage, son père ne sera plus là pour jouer au foot avec lui.

— J'ai parlé à la police, répondit Sam. Je leur ai dit que tu as empêché O'Keefe de nous tuer. Cela plaidera en ta faveur pendant le procès. J'ai aussi appelé mon avocat pour qu'il se charge de ton affaire. Il est déjà en train de s'occuper de ta caution.

— Je ne mérite pas que tu m'aides.

— Toi peut-être pas, mais Scotty si. Il mérite une seconde chance. Et je serai là au tribunal pour que tu en aies une aussi.

Crysta allait ajouter quelque chose quand le policier grimpa sur l'aile.

— Désolé, mais il faut que cet homme aille à l'hôpital.

Sam hocha la tête et entraîna Crysta. Tout en pataugeant

dans l'eau pour remonter sur la berge, elle s'aperçut qu'il avait les yeux humides.

— C'est un type bien. Qu'était-il censé faire ? A sa place, j'aurais aussi massacré des morses et pourtant je hais les braconniers !

— Tu n'as pas à te justifier parce que tu essaies de l'aider. C'est évident qu'il a trempé là-dedans uniquement pour son fils et qu'il le regrette.

— Pourquoi n'ai-je pas fait plus pour l'aider ? Tout ça me rend malade.

Crysta mit le pied sur la passerelle et entoura la taille de Sam de son bras.

— Dès que nous aurons trouvé Derrick, nous laisserons tout tomber pour l'aider. Les gens ont du cœur, Sam, ils donneront de l'argent et Scotty pourra aller à l'hôpital et même à Disneyland.

Jangles et Tip les attendaient sur la berge. Les yeux fixés sur Crysta, l'Indienne retenait ses jupes d'une main et tenait de l'autre un sac à dos bleu.

— J'ai fait des gâteaux spécialement pour vous, dit-elle doucement. Et du café très fort, car je sais que vous êtes fatiguée.

— Merci, Jangles. C'est très gentil de votre part.

La Tlingit se mordit la lèvre.

— Je crois que j'ai été très mauvaise avec vous, murmura-t-elle au bout d'un moment.

Se souvenant de toutes les fois où elle avait pensé du mal de Jangles, Crysta resserra le bras autour de la taille de Sam.

— Oublions tout ça, Jangles.

— Non, vous ne comprenez pas. Certains de mes parents vivent dans le Nord, près des sites d'abattage des morses. Il y a trois ans, on a arrêté des braconniers, mais ils ont été libérés après quelques mois. Nous ne pouvions pas laisser cela se produire de nouveau.

Sam se raidit.

— Tu veux dire que tu étais au courant du trafic d'ivoire ?

— Je...

Elle s'interrompit puis hocha lentement la tête.

— J'observe et j'écoute, comme une ombre. Parfois les gens m'oublient et ils murmurent leurs secrets.

Sam émit un grognement d'irritation. Jangles jeta un regard inquiet à Tip, qui lui caressa le bras.

— Dis-lui, Jangles. Il se met en colère et il crie, mais après il se calme.

— Tu étais au courant, Tip ? demanda Sam.

— Non, pas j… jusqu'à maintenant. Jangles pleurait, alors je lui ai demandé pourquoi.

— Ce n'est pas fini, dit Jangles d'une voix étranglée. Je savais que Derrick avait suivi Riley le long de la rivière.

— Je vois.

La voix de Sam vibrait d'une fureur contrôlée.

— Derrick était mon ami. Il est peut-être mort, et tu aurais pu l'empêcher.

— J'ai eu tort ! s'écria Jangles. Mais je ne savais pas qu'ils allaient lui faire du mal ! Jusqu'à ce qu'il disparaisse, je pensais qu'il était avec eux. Quand j'ai compris, il était trop tard ! C'est pourquoi je voulais que Crysta s'en aille, avant qu'il lui arrive la même chose.

Elle s'humecta les lèvres et secoua la tête.

— Je sais que j'aurais dû te le dire. Mais…

Elle lui jeta un regard implorant.

— Essaie de voir les choses de notre point de vue, Sam. Les blancs viennent ici pour tuer les animaux, et personne ne les punit ! Quand j'ai compris ce qui se passait, j'ai appelé mes frères et nous avons décidé de nous en remettre à notre propre loi.

— Vos frères ? Je vous ai vue parler à un homme dans les bois, intervint Crysta. Etait-ce l'un d'entre eux ?

Jangles hocha la tête.

— Jangles, la manière ancienne ne marche plus. C'était de la folie de vouloir faire justice vous-mêmes ! s'exclama Sam. Et je t'en veux de l'avoir fait ici ! Je t'ai demandé si tu savais quelque chose, et tu as refusé de me répondre.

— Je suppose que je suis renvoyée, répondit-elle en tremblant. C'est ce que je mérite.

Sam leva les yeux au ciel.

— Tu fais partie de la famille, et je ne renvoie pas les membres de la famille. Mais…

Il soupira et lui prit le sac à dos des mains.

— Cette histoire n'est pas terminée. Quand je reviendrai, nous allons avoir une très sérieuse conversation, toi et moi.

— Oui, approuva Jangles avec solennité.

Tip parut soudain soulagé.

— Tu vois ? dit-il en caressant le bras de l'Indienne. Il a déjà fini de crier.

— Tip…, l'avertit Sam.

Aussi impatiente qu'elle soit de partir, Crysta ne put retenir un sourire. Le visage de Sam, marqué par l'épuisement, s'éclaira d'un sourire en retour.

— Allons-y avant que je les étrangle tous les deux, dit-il à voix basse.

— Je peux venir, p'pa ?

— Non, Tip, pas cette fois.

— Mais je pourrais vous aider ! protesta le garçon.

Sam s'immobilisa pour regarder son fils. Il avait envie de lui dire oui, mais il savait que Crysta avait suffisamment à faire sans avoir à supporter les bégaiements de Tip.

— Fils, je…

— Sam ?

Crysta lui toucha le bras.

— Il n'y a pas de danger à ce qu'il vienne, non ? Derrick est peut-être…

— Elle s'interrompit et chercha ses mots. J'aimerais avoir mes amis avec moi au cas où… Tip et moi… J'aimerais vraiment qu'il vienne.

— Tu es sûre ? murmura Sam. Il va te rendre folle.

Elle s'approcha de lui.

— Sam, j'aime ton fils. Nous sommes amis.

— Va chercher ta veste, Tip, ordonna Sam en se tournant vers son fils. Il faudra que tu nous rattrapes.

Il courait déjà vers le gîte. Sam le suivit des yeux puis fit face à Crysta, un océan d'émotion dans le regard.

En souriant, Crysta scruta l'aval. Son sourire s'évanouit cependant vite. Elle avait l'impression qu'une éternité s'était écoulée depuis qu'elle était arrivée en Alaska pour chercher Derrick. C'était la dernière ligne droite. Qu'est-ce qui l'attendait au bout de la route ? Tendue par l'appréhension, elle se mit en marche.

Plusieurs heures après, l'équipe de secours passa un col. Au-dessous d'eux la cabane se dressait sur un petit plateau herbeux, entourée d'une poignée d'arbres rabougris. Même si Crysta avait vu des endroits similaires depuis les airs, c'était très différent au niveau du sol. Elle avait la sensation irréelle que ses compagnons et elle n'étaient que des grains de sable dans ce territoire immense, si insignifiants que le vent pourrait les balayer à tout moment. L'herbe était d'un vert vibrant et roulait à l'infini devant elle ; des ruisseaux coupaient les marécages, se déversant dans d'innombrables petites mares et étangs.

Elle fixa le petit lac. Sam avait raison. Il n'était pas assez grand pour laisser amerrir un hydravion.

— C'est ici ? demanda-t-il en lui prenant le bras.

Crysta confirma d'un mouvement de tête. Soudain elle se sentait terrifiée. Elle aurait voulu dévaler la pente en courant, mais quelque chose la retenait. Tip et les autres hommes se tenaient légèrement en retrait, comme s'ils comprenaient son besoin d'affronter seule ce moment.

— J'ai peur, Sam.

— Tu sais que quel que soit ce que nous trouverons en bas, ce n'est pas ta faute.

Elle ferma un instant les yeux.

— Tu descends avec moi ?

— Essaie donc de m'en empêcher.

La main dans celle de Sam, elle entama la descente. Elle avait du mal à respirer et ses jambes étaient en coton.

— S'il est mort, je ne me le pardonnerai jamais, murmura-t-elle.

Elle aurait voulu trouver les mots pour lui faire comprendre ce qu'elle ressentait, mais il pressa sa main et elle sut que c'était inutile. Elle se tourna vers lui.

« Crysta ? »

Le murmure dans sa tête la fit s'immobiliser. Avec une bouffée d'espoir sauvage, elle regarda vers la cabane.

« Derrick ? »

Elle se mit à courir, Sam à son côté.

— Derrick !

Elle grimpa les marches branlantes du porche affaissé et poussa la porte qui pendait sur des gonds rouillés.

— Derrick ! Oh ! Derrick !

A l'intérieur, elle hésita un instant, le temps que ses yeux s'habituent à la pénombre. Elle perçut un mouvement sur la gauche et une voix rauque s'éleva.

— Eh bien, t'en as mis du temps à arriver !

Son frère était allongé sur un vieux matelas crasseux. Il était maigre et ses yeux brillaient de fièvre, mais il était vivant. Elle s'agenouilla près de lui et, d'une main tremblante, effleura le bandage sanglant qui lui entourait la poitrine.

— Oh ! Derrick, qu'est-ce qu'il t'a fait ?

— Il m'a tiré dessus. Comme si tu ne le savais pas…

Des pas lourds se firent entendre derrière eux. Derrick sourit et ferma les yeux, visiblement épuisé par l'effort qu'il venait de faire pour parler.

— Salut, mon vieux.

Sam s'approcha et posa la main sur le front luisant de Derrick.

— Ma fièvre est tombée, murmura Derrick en rouvrant les yeux. C'est pour ça que je transpire autant. Vous arrivez trop tard pour jouer les infirmières, à moins que vous puissiez trouver quelque chose pour bander ma jambe. Elle est cassée en plusieurs endroits, je crois…

Il passa la langue sur ses lèvres.

— Vous avez de l'eau fraîche ? Je suis descendu au lac une ou deux fois, mais… elle avait un goût de…

Il s'interrompit et sourit.

— La nourriture n'était pas meilleure. Je ne peux plus voir les saucisses viennoises et le maïs en boîte. Qu'est-ce qui se passe ? Vous avez perdu votre langue ou quoi ?

Crysta jeta un coup d'œil aux boîtes de conserve vides et songea qu'il était typique de Derrick de se plaindre du menu quand Sam et elle se demandaient s'il n'était pas mort de faim. Le fou rire la prit soudain et elle ne put s'arrêter. Puis elle fut dans les bras de son frère et le rire tourna aux larmes.

— Derrick, je vais te faire mal ! s'exclama-t-elle entre deux sanglots.

— Pas du tout. Il n'y a rien de meilleur.

— Oh ! Derrick, tu ne peux pas imaginer ce que je ressentais de ne pas arriver à te trouver !

— J'étais inconscient la plupart du temps à cause de la fièvre. Ne t'en veux pas, s'il te plaît, Crysta.

— Mais je n'arrivais pas à te sentir ! Tout ce que je me disais, c'est que ce serait ma faute si tu mourais.

— Ta faute ? Ça aurait été ma faute, pas la tienne !

— Je n'arrivais pas à te trouver…

Elle renifla et poussa un long soupir.

— J'ai essayé pendant tellement longtemps de mettre un mur entre toi et moi que, quand tu as eu vraiment besoin de moi, je n'arrivais plus à t'entendre. J'ai été égoïste. Derrick, j'ai cru t'avoir perdu !

— Egoïste ?

Il posa un baiser sur ses cheveux.

— Crysta, tu ne crois pas qu'il serait temps d'arrêter d'écouter ce que dit maman ? Si on la laissait faire, on porterait encore des tenues assorties pour nos quatre-vingt dix ans !

Crysta sourit devant cette image.

— Derrick, je t'aime, tu le sais, n'est-ce pas ?

— Assez pour aller me chercher de l'eau ?

— Je crois que oui.

Pendant l'heure suivante, tandis qu'on lui donnait les premiers soins, Derrick leur raconta ce qui s'était passé.

Sam et Crysta en connaissaient déjà une grande partie,

mais Tip, fasciné, s'assit sur le plancher près du feu rallumé, les bras autour des genoux.

— Je savais que Sam et toi viendriez, sœurette, conclut-il. Ce n'était qu'une question de temps.

— C'est un miracle que tu sois là pour nous le raconter.

— Non, ce n'est pas un miracle. La boucle de ceinture que tu m'as offerte a freiné la balle et l'a empêchée de me tuer. Au fait, tu savais que c'est Sam qui m'a donné ce dollar ?

Sam toucha l'épaule de Crysta.

— Nous ferions mieux de le laisser se reposer. Le trajet de retour va être difficile pour lui.

Crysta se leva et remonta avec tendresse les couvertures sur les épaules de son frère.

Sam et elle sortirent et se laissèrent tomber sur une marche du porche, le regard fixé sur le petit lac. Avec une conscience aiguë de la présence de Sam, Crysta balaya le paysage du regard et songea qu'elle quitterait bientôt tout cela. Les jours qu'elle avait passés ici avec lui avaient été riches en tension nerveuse et en chagrin mais maintenant, de manière un peu perverse, elle regrettait presque qu'ils soient déjà finis. Il leur restait quelques heures, mais ce n'était pas assez.

— C'est si beau ici, Sam. A présent que je sais que Derrick va s'en sortir, j'en prends pleinement conscience.

— J'imagine que tu vas partir ce soir pour Anchorage et de là pour Los Angeles…, dit-il sans la regarder. J'aimerais que tu puisses rester. C'est peut-être très beau, ici, mais on s'y sent aussi très seul, parfois.

Sa gorge était si serrée qu'elle avait du mal à parler.

— On se sent seul partout, parfois, même dans un endroit aussi peuplé que Los Angeles.

— J'avais l'impression que tu avais une vie bien remplie, avec ta boutique et tes amis, déclara-t-il en tournant les yeux vers elle.

— Oui… assez remplie, répondit-elle en s'humectant les lèvres.

Elle s'accrochait à son regard. Soudain, elle sut ce qu'elle voulait plus que tout.

— Tu sais, ce que je t'ai dit dans l'avion…, commença Sam. J'ai compris que j'allais un peu trop vite.

Il s'éclaircit la gorge.

— Si… euh… si tu es d'accord, nous pourrions te rendre visite à Los Angeles. Tip pourrait faire une expo là-bas.

Elle observa son profil. Il l'avait écoutée et avait pris son opinion au sérieux.

— Mais, p'pa, je ne veux pas seulement rendre visite à Crysta !

La voix de Tip la fit sursauter. Sam, plus habitué aux interruptions intempestives de son fils, tourna lentement la tête. Tip s'assit à côté de lui, les coudes sur les genoux.

— C'est idiot, poursuivit Tip. Si on restait tous ensemble, personne ne se sentirait seul.

Crysta esquissa un sourire. Elle se tourna vers Sam et lut dans ses yeux un monde de choses informulées.

« Je t'aime. Accepterais-tu de vivre avec nous ? »

Avec un petit choc, elle comprit que Derrick n'était pas le seul dont elle pouvait lire les pensées.

— Tip, je crois que Crysta et moi avons besoin de faire une petite promenade.

— Super ! Je peux venir ?

Crysta rit doucement et se leva.

— Tip, je crois qu'il vaut mieux que tu restes ici. Ton père et moi, nous devons parler.

— Et ne nous suis pas, ajouta Sam en entourant les épaules de Crysta de son bras. Sinon, je te scalpe.

Quand ils arrivèrent au bord du lac, Crysta posa la tête sur l'épaule de Sam et ferma les yeux.

— La réponse est « oui ».

— Je n'ai encore rien demandé… Je sais que tu es une femme moderne, mais pouvons-nous faire ça dans les règles ?

— D'accord. Mais alors, il faut te mettre à genoux, répliqua-t-elle avec un sourire taquin.

— Ils nous regardent…, chuchota-t-il en la prenant par la taille.

Elle leva un sourcil.

— Tu vas faire ta demande ou non ?

— Ce ne sera pas facile, Crysta. Tip a besoin que je lui consacre beaucoup de temps. Il fait toujours irruption aux pires moments et il ne grandira sans doute jamais. Tu comprends ce que je veux dire ? Tu vas assumer une lourde responsabilité.

Elle posa le bout de son doigt sur les lèvres de Sam.

— Ecoute-toi ! On dirait que tu répètes ce que je t'ai dit à propos de Dick. Quand ça marche entre deux personnes, les difficultés s'aplanissent. Tu as Tip dans ta vie, et moi Derrick dans la mienne. Je crois que ça fait de nous le couple parfait.

Les lèvres de Sam s'incurvèrent en un sourire et il lui mordilla le doigt.

— Tu sais, il y a tellement de neige ici, la moitié de l'année, que nous fermons le gîte et que nous allons vivre à Anchorage.

— C'est vrai ?

Son regard chercha le sien.

— Il ne serait pas impossible d'imaginer que nous ayons deux affaires, la tienne et la mienne. J'ai le projet de passer mon brevet de pilote. Avec un revenu double, nous pourrions probablement nous permettre d'acheter un petit avion. Nos frais de déplacements durant l'été seraient minimes. Et je n'ai jamais essayé de dessiner de vêtements, mais je ferais un excellent comptable.

— Ça me semble être une très bonne idée. Mon associée tiendrait la boutique à Los Angeles, et je pourrais sans doute en ouvrir une seconde ici.

— Crois-tu pouvoir être heureuse en faisant l'aller-retour six mois par an entre le gîte et la boutique ?

— Oh que oui ! En fait, je vais tout simplement engager un manager pour superviser les choses.

— Mais tu renoncerais à tant de choses…

Elle posa la main sur ses lèvres et secoua lentement la tête.

— Tu oublies que le rêve de toute ma vie est d'avoir une famille. La boutique et ma vie à Los Angeles ne faisaient que remplir ce vide. J'aimerais continuer à travailler dans la mode, mais ce n'est pas le plus important pour moi. Je veux du temps libre pour devenir maman. Je crois que deux affaires,

Tip, et deux paires de jumeaux nous donneront amplement de quoi nous occuper.

— Deux paires de…

Il écarquilla les yeux.

— C'est vrai qu'il y a des jumeaux dans ta famille…

— C'est un problème ? demanda-t-elle avec un petit sourire.

— Un problème ?

Il avait l'air un peu abasourdi.

— Non, pas du tout. J'adore les enfants ! C'est juste que je n'avais jamais envisagé d'en avoir plus d'un à la fois. Heureusement que je sais changer les couches.

— Alors…

— Derrick va être aux anges quand nous allons le lui dire.

— Tu crois ? dit Crysta avec le sentiment que Derrick connaissait déjà la nouvelle.

Il lui effleura la bouche d'un baiser.

— J'en suis sûr !

— Tu n'as toujours pas fait ta demande, murmura-t-elle.

La bouche de Sam réclamait la sienne. Crysta se sentit fondre et son cœur se mit à battre très fort. Avec un gémissement elle s'abandonna tout entière à son baiser, les sens en déroute. Tout ce qui les entourait disparut alors, et il n'y eut plus que lui.

Certaines choses pouvaient se dire sans mots. Sam venait de faire sa demande, et Crysta avait dit oui.

MICHELLE CELMER

L'inconnue sans mémoire

BLACK *ROSE*

éditions HARLEQUIN

Titre original : RUNNING ON EMPTY

Traduction française de CATHY RIQUEUR

83-85, boulevard Vincent-Auriol, 75646 PARIS CEDEX 13.
Service Lectrices — Tél. : 01 45 82 47 47
www.harlequin.fr

Prologue

Ce serait si facile de la tuer.

Si facile d'entourer son cou de ses mains et de serrer jusqu'à ce que la vie se retire d'elle. De poser le canon de son arme contre cette tempe délicate et d'appuyer sur la détente.

Mais ça ne faisait pas partie du jeu.

Il aimait les voir souffrir. Il aimait savoir qu'elles vivraient dans la peur. Qu'elles mourraient de peur en pensant à lui.

Quant à celle-ci, il allait la faire souffrir, bien sûr. Ça lui apprendrait à rester à sa place. Elle s'était mêlée de ce qui ne la regardait pas, lui avait enlevé ce qui lui appartenait de plein droit.

Mais, quand ses recherches auraient abouti, quand il n'aurait plus besoin d'elle et que la partie serait terminée, elle le lui paierait.

De sa vie.

1

Twin Oaks était une petite ville plutôt paisible où les crimes étaient relativement rares. Quant aux risques de tomber sur un corps étendu par terre au rayon jouets du supermarché local, ils devaient être de l'ordre de un sur un million.

C'était bien sa chance !

Pestant contre le sort qui semblait s'acharner sur lui, l'inspecteur Mitch Thompson venait de faire un écart avec son Caddie pour ne pas heurter la jambe de la femme qui gisait sur le dos, les yeux ouverts et, pour autant qu'il puisse en juger, indemne. Il s'accroupit à côté d'elle et posa deux doigts sur sa gorge. Son pouls était régulier et elle respirait manifestement sans trop de difficultés.

Où était le problème ?

Il lui tapota la joue.

— Madame, vous m'entendez ?

Elle ne lui répondit pas. Alors seulement, il remarqua le sang. Il s'écoulait de l'arrière de sa tête, imprégnant au passage ses cheveux d'un blond doré.

Voilà qui expliquait l'absence de réaction. Bon sang ! Il n'avait vraiment pas besoin de ça ! Il sortit son téléphone, composa le 911 et indiqua à la standardiste son numéro de plaque ainsi que la localisation du magasin.

— Femme de type caucasien, vingt-cinq à trente ans, blessée à la tête, précisa-t-il.

Quand on lui eut assuré que les secours étaient en chemin, il raccrocha et rangea son téléphone. Pensant qu'elle avait pu avoir un malaise et se cogner la tête en tombant, il ouvrit la fermeture Eclair de sa veste pour vérifier si elle portait un collier d'alerte médicale et examina aussi ses poignets. Il ne trouva ni bracelet ni bague, rien qui puisse signaler une maladie chronique. Il remarqua des meurtrissures sur ses avant-bras. Etrange, songea-t-il, étant donné qu'elle était étendue sur le dos. Lorsqu'une personne tombait à la renverse, elle n'atterrissait en principe pas sur les bras. Se pouvait-il qu'elle soit tombée en avant et ait ensuite roulé sur le dos ?

La mare de sang sous sa tête commençait à s'agrandir et elle avait fermé les yeux. Il fouilla ses poches à la recherche de quelque chose pour comprimer la blessure et stopper l'hémorragie, mais ne trouva rien. En désespoir de cause, il saisit une petite peluche dans le rayon et la glissa sous la tête de la jeune femme en faisant de son mieux pour ne pas lui bouger le cou. Le jouet n'était pas stérile, mais il fallait s'en contenter.

Il refit une tentative.

— Madame, vous m'entendez ? Ouvrez les yeux !

La blessée marmonna quelques paroles incohérentes.

Il jeta un regard autour de lui, s'attendant à voir un sac à main ou un portefeuille, quelque chose qui lui permette de l'identifier. Puis il vérifia le contenu des poches de sa veste dont l'une contenait des mouchoirs roulés en boule et l'autre un reçu de carte bancaire ne portant aucune indication sur le débiteur. Il s'apprêtait à regarder dans les poches de son jean quand il entendit un cri étouffé.

— Qu'est-ce que vous lui avez fait ?

Une jeune fille portant un badge au nom de Becky se tenait à quelques mètres derrière lui, pétrifiée. Le visage blême, elle avait le regard rivé sur la chevelure ensanglantée. Le panier en plastique rempli de marchandises qu'elle tenait lui échappa des mains et tomba avec fracas.

— Police de Twin Oaks, dit-il pour la rassurer en brandissant sa plaque.

Elle mit une main devant sa bouche et demanda d'une voix étouffée :

— Elle est… morte ?

— Non, Becky, mais je dois la faire transporter à l'hôpital.

Et il fallait aussi qu'il l'éloigne de là avant de se retrouver avec deux femmes inconscientes sur les bras.

— Retournez à l'entrée principale et, quand les secours arriveront, guidez-les jusqu'à moi. Vous pensez pouvoir faire ça ?

— B… Bien sûr.

Les yeux rivés sur la femme étendue par terre, elle recula de quelques pas avant de faire demi-tour et de filer à toute vitesse.

Il remit sa plaque dans la poche de sa veste et bâilla si fort que des larmes lui montèrent aux yeux. Seigneur, il n'en pouvait plus ! Il aurait déjà dû être au lit. Il était plus de minuit, ce qui signifiait que l'on était samedi et qu'il était officiellement en repos. S'il n'avait pas laissé Lisa, sa sœur, le persuader de s'arrêter au supermarché pour elle, il serait en train de dormir…

Il venait de vivre une semaine éprouvante qui s'était soldée par l'arrestation d'un homme présumé coupable du viol de cinq femmes. Grâce au tuyau d'un informateur anonyme, il avait été à l'origine de cette arrestation. Tout ce qu'il souhaitait, maintenant, ce qu'il lui fallait à tout prix, c'était un break de quelques jours. Dieu savait s'il le méritait. Entre son travail et l'aide qu'il apportait à sa mère en convalescence après une opération du dos, il était éreinté.

Il avait prévu de rentrer chez lui après avoir déposé les courses, de débrancher son téléphone, de se mettre au lit et de ne pas se réveiller avant dimanche. Au lieu de cela, il allait devoir retourner au poste pour rédiger un rapport.

La femme étendue par terre se mit à gémir et grimaça en essayant de bouger la tête.

— Madame, vous m'entendez ? Il faut que vous évitiez de bouger. Les secours sont en chemin.

D'une main, il lui soutint la tête tandis que son autre main se posait sur sa joue pour la maintenir immobile.

Ainsi lové dans la paume de sa main, son visage à l'ossature délicate avait quelque chose d'enfantin.

Elle fit une vaine tentative pour écarter sa main.

— J'ai mal…

— Je sais que vous avez mal, mais ça pourrait empirer si vous bougez.

Elle battit des paupières et leva vers lui un regard vague. Ses yeux étaient du même gris moucheté que les galets qu'il ramassait, enfant, sur la rive du lac Supérieur. Pendant quelques instants, il s'immergea dans ces profondeurs grises.

— Je vous en prie…, murmura-t-elle. Je vous en prie, ne le laissez pas…

Son visage se crispa de nouveau, comme si parler lui était trop douloureux. Ses yeux se révulsèrent et il constata qu'elle sombrait de nouveau dans l'inconscience.

— Ne le laissez pas faire quoi ? la pressa-t-il. Quelqu'un vous a agressée ?

Dans un surprenant sursaut d'énergie, elle s'accrocha à son blouson de cuir, le regard soudain clair et plein de terreur.

— Ne le laissez pas me tuer !

Mitch sentit une vague de compassion l'envahir tandis qu'il regardait les secours emmener la blessée. Elle semblait si menue et vulnérable ! Par contraste avec les bandages immaculés qui protégeaient sa tête, recouvrant l'entaille à la base de son crâne, son teint paraissait terreux. Depuis le moment où elle l'avait supplié de la protéger, elle n'avait pas repris conscience, mais cette simple prière avait suffi à le convaincre d'ouvrir une enquête.

Il ne s'agissait certainement pas d'un accident.

Il avait donc fait appel à des renforts pour investir le supermarché. Si l'agresseur avait assez d'aplomb pour attaquer une femme dans un magasin bien éclairé, de quoi d'autre pouvait-il se montrer capable ?

— Inspecteur ?

Mitch se tourna vers l'agent Greene, l'un des policiers envoyés sur la scène du crime. Greene n'était sorti de l'école de police que six mois plus tôt, mais son enthousiasme compensait largement son manque d'expérience. Mitch se retrouvait en lui, tel qu'il avait été dix ans auparavant.

— Vous avez découvert quelque chose ?

— Nous avons ratissé le secteur mais nous n'avons trouvé ni sac à main ni quoi que ce soit qui permette de l'identifier. Nous avons deux hommes qui examinent le parking et deux autres dans la ruelle, pour le cas où l'agresseur se serait enfui par l'arrière.

— Et qu'est devenu le Caddie de la victime ?

Greene fit un signe de tête vers la gauche.

— Il est au bout de l'allée.

Mitch le suivit jusqu'au Caddie abandonné à proximité de l'endroit où il avait découvert la jeune femme.

— On dirait qu'elle avait un budget serré, observa Greene.

Le chariot contenait des cagettes de légumes premier prix, six en tout, des couches, des lingettes jetables, et deux douzaines de petits pots pour bébé. Il y avait fort à parier que leur inconnue avait une famille bien qu'elle ne portât pas d'alliance. Peut-être était-elle divorcée, mère célibataire, ou peut-être avait-elle simplement enlevé ses bijoux et oublié de les remettre avant de sortir ?

En soupirant, Mitch se passa la main dans les cheveux puis massa sa nuque douloureuse.

— Probablement y a-t-il des enfants qui se demandent pourquoi leur mère n'est pas encore rentrée.

— Est-elle gravement blessée ?

— Elle a dû être frappée à l'arrière de la tête avec un instrument contondant. La blessure est trop grave pour avoir été provoquée par la chute. D'après les ecchymoses sur ses bras, je dirais qu'on l'a frappée par-derrière et projetée en avant. Elle aura ensuite basculé avant de retomber sur le dos.

Il désigna le dôme teinté qui abritait une caméra de sécurité au-dessus d'eux.

— Que révèlent les caméras de surveillance ?

— Le magasin est ancien, et le système aussi. La qualité de l'image risque de ne pas être bonne. Si la victime connaît son agresseur, elle pourra peut-être l'identifier sur les bandes.

Les mots de la jeune femme résonnaient dans la tête de Mitch : « Ne le laissez pas me tuer ! » Il était possible qu'elle soit encore en danger. Ils devaient absolument découvrir qui elle était et si elle savait qui l'avait agressée. Et c'était à lui de s'en charger, ce qui impliquait qu'il ne dormirait pas de sitôt. Sans qu'il puisse s'en expliquer la raison, il se refusait à déléguer cette affaire. C'était comme si, durant ces quelques secondes où elle avait levé les yeux vers lui, un lien s'était créé entre eux.

Un lien ! Seigneur ! La fatigue devait le faire délirer. S'il avait exposé cette théorie à l'un de ses collègues, ce dernier lui aurait probablement conseillé de voir un psy.

— Assurez-vous que toutes les immatriculations des voitures stationnées sur le parking sont relevées, ordonna-t-il à Greene. Avec tout ce qu'il y a dans ce Caddie, je doute qu'elle soit venue à pied.

— C'est une chance que vous l'ayez trouvée, dit Greene. Qui sait combien de temps elle aurait pu rester étendue là, à se vider de son sang. Le magasin est pratiquement désert, à cette heure de la soirée.

— Oui, c'est mon jour de chance.

Quelle ironie !

— Vous semblez en avoir eu beaucoup, ces derniers temps. C'était une superbe arrestation. Avez-vous obtenu des aveux ?

L'admiration qui brillait dans le regard de Greene était de celles que l'on réserve aux héros.

Mitch n'estimait pas mériter une telle dévotion. Son enquête avait lamentablement piétiné jusqu'à ce qu'une lettre anonyme atterrisse sur son bureau. Elle lui avait non seulement fourni le nom du suspect ainsi que son adresse, mais aussi révélé le lieu où il trouverait les preuves, en l'occurrence des babioles appartenant à chacune des victimes. Cette arrestation avait été incroyablement facile.

Trop facile.

— L'interrogatoire a duré douze heures, mais il n'a pas craqué, expliqua Mitch. Le procureur estime toutefois que nous avons assez de preuves pour l'inculper.

— Ce sont vos courses ? s'enquit Greene en s'avançant vers le Caddie de Mitch.

Ce dernier acquiesça en soupirant. Il n'avait pas le temps de passer à la caisse… Et la glace au chocolat qui l'avait attendu trop longtemps devait être complètement fondue. Il ne lui resterait plus qu'à s'arrêter quelque part sur le chemin du retour et, vu la tournure des événements, ce ne serait pas avant le lendemain matin.

Greene désigna le panier que l'employée avait laissé tomber.

— Et ça ?

— Ça ne fait pas partie de la scène du crime. Si vous trouvez autre chose, appelez-moi.

— Où allez-vous ?

— A l'hôpital, pour tâcher de découvrir son identité, répondit Mitch. Avec un peu de chance, cette affaire sera résolue demain matin.

Une douleur vive, implacable, lui vrillait l'arrière de la tête, lui pilonnant le cerveau et se répercutant jusque dans ses globes oculaires. Elle s'efforça d'ouvrir les yeux, mais une lumière blanche l'aveugla.

— C'est bien, allez-y, entendit-elle.

La voix lui parut lointaine, étouffée.

— Ouvrez les yeux.

— Trop de lumière…, marmonna-t-elle, manquant de s'étrangler.

Sa bouche lui sembla bizarre, comme remplie de coton.

— Et si on essayait de vous asseoir un peu ?

Elle perçut un ronronnement sourd et se sentit soulevée, avec l'impression d'être maintenue en l'air par une force invisible. Peut-être était-elle morte. Il y avait eu cette lumière éclatante…

Non. Le paradis n'aurait pas cette odeur. Et ce ne serait pas aussi bruyant. Tout autour d'elle, elle entendait des bourdonnements de voix étouffées, des signaux sonores bizarres, des bruits de pas sourds. Les gens avaient-ils d'ailleurs des pieds, au paradis ?

Elle voulut déglutir, mais sa langue avait la consistance du carton et collait à son palais.

— De l'eau…, dit-elle d'une voix enrouée qui lui parut singulièrement rauque et étrangère.

Une paille toucha ses lèvres et elle aspira avec un peu trop d'enthousiasme. Elle s'étrangla. Une partie de l'eau rejaillit de sa bouche, l'autre s'écoula le long de son menton.

Quel spectacle ! Dès qu'elle serait en mesure de parler, il faudrait qu'elle s'excuse auprès de la personne qu'elle venait d'arroser. Avec précaution, elle se força à ouvrir les yeux, battit des paupières pour accommoder sa vision et rencontra un regard couleur chocolat.

— Vous voulez réessayer ? lui demanda l'homme, un gobelet en plastique à la main.

La voix grave l'enveloppa à la manière d'un châle douillet, et toutes ses inquiétudes s'évanouirent.

Tombée sous le charme, elle hocha la tête et l'homme approcha le gobelet, lui présentant la paille.

— Allez-y doucement, cette fois.

Elle aspira quelques gouttes qu'elle fit glisser sur sa langue avant de les laisser couler dans sa gorge. C'était beaucoup mieux ainsi. Elle but à petites gorgées et, pendant tout ce temps, l'homme garda ses yeux sombres et attentifs fixés sur elle. Lorsqu'elle en eut assez, il reposa le gobelet sur la tablette près du lit.

Un lit ?

Sa vision périphérique devint plus nette et elle prit soudain conscience de l'environnement dans lequel elle se trouvait.

— Où suis-je ?

— A l'hôpital. On vous a agressée. Vous rappelez-vous ce qui s'est passé ?

— Agressée ?

Elle tenta de se pencher en avant mais une douleur foudroyante à la base du crâne stoppa son élan. Elle grimaça.

Posant l'une de ses grandes mains sur son épaule, il la repoussa doucement en arrière.

— Du calme. Vous avez une jolie bosse à l'arrière de la tête.

Voilà qui expliquait cette douleur insoutenable. Elle tendit la main pour la palper et s'emmêla les doigts dans le tuyau de sa perfusion.

— Attendez. Laissez-moi faire.

Malgré la pointe d'irritation qu'elle décela dans sa voix, irritation qui se reflétait également dans son regard, il fit preuve d'une infinie douceur pour dégager sa main. Une fois libérée, elle réitéra son geste, touchant avec précaution le petit pansement appliqué à l'arrière de sa tête. Etant donné l'intensité de la douleur, elle se serait attendue à avoir la moitié du crâne arrachée. Heureusement cela ne semblait pas si grave.

— Avez-vous vu la personne qui vous a frappée ?

Elle secoua la tête et le regretta instantanément sous l'effet d'une nouvelle vague de douleur et de nausée.

— Je ne me rappelle pas… avoir été frappée.

L'homme afficha un air sombre. Au lieu de reprendre place sur sa chaise, il se jucha sur le bord du lit et sortit un bloc-notes de la poche de son blouson en cuir foncé. Tout chez lui était sombre, ses vêtements, ses cheveux, ses yeux. Même son expression était sombre.

— Vous n'aviez pas de papiers d'identité sur vous quand on vous a trouvée. Si vous me donnez votre nom et votre adresse, je préviendrai votre famille.

Elle dut paraître troublée, car il ajouta :

— Je suis l'inspecteur Mitch Thompson, police de Twin Oaks.

— Twin Oaks ? répéta-t-elle.

Il lui présenta son badge.

Twin Oaks, dans le Michigan. Pourquoi cela ne lui évoquait-il rien ?

— Si vous voulez bien me dire simplement votre nom…

— Mon nom ?

— Oui, votre nom. Je dois prendre contact avec votre famille. Elle doit s'inquiéter à votre sujet.

— Ma famille…

Sa famille devait certainement s'inquiéter. Elle ouvrit la bouche, mais aucun nom n'en sortit.

Elle essaya de nouveau, sans plus de succès.

Elle regarda le bracelet qu'on lui avait attaché au poignet. « Inconnue » Non, ce n'était pas vrai ! Sentant la panique l'envahir, elle avala sa salive. Elle s'efforça de faire surgir un nom, de se faire une représentation mentale d'elle-même. Rien n'y fit. Il n'apparut ni nom ni visages familiers. Ni famille.

Rien.

Tout ça n'avait aucun sens ! Dans un effort pour faire mieux fonctionner son cerveau, pour l'obliger à se concentrer en dépit des battements désordonnés de son cœur, elle agrippa la mince couverture. L'afflux de sang dans ses artères lui faisait l'effet de parasites perturbant la réception d'une station de radio. Si seulement elle pouvait tourner le bouton, régler la fréquence…

Mais elle ne captait rien. C'était comme si on avait pratiqué une ouverture dans son crâne, là où était stockée sa mémoire, et que son identité en avait purement et simplement disparu.

— Vous vous sentez bien ?

L'inspecteur Thompson s'était relevé.

— Je devrais peut-être aller chercher un médecin.

Elle saisit la manche de son blouson sans prendre garde à la douleur que lui causa ce mouvement. Il était le seul être qui lui parût familier en ce monde, le seul à la raccrocher à la réalité.

— Ne me laissez pas seule !

— Détendez-vous.

Il se rassit, détachant sa main de sa manche pour la prendre dans la sienne. Elle la trouva douce et chaude, tout à fait réconfortante.

— Si vous me dites qui vous êtes, je pourrai appeler votre famille.

— Ma famille ?

Elle eut un nouvel accès de panique. Elle était incapable de parler, de penser. Avait-elle une famille ? Ne se la rappellerait-elle pas ?

Le visage de l'inspecteur s'assombrit.

— Qui craignez-vous ? Une personne de votre connaissance vous a-t-elle fait du mal ?

Une personne de sa connaissance ? C'était bien là le problème. Elle ne connaissait personne !

— Savez-vous qui vous a fait ça ? Ne soyez pas effrayée. J'ai les moyens de vous protéger.

— Je… ne peux pas vous le dire, répondit-elle.

Entendre ces mots prononcés par une voix si peu familière qu'elle aurait tout aussi bien pu être celle d'une étrangère lui procura un profond sentiment de malaise. Elle en eut la nausée.

— Pourquoi ne pouvez-vous pas me le dire ?

— Parce que je… je ne sais pas qui je suis.

2

Mitch revêtit la tenue d'hôpital que l'infirmière lui avait fournie et fourra ses vêtements souillés dans un sac en plastique. En l'espace de quatre heures environ, une victime avait saigné, craché et vomi sur lui. Cela faisait partie de son travail, mais il avait rarement été confronté, au cours d'une même nuit, à un tel festival. Pour couronner le tout, il ne connaissait toujours pas l'identité de l'inconnue et n'avait pas la moindre piste concernant son agresseur. Aucun indice n'avait été découvert sur la scène du crime et personne parmi les clients et les employés n'avait vu ou entendu quoi que ce soit. Comme l'avait prédit Greene, la qualité des bandes des caméras de surveillance paraissait particulièrement mauvaise, ce qui risquait de rendre difficile toute identification formelle. Et il ne semblait pas que la victime puisse leur être d'une grande aide.

Il remit son holster puis son blouson et haussa les épaules en se regardant dans le miroir.

Avec un soupir las, il sortit de la salle de bains et se dirigea vers le box de la femme mystérieuse. Le médecin en charge de son dossier se tenait près d'elle et lui prenait le pouls. Elle dormait, probablement épuisée par cette suite de manifestations physiologiques dignes de *l'Exorciste*.

Le médecin contrôla sa perfusion puis fit signe à Mitch de le suivre avant de refermer le rideau derrière lui.

— Alors ? demanda Mitch. Comment va-t-elle ?

— Elle a une légère commotion. Nous aimerions la garder pour la nuit, par mesure de précaution.

— Et pour ce qui est de son amnésie ?

— Elle est temporaire, j'en suis certain. Le coup sur la tête n'a pas été excessivement violent, et sa perte de mémoire a probablement été causée par le trauma psychique. Cela dit, elle peut durer des jours, voire des semaines. Mais, en général, un nom ou un visage familier suffit à ramener un souvenir. Je ne pense pas qu'elle souffrira de troubles permanents.

— Se pourrait-il qu'elle simule ?

— Bien sûr, c'est toujours possible. Venez. J'aimerais vous montrer quelque chose.

Passant devant le bureau des infirmières, il emmena Mitch examiner les radiographies de la jeune femme.

— En raison de la nature de ses blessures, nous avons recherché d'éventuelles fractures du crâne, des bras et des mains.

Mitch contempla les clichés qui couvraient la moitié du tableau lumineux.

— Que suis-je censé chercher ?

— Vous voyez ceci ?

Le médecin désigna plusieurs zones sur les radiographies.

— Ce sont des fractures anciennes. J'en ai dénombré sept au total. A deux endroits du crâne, à quatre de ses doigts et au bras droit. Elle a aussi une cicatrice d'appendicectomie. Par acquit de conscience, j'ai aussi fait prendre des clichés de son torse.

— On lui a retiré l'appendice ?

Le médecin attira l'attention de Mitch sur une autre série de radios.

— En effet. J'ai découvert que quatre de ses côtes avaient été fracturées par le passé. Je ne lui ai pas fait radiographier les jambes ; il est donc possible qu'il y ait encore d'autres traces de fractures.

— Mon Dieu !

Les yeux fixés sur les clichés, submergé par le dégoût, Mitch secoua la tête. On aurait dit que quelqu'un l'avait prise pour un punching-ball.

— Pouvez-vous me dire à quand elles remontent ?

— Je dirais que toutes ont été occasionnées une fois sa croissance terminée.

— Peuvent-elles avoir été d'origine accidentelle ?

— C'est peu probable. Comme vous pouvez le voir ici, sur les doigts, les os ne se sont pas ressoudés correctement. L'aspect de la plupart de ces blessures m'amène à conclure qu'elle n'a jamais été prise en charge par un médecin. Ça m'a tout l'air d'un cas classique de violence conjugale.

Mitch passa une main sur sa barbe naissante. En tant qu'agent puis inspecteur, il avait pu constater les dommages causés par la violence domestique et, chaque fois, en avait été bouleversé. Toutefois, en cet instant, alors qu'il pensait à cette inconnue, tellement vulnérable sous l'enchevêtrement des perfusions, posant sur lui son regard angoissé et confiant, ce sentiment s'en trouva décuplé.

Cependant, aussi innocents que puissent paraître ses yeux, son rôle de policier était d'envisager la possibilité qu'elle simule l'amnésie, qu'elle cherche à fuir quelqu'un.

— Si elle a été soignée ici pour ces blessures, peut-on retrouver la trace de son passage ?

Le médecin acquiesça.

— J'y ai déjà pensé. J'ai demandé que l'on procède à cette recherche. Mais, s'il s'agit de violences conjugales, il y a peu de chances que son agresseur l'ait emmenée chaque fois dans le même hôpital. Ça aurait fini par paraître suspect.

— Continuez d'enquêter en ce sens, docteur. Nous pourrions avoir besoin de ces informations pour l'identifier.

Le téléphone de Mitch se mit à sonner. Il remercia le médecin pour son aide et se dirigea vers la sortie de la salle des urgences en jetant un coup d'œil à l'affichage du numéro. L'appel provenait du commissariat.

— Thompson, répondit-il.

— C'est Greene. Jusqu'à maintenant, nous n'avons rien tiré d'exploitable des caméras de surveillance, mais je vais prendre le temps de réexaminer les bandes. Nous n'avons pas retrouvé de sac à main ni de voiture, et le lieu doit bien comporter plusieurs milliers de séries d'empreintes. En résumé, nous en sommes toujours au même point.

— Persévérez dans l'examen des bandes, l'encouragea Mitch. Peut-être aurons-nous de la chance.

— Peut-on espérer découvrir l'identité de notre inconnue ?

— Pas dans l'immédiat. Elle souffre d'une sorte d'amnésie temporaire.

Il sortit du bâtiment et, perclus de fatigue, s'adossa au mur de brique. Les yeux le piquaient sous ses paupières rougies. A l'horizon, le jour commençait à poindre. Il regarda sa montre. Vingt-trois heures s'étaient écoulées depuis qu'il s'était extrait de son lit.

— Je vais rester ici jusqu'à son réveil pour savoir si la mémoire lui est revenue, ne serait-ce qu'en partie. Quand elle pourra quitter l'hôpital, je l'amènerai au commissariat pour prendre ses empreintes. Peut-être figure-t-elle dans la base de données.

— Et si elle n'y figure pas, que ferez-vous ?

— Je suis censé être en repos ce week-end. Si rien ne se décante d'ici là, quelqu'un d'autre prendra le relais sur cette affaire.

L'inspecteur Thompson paraissait être un autre homme, lorsqu'il dormait. Ses traits anguleux s'adoucissaient et, surtout, ses paupières masquaient ce regard pénétrant qu'elle trouvait à la fois apaisant et dérangeant. Il somnolait dans le fauteuil installé près de la fenêtre, la tête posée dans sa main.

Allongée dans son lit, elle l'observa, mémorisant ses traits de peur que, la prochaine fois qu'elle s'éveillerait, ils n'aient disparu de sa mémoire. Elle se rappelait vaguement avoir été transférée dans une chambre particulière. Elle se sentait encore un peu sonnée et légèrement désorientée, et sa tête la faisait atrocement souffrir mais, tout bien considéré, ça ne semblait pas trop grave. Pas physiquement, du moins. Elle se sentirait tellement mieux si elle connaissait sa propre identité, si elle savait où elle habitait ! Elle détestait se retrouver dans ce rôle de victime, prise au piège dans cet hôpital. Quelque part au fond d'elle, elle savait que ça ne lui était pas coutumier. En même temps, cette sensation d'angoisse qu'elle éprouvait lui était étrangement familière.

« Cette situation n'est que temporaire », se remémora-t-elle. Le médecin lui avait assuré qu'elle recouvrerait bientôt la mémoire et que tout redeviendrait comme avant.

L'inspecteur Thompson remua dans le fauteuil. Il ouvrit les yeux, braqua son regard sur elle et se redressa.

— Vous êtes réveillée ?

— Plus ou moins. Je me sens encore un peu dans le brouillard.

Roulant sur le côté, elle prit appui sur un coude. Cet inspecteur était plutôt craquant, au petit matin, pour qui aimait le genre hirsute et ténébreux. Il portait une barbe de plusieurs jours, et l'intonation rauque de sa voix lui donna des frissons. Son regard toujours posé sur elle était à la fois réfléchi et scrutateur, comme s'il pouvait lire dans ses pensées — ce qui, étant donné les circonstances, ne le mènerait pas loin car il n'y restait pas grand-chose qui puisse l'aider.

— Vous êtes resté ici toute la nuit ?

Il jeta un coup d'œil vers la fenêtre et cligna des yeux, ébloui par la lumière du soleil qui entrait à flots, puis regarda sa montre.

— On dirait bien… Je n'avais pas l'intention de dormir.

Il bâilla et s'étira. La tenue verte de l'hôpital qu'il portait se tendit sur sa poitrine et autour de ses biceps, mais les coutures ne cédèrent pas sous la pression d'une impressionnante masse musculaire. Il était plutôt du type mince et athlétique. Elle ignorait s'il était le genre d'homme qui l'attirait en temps ordinaire, mais elle était sûre qu'en l'état actuel des choses elle ne l'aurait pas chassé de son lit s'il s'y était trouvé.

Soudain, il lui apparut qu'il était vêtu comme un médecin, exception faite de l'arme qu'il portait dans son holster, et elle se demanda ce qui avait pu arriver aux vêtements qu'il portait. Elle se rappela alors, dans un accès de lucidité qui lui donna envie de rentrer sous terre, ce qu'elle avait fait.

— Désolée pour vos vêtements, dit-elle. Je n'étais pas dans l'un de mes meilleurs jours.

Il haussa un sourcil.

— Vraiment ?

— C'est du moins l'impression que j'ai.

Elle marqua une pause et se mordit la lèvre inférieure.

— Vous ne savez toujours pas qui vous êtes ?

Elle secoua la tête, constatant au passage que ce mouvement ne provoquait déjà plus la même douleur débilitante. Elle ne ressentait plus qu'un mal de tête tenace et lancinant. La nausée avait disparu, et elle s'aperçut qu'elle avait maintenant faim.

— Je crois me rappeler avoir également… recraché de l'eau sur vous.

— Et vous avez maculé mes vêtements de votre sang, mais je ne vous en tiendrai pas rigueur.

L'ébauche d'un sourire passa sur ses lèvres. Ce n'était même pas un véritable sourire, mais elle se sentit chavirer. S'employait-il à lui faire cet effet ou était-ce naturel chez lui ?

— Que vous rappelez-vous d'autre ? lui demanda-t-il.

— Je me rappelle m'être réveillée dans cet hôpital.

— Et c'est tout ?

— Tous les événements précédents ont disparu de ma mémoire. C'est quelque chose de bizarre… comme si j'ouvrais un livre et n'y trouvais que des pages blanches. Je sais que des mots sont censés s'y trouver, mais ils semblent tous avoir été écrits à l'encre invisible.

Elle s'assit et, gênée de ne porter qu'une légère chemise de soins, ramena la fine couverture sous son menton.

— Où sont mes vêtements ?

— Je crois que vos affaires se trouvent dans un sac rangé dans ce tiroir. Vous n'aviez ni sac à main ni quoi que ce soit qui aurait pu permettre de vous identifier lorsque je vous ai trouvée.

Elle ouvrit le tiroir et y découvrit effectivement un sac portant l'inscription « Effets personnels ».

— Je suppose que vous ne savez pas quand ils me laisseront sortir.

— Aujourd'hui, je pense. Pourquoi ? Vous avez des projets ?

Elle aurait pu jurer avoir décelé une pointe de suspicion dans sa voix.

— Nous devons tâcher de découvrir qui je suis, n'est-ce pas ?

— Nous ?

— Bien sûr, « nous » ! Je présume que vous êtes en charge de l'enquête sur mon agression. Je ne vais pas rester ici à ne rien faire, je veux vous aider.

— Madame…

— Ne me dites pas que, si vous étiez à ma place, vous resteriez là à vous tourner les pouces en attendant que la mémoire vous revienne comme par enchantement !

— Non, bien entendu, mais…

— Le médecin m'a expliqué que le fait de voir quelque chose de familier pourrait éveiller un souvenir. La logique veut que je sorte pour trouver quelque chose qui me soit familier. S'il le faut, je le ferai seule.

— Je ne vous le conseillerais pas, répondit l'inspecteur Thompson. Vous n'avez ni argent, ni papiers d'identité, ni moyen de transport. Et nous n'avons aucune idée de l'identité de votre agresseur, ni de son mobile.

— Vous pensez que je suis en danger ?

— Je me garderais bien d'avancer quoi que ce soit à ce stade de l'enquête.

Il soupira, se pencha en avant et passa une main dans ses cheveux ébouriffés. Des cheveux de la même nuance foncée que ses yeux, et qui bouclaient légèrement sur le col de son blouson. Ils paraissaient doux. Elle se surprit à essayer d'imaginer l'effet que cela ferait d'y glisser les doigts.

Quelle idée ! Comme si cela pouvait arriver ! Il était probablement marié, ou du moins avait-il quelqu'un dans sa vie. Peut-être elle aussi, d'ailleurs.

— Alors, quand commençons-nous ? demanda-t-elle.

— *Nous* ne commençons rien du tout. Premièrement, parce que je ne sais même pas si je serai chargé de l'enquête. Et, deuxièmement, parce qu'il n'est pas dans mes habitudes de me faire accompagner des victimes lorsque je travaille sur une affaire.

— C'est *mon* affaire. Par ailleurs, j'ai ce léger problème de ne pas savoir où j'habite. Où envisagez-vous de vous débarrasser de moi ?

— Je vais vous trouver un hébergement temporaire. Vous devriez y être en sécurité jusqu'à ce que nous découvrions votre identité et celle de votre agresseur. Tant que vous vous tiendrez tranquille, ajouta-t-il.

Hors de question ! Il était hors de question qu'il l'abandonne dans un centre d'hébergement minable. S'il s'attendait à ce qu'elle y consente, il n'était pas au bout de ses surprises.

— Mais plus vite je recouvrerai la mémoire, plus vite vous résoudrez cette enquête, n'ai-je pas raison ?

— Vous pourrez appeler le commissariat si un souvenir vous revient.

Etait-ce une plaisanterie ? Espérait-il sincèrement qu'elle reste assise à ne rien faire ?

Il pouvait toujours rêver.

Elle fouilla dans le sac de vêtements en s'étonnant que ces effets lui appartenant puissent lui paraître aussi totalement étrangers.

— Tout a été découpé…, constata-t-elle en extrayant du sac un jean et un T-shirt.

La seule chose restée intacte était une veste bleu foncé.

— C'est la procédure normale aux urgences.

Elle le regarda, atterrée.

— Que suis-je censée faire ? Sortir d'ici totalement nue ?

— Je suis certain que l'hôpital vous fournira des vêtements et que le centre d'hébergement en aura aussi à vous donner.

L'inspecteur Thompson se leva et enfila son blouson.

— Je vais tâcher de trouver un médecin pour lui demander quand vous serez sortante. Ensuite, je passerai quelques coups de fil pour prendre les dispositions nécessaires.

En voyant l'expression déterminée de Thompson, elle sut que discuter ne la mènerait nulle part. Aussi acquiesça-t-elle. Elle trouverait bien le moyen de le rallier à son point de vue et, si elle n'y parvenait pas, elle prendrait les choses en main. Elle avait des droits, tout de même ! Il ne pouvait l'obliger à faire ce qu'elle n'avait pas envie de faire.

Elle remit le jean et le T-shirt dans le sac et examina la veste. En fouillant les poches, elle découvrit des mouchoirs roulés en boule dans l'une et une ancienne facturette dans l'autre. Elle ne portait pas de nom de magasin, seulement quelques chiffres. En la retournant machinalement pour en examiner le verso, elle fut stupéfaite de découvrir ce qui y était griffonné.

L'inspecteur Thompson s'arrêta à mi-chemin de la porte.

— Il y a un problème ?

— Est-ce vous qui avez mis ceci dans ma veste ? lui demanda-t-elle en brandissant le papier.

— Non. Ça vous rappelle quelque chose ?

— En quelque sorte…, répondit-elle en le lui tendant.

Au dos de la facture, écrit au crayon, se trouvait un nom : *Inspecteur Mitch Thompson.*

3

— Ça n'a aucun sens ! s'exclama Mitch. Qu'est-ce que mon nom fait dans votre poche ?

Apparemment aussi déconcertée que lui, elle haussa les épaules.

— Je n'en sais rien. Est-ce que nous nous connaissons ?

Non, songea Mitch. Aucun homme ne pourrait oublier une femme comme elle. A eux seuls, ses grands yeux gris suffisaient à retenir l'attention. S'il l'avait rencontrée quelque part, il l'aurait remarquée ; elle aurait éveillé son intérêt.

— Je suis certain que non. Je me souviendrais de vous.

— Peut-être la personne qui m'a agressée a-t-elle mis ce papier dans ma poche.

— Je connais un bon moyen de le savoir.

Il sortit de la poche de son blouson un stylo et un bloc-notes qu'il ouvrit à une page blanche avant de les lui tendre.

— Ecrivez mon nom.

Elle s'exécuta et lui rendit le bloc. La comparaison des deux écritures ne laissa aucun doute dans l'esprit de Mitch : elles étaient identiques. Elle avait même omis le « h » de son nom les deux fois.

— C'est manifestement vous qui l'avez noté, dit-il en lui tendant le bloc et la facturette pour qu'elle puisse voir par elle-même. Mais pour quelle raison ?

Elle avoua son ignorance, sincèrement étonnée.

Bon sang ! Cette affaire qui avait commencé par une simple agression venait de prendre une tournure beaucoup plus complexe.

Le fait qu'ils se soient trouvés dans le même magasin alors

que l'inconnue avait son nom sur elle ne pouvait être une coïncidence et impliquait qu'il ne déléguerait pas ce dossier à un collègue. Pas avant de comprendre pourquoi et dans quelle mesure il était concerné. Pas après avoir été impliqué personnellement dans une autre affaire, quelque temps plus tôt. Une affaire qui avait failli lui coûter sa carrière.

Tant pis pour son week-end de repos.

Son bip se mit à vibrer dans sa poche. Il vérifia qui cherchait à le joindre.

— Je dois passer un coup de fil, s'excusa-t-il. Ne bougez pas de là.

— Comment croyez-vous que je pourrais m'éclipser dans cette chemise qui laisse voir mes fesses ? répliqua-t-elle.

Avec une mimique amusée, Mitch se dirigea vers le hall pour téléphoner. Elle ne s'en laissait pas conter, ce qui forçait son admiration. De plus, il ne pouvait nier qu'il l'appréciait. Pourquoi, dans ce cas, avait-il cette sensation de danger imminent ?

Peut-être l'appréciait-il trop. Il ressentait un profond désir de la protéger qui ne lui était pas habituel. Ou, du moins, ne l'avait-il plus éprouvé depuis… très longtemps.

Chassant ce souvenir désagréable de sa mémoire, il composa le numéro du commissariat.

— Les caméras de sécurité ont filmé notre homme qui pistait la victime dans le magasin, lui apprit Greene. Il portait une veste à capuche qui masquait son visage. Et, comme je vous l'ai dit, la qualité de l'image est vraiment mauvaise. Mais peut-être la victime le reconnaîtra-t-elle malgré tout…

Ça valait la peine d'être tenté. Le fait qu'elle voie son agresseur pourrait suffire à débloquer la situation.

— Je l'amènerai dès qu'ils la laisseront sortir. Si elle ne peut pas l'identifier sur ces images, elle pourra toujours parcourir les registres de photos anthropométriques.

— Je sors dans quelques minutes, répondit Greene. Je laisse Marco se charger de tout ça.

Mitch appela ensuite les centres d'hébergement jusqu'à ce qu'il trouve une chambre libre pour l'inconnue. Ce ne serait pas le Ritz, mais elle y serait suffisamment en sécurité, en attendant que quelqu'un signale sa disparition. Avec un peu de chance, elle retrouverait la mémoire après avoir visionné la bande et il ne lui resterait plus alors qu'à la ramener chez elle.

Lorsqu'il revint dans la chambre, le médecin s'y trouvait.

En le voyant entrer, l'inconnue leva les yeux vers lui en souriant et un sentiment de plénitude envahit Mitch. Sur l'oreiller, ses cheveux blonds formaient un halo autour de son visage délicat. Sa peau lisse et son teint laiteux lui conféraient un aspect fragile qui évoquait pour Mitch les figurines de porcelaine que collectionnait sa mère. Il se rappela comme il avait trouvé sa peau douce lorsqu'il avait touché son visage au supermarché. Le désir qui le submergea à l'évocation de ce souvenir faillit lui faire perdre ses moyens.

Que lui arrivait-il ? Voilà qu'il se mettait à fantasmer sur elle ! Il fallait qu'il se calme. Elle avait déjà assez de problèmes.

Son bip se remit à vibrer et il ne fut pas surpris de constater que l'appel provenait de sa sœur ; elle le traquerait sans relâche jusqu'à ce qu'il fasse ses courses. Il effaça le numéro et rangea le bip dans sa poche.

— Ils me laissent sortir, annonça l'inconnue. Je suis une femme libre.

— Je vais signer son bulletin de sortie et demander à l'infirmière de lui trouver des vêtements, précisa le médecin. Elle devra revenir dans une semaine pour enlever les points de suture.

— Et pour ce qui est de l'amnésie ? s'enquit Mitch. Pouvez-vous faire quelque chose ?

— Laissez le temps faire son œuvre. Essayez de la ramener sur le lieu de l'agression, si ça ne la trouble pas. Lorsqu'elle sera prête à accepter ce qui s'est passé, je pense qu'elle recouvrera d'elle-même la mémoire.

— Mais pensez-vous qu'elle doive tâcher de retrouver quelque chose qui lui soit familier ?

— Du moment qu'elle est d'accord, je pense que c'est une bonne idée, concéda le médecin.

L'inconnue décocha à Mitch un regard signifiant clairement

« Je vous l'avais bien dit. » Bon sang ! Elle ne manquait pas de cran. Il sentit qu'il n'était pas au bout de ses peines avec elle.

— Et si elle ne retrouve pas la mémoire ? demanda-t-il.

— Si son état ne s'améliore pas d'ici à une semaine, nous programmerons un rendez-vous avec un neurologue.

Le médecin raccrocha la feuille de température au pied du lit.

— Ibuprofène toutes les quatre à six heures. Ça devrait vous permettre de ne pas avoir mal.

— Je reviens dans un instant, dit Mitch à la jeune femme avant de suivre le médecin dans le couloir.

— Avez-vous trouvé une patiente dont les blessures correspondent aux siennes ?

— Pas encore. Ça peut prendre un à deux jours.

Mitch sortit une carte professionnelle de sa poche.

— Appelez-moi si vous découvrez quelque chose.

Lorsqu'il revint dans la chambre, l'inconnue était debout et regardait par la fenêtre. Elle lui tournait le dos et il fut étonné de sa taille. En raison de sa pugnacité, il s'était attendu à ce qu'elle soit plus grande. En réalité, elle devait lui arriver à peine au menton. Elle était menue, d'une constitution presque fragile. Mais, lorsqu'elle ouvrait la bouche, cette impression volait en éclats. Il était manifeste que, sans cette amnésie — à supposer qu'elle soit bien réelle —, elle devait être le genre de femme parfaitement capable de se débrouiller seule.

Il avait du mal à imaginer que quelqu'un puisse la maltraiter, ou qu'elle se laisse faire.

Comme elle se penchait pour regarder dehors, les pans de sa chemise s'entrouvrirent et… ouah ! Il aperçut ses fesses rebondies et parfaites. Une pulsion sensuelle, charnelle s'éveilla en lui. Le genre de pulsion qu'il ne s'était pas autorisé à ressentir depuis longtemps. Bien trop longtemps. Malgré ses efforts, il lui fallut un moment pour détourner le regard.

Il déglutit et se força à parler.

— Vous reconnaissez quelque chose ?

Surprise, elle fit volte-face. Puis, semblant prendre conscience du spectacle qu'elle venait de lui offrir, elle mit une main dans son dos pour rassembler les pans de sa chemise d'hôpital.

— Non. Et sachez, pour votre information, que je n'apprécie pas que vous parliez de moi derrière mon dos.

Mitch croisa les bras sur sa poitrine et s'appuya contre le montant de la porte.

— Qui vous dit que nous parlions de vous ?

— Oh ! je vous en prie ! Je suis amnésique, pas stupide. De qui d'autre pourriez-vous parler ? Si vous disposez d'informations me concernant, je veux les connaître. Il se peut que je me souvienne de quelque chose.

Il hésita à lui communiquer des éléments alors qu'il n'était pas certain qu'elle soit prête à les entendre. Cependant, elle avait raison : ses souvenirs pourraient se trouver réactivés par n'importe quoi.

— Nous discutions de blessures anciennes que révèlent vos radios, dit-il après un instant de silence.

Elle fronça les sourcils.

— Quel type de blessures ?

— Des fractures. Le médecin en a dénombré onze. Il semble penser qu'elles sont les séquelles de violences conjugales.

— De violences conjugales ?

Elle écarquilla les yeux. Mitch nota qu'ils avaient bel et bien, comme il en avait eu l'impression au supermarché, la nuance de gris des galets de son enfance.

— Ça signifie-t-il que je suis mariée ?

— Vous ne portiez pas d'alliance. Mais, quand je vous ai trouvée, il y avait des couches et de la nourriture pour bébé dans votre Caddie.

— Des couches ?

Elle recula vers la fenêtre, s'accrochant à son rebord.

— J'ai un bébé ?

— C'est possible, répondit-il en remarquant qu'elle avait blêmi.

Peut-être n'aurait-il rien dû lui dire. Peut-être était-ce trop à la fois.

Elle fit un signe de dénégation.

— Non. Si j'avais des enfants, je le saurais. Je ne pourrais oublier une telle chose !

— Vous vous le rappelleriez si vous n'étiez pas amnésique.

— Vous ne comprenez pas. J'ai l'intime conviction que je n'ai pas d'enfants. Je ne peux l'expliquer. Ce n'est pas que je me rappelle que je n'ai pas d'enfants. Si j'en avais, j'ai le sentiment que, en mon for intérieur, je le saurais même si je ne me souvenais pas précisément d'eux.

Elle exhala un profond soupir en repoussant de la main les cheveux qui couvraient son front.

— Tout cela a-t-il le moindre sens ?

— Ça n'explique pas le contenu de votre Caddie.

— Peut-être faisais-je les courses pour une autre personne. Une amie, une parente ?

— Dans ce cas, cette personne signalera votre disparition.

— Peut-être, dit-elle en se mordant la lèvre inférieure.

Son regard alla de la porte de la salle de bains à Mitch.

— Il faut que j'aille à la salle de bains.

— Entendu.

Elle ne bougea pas d'un pouce, se contentant de se balancer d'un pied sur l'autre.

— Voulez-vous que je vous laisse ? demanda-t-il, amusé de voir ses joues virer à l'écarlate.

Bien qu'elle laissât transparaître chacune de ses émotions, il n'imaginait pas qu'elle pouvait être le genre de femme à se sentir aussi facilement gênée.

— En fait… j'ai en quelque sorte peur de m'y rendre seule.

— Voulez-vous que j'appelle une infirmière pour qu'elle vienne vous aider ?

— Non, je n'ai pas besoin d'aide. C'est simplement que… ça va vous paraître tellement ridicule… J'ai peur de ce que je verrai en me regardant dans le miroir.

— Vous craignez de ne pas vous reconnaître ?

— Il y a cela aussi, oui. Mais surtout… je n'ai pas la moindre idée de ce dont j'ai l'air.

Mitch fronça les sourcils.

— Je ne vous suis pas.

Elle poussa un soupir d'exaspération.

— Je pourrais être affreuse, ressembler à un troll !

Il réprima le sourire qui lui était venu aux lèvres. C'était typiquement féminin de se soucier ainsi de son apparence. Mais, de ce point de vue-là, elle n'avait pas lieu de s'inquiéter.

— Vous n'êtes pas un troll.

Elle l'observa avec méfiance.

— Ah ? Vraiment ? Comment puis-je savoir si vous ne me dites pas ça par gentillesse ?

— Parce que je ne suis pas si gentil. Par ailleurs, peut-être qu'en vous regardant vous vous rappellerez qui vous êtes.

Elle appuya une main sur sa poitrine, faisant ressortir les contours de deux seins mutins sous l'étoffe fine de la chemise.

— Mon cœur bat à tout rompre.

« Le mien aussi », songea Mitch en s'efforçant de reporter les yeux sur son visage. Ce fut encore pire car, alors, il dut affronter ses sublimes yeux gris. Ils lui parurent inquiets, innocents, pleins d'incertitude, et lui donnèrent envie de l'attirer dans ses bras pour dissiper ses craintes. Bien que ce soit contraire au bon sens, à son éthique professionnelle et, à maints égards, totalement déraisonnable, il ne pouvait, ni ne voulait, se défaire de ce désir qu'il avait de la protéger.

— Voulez-vous que je vous accompagne ? proposa-t-il malgré lui.

Elle soupira.

— Vous vous dites que je suis une mauviette, n'est-ce pas ?

A la vérité, il admirait son courage. Elle était coriace mais ne craignait pas de montrer ses faiblesses. Et, si son appréhension était simulée, elle méritait un oscar.

— Vous avez traversé bien des épreuves. Et vous avez tenu le choc mieux que ne l'auraient fait la plupart des gens en de telles circonstances.

D'un geste, il l'incita à se laisser conduire dans la salle de bains.

— Venez, allons-y ensemble.

— Vous me promettez, si je m'évanouis, de ne pas regarder mes fesses ? Voyez-vous, je ne sais même pas de quoi elles ont l'air.

« Elles sont très bien. » Il réussit à se censurer avant que les mots ne lui échappent. Il n'avait en aucun cas le droit d'évoquer ses fesses. Pas plus que de les regarder, d'ailleurs. Elle pourrait avoir un mari, des enfants.

— Je vous le promets.

Il alla jusqu'à la salle de bains et alluma la lumière.

— Vous vous sentirez mieux une fois que ce sera fait.

Elle avança d'un pas incertain, pieds nus, avec une grimace inquiète. Mitch tendit la main et fut troublé par la soudaine familiarité qu'il ressentit lorsqu'elle y posa ses doigts glacés. Sa première réaction fut de retirer sa main, mais il était trop tard pour faire machine arrière.

Les doigts de l'inconnue tremblaient. Il resserra son étreinte et l'attira dans la pièce.

— Vous ne verrez pas grand-chose les yeux fermés.

— Attendez. Laissez-moi une petite minute.

Elle inspira profondément puis expira et ouvrit les yeux.

Longuement, elle observa son reflet dans le miroir.

Mitch attendit que la lumière se fasse, qu'un afflux de souvenirs dissipe les doutes inscrits dans ses yeux gris. D'une main hésitante, elle se toucha la joue puis disciplina ses cheveux en bataille.

S'il avait jusque-là nourri quelques doutes quant à son histoire d'amnésie, il lui était désormais difficile de ne plus y croire. De toute évidence, la femme qu'elle regardait dans le miroir était pour elle une parfaite étrangère.

— Eh bien ? demanda-t-il.

— Si je ne vous reconnaissais pas derrière moi, je ne pourrais pas croire que c'est moi. Tout ça est si… bizarre.

Elle fronça les sourcils et se tira la langue.

— Au moins ne suis-je pas un troll… Si je devais à la fois supporter d'avoir perdu la mémoire, d'être mariée à une brute, d'avoir des enfants dont je ne me souviens pas et par-dessus le marché d'être laide, ce serait trop me demander. Sans compter le fait que quelqu'un a tenté de me tuer. Pour un peu, j'allais l'oublier.

Dans un effort pour la rassurer, il lui pressa la main.

— Nous découvrirons qui vous a fait ça.

Elle lui rendit son regard dans le miroir puis avisa leurs mains jointes.

— « Nous » ?

Il aurait dû prendre garde aux mots qu'il employait. La lueur d'espoir qu'il vit dans ses yeux lui fit l'effet d'un coup bas.

— Nous… c'est-à-dire la police de Twin Oaks.

— Oh !

Elle hocha la tête.

— Vous projetez toujours de vous débarrasser de moi, n'est-ce pas ?

Bon sang ! Fallait-il vraiment qu'elle le fasse culpabiliser un peu plus ? Il ne faisait que son travail.

— Je dois vous emmener au commissariat pour prendre vos empreintes et, ensuite, nous irons sur le lieu de l'agression, si vous vous en sentez la force. Peut-être cela ravivera-t-il vos souvenirs.

— Excusez-moi de vous déranger.

D'un même mouvement, ils se lâchèrent la main et se retournèrent pour faire face à une infirmière qui tenait une pile de vêtements.

— Le médecin a signé votre bulletin de sortie. Voyez lesquels parmi ces vêtements sont à votre taille. Je vous envoie un garçon de salle avec un fauteuil roulant.

Elle alla déposer les vêtements sur le lit avant de quitter la chambre, non sans leur avoir jeté un dernier regard empreint d'une curiosité non dissimulée. Mitch avait la certitude que la culpabilité se lisait sur son visage. Que lui avait-il pris de saisir la main de l'inconnue et, pis encore, de la garder dans la sienne ?

Ce n'était pas comme s'il n'avait pas déjà vécu une expérience similaire, où il s'était laissé submerger par ses émotions. Il devait rester sur ses gardes ; elle pouvait être mariée.

Pour rien au monde il ne toucherait sciemment la femme d'un autre homme. Plus jamais. Mais la décision qu'il avait prise à l'époque n'avait pas non plus été consciente, là était le problème.

— Je vous laisse vous habiller, dit Mitch lorsque l'infirmière fut repartie.

Il se dirigea vers la fenêtre, à une distance respectable, et laissa son regard errer sur le parking déjà bondé. Le soleil levant projetait une lueur dorée sur les rues de la ville, lui réchauffant le visage à travers la vitre. Le week-end s'annonçait radieux. Il aurait de loin préféré le passer à pêcher ou à jardiner. Et surtout à dormir. Seigneur ! Que ne donnerait-il pas pour quelques heures de sommeil ininterrompu !

— Inspecteur ?

La voix de l'inconnue le ramena à la réalité.

Il se retourna. Elle se tenait à la porte de la salle de bains, la pile de vêtements dans les bras.

— Je voulais simplement vous remercier, pour tout. Vous avez été tellement attentionné !

Attentionné ? Il faillit grincer des dents.

— Je n'ai fait que mon travail, marmonna-t-il.

Elle lui sourit. Apparemment, elle savait, tout autant que lui, qu'il avait fait bien plus que son devoir.

Ce n'était pas la première fois.

Mitch regardait avec un profond sentiment de malaise l'écran de contrôle sur lequel on voyait l'homme portant une veste à capuche suivre sa victime dans tout le magasin. Il portait un panier, prenant de temps à autre des articles dans les rayons pour éloigner les soupçons, ne s'approchant jamais trop pour éviter de se faire repérer, mais conservant toujours sa proie en ligne de mire.

— Il garde la tête baissée pour ne pas montrer son visage à la caméra.

— Il sait ce qu'il fait, dit Marco, le technicien vidéo.

Comme l'avait soupçonné Mitch, l'agression avait été préméditée et commise de sang-froid. Mais pour quelle raison ?

— Depuis combien de temps la suit-il ?

— Environ vingt minutes. J'ai compilé les bandes de manière que nous puissions suivre leurs mouvements.

Marco fit défiler rapidement les images.

— Lorsqu'elle quitte le secteur de l'épicerie, il est juste derrière elle. Au moment où il est prêt à frapper, il dépose le panier au milieu de l'allée.

— Parce qu'il sait que nous finirons par visionner la bande et qu'il ne veut pas nous laisser ses empreintes.

— Il aurait pu mettre des gants, fit Marco. Il n'aurait pas eu à s'inquiéter de ça.

— Pourquoi l'agresser dans un magasin, en pleine lumière, alors qu'il aurait pu le faire dans un parking sombre ? Il est arrogant. Il nous montre comme il est habile. Il sait que s'il laisse son panier en vue un employé ne manquera pas de le voir, de le ramasser et de remettre les articles en rayon, effaçant par là même ses empreintes.

— C'est en effet ce qui s'est passé. Mais j'y reviendrai plus tard. Voilà notre victime dans l'allée des jouets, le suspect sur ses talons. Maintenant, regardez ce qu'il sort de sa veste.

L'éclairage au néon se réverbéra un instant sur ce que tenait l'homme, en dessinant clairement les contours. Mitch jura entre ses dents.

— Un pistolet !

Il regarda l'inconnue s'arrêter pour prendre un jouet dans le rayon. Lui tournant le dos, elle ne vit pas le suspect derrière elle. En un éclair, il lui asséna de sang-froid un coup à l'arrière de la tête, la projetant vers l'avant. Avec rapidité et efficacité, il fouilla les poches de son jean puis la fit rouler sur le dos pour inspecter celles de sa veste. Quelques instants plus tard, il disparaissait dans la réserve en emportant son sac à main.

Il ne s'agissait pas d'un simple vol. L'homme cherchait quelque chose en particulier. Il y avait dans la manière dont il fouillait sa victime quelque chose qui chiffonna Mitch sans qu'il puisse déterminer ce que c'était.

— Ça ne présage rien de bon.

Il massa sa nuque contractée. Le week-end allait vraiment être long.

— Tu n'as pas vu le pire, dit Marco en se tournant vers un autre écran. Tu te rappelles la théorie du panier ? Voici ton panier, déposé là et qui ne demandait rien à personne. Et voilà l'employée consciencieuse qui le ramasse.

— Dis-moi qu'elle le dépose ensuite sur une étagère où nous pourrons le retrouver pour relever les empreintes.

— Elle le laisse tout bonnement tomber, avec les indices que nous aurions pu exploiter.

4

Mitch regarda sur l'écran l'employée emporter le panier avant de s'arrêter net au rayon des jouets et de le laisser tomber quelques instants plus tard. Sur la droite de l'écran, il aperçut son propre Caddie puis se vit lui-même, agenouillé auprès de la victime.

Bon Dieu ! Le panier qu'elle avait laissé tomber était celui du suspect. A peine une demi-heure plus tard, il avait dit à Greene qu'il ne faisait pas partie de la scène du crime, ce qui signifiait que quelqu'un avait dû le ramasser et remettre articles et indices en rayon. Quel imbécile !

— Et ce n'est pas tout…

Mitch s'affaissa sur sa chaise.

— Génial !

— L'homme suivait la victime…

Marco mit en place une nouvelle bande.

— … et la victime te suivait.

Se penchant en avant, Mitch se vit entrer dans le supermarché, effectivement suivi, quelques minutes plus tard, par l'inconnue. Ce n'était donc pas une coïncidence. Mais que lui voulait-elle ? Quel lien pouvait-il avoir avec une femme qu'il n'avait jamais rencontrée ?

— A plusieurs reprises, elle a paru être sur le point de t'approcher avant de se raviser à la dernière minute. Quand tu t'es dirigé vers les cartes de vœux, elle s'est éloignée en direction des jouets.

Quel fameux policier il faisait ! Il ne s'était même pas rendu compte qu'on le suivait. Il était alors tellement exténué qu'il ne pensait plus qu'à rentrer chez lui pour se mettre au lit.

— C'est plutôt bizarre que tu te sois retrouvé dans la même allée qu'elle.

Ce n'était pas franchement une accusation, mais Mitch comprit ce que la remarque impliquait.

— Je cherchais un cadeau pour Jessica, la fille de Darren. La fête d'anniversaire pour ses quatre ans a lieu le week-end prochain.

— La fête est remise à plus tard.

Dirigeant son regard vers la porte, Mitch reconnut Darren Waite, son meilleur ami et coéquipier, qui sirotait un soda allégé, nonchalamment appuyé contre le chambranle.

— J'ai entendu dire que tu étais tombé sur une affaire, hier soir.

— La victime a été frappée à l'arrière de la tête avec un objet contondant par un agresseur non identifié. Et non seulement elle ne l'a pas reconnu, mais elle ne sait même pas qui elle est. Elle est amnésique.

Darren fit un geste en direction du couloir.

— Est-ce la femme qui regarde les photos des criminels dans la salle de repos ?

— Oui. J'espère que quelque chose ravivera sa mémoire. Quand j'en aurai fini ici, je la ramènerai sur la scène du crime.

— Je te croyais en repos, ce week-end ?

— Oui, moi aussi, maugréa Mitch.

— Alors, délègue ce boulot à quelqu'un d'autre.

— Elle me suivait ; elle avait mes coordonnées dans sa poche. D'une manière ou d'une autre, je me trouve impliqué dans cette affaire, et il faut que je comprenne pourquoi.

Darren ne dit rien. Ce n'était pas nécessaire. Son expression circonspecte parlait pour lui.

Pour couper court à l'inévitable sermon qu'il sentait venir, Mitch demanda :

— Pourquoi la fête a-t-elle été reportée ?

— Ma belle-mère a eu une légère crise cardiaque la nuit dernière. Diane s'est envolée pour Seattle, en emmenant les filles, pour l'aider jusqu'à ce qu'elle soit de nouveau sur pied.

— Je suis désolé, mon vieux. Combien de temps restera-t-elle là-bas ?

— Une semaine ou deux. Peut-être moins.

Darren termina son soda et jeta la bouteille en plastique dans la poubelle.

— J'ai enregistré le match des Tigers. Si tu n'es pas retenu, pourquoi ne passerais-tu pas plus tard dans la journée ?

— Ce serait avec plaisir, mais cette affaire risque de me retenir une grande partie du week-end.

Mitch jeta un coup d'œil à sa montre. Il était déjà presque 11 heures. Il devait retourner au supermarché faire ces emplettes pour Lisa et sa mère avant que sa sœur ne s'inquiète pour lui.

— Je pensais que tu allais prendre un peu de repos, une fois cette affaire de viol résolue, dit Darren.

— C'était mon intention.

Mitch s'adressa à Marco.

— Pourrais-tu m'imprimer quelques photos du suspect ?

— Bien sûr.

Marco tapa sur quelques touches et l'imprimante éjecta deux photos au rendu médiocre.

Il y avait peu de chances qu'elle puisse identifier son agresseur, mais cela ne coûtait rien de les faire circuler pour le cas où. L'homme pouvait avoir entre vingt et quarante ans, il était de taille et de corpulence moyennes et portait des vêtements douteux. Ce pouvait être quasiment n'importe qui.

— Pourquoi ne délègues-tu pas cette affaire à Michaels ou à Petroski ? demanda Darren à Mitch en le suivant vers la salle de repos. Tu n'as pas pris un seul jour de congé depuis des semaines !

Mitch s'arrêta à l'entrée de la salle. L'inconnue était assise à l'endroit précis où il l'avait laissée avec, posée sur un côté du bureau, une pile de recueils anthropométriques et, sur l'autre, une boîte de *doughnuts*. Les vêtements fournis par l'hôpital étaient corrects mais ne l'avantageaient pas. La chemise était trop grande de plusieurs tailles, et le jean élimé lui serait tombé sur les chevilles si elle n'avait pas pris le soin de se fabriquer une ceinture avec le lien de la capuche de sa veste. Pourtant, il y avait chez elle ce petit quelque chose…

Elle choisit ce moment pour relever la tête et lui décocher un sourire éblouissant. Après tout ce qu'elle avait traversé, elle faisait preuve d'une bonne humeur surprenante. Il ne pouvait nier être attiré par elle. Quel homme ne le serait pas ? Mais il ne pouvait s'empêcher de penser qu'elle lui cachait quelque chose.

— C'est un joli petit lot, murmura Darren.

Mitch haussa les épaules.

— On peut dire ça.

— Nom de Dieu, Mitch !

Le regard de Darren alla de l'inconnue, qui s'était replongée dans l'examen des photos de criminels, à son coéquipier.

— Tu en pinces pour elle, n'est-ce pas ?

— Ce n'est pas ce que tu crois.

Darren ne parut pas convaincu. En plus d'une occasion, au cours des dix dernières années, il avait affirmé connaître Mitch mieux que ce dernier ne se connaissait lui-même. Peut-être était-ce vrai, après tout. Ils avaient fait ensemble l'école de police, puis patrouillé en binôme pendant deux ans avant d'être enfin nommés inspecteurs à quelques mois d'intervalle.

Mitch avait été le témoin de Darren à son mariage, il avait fait en sa compagnie les cent pas dans la salle d'attente lors de la naissance de ses deux filles et avait passé un nombre incalculable de dimanches à regarder le football dans le salon des Waite.

De son côté, Darren avait tenté de le caser avec chacune des amies célibataires de Diane, son épouse. Il avait été présent avec lui au chevet de son père, lorsque le vieil homme avait mené son dernier combat contre le cancer. Il était le frère que Mitch n'avait jamais eu.

— « Ce n'est pas ce que tu crois », le singea Darren. C'est aussi ce que tu avais prétendu avant l'incident concernant Kim.

Mitch fit de son mieux pour ne pas se laisser ébranler par ce souvenir, cette erreur de jugement qui le hanterait jusqu'à la fin de ses jours.

— C'est différent. Je ne sais même pas qui elle est. Nous avons des raisons de croire qu'elle est mariée et qu'elle a des enfants. Tu sais que je n'entretiendrais jamais une liaison avec une femme mariée.

« Ça aussi, tu me l'avais assuré. » Bien que Darren n'ait pas prononcé ces mots, Mitch sut qu'il les pensait.

— Je t'en conjure, ne t'approche pas d'elle ! C'est une source de problèmes. Elle pourrait être n'importe qui. Cet homme qui l'a agressée pourrait être son souteneur ou son bookmaker. Elle pourrait revendre de la drogue…

Son agresseur avait semblé anxieux de trouver quelque chose. Mitch essaya sans succès d'imaginer la jeune femme écoulant de la drogue ou se prostituant à un coin de rue. Elle ressemblait davantage à une institutrice de maternelle qu'à une criminelle.

— Elle pourrait simuler l'amnésie, ajouta Darren. Te mener en bateau.

— J'y ai pensé. Parfois, quand elle dit quelque chose, j'ai l'impression qu'elle invente. A d'autres moments, elle paraît vraiment effrayée ou désorientée. Tu aurais dû voir son expression quand elle s'est regardée dans le miroir ! Sans parler du fait qu'elle a vomi sur moi quand elle a pris conscience qu'elle ne connaissait pas son propre nom.

Son bip se mit à vibrer. Il y jeta un coup d'œil.

— C'est Lisa… Elle m'a déjà bipé cinq fois ce matin et elle a probablement laissé une cinquantaine de messages sur ma boîte vocale.

— Comment va ta mère ? Lisa et elle en sont-elles arrivées à s'entre-tuer ?

— Pas encore. Quoique je ne lui ai pas encore parlé aujourd'hui…

— Bon, j'y vais, dit Darren. Je pense que je vais trouver de quoi m'occuper à la maison pendant que Diane est absente.

Il posa la main sur l'épaule de Mitch.

— Méfie-toi de cette fille. J'ai un mauvais pressentiment.

Mitch aussi, mais pas au point de demander à être déchargé de l'affaire. Il avait besoin de comprendre quel lien les unissait.

— Dès que nous aurons revisité la scène du crime, je l'installerai dans un centre d'hébergement.

— Celui de Lexington ? demanda Darren.

Mitch acquiesça.

— L'endroit n'est pas trop mal, répondit-il. Et, avec un peu de chance, quelqu'un signalera probablement sa disparition quand elle ne se présentera pas à son travail lundi, tu ne crois pas ?

— Je l'espère.

Toutefois, Darren eut l'intuition qu'il ne s'en tirerait pas aussi facilement.

Sans se faire remarquer, il observa la femme qui compulsait le recueil de photos anthropométriques. Elle perdait son temps, elle ne l'y trouverait pas. Il était le maître du jeu. Il ne pouvait être ni repéré ni sanctionné. Quelques minutes plus tôt, elle l'avait regardé et n'avait pas eu la moindre réaction.

Après avoir quitté le supermarché, la veille au soir, il était allé fouiller de fond en comble sa maison, mettant sens dessus dessous une pièce après l'autre. Il n'avait rien trouvé qui puisse lui indiquer où elle les conservait.

Elle était plutôt intelligente, pour une femme, mais tout de même pas assez.

Il avait découvert autre chose. Une information qui pourrait s'avérer utile plus tard, lorsqu'il récupérerait ce qui lui appartenait. Il avait trouvé le moyen idéal de la remettre à sa place, de lui montrer qui commandait.

Ce serait la parfaite conclusion de ce jeu du chat et de la souris.

Elle jeta un regard à l'inspecteur Thompson. Il avait revêtu un jean et une chemise de flanelle et, bien que le jean moulât ses longues jambes minces et que la chemise accentuât la musculature de ses larges épaules, elle regretta sa tenue d'hôpital.

Il se tenait près de la porte, en grande conversation avec un homme se prenant apparemment pour Arnold Palmer. Cependant, bien que sa tenue indiquât qu'il aurait plutôt dû se trouver sur un parcours de golf que dans un commissariat, l'aisance et l'autorité qu'il affichait en ces lieux laissaient supposer qu'il était également policier. Ils discutaient calmement, en la regardant de temps à autre.

Pour des policiers, ils ne faisaient pas montre d'une grande subtilité. Il lui aurait fallu être complètement demeurée pour ne pas comprendre qu'ils parlaient d'elle. Ou peut-être, tout simplement, se fichaient-ils qu'elle le sache. A moins qu'il ne s'agisse d'une variation sur le thème du gentil et du méchant policier ?

Elle vit l'inspecteur Thompson bâiller et se frotter le menton. Il n'avait pas dû beaucoup dormir la nuit précédente et, comme elle, il semblait avoir besoin d'une longue douche bien chaude.

Mmm… Voilà qui était une vision intéressante : l'inspecteur Thompson sous la douche…

« Honte à toi ! se morigéna-t-elle. Tu pourrais bien être mariée. Qui plus est, à un homme qui bat sa femme… »

C'était insensé ! Elle ne parvenait pas à croire qu'elle pouvait laisser un homme la maltraiter de cette manière. Elle avait besoin de se dire que, si ce que les médecins rapportaient était vrai et qu'elle ait enduré des violences conjugales, elle avait depuis longtemps quitté ce salaud. Dans le cas contraire, quelle raison aurait-elle de recouvrer la mémoire ? Quel genre de vie l'attendrait ?

Et quid de ses enfants, s'ils existaient vraiment… ? C'était un autre point qui ne lui semblait pas cohérent. Quelle mère pourrait oublier ses enfants ?

Son estomac émit un borborygme et elle regarda la boîte de *doughnuts* que l'inspecteur avait posée à son intention sur le bureau. Ils ne la rassasiaient pas. Peut-être pourrait-elle lui suggérer de l'emmener déjeuner avant qu'il ne la dépose dans ce centre d'hébergement ? Tant qu'elle ne se souviendrait pas de son identité, elle serait à la merci des services de police de

Twin Oaks. Le fait de n'avoir ni argent, ni vêtements qui lui aillent, ni identité, la rendait malade de frustration.

Elle perçut la présence de l'inspecteur Thompson à son côté sans même l'avoir entendu s'approcher. Dès qu'il se trouvait à proximité, elle sentait de l'électricité dans l'air et cela lui donnait la chair de poule. Elle leva les yeux et fut instantanément subjuguée par son regard envoûtant. Tous ses sens s'embrasèrent.

Le rôle du policier bienveillant lui allait décidément comme un gant.

— Vous avez trouvé quelque chose ? demanda-t-il en tirant une chaise.

Il la fit pivoter et s'y assit à califourchon en appuyant ses bras sur le dossier. Ses manches relevées jusqu'au coude révélaient des avant-bras musclés et hâlés. Ses mains étaient grandes, avec de longs doigts racés.

Elle n'imagina que trop bien ce que ces mains seraient capables de faire ressentir à une femme. Ce qu'elles seraient capables de *lui* faire ressentir.

La gorge sèche, elle referma l'album.

— Non, absolument rien. Désolée.

— Vous sentez-vous prête à retourner sur le lieu de votre agression ?

Une soudaine angoisse lui noua le ventre.

— Je… je pense que oui.

— Si ça vous effraie ou si vous ne vous sentez simplement pas prête à l'affronter, nous ne sommes pas obligés d'y aller aujourd'hui.

Devait-il vraiment se montrer si compréhensif, si… prévenant ? Après tout, s'il l'obligeait à y aller, elle n'aurait pas le choix, songea-t-elle. Elle devrait affronter sa peur.

Elle prit une profonde inspiration pour se donner du courage. Contrainte ou pas, elle se devait de le faire. Les réponses à toutes ses questions se trouvaient prisonnières de son cerveau traumatisé. Peut-être cette visite au supermarché lui apporterait-elle la clé qui les libérerait.

— Je veux y aller, affirma-t-elle, d'une voix qu'elle s'efforça de rendre assurée. Cette petite excursion pourrait-elle éventuellement inclure une pause déjeuner ? Si je dois affronter mes démons, sans doute vaudrait-il mieux que je n'aie pas l'estomac vide.

Il esquissa un geste vers la boîte posée à côté d'elle.

— Vous n'aimez pas les *doughnuts* ?

— J'imagine qu'ils constituent la base de votre régime, mais j'ai besoin de quelque chose d'un peu plus… disons de quelque chose du genre qui, il y a peu, meuglait encore.

Il lui décocha un sourire complice. Il ne souriait pas souvent mais, lorsqu'il le faisait… ouah !

— Je pense que nous pouvons présumer sans grand risque que vous n'êtes pas végétarienne, dit-il.

— Probablement pas, en effet.

— Y a-t-il un endroit en particulier où vous aimeriez aller ?

Bonne question. Avait-elle un restaurant préféré ? Etait-elle une adepte de la restauration rapide ? De la grande cuisine ? De la cuisine ethnique ou américaine ? Elle considéra la question un instant, mais son esprit se refusa obstinément à coopérer. Enfin, détestant la réponse qu'elle s'apprêtait à lui faire, elle haussa les épaules.

— Je crois que je vais m'en remettre à votre jugement.

Mitch regarda avec fascination l'inconnue terminer son double cheeseburger. Elle avait un solide appétit pour une personne aussi menue.

— Vous allez les finir ? s'enquit-elle en désignant les frites devant lui.

Il secoua la tête en signe de dénégation et poussa son assiette vers elle.

Elle versa du ketchup sur l'assiette et y trempa une frite.

— Et si jamais je ne me rappelle toujours rien, au supermarché ? Que ferons-nous ensuite ?

Remarquant son air méfiant, elle se reprit.

— Que ferez-vous ensuite ? Ne pouvez-vous pas montrer ma

photo aux infos ou dans le journal ? Peut-être que quelqu'un me reconnaîtra.

— Ce n'est pas une bonne idée. Pas avant que nous ayons découvert qui est derrière cela. Il serait facile d'utiliser votre amnésie à vos dépens.

— Oh ! je n'avais pas pensé à ça !

— Il ne s'est même pas encore écoulé vingt-quatre heures. Le signalement d'une disparition n'est enregistré qu'au bout de quarante-huit heures. Ne perdez pas espoir. Il se peut que nous vous ramenions à votre famille sous peu.

Elle sourcilla et secoua légèrement la tête.

— Il y a un problème ?

— C'est toute cette histoire de famille… Ça ne me semble pas réel. Je continue à penser que, si j'avais des enfants, je le saurais.

— Je suppose qu'il ne nous reste plus qu'à attendre.

— Que faites-vous des vergetures ? poursuivit-elle en brandissant une frite dégoulinante de ketchup en direction de Mitch. Si j'avais des enfants, ne devrais-je pas avoir des vergetures ? J'ai contrôlé chaque centimètre carré de ma peau quand je me suis changée, sans en trouver une seule. Ma peau est pratiquement sans défaut.

Il n'avait pas rêvé, elle venait de lui vanter la perfection de sa peau ! C'était précisément les termes dans lesquels il s'était gardé de penser à elle, faisant de son mieux pour éviter de s'imaginer explorant lui-même ce corps parfait en s'attardant en particulier sur les zones qui lui étaient demeurées jusqu'à présent inaccessibles. Et voilà qu'elle n'hésitait pas à évoquer le sujet, faisant naître dans son esprit tout un cortège de pensées pour le moins inopportunes.

— Je sais que ça peut paraître prétentieux, admit-elle, mais je ne suis pas mécontente de ma peau.

Mitch toussota pour se donner une contenance.

— Et mes fesses ne sont pas mal non plus, ajouta-t-elle en engloutissant la dernière frite. Je n'irais pas jusqu'à dire qu'elles sont exceptionnelles, mais ça ne m'ennuie pas que vous les ayez vues, tout à l'heure, à l'hôpital.

Il faillit s'étrangler avec son café.

— Je n'ai pas…

— Bien sûr que si. Ma chemise était entrouverte et vous étiez derrière moi. Comment auriez-vous pu ne pas regarder ? Si les rôles avaient été inversés et s'il s'était agi des vôtres, je ne me serais pas gênée pour les regarder.

Il se carra dans son fauteuil.

— Ah, vraiment ?

— Tout à l'heure, au commissariat, quand votre collègue prenait mes empreintes, vous vous êtes penché pour prendre un stylo, et alors j'en ai profité pour regarder vos fesses.

Il réprima un sourire. Cette femme n'avait vraiment aucun complexe. C'était l'une des choses qu'il préférait chez elle, et c'était sans doute une chose qui lui causerait des problèmes.

— Vous avez fait ça !

— C'est humain de regarder.

Elle eut un geste vague.

— C'est une réaction provoquée par les hormones, les phéromones, ou quelque chose de ce genre.

Elle marqua une pause, un sillon creusant son front.

— Où en étais-je ?

— Aux vergetures.

— Ah oui ! Si j'avais été enceinte, ne serait-ce qu'une fois, j'aurais au moins quelques vergetures. Nous pouvons par conséquent en déduire que je n'ai pas d'enfants.

— Vous avez pensé à l'adoption ?

Elle observa l'assiette vide, l'air songeur.

— Seigneur ! Je n'avais pas pensé à ça. Vous savez que vous avez un réel talent de détective ?

— On me le dit souvent.

Il but une grande gorgée de café et fit signe à la serveuse de leur apporter l'addition. Son bip se mit alors à vibrer dans sa poche, et il jura en voyant le nom qui s'affichait.

— Nous ferions mieux d'y aller.

— Une affaire urgente ?

Il posa quelques pièces sur la table pour le pourboire.

— On peut dire ça.

Il régla l'addition et elle le suivit jusqu'à la berline bleue qu'il avait empruntée au commissariat. Elle avait hâte de voir tout cela se terminer et de retrouver sa vie d'avant mais, en même temps, l'avenir l'effrayait. Et si jamais elle était mariée à un homme qui la battait ou pire encore ? Si la réalité était trop horrible pour qu'elle puisse l'affronter ?

— Vous allez bien ?

L'inspecteur Thompson lui tenait la portière, attendant qu'elle monte dans la voiture.

Elle afficha un sourire crispé.

— Très bien.

Elle vit qu'il ne la croyait pas. Il lui posa la main sur l'épaule dans un geste d'encouragement. Bien que consciente qu'il ne cherchait qu'à la réconforter, elle frissonna, troublée, à ce contact.

— Nous n'en ferons pas plus que vous n'êtes prête à supporter, déclara-t-il pour la rassurer.

Il était on ne peut plus prévenant. Il attendit qu'elle soit montée puis referma la portière.

— J'imagine que je ne pourrai pas vous convaincre de me prêter un peu d'argent pour m'acheter des vêtements, dit-elle tandis qu'il s'installait au volant. Je vais devoir me contenter de ceux-ci, je le crains…

— Attachez votre ceinture.

Il attendit qu'elle se soit exécutée avant de démarrer pour sortir du parking.

— Que leur reprochez-vous ?

— Vous plaisantez ?

Il réprima un sourire.

— Je suis certain qu'on vous proposera quelque chose de plus adéquat au centre d'hébergement.

Ils roulèrent un moment en silence puis il sortit une feuille de sa poche.

— J'aimerais que vous jetiez un coup d'œil à ceci. C'est une photo tirée à partir des bandes des caméras de surveillance.

Elle prit la photo d'une main hésitante.

— C'est l'homme qui m'a agressée ?

— Je sais que la qualité de l'image est mauvaise, mais vous semble-t-il familier ?

— Non. Non, pas du tout.

Elle se sentit tout à la fois soulagée et déçue.

— Désolée, ajouta-t-elle en lui rendant la photo.

Il replia la feuille et la remit dans sa poche.

— Ça valait la peine d'essayer.

Prenant un virage serré, il s'engagea sur un parking. Lorsqu'elle aperçut l'enseigne du supermarché, son cœur se mit à battre furieusement dans sa poitrine. S'agrippant au bord de son siège, elle chercha sa respiration.

— Quelque chose ne va pas ? s'enquit l'inspecteur.

La sensation disparut aussi rapidement qu'elle était venue.

— Je l'ignore. Pendant un instant, j'ai cru que mon cœur allait éclater dans ma poitrine. Je pense qu'un souvenir a dû affleurer à ma mémoire.

Il se gara près de l'entrée, coupa le contact et se tourna vers elle.

— Ce magasin vous évoque-t-il quelque chose de familier ?

Elle scruta le vieux bâtiment de brique.

— Oui et non. Quand je le regarde, je sais d'instinct de quel type de magasin il s'agit, mais je ne sais pas si j'y suis déjà allée.

— Donc, il vous paraît effectivement familier ?

— Oui, en quelque sorte, mais…

Elle s'interrompit, cherchant ses mots. Il lui était difficile de décrire un sentiment qu'elle comprenait à peine.

— Si vous m'emmenez dans une station-service où je ne suis jamais allée, je saurai tout de même que c'est une station-service. Ce magasin m'inspire le même type de réaction.

— Voulez-vous essayer d'y entrer ?

— Puisque nous sommes là, je peux toujours essayer.

Pour retarder de quelques secondes l'inéluctable, elle attendit qu'il vienne lui ouvrir la portière. Elle était effrayée non seulement à cause de ce qu'elle pourrait ou non découvrir à propos de son passé, mais aussi parce que le temps qu'elle passait en compagnie de Thompson arrivait à son terme. Si elle ne recouvrait pas la mémoire, il la déposerait dans un centre d'hébergement. Et alors, elle se retrouverait vraiment seule.

Elle tenta de maîtriser la peur qui montait en elle.

S'armant de courage pour la suite des événements, bons ou mauvais, elle sortit de la voiture. Le soleil avait disparu derrière une masse de nuages sombres et menaçants, et l'humidité la fit frissonner. Etait-ce quelque présage divin ? Croyait-elle même d'ailleurs en Dieu ? Etait-elle catholique ? Juive ? Musulmane ?

Elle avait tant de questions et toujours pas de réponses !

— Vous êtes sûre d'être prête à affronter ça ? lui demanda de nouveau l'inspecteur Thompson.

— Certaine, répondit-elle, bien qu'elle n'en crût rien.

Elle aurait de loin préféré courir se réfugier dans la voiture ou, mieux encore, dans les bras de l'inspecteur. Toutefois, si elle espérait sortir indemne de cette épreuve, elle ne pouvait compter que sur une seule personne : sur elle-même. N'en avait-il pas toujours été ainsi ?

Elle s'arrêta net, s'efforçant de retenir une pensée qui déjà lui échappait. C'était un souvenir, elle aurait pu le jurer, mais que signifiait-il ?

Elle entendit hurler un Klaxon et une main l'attrapa par le bras, la tirant à l'écart.

— Attention !

Elle leva les yeux vers le visage inquiet de Thompson et se rendit alors compte qu'elle était restée plantée au milieu du parking, bloquant la circulation.

— Que se passe-t-il ? lui demanda-t-il.

— Je l'ignore. Je... je crois que je me suis rappelé quelque chose. Mais ça faisait plus penser à une impression qu'à un véritable souvenir.

— A quoi cela ressemblait-il ?

— Je me suis sentie... seule.

— Vous n'êtes pas seule.

— Pas encore.

Si elle perçut un éclair de culpabilité dans ses yeux, celui-ci disparut presque immédiatement.

— Entrons.

Ils passèrent la porte automatique et elle ressentit de nouveau cette brève poussée d'adrénaline.

— Je crois que je me rappelle être venue ici ! s'exclama-t-elle soudain, envahie par l'espoir et l'excitation.

Peut-être tout allait-il lui revenir, désormais. Peut-être ce cauchemar allait-il bientôt prendre fin.

Ou peut-être ne faisait-il que commencer.

5

— Ça vous paraît familier ? lui demanda l'inspecteur Thompson.

— Oui, je pense, mais sans que je puisse expliquer pourquoi, répondit-elle. C'est simplement… un ressenti.

— Nous allons essayer de retracer votre parcours dans le magasin. Pendant que nous y sommes, je vais faire quelques emplettes.

Il prit un Caddie et esquissa un geste en direction du rayon épicerie, tout en slalomant entre une bande d'adolescents turbulents et une mère de famille dépassée, accompagnée de trois enfants chahuteurs. En ce samedi après-midi, le supermarché grouillait d'une activité intense et bruyante.

Ils s'engagèrent dans le secteur alimentation et il sortit une liste chiffonnée de la poche de son blouson. Elle resta auprès de lui tandis qu'il faisait ses courses, prenant note de l'environnement, anxieuse de retrouver ses souvenirs. Ils lui semblaient si proches, comme s'ils affleuraient à sa mémoire, et pourtant ils étaient encore hors de sa portée. Chaque fois qu'elle produisait un effort pour tenter d'en saisir un, il semblait lui échapper davantage. Elle s'échina tellement à provoquer une quelconque réminiscence qu'elle en eut bientôt mal à la tête. Thompson parut comprendre son désarroi.

— Détendez-vous. Essayez de laisser les choses venir d'elles-mêmes, dit-il.

Elle ne voulait pas se détendre. Elle avait plutôt envie de hurler et de trépigner. Elle voulait en finir avec tout ça, tout se rappeler. Tout de suite, maintenant.

— Je voudrais pouvoir vous expliquer à quel point c'est

frustrant ! C'est comme quand on se rappelle une chanson dont on sait qu'on connaît les paroles tout en étant incapable de les retrouver !

— Quand ça m'arrive, j'essaie de penser à autre chose et les paroles me reviennent en général au moment où je m'y attends le moins.

Il y avait dans ce raisonnement une logique évidente. Peut-être faisait-elle trop d'efforts. Elle n'avait pensé à rien d'autre depuis qu'elle s'était réveillée ce matin à l'hôpital.

— Bien, inspecteur. Alors parlez-moi de vous.

En voyant son regard étonné, elle ajouta :

— Si nous parlons un peu de vous, je devrais pouvoir arrêter de penser à moi, vous ne croyez pas ?

— Entendu.

Il jeta un paquet de minicarottes dans le chariot.

— Que voulez-vous savoir ?

— Que voulez-vous me dire ?

Il haussa les épaules.

— Il n'y a vraiment pas grand-chose à raconter. Je ne suis pas marié, je vis seul et j'adore mon métier. C'est tout.

— Avez-vous de la famille ?

— Ma mère et ma sœur.

Il consulta sa liste et alla prendre un bouquet de brocoli.

— Etes-vous proches ?

— Depuis que mon père est décédé, je suis en quelque sorte devenu le chef de famille. Il y a quelques semaines, quand ma mère a été opérée du dos, Lisa a emménagé chez elle. Je me charge de la plupart des courses.

— Ça doit vous empêcher de sortir.

Il eut un rire sans joie.

— Pour aller où ?

— Ça ne dérange pas votre petite amie ?

— Encore faudrait-il que j'en aie une.

Il n'avait pas de petite amie ? Comment un homme aussi séduisant et attentionné pouvait-il ne pas avoir de petite amie ? A moins qu'il ne soit pas attiré par les femmes…

Elle l'observa à la dérobée, contemplant sa démarche assurée, énergique, désinvolte. Elle aurait parié son dernier dollar qu'il était cent pour cent hétérosexuel, l'autre explication plausible étant l'échec d'une précédente relation.

— Avez-vous été marié ? lui demanda-t-elle.

Il marqua une pause imperceptible avant de déclarer :

— Presque.

Son expression totalement impassible trahissait l'effort qu'il faisait pour ne pas paraître meurtri.

C'était malin. Tant qu'à poursuivre sur cette lancée, pourquoi ne l'incitait-elle pas à exhumer d'autres expériences douloureuses ? Un animal de compagnie qu'il chérissait et aurait dû faire euthanasier, par exemple…

— Je suis désolée, c'était indélicat de ma part.

— Pas de problème, c'était il y a longtemps. Aujourd'hui, je suis marié à mon travail.

— Ce doit être une vie plutôt solitaire.

Ils se turent. Elle continua à marcher à côté de lui, le regardant du coin de l'œil remplir son Caddie. Il n'échappa pas à son attention que les femmes posaient sur lui des regards appréciateurs. Appréciateurs était un doux euphémisme. Elles le dévoraient littéralement des yeux, non sans raison d'ailleurs. Il était terriblement séduisant.

Sa barbe naissante, ses cheveux légèrement ébouriffés et son jean délavé lui conféraient ce charme sulfureux des mauvais garçons que les mères interdisent à leurs filles de fréquenter, sans toutefois compromettre l'image de gendre idéal qui émanait de lui. Probablement lui suffisait-il de poser son regard intense et patient sur une personne pour qu'elle se sente obligée de lui avouer ses plus horribles méfaits.

Ainsi, il était marié à son travail… Quel dommage de gâcher tout ce sex-appeal !

— Vous êtes bien silencieuse, reprit-il. Pensez-vous à votre vie passée ?

— Non. En fait, je pensais au sex-appeal.

Il haussa un sourcil.

— Oserais-je vous demander au sex-appeal de qui ?

— Au vôtre.

— J'ai du sex-appeal ?

Elle leva les yeux au ciel.

— Vous n'allez pas me dire que vous n'avez pas remarqué la manière dont les femmes vous regardent ! Sur une échelle de un à dix des mâles dont on ferait bien son quatre heures, vous méritez onze.

— Les « mâles dont on ferait bien son quatre heures » ?

Il l'observa attentivement.

— J'imagine que vous faites référence au sexe ?

— Je parierais que vous avez eu de nombreuses petites amies au lycée.

Il s'engagea dans le rayon blanchisserie, choisit un baril de lessive en poudre et un flacon d'adoucissant.

— Qu'est-ce qui vous fait penser ça ?

— Vous paraissez digne de confiance. Les femmes aiment les hommes à qui elles peuvent se fier.

Elle avait désormais son attention pleine et entière. Il s'arrêta et se tourna vers elle.

— Vous me trouvez digne de confiance ?

Elle planta ses poings sur ses hanches et le détailla des pieds à la tête.

— Je pense que ça vient de vos yeux marron de bon gros chien. Et vous avez de bonnes manières. Je parie que vous lui demandez toujours la permission avant d'embrasser une femme.

Il secoua la tête.

— Faites-vous toujours preuve d'une honnêteté aussi brutale ?

— Je n'en sais rien. Ça vous ennuie ?

— Non.

Il avança de nouveau dans l'allée.

— A vrai dire, c'est rafraîchissant, pour changer. Les femmes préfèrent en général se jouer des hommes.

— On dirait que vous n'avez pas rencontré celles qu'il fallait.

— En effet. J'ai le don de les attirer comme un aimant.

— En ce qui me concerne, qu'aurais-je à gagner à me jouer

de vous ? Je mise sur le fait que si je me montre totalement honnête avec vous, vous me rendrez peut-être la politesse.

— Voulez-vous que je sois totalement honnête avec vous ?

Quelque chose dans le ton de la voix de l'inspecteur la fit frissonner.

— A vous l'entendre dire ainsi, je n'en suis plus aussi sûre.

Il se pencha vers elle et elle sentit son souffle sur son oreille.

— Tout à l'heure, à l'hôpital, j'ai regardé.

Avec un sourire carnassier, il posa un regard lourd de sous-entendus sur ses fesses.

— Et vous aviez tort, elles sont exceptionnelles.

Seigneur ! Elle n'aurait jamais imaginé qu'il puisse paraître tellement... prédateur. C'était un aspect de sa personnalité auquel elle ne s'attendait absolument pas.

— Euh... d'accord, lui concéda-t-elle, sentant ses joues s'empourprer. Peut-être n'êtes-vous finalement pas aussi digne de confiance que je le supposais.

— Non, je suis un être humain. Et la nature humaine, ajouta-t-il, est une chose merveilleuse.

Il s'arrêta de nouveau et elle se rendit compte qu'ils se trouvaient devant les protections périodiques. Il leva les yeux vers le rayon, l'air perplexe.

Elle jeta un coup d'œil à sa liste.

— Ultra-absorbants, c'est bien ça ?

— Ce n'est pas pour moi.

Elle se mit à rire.

— Je l'espère bien !

— C'est la liste de ma sœur, marmonna-t-il.

Mal à l'aise, il regarda de nouveau la liste, puis le linéaire.

Elle choisit une boîte et la jeta dans le Caddie pour lui.

— Si j'avais un frère et qu'il ait agi envers moi de façon innommable, comme vous l'avez de toute évidence fait avec elle, moi aussi, je l'enverrais acheter mes tampons.

Il posa une main à plat sur sa poitrine.

— Qui ça, moi ? L'homme digne de confiance ? Le... mais attendez une minute ! Vous venez de dire que vous le feriez si vous aviez un frère. Cela signifie-t-il que vous n'en avez pas ?

Elle se raccrocha au côté du chariot.

— Je n'en sais rien. Peut-être n'en ai-je pas.

Une bouffée d'espoir désormais familière remonta à la surface avant de disparaître aussi rapidement qu'elle était apparue, laissant dans son sillage une nuée de doutes. Qu'elle ait ou non un frère était un mystère total. Comment pourrait-elle se rappeler sa fratrie alors qu'elle n'arrivait pas à se souvenir si elle avait ou non des enfants ?

Des larmes de frustration lui montèrent aux yeux.

— Cette situation me fait horreur !

— Pourquoi ne pas essayer d'aller dans le rayon où je vous ai trouvée ? Vous sentez-vous prête ?

Elle acquiesça et essuya ses larmes d'un mouvement agacé.

— Tout ce que je souhaite, c'est en finir avec tout ça !

— D'après les caméras de surveillance, vous vous êtes dirigée de ce côté, lui expliqua-t-il en longeant le secteur des cosmétiques pour s'engager dans celui des articles ménagers.

— Vous vous êtes arrêtée pour regarder les ustensiles de cuisine, mais vous n'avez rien mis dans votre Caddie. Ensuite, vous vous êtes orientée vers les jouets.

Elle le suivit dans le rayon jouets, attendant une réminiscence, la résurgence d'un flot de souvenirs. Au lieu de cela, le vide sembla tout envahir, anéantissant jusqu'à l'impression de familiarité qu'elle avait auparavant ressentie.

Thompson fit halte à l'extrémité du rayon.

— Ça ne vous revient pas…

— Pas pour l'instant. Où m'avez-vous trouvée ?

— Voici l'endroit où je vous ai découverte, dit-il en pointant le doigt vers le sol. Là exactement.

— Ah…, fit-elle.

Le ton de sa voix indiquait clairement son incapacité à se souvenir.

Elle paraissait si perdue, là devant lui, que Mitch dut réprimer une envie folle de l'attirer dans ses bras pour la consoler. Alors qu'elle avait eu tellement d'espoir, les secrets piégés dans son subconscient semblaient vouloir y rester.

— Allons, ne vous inquiétez pas. Tout vous reviendra.

Il s'efforçait de se montrer rassurant, mais il ne pouvait nier que lui-même était déçu. Si la mémoire lui était revenue, il aurait pu la ramener chez elle. Il n'avait plus d'autre choix maintenant que de la déposer au centre d'hébergement, là où rien n'était susceptible de réveiller ses souvenirs. Bien qu'il sût qu'il faisait son travail, il ne pouvait s'empêcher d'être tenaillé par la culpabilité. Peut-être Darren avait-il raison. Peut-être aurait-il dû se décharger du dossier. Il était déjà trop impliqué.

— Pouvons-nous partir, maintenant ? lui demanda-t-elle en serrant ses bras contre sa poitrine.

— Bien sûr, allons-y.

Tête baissée, elle le suivit en direction des caisses.

— Je suis désolée de vous avoir fait perdre tout ce temps.

— Vous ne m'avez rien fait perdre. Enquêter sur un crime implique d'étudier chaque perspective, chaque piste possible. Ça peut vous mener dans de nombreuses impasses, jusqu'au moment où, finalement, les choses se décantent.

— J'aimerais partager vos certitudes.

— Vous devez me faire confiance, déclara-t-il.

— Je ne veux accorder ce type de confiance à personne. Pour l'instant, je ne me fais même pas confiance.

Une larme glissa le long de sa joue et elle la chassa.

— Bon sang, je ne veux pas me mettre à pleurer ici !

Lorsqu'ils arrivèrent, Mitch découvrit que trois ou quatre Caddie pleins à ras bord attendaient devant chacune des caisses. Il allait leur falloir une éternité avant de pouvoir sortir de là. L'inconnue se tenait derrière lui, les mâchoires crispées. Elle était sur le point de s'effondrer en larmes et pourtant elle ne le suppliait pas de partir ; elle ne se plaignait même pas.

Seigneur ! Comment avait-il pu se trouver dans ce pétrin ? Deux possibilités s'offraient à lui dont aucune ne l'emballait. Il pouvait attendre son tour en priant pour que l'inconnue tienne le coup, ou la faire sortir et affronter ensuite les foudres de Lisa. Dieu seul savait ce qu'elle serait capable de l'envoyer lui acheter la prochaine fois ! Dans un cas comme dans l'autre, il s'exposait à l'une des situations qu'il aurait préféré éviter : avoir à faire face à une amnésique submergée par ses émotions, ou à sa sœur en colère.

En soupirant, il poussa le Caddie derrière un portant de vêtements et, prenant l'inconnue par le coude, la guida vers la sortie.

Surprise par cette soudaine accélération, elle balbutia :

— Où… allons-nous ?

— Je vous emmène hors d'ici.

— Mais…

Elle jeta un coup d'œil par-dessus son épaule.

— Et vos courses ?

Il l'entraîna jusqu'à la sortie puis sur le parking.

— Je reviendrai plus tard.

Des nuages noirs de plus en plus menaçants plombaient le ciel, et le tonnerre grondait au loin. La chaussée était mouillée, l'air frais et chargé d'odeur de pluie. Il l'accompagna à la voiture et l'aida à y prendre place.

— Vous vous êtes montré très attentionné, le dit-elle lorsqu'il s'installa au volant.

De nouveau ce mot qui l'agaçait tellement !

— Je ne suis pas « attentionné ».

Il démarra, mit en marche les essuie-glaces et monta le chauffage à fond.

— Raisonnez donc un instant à la manière d'un homme. Si vous étiez dans un magasin bondé accompagné d'une femme sur le point de fondre en larmes, que feriez-vous ?

— Je sortirais aussi vite que possible.

— Exactement.

— En d'autres termes, vos motivations étaient purement égoïstes.

Posant les yeux sur elle, il s'aperçut qu'elle souriait.

— Vous ne me croyez pas ?

— Je pense que c'est ce que vous aimeriez croire. Je pense aussi que vous avez été réellement attentionné. Vous êtes quelqu'un de bien, inspecteur. Pourquoi ne voulez-vous pas l'admettre ?

Mitch serra le volant, les mâchoires contractées.

— Si vous me connaissiez, vous penseriez différemment.

Ce n'était plus qu'une question de temps.

Elle écouta le lit grincer tandis qu'elle déplaçait le poids de son corps, s'efforçant en vain d'éviter les ressorts qui lui meurtrissaient le dos. Cet endroit avait quelque chose de dérangeant dans sa familiarité. C'était comme le spectre d'un passé lointain. Ce n'était pas la chambre elle-même qu'elle avait le sentiment de reconnaître, mais son atmosphère. Cette très vague odeur de tabac froid et de moisi, cette ambiance impersonnelle et froide.

Elle leva les yeux vers le dédale de lézardes et de cratères qui parcourait le plafond, présumant qu'il avait dû être blanc à une certaine époque et priant pour qu'il ne choisisse pas cet instant précis pour son inéluctable effondrement. La peinture qui ne s'était pas écaillée avait viré au gris sale, et l'humidité avait abîmé trois des quatre coins. Le quatrième portait des éclaboussures foncées qui pouvaient avoir été provoquées par… Elle préféra ne pas se demander quelle pouvait être leur origine, tout comme elle avait préféré éviter de spéculer sur celle des taches similaires qu'elle avait découvertes sur les draps lorsqu'elle s'était aventurée à soulever la couette défraîchie.

Contrairement à ce qu'ils avaient d'abord cru, le centre d'hébergement le plus agréable n'avait pas de place disponible. L'inspecteur Thompson lui avait présenté ses excuses pour ces conditions d'accueil déplorables, lui expliquant que la ville avait un budget limité et un taux de criminalité trop bas pour justifier la construction de nouveaux bâtiments. C'était loin d'être luxueux et, pour l'instant, elle se trouvait piégée là.

Pas pour longtemps, avait-elle décidé dès que le policier s'en était allé.

La directrice du centre d'hébergement — une femme dont le physique n'avait rien à envier à celui d'un sumotori — avait assuré à l'inspecteur Thompson qu'elle ne laisserait pas échapper sa protégée. Si forcer le passage représentait un défi, distancer cette femme ne poserait aucun problème. Cependant, elle voulait éviter que la police soit avertie du fait qu'elle avait choisi de reprendre sa liberté. La solution consistait à filer à l'anglaise.

On finirait bien sûr par découvrir son absence mais, avec un peu de chance, elle serait alors déjà loin. Sa chambre se trouvait au rez-de-chaussée, et la fenêtre donnait sur la ruelle à l'arrière du bâtiment. Il lui suffirait de l'ouvrir et de sauter. Elle ne voyait pas ce qu'il y aurait de mal à aller faire un tour en ville ; peut-être cela provoquerait-il le déclic dont sa mémoire avait tant besoin. Puisque son agresseur n'avait pas le moindre indice sur l'endroit où elle se trouvait, comme le lui avait assuré l'inspecteur Thompson, comment pourrait-il savoir où la chercher ? Elle serait parfaitement en sécurité.

Roulant sur le côté, elle repoussa les rideaux miteux décolorés par le soleil. L'orage s'était calmé, laissant dans son sillage un ciel maussade et une humidité glaciale. Elle attendit quelques minutes encore pour être certaine que l'inspecteur Thompson ne serait plus dans les parages. Cherchant dans la poche de sa veste, elle trouva la carte qu'il lui avait donnée.

« Pour le cas où vous auriez besoin de quoi que ce soit », avait-il dit en la lui tendant.

Besoin de quoi que ce soit ? Bon sang ! Tout ce dont elle avait besoin, c'était de savoir qui elle était ! Enfin… autant garder ce numéro à portée de main. Si elle rencontrait des problèmes ou, Dieu l'en garde, si elle se perdait, elle trouverait une cabine téléphonique et l'appellerait pour qu'il vienne la chercher. Ça lui éviterait d'avoir à partir plus tard à sa recherche.

Elle jeta un coup d'œil au réveil numérique posé sur la table de chevet. Il était reparti depuis vingt minutes. Cela devrait suffire. Avec les vêtements que lui avait donnés la directrice du centre, et qui étaient cette fois à sa taille, et en rabattant la capuche de sa veste, elle pourrait circuler incognito.

Elle bondit hors de son lit, alla verrouiller la porte de sa chambre et ouvrit le loquet de la fenêtre. Au prix de quelques efforts, elle parvint à la remonter suffisamment pour passer la tête. Aussi loin qu'elle pouvait voir, la ruelle était déserte. Jusque-là, tout se passait bien. La hauteur était cependant impressionnante, deux mètres au moins sans rien d'autre pour amortir sa chute que l'asphalte. A la moindre maladresse, elle risquait de se casser une jambe…

« Allez, vas-y ! Tu n'es pas une poule mouillée ! »

Pas question de renoncer ! Rassemblant toutes ses forces, elle ouvrit complètement la fenêtre. Elle sortit un pied puis l'autre et se retrouva assise, les jambes pendant dans le vide. C'était le moment ou jamais.

« Un… Deux… Trois ! »

Elle ferma les yeux et se propulsa en avant. Une seconde plus tard, elle atterrit sur l'asphalte mouillé. Elle dérapa et se retrouva assise, un peu sonnée. Le saut n'avait pas été précisément gracieux, mais elle semblait n'avoir rien de cassé.

Mieux encore, elle était libre !

Elle sentit sa présence avant de le voir apparaître à l'angle du bâtiment.

— Vous allez quelque part ?

6

— Vous avez failli me faire mourir de peur !

Mitch se fit la réflexion qu'elle était particulièrement attirante, en train de le fusiller ainsi du regard, assise par terre sous la fenêtre. Et tout aussi exaspérante. En cet instant précis, il devait se retenir pour ne pas lui botter les fesses. Il avait pressenti qu'elle ne lui faciliterait pas la tâche et ne s'était pas trompé.

Il lui tendit une main secourable.

— Besoin d'aide ?

Il saisit la main de la fugueuse, ignorant délibérément la douceur de sa peau ainsi que son irrésistible envie de l'attirer dans ses bras pour l'y retenir, une envie qui lui revenait de plus en plus fréquemment ces derniers temps, et l'aida à se relever.

— Je vous croyais parti, dit-elle en époussetant le gravier collé à son jean.

— C'est ce que vous étiez supposée croire. Appelez ça de l'intuition, mais j'avais le sentiment que vous pourriez tenter quelque chose.

— Je vous ai vu vous éloigner en voiture.

— Je me suis garé de l'autre côté de l'immeuble et je suis revenu à pied.

Elle leva les yeux vers la fenêtre et les reporta sur lui.

— Je suppose que vous ne me croirez pas si je vous dis que je suis tombée accidentellement.

— Vous supposez bien.

Il s'appuya contre le mur en croisant les bras sur sa poitrine.

— Ce que vous avez fait était stupide. Je me doutais qu'il n'y avait aucune chance que vous vous teniez tranquille.

Elle adopta la même position que lui, affichant par ailleurs son entêtement en relevant le menton.

— En effet, il n'y avait pas la moindre chance.

Si elle continuait à faire n'importe quoi, elle allait finir par se blesser, fulmina-t-il.

— Je ne peux pas en même temps monter la garde sous votre fenêtre et enquêter sur votre affaire !

— Alors laissez-moi partir. Vous n'avez qu'à faire comme si vous n'aviez rien vu. Ce sera notre petit secret.

— Impossible.

Elle poussa un soupir exagérément long.

— Dans ce cas, nous nous trouvons face à un dilemme parce que, où que vous m'emmeniez, je trouverai le moyen de filer.

Bien que l'obstination de l'inconnue l'ait un temps amusé, Mitch estima le moment venu d'essayer de lui insuffler un peu de bon sens.

— Ce serait vraiment une très mauvaise idée, répliqua-t-il.

— Vous n'arrêtez pas de me dire ça ! Mais je ne vais pas rester assise à ne rien faire. Ce n'est pas comme si j'étais en état d'arrestation. Vous ne pouvez pas m'obliger à vous obéir !

— Il y a un élément nouveau.

— Vraiment ? Lequel ?

— Une personne usurpant mon identité a appelé l'hôpital et a posé des questions sur vous. Sur votre amnésie, notamment.

L'inconnue perdit de sa superbe.

— Vous pensez qu'il s'agit de l'homme qui m'a agressée ?

— Qui que ce soit, il savait quel hôpital appeler et quel nom mentionner. Il a obtenu des informations qui n'apparaissent que dans le dossier. Quelque chose dans la bande vidéo me gênait, et j'ai fini par découvrir ce que c'était. Lorsque le suspect vous a fouillée, il vous a palpée.

Elle haussa les épaules.

— Je crains de ne pas vous comprendre.

— Il a procédé comme l'aurait fait un policier. Soit il l'a été, soit il l'est encore. Et, si tel est le cas, il peut avoir des contacts au sein du commissariat. Pis encore, il pourrait peut-être même y travailler, ce qui signifie qu'il n'aurait aucun mal à savoir où vous vous cachez.

Il avait réussi à capter son attention. Elle regarda nerveusement autour d'elle.

— Vous ne pensez pas vraiment qu'il oserait venir s'en prendre à moi…

— Quand il vous a agressée, il cherchait quelque chose. Et je pense qu'il n'a pas trouvé ce qu'il cherchait.

Elle se mordilla la lèvre inférieure.

— Donc, je suis en danger.

Ses dents avaient laissé des marques blanches sur sa lèvre rose. Mitch s'imagina mordant dans le fruit défendu que représentaient ces lèvres. Bien que terriblement curieux d'expérimenter cette sensation, il savait que ce n'était pas une chose à faire. Dans son propre intérêt autant que dans celui de l'inconnue.

— Tant que nous n'aurons pas découvert qui vous a frappée et pourquoi, vous ne serez pas vraiment non plus en sûreté dans ce centre d'hébergement.

Il ne voulait pas l'alarmer — Dieu savait qu'elle avait déjà assez de sujets de préoccupation —, mais il ne pouvait prendre le risque de la laisser lui filer de nouveau entre les doigts. Son instinct lui soufflait qu'elle s'était trouvée mêlée à quelque chose en relation avec la police ou l'un de ses membres. Par conséquent, dès cet instant, il ne pouvait plus se fier à personne.

Et, en attendant que la mémoire lui revienne, découvrir l'identité de l'agresseur allait être un laborieux processus d'élimination.

Elle pencha la tête et l'observa attentivement.

— « Tant que nous n'aurons pas découvert »… Vous faites allusion aux services de police de Twin Oaks ?

— A vrai dire, je me trouve dans une impasse. Nous devons travailler à ce que vous retrouviez la mémoire. Nous, c'est-à-dire vous et moi.

Un sourire narquois étira les lèvres de l'inconnue.

— En d'autres termes, vous avez besoin de moi.

— En effet, concéda-t-il. J'ai besoin de vous.

De manière surprenante, ces mots ne lui parurent pas aussi difficiles à prononcer qu'il l'aurait cru. Il s'était toujours refusé à avoir besoin de qui que ce soit, en particulier de quelqu'un comme elle. Au premier faux pas, il pourrait dire adieu à sa plaque de police.

— Je pourrais ajouter que je vous l'avais dit, susurra-t-elle, mais je m'abstiendrai.

Il sourit et lui désigna la fenêtre.

— Y a-t-il quelque chose que vous deviez retourner chercher ?

Elle jeta un regard dédaigneux à la fenêtre.

— Rien dont je ne puisse me passer.

— Nous devrions partir, alors.

Il n'aimait guère l'idée de traîner dans cette ruelle, même en plein jour. On ne savait jamais qui pouvait être à l'affût.

— Vous n'allez pas m'emmener dans un autre centre ?

— Vous resterez avec moi pour la journée. Ce soir, vous dormirez en lieu sûr. Ça vous convient ?

— Tout à fait.

Ils se mirent à marcher mais elle s'arrêta tout à coup, l'air perplexe.

— Si je n'étais pas en sécurité ici, pourquoi n'êtes-vous pas venu me rechercher ? Pourquoi avez-vous attendu que je saute par la fenêtre ?

— Comme je vous l'ai dit, j'avais le sentiment que vous mijotiez quelque chose. J'ai pensé que ça pourrait être amusant d'attendre de voir ce que vous alliez faire. Je vous aurais encore accordé cinq minutes avant d'entrer.

Pendant un instant, il eut l'impression qu'elle allait le frapper puis un sourire hésitant se dessina sur ses lèvres.

— Je suppose que je l'ai mérité… Mais, au fait, qu'est-ce qui vous a mis la puce à l'oreille ?

— Vous étiez tellement opposée à l'idée de venir ici ! Je pensais que j'allais devoir vous y traîner, vous débattant et vociférant. Comme vous n'avez pas même bronché, j'ai compris que vous prépariez quelque chose. Vous esquiver me semblait la suite logique, et je ne vous voyais pas vraiment sortir par la grande porte.

— Et vous aviez vu juste.

— Eh oui. Ça m'arrive de temps en temps.

Il se remit en marche et elle régla son pas sur le sien.

— J'ai la très nette impression que, lorsque vous voulez quelque chose, vous ne laissez rien ni personne se mettre en travers de votre chemin.

— Est-ce un défaut ou une qualité ? demanda-t-elle.

— J'imagine que ça dépend de ce que l'on veut.

— Oh ! je sais ce que je veux ! La question est de savoir ce que *vous* voulez, inspecteur.

Il se tourna vers elle et, pendant un instant, elle plongea son regard dans le sien. Ses yeux étaient doux, intelligents, et empreints d'une grande sagesse pour une femme de son âge. Avait-elle deviné, simplement en le regardant ? Pouvait-elle en déduire qu'il savait exactement ce qu'il voulait, tout en étant conscient qu'il ne pourrait jamais l'obtenir ? Raison de plus pour clarifier les choses sans tarder.

Il se força à détourner le regard.

— Résoudre votre affaire. Voilà ce que je veux.

Il mentait. Elle le lut dans son regard. Cette attirance qu'elle avait ressentie n'était plus unilatérale ; peut-être même ne l'avait-elle jamais été. Toutefois, elle était certaine qu'il n'était pas le genre de policier à fraterniser avec la victime d'un crime sur lequel il enquêtait. Il était bien trop respectueux du règlement pour cela.

Tout à coup Thompson jura. Il l'attrapa brusquement et la plaqua contre une benne à ordures devant laquelle ils passaient, lui coupant le souffle. Puis il l'y maintint. Le métal lui meurtrissant sans pitié le dos, elle cria de douleur. Une peur atavique et paralysante lui noua le ventre. Pendant un instant, elle fut trop abasourdie pour réagir. A cause du corps de l'inspecteur qui écrasait le sien, elle avait du mal à respirer. Tout ce qu'elle se surprit à penser fut : « Non, pas encore ! Je vous en prie, pas cette fois encore ! » Enfin son instinct de conservation prit le dessus, et une décharge d'adrénaline courut dans ses veines. Elle s'arc-bouta pour le repousser et se mit à hurler.

— Lâchez-moi !

— Chut ! siffla-t-il en plaquant une main sur sa bouche.

Elle planta ses dents dans sa paume, goûtant sur sa langue la saveur salée de sa peau. Il grogna mais ne lâcha pas prise. Puis elle remarqua le canon de son arme à quelques centimètres de son visage et sa mâchoire se desserra. Il n'était pas pointé sur elle, mais ça ne l'en rendait pas moins intimidant.

— Allez-vous vous remettre à hurler ? lui demanda-t-il dans un murmure.

Elle fit signe que non et il enleva sa main. Elle sentit sur ses lèvres un goût de sang, preuve indéniable que ses dents avaient entamé la peau. Seigneur ! Il avait l'air furieux.

— Taisez-vous et ne bougez pas de là ! grommela-t-il.

Il s'avança prudemment jusqu'à l'angle de la benne en tenant son arme devant lui. Il venait à peine de s'aventurer à découvert qu'elle entendit un claquement métallique sonore. Puis un autre, plus près. Il battit rapidement en retraite, reprenant sa position initiale, jurant entre ses dents.

C'est alors que la vérité se fit jour dans son esprit. Les bruits qu'elle avait entendus étaient ceux de balles heurtant la benne. Quelqu'un leur tirait dessus !

Lui faisant un rempart de son corps, l'inspecteur sortit son téléphone et composa rapidement le 911.

Saisie de tremblements incontrôlables, le cœur battant à tout rompre, elle s'accrocha au revers de son blouson. Un instant plus tôt, elle avait cru qu'il l'agressait alors qu'il tentait de la protéger en lui faisant écran de son corps. Et, pour toute récompense, elle lui avait infligé une morsure.

Les quelques minutes qui suivirent lui parurent une éternité jusqu'à ce qu'elle entende le hurlement lointain d'une sirène de police. Les battements désordonnés de son cœur s'apaisèrent un peu tandis que le son s'amplifiait.

Elle sentit, tout contre sa poitrine, l'inspecteur Thompson pousser un soupir de soulagement, puis il s'écarta. Elle était tellement tétanisée par la peur qu'il dut décrocher ses mains de son blouson.

— Je pense qu'il est parti. Vous allez bien ?

Elle hocha vaguement la tête avec l'impression qu'elle tenait en équilibre précaire sur son cou.

Les dents serrées, il ajouta :

— La prochaine fois que je vous demanderai de faire quelque chose, vous croyez que vous pourrez y arriver ?

Elle hocha de nouveau la tête.

— Et, la prochaine fois que vous serez tentée de mordre quelqu'un, tâchez de vous rappeler que je suis de votre côté.

— Je suis terriblement désolée, dit-elle d'une voix tremblante. Je ne sais pas ce qui m'a pris. Je… j'ai paniqué.

Elle tenta de lui prendre la main, mais il la retira.

— Ce n'est rien.

— Laissez-moi regarder.

Après s'être un peu fait prier, il lui abandonna sa main sur laquelle le sang avait abondamment coulé.

Comme elle nettoyait la blessure avec la manche de sa veste, il eut un sursaut et se dégagea vivement, secouant la main pour dissiper la douleur. Au même moment, la première voiture de police s'arrêta à l'extrémité de la ruelle dans un crissement de pneus.

— Ce n'est rien, je vous dis.

Quelques instants plus tard, deux autres voitures rejoignirent la première et elle eut l'impression surréaliste de se trouver sur le tournage d'un film. Cela ne pouvait pas lui arriver vraiment. Il n'était pas possible que quelqu'un essaie de la tuer.

Dans quel pétrin s'était-elle fourrée ?

L'inspecteur Thompson donna des indications aux policiers à grand renfort de signes et leur indiqua d'où les projectiles avaient été tirés.

— Vous m'avez sauvé la vie, déclara-t-elle en titubant sous l'effet du soulagement.

— Non, s'il avait voulu vous tuer, il l'aurait fait. Il essaie de vous déstabiliser.

Et il parvenait à ses fins.

— Comment avez-vous pu savoir qu'il se trouvait là ?

— Je l'ai compris quand la première balle a frôlé mon pied.

Comment pouvait-il rester aussi calme que s'il discutait de la pluie et du beau temps ?

— Près de votre pied ? Je n'ai pas entendu de détonation. D'ailleurs, en y repensant, je n'ai entendu aucune détonation.

Il s'appuya contre la benne, à côté d'elle, son arme toujours à la main.

— Il avait un silencieux.

Un policier en uniforme apparut à l'angle de la benne.

— Aucune trace du tireur, inspecteur. Ni douille ni projectile, et pas de témoin.

— Le contraire m'aurait étonné.

Il rengaina son arme.

— Passez le secteur au peigne fin et bipez-moi si vous trouvez quelque chose.

— L'agent Martin vous raccompagnera au commissariat.

— Je vais y aller avec ma propre voiture.

— Ce ne sera pas possible, inspecteur. On vous a lacéré les quatre pneus.

Thompson conserva une impassibilité de façade, mais elle perçut la colère qui sourdait en lui tandis qu'il lui prenait le bras pour l'entraîner à sa suite.

— Allons-y.

Elle dut presque se mettre à courir en petite foulée pour le suivre alors qu'il la conduisait vers l'une des voitures de police.

— Où allons-nous ?

— Au commissariat. Je dois faire un rapport et me procurer un nouveau véhicule.

— Mais ensuite, où irons-nous ?

— Là où il ne pourra pas nous trouver.

— Et comment allez-vous pouvoir le retrouver si vous jouez les gardes du corps à mes côtés ?

Il ouvrit la portière de la voiture.

— Ma priorité, pour l'instant, est de vous garder en sécurité.

En sécurité… Ce concept même lui était devenu étranger.

Elle ne s'était plus sentie en sécurité depuis qu'elle s'était réveillée en plein cauchemar.

— Et comment comptez-vous vous y prendre ?

Il se tourna vers elle, le regard sombre et menaçant.

— En ne négligeant absolument rien.

Croyaient-ils vraiment pouvoir la cacher ?

Les imbéciles !

Ils perdaient leur temps à le rechercher. Il avait disparu bien longtemps avant que la première voiture n'arrive. Il était intouchable. Ça lui donnait envie de vomir, cette façon qu'ils avaient de la dorloter, de la plaindre. Cette garce ! Si seulement ils savaient, ils cesseraient d'essayer de la protéger. Ils la flanqueraient dans une cellule et jetteraient la clé. Ce soir même, il mettrait son plan à exécution. Et personne ne pourrait l'en empêcher.

— Ainsi, vous ne vous rappelez absolument rien ?

Lisa, la sœur de l'inspecteur Thompson, déposa une tasse de café devant elle et prit place sur une chaise de l'autre côté de la petite table de la salle à manger.

— Laisse-la respirer, Lisa, intervint son frère.

Debout dans la cuisine de sa mère, il nettoyait la blessure de sa main au robinet de l'évier.

— Ça ne m'ennuie pas, répondit son invitée en entourant sa tasse de ses mains qui tremblaient encore un peu. Non, je ne me rappelle rien du tout. Je ressens simplement parfois quelques vagues impressions.

Lisa s'adossa à sa chaise, rejetant par-dessus son épaule sa crinière de cheveux blonds décolorés. Son T-shirt tendu sur sa poitrine généreuse proclamait « C'est le noir qui a peur de moi. »

— Ouah ! Je n'imagine pas pouvoir oublier mon propre nom. Ça doit vraiment être terrible.

— Vous n'avez pas idée.

Elle leva sa tasse et, humant son contenu, fit la moue. D'instinct, elle sut qu'elle n'aimerait pas. Elle se découvrait une sorte de seconde nature pour bon nombre de choses. Pour la conduite, par exemple, même si l'inspecteur Thompson l'avait accusée de croire qu'elle savait tout mieux que personne. Bien qu'elle n'ait encore pas pris le volant, elle savait comment faire.

Et elle était certaine de connaître l'inspecteur Thompson bien qu'elle ne l'ait rencontré que depuis moins d'une journée. Elle avait l'intime conviction qu'il existait entre eux une familiarité, une sorte d'étrange lien cosmique qui les unissait l'un à l'autre. Non qu'elle crût nécessairement en de mystiques forces cosmiques. Ou peut-être y croyait-elle, après tout. Elle savait simplement que, lorsqu'ils se trouvaient ensemble, l'atmosphère autour d'eux était chargée d'électricité. La question ne se posait pas de savoir s'il le ressentait lui aussi. Cela dit, il lui avait fait comprendre, à sa manière subtile, qu'il était conscient de s'aventurer en terrain miné. Mais qui pourrait lui reprocher sa prudence ? Quelle raison aurait-il de lui faire confiance ? Elle-même ne savait pas si elle pouvait se faire confiance !

Repoussant le désir de s'apitoyer de nouveau sur elle-même, elle parcourut du regard la cuisine ainsi que la douillette pièce à vivre attenante. Si l'on se fiait aux photos alignées sur l'un des murs, il n'y avait guère eu de changements au cours des vingt dernières années. Elle imaginait aisément l'inspecteur adolescent, affalé sur l'un des deux canapés en tissu écossais du salon, occupé à regarder la télévision avec dans une main un paquet de chips et dans l'autre la télécommande.

Elle ne put s'empêcher de se demander si elle avait grandi dans une maison semblable. Avait-elle été riche ? Pauvre ? Faisait-elle partie de la classe moyenne ? Flottait-il dans cette maison, comme ici, un parfum de pot-pourri et d'encaustique ? S'était-elle prélassée sur un canapé écossais en regardant la télévision ou en faisant ses devoirs ? Son aspiration à trouver des réponses était si intense qu'elle l'emplit d'un sentiment horripilant de frustration.

Il y avait au moins une chose dont elle était certaine, comprit-elle en reposant sa tasse. Elle n'aimait pas le café.

— Est-il trop fort pour vous ? s'enquit Lisa.

Elle secoua la tête.

— Je ne pense pas être une buveuse de café. Désolée.

— Depuis combien de temps maman dort-elle ? demanda l'inspecteur Thompson à sa sœur en grimaçant tandis qu'il enroulait de la gaze autour de sa main.

— Elle a pris un calmant à 3 heures et s'est endormie à peu près une heure plus tard, répondit Lisa.

Il prit appui contre le plan de travail, croisant les jambes.

— Comment se sent-elle ? A-t-elle essayé de marcher ?

Lisa se tourna vers leur invitée.

— Pour le cas où il ne vous l'aurait pas dit, notre mère a été opérée du dos. Et, oui, elle va beaucoup mieux maintenant.

Elle lança un regard furieux à son frère.

— Si vous étiez présent de temps à autre, inspecteur, vous le sauriez.

— J'ai un métier.

— Moi aussi, j'en avais un !

Il afficha une moue dédaigneuse.

— Laver des chiens, ce n'est pas un métier.

Lisa posa ses pieds chaussés de Rangers sur la table.

— Plus maintenant. Et la faute à qui, espèce de macho pontifiant ?

Il se pencha en avant et repoussa les pieds de sa sœur.

— Pourrais-tu au moins te comporter de manière civilisée ?

Puis il se tourna vers leur invitée.

— Je vous prie d'excuser ma sœur, elle manque un peu de savoir-vivre.

— Et veuillez excuser mon frère, riposta Lisa en reposant lourdement ses pieds sur la table. Il fait un léger complexe de supériorité. J'ai dû abandonner mon emploi pour rester auprès de notre mère qui, soit dit en passant, me rend folle. Serait-ce trop te demander que de prendre un jour de congé de temps à autre pour passer un peu de temps avec elle ?

ajouta-t-elle à l'intention de l'inspecteur. J'apprécierais de pouvoir faire une pause.

Il se pencha vers elle, baissant la voix.

— Et supposons qu'elle doive par exemple se rendre dans la salle de bains. Que ferais-je alors ?

— Eh bien, tu l'aiderais.

Il parut mortifié à cette idée.

— Je ne peux pas faire ça. Elle est ma mère.

— Elle est la mienne aussi, idiot ! s'exclama Lisa. Tu crois que c'est drôle pour moi ?

— C'est différent. Tu es une femme.

De frustration, Lisa leva les bras au ciel.

— Je ne le crois pas !

Mitch se laissa tomber dans un fauteuil et frotta ses yeux injectés de sang. Le pauvre semblait épuisé.

— C'est bon. Je vais tâcher de prendre un peu de repos plus tard dans la semaine. Ça te va ?

— Je t'ai vu aux infos, reprit Lisa.

Malgré son ton cassant, on percevait de la fierté dans sa voix.

— As-tu obtenu des aveux ?

— Nous l'avons interrogé sans relâche pendant douze heures, et il n'a pas craqué. Quand la nouvelle a été rendue publique et que la famille a été mise au courant, elle a engagé un avocat.

— Tu as l'air fatigué.

Il se laissa aller en arrière dans le fauteuil.

— Ça fait environ dix-huit heures que je ne suis même plus fatigué.

— Pourquoi ne laisserais-tu pas ta prisonnière ici ? Rentre chez toi pour dormir un peu.

Lisa jeta un regard de connivence à l'inconnue, qui suivait leur échange en silence.

— Si tu as peur qu'elle s'échappe, on peut la menotter au pied de la table.

— Merci, mais je préfère ne pas la perdre de vue.

— Tu crois qu'elle est une dangereuse criminelle ?

Lisa la scruta avec une insistance feinte.

— Elle n'a pas vraiment l'air dangereuse.

— Elle est en danger. Quelqu'un cherche à s'en prendre à elle, et ça pourrait même relever des affaires internes. Donc, si quelqu'un appelle pour prendre contact avec moi, tu ne sais pas où je suis.

— Tu plaisantes ?

Lisa retrouva instantanément son sérieux et afficha la même expression assombrie que son frère.

— Où vas-tu l'emmener ?

— J'allais l'emmener dans un lieu sûr mais, étant donné les derniers développements, je ne suis plus certain que ce soit une si bonne idée.

— Quels derniers développements ?

— On nous a tiré dessus dans une ruelle. Quelqu'un savait que nous nous y trouverions.

L'inquiétude de Lisa pour son frère se lisait sur son visage. En dépit de la forte rivalité entre eux, ils étaient à l'évidence proches.

— Où irez-vous ?

— Cette nuit, nous dormirons à l'hôtel.

— A l'hôtel ? Et que comptes-tu faire ? Rester assis à surveiller la porte toute la nuit ?

— C'est mon intention, en effet.

L'inconnue se redressa sur sa chaise. L'idée de passer la nuit à l'hôtel ne lui procurait pas précisément un sentiment de sécurité. Si l'inspecteur avait vu juste et qu'un membre de la police était impliqué, ne lui serait-il pas facile de découvrir où ils se cachaient ? Et s'il s'endormait, ce qui n'aurait rien de surprenant vu son état de fatigue, qui la protégerait alors ? Ils seraient des cibles faciles.

— Vous ne pouvez rester éveillé toute la nuit. Vous avez besoin de vous reposer.

— Ce dont j'ai besoin, répliqua-t-il, c'est de vous protéger.

C'était de la folie ! Il ne pourrait passer une nuit de plus sans dormir. Elle posa les mains à plat sur la table et s'apprêta à l'affronter, ce qui était, elle le savait, la seule manière de le faire changer d'avis.

— Je n'irai pas.

Il se renfrogna et lui lança un regard noir.

— Vous devez me faire confiance.

— Je serais folle de le faire si vous agissez stupidement. Et si jamais vous vous endormiez ?

— Je ne m'endormirai pas.

— Si c'était tout de même le cas ?

— Ecoutez…

— Mitch…

Le fait qu'elle se soit adressée à lui en utilisant son prénom le surprit. Pendant un long moment, ils se toisèrent en silence.

— Vous savez que vous ne gagnerez pas, cette fois.

— Pourquoi ne l'emmènes-tu pas chez toi ? suggéra Lisa.

Mitch et l'inconnue se tournèrent d'un même mouvement vers elle.

— Pourquoi chez lui ?

— Parce que sa maison est aussi sûre que Fort Knox, répondit Lisa. A moins d'être Houdini en personne, on ne peut pas y entrer sans se faire repérer.

— Mais bien sûr ! Je suis certain que ça réjouirait mon supérieur, ironisa Mitch. Il y a un minimum de règles que je me dois de respecter.

— Tu peux tout simplement t'abstenir de le mentionner dans ton rapport. Tu ne peux nier que c'est le lieu le plus sûr où tu puisses l'emmener. Et tu disposes d'une chambre d'amis.

— Là n'est pas la question.

Thompson parut soudain mal à l'aise.

— Ce ne serait pas… indiqué.

— Parce que, selon vous, me garder sous surveillance dans une chambre d'hôtel alors que vous tombez de sommeil le serait ? intervint l'inconnue en espérant faire appel à son sens des responsabilités et l'influencer en sa faveur.

La manière dont il la foudroya du regard indiquait qu'elle avait touché une corde sensible.

— Reconnaissez-le, Mitch. Nous installer chez vous est une bonne idée. C'est par ma faute que vous êtes resté debout une grande partie de la nuit.

— Non, ce n'était pas votre faute. Je faisais mon travail.

— Tu étais avec elle la nuit dernière ? s'enquit Lisa, haussant un sourcil.

Lisa affichait la même expression que son frère quelques minutes plus tôt.

Elle se demanda s'ils savaient à quel point ils se ressemblaient.

— J'étais à l'hôpital, dit-elle pour se justifier. Votre frère a passé la nuit dans le fauteuil près de mon lit.

— Mmm…, fit Lisa. C'est tellement chevaleresque !

— Pfff !

Mitch se prit la tête dans les mains.

— Et ce n'est pas tout, poursuivit l'inconnue. Comme je craignais d'aller seule dans la salle de bains, il m'y a accompagnée.

Lisa bascula sa chaise en équilibre sur ses pieds arrière et croisa les bras sur sa poitrine.

— Ainsi donc, tu veux bien emmener une inconnue dans la salle de bains mais pas ta propre mère !

Mitch releva la tête et fusilla sa sœur du regard.

— Je ne l'ai pas emmenée dans la salle de bains. Je suis seulement resté à son côté pendant qu'elle se regardait dans le miroir.

— Et il en a profité pour regarder mes fesses, confia l'intéressée à Lisa. Mais seulement parce qu'on les apercevait par la fente de ma chemise. Ce n'était donc pas vraiment sa faute.

— C'est vrai ? demanda Lisa à Mitch. Tu as regardé les fesses de cette pauvre femme sans défense ?

— Au début, il s'en est défendu. Mais plus tard, quand nous faisions les courses, il m'a avoué…

Thompson se leva brusquement.

— En voilà assez ! Vous avez gagné. Nous dormirons chez moi cette nuit. Bon sang !

La « pauvre femme sans défense » et Lisa échangèrent un sourire complice. Ce n'était pas bien compliqué, finalement. Mitch avait un abord abrupt mais, dans le fond, c'était un tendre. Et il avait vu juste : lorsqu'elle voulait quelque chose, elle l'obtenait.

7

Il s'était fait avoir comme un idiot, songea Mitch tandis qu'il longeait les trois pâtés de maisons les séparant de chez lui. De la part de Lisa, rien de surprenant. Mais de la part de cette ravissante et innocente petite inconnue ? « Innocente » ? Et quoi encore ? Il aurait dû deviner qu'un démon se cachait sous cette apparence angélique. Il aurait dû prendre conscience de son potentiel au moment où elle avait sauté par cette fenêtre.

Quoi qu'il en soit, et même s'il détestait devoir le reconnaître, elle avait raison. Encore une nuit sans sommeil, et la rapidité de ses réflexes serait sérieusement compromise. Il ne pouvait prendre ce risque alors que la vie de cette femme était en jeu. Il allait donc s'accorder huit heures de sommeil et, si demain elle n'avait toujours pas recouvré la mémoire, il leur réserverait une chambre dans un motel.

— A quoi Lisa faisait-elle allusion quand elle vous a traité de « macho pontifiant » ? demanda tout à coup sa passagère. Et pourquoi vous reproche-t-elle le fait qu'elle ait dû abandonner son métier ?

Il n'avait guère envie de parler du différend qui l'opposait régulièrement à sa sœur.

— C'est une assez longue histoire, marmonna-t-il.

— Eh bien, j'ai tout mon temps !

Lui jetant un regard oblique, il vit sur son visage cette expression déterminée qu'il commençait à bien connaître et soupira. Seigneur ! Quelle enquiquineuse ! Fallait-il vraiment qu'elle soit toujours aussi pénible ?

— En résumé, lorsque notre grand-mère est décédée, elle

nous a légué sa maison, à Lisa et à moi. Lisa veut me revendre sa part pour ouvrir un salon de toilettage.

— Oh ! En avez-vous les moyens ?

— Bien sûr, je le pourrais, mais pourquoi la regarderais-je jeter son argent par les fenêtres ?

— Qu'est-ce qui vous fait croire que ce serait le cas ?

— Lisa n'a rien d'une femme d'affaires. Elle a décroché son diplôme de justesse au lycée et n'a réussi à tenir qu'un semestre à l'université. Ce projet est voué à l'échec.

Pendant un long moment, on n'entendit plus dans la voiture que le martèlement de la pluie sur le toit et le raclement rythmé des balais d'essuie-glace.

Finalement il reprit la parole.

— Dois-je considérer votre absence de réponse comme de la désapprobation ?

— Vous voulez vraiment connaître le fond de ma pensée ?

Il n'en était pas certain. Quelque chose lui disait qu'il valait mieux pour lui s'en tenir là, et, en même temps, il était curieux.

— Je n'en sais rien. A votre avis ?

Elle posa sur lui un regard songeur.

— Est-ce quelque chose qu'elle veut vraiment faire ?

— Elle m'en rebat les oreilles.

— Et il s'agit de son argent.

D'accord. Il voyait où elle voulait en venir.

— Techniquement, oui. Mais c'est moi qui gère la succession. Lisa est un véritable panier percé.

— Quoi qu'il en soit, techniquement, vous êtes le seul obstacle l'empêchant d'exercer la profession de son choix. Je me trompe ?

— Je sais que c'est ce qu'il y paraît, mais les choses ne sont pas aussi simples. Vous ne connaissez pas Lisa. Ce n'est pas précisément quelqu'un de responsable. Et, si son entreprise faisait faillite, que ferait-elle alors ?

Elle hocha la tête.

— Hum.

— Comment ? Vous me trouvez injuste ?

Elle haussa les épaules d'un air désinvolte.

— A l'évidence, vous avez arrêté votre décision. Qu'auriez-vous à faire de ce que je peux penser ?

Il tourna à gauche dans sa rue.

— Je sais exactement ce qui est le mieux pour elle.

— J'en suis sûre, acquiesça-t-elle.

Il marmonna un juron.

— Génial ! Voilà que vous me faites me sentir coupable.

— Si vous êtes certain d'avoir raison, comment mes propos pourraient-ils vous faire culpabiliser ?

— Parce que vous ne m'approuvez que pour me faire taire.

— Dans ce cas, c'est inefficace, parce que vous ne vous taisez pas.

— Je devine que vous pensez que j'ai tort.

— Qu'importe ce que je pense. Vous connaissez votre sœur mieux que personne, n'est-ce pas ? Tant que vous vous sentez en accord avec votre décision, rien d'autre ne compte.

— Je suis certain d'agir au mieux pour elle.

Tandis qu'il s'engageait dans l'allée, l'éclairage extérieur s'alluma, illuminant l'intérieur de la voiture.

— Toutes les femmes naissent-elles avec ce don de faire sentir aux hommes qu'ils sont des salauds ou est-ce quelque chose que l'on vous enseigne à l'école ?

— Oh ! je vous en prie ! Quel horrible macho vous faites ! « Au cours des siècles, les femmes n'ont cessé d'œuvrer tels des miroirs investis du pouvoir exquis et magique de faire paraître la stature des hommes deux fois plus imposante qu'elle ne l'est en réalité. »

Elle avait débité cette citation avec autant d'autorité que son professeur de littérature féminine à l'université.

Elle fronça les sourcils.

— Eh bien ! D'où cela me vient-il ?

— Vous venez de citer Virginia Woolf, lui répondit-il. C'est extrait de *Une chambre à soi.*

— Vraiment ? C'est sorti tout seul.

— C'est intéressant. Nous pouvons en conclure que vous avez suivi un cycle universitaire.

Et cela apportait un tout nouvel éclairage à cette affaire.

Ils étaient partis du postulat que, au regard de son style vestimentaire et du contenu de son Caddie, elle se trouvait au bas de l'échelle sociale. Il était désormais clair qu'elle avait fait des études ou était, tout au moins, une autodidacte d'un excellent niveau.

Ou encore, Dieu l'en garde, c'était une féministe.

— Pouvez-vous citer d'autres auteurs ? lui demanda-t-il. Thoreau ? Dickinson ?

Elle avoua son ignorance dans un haussement d'épaules puis jeta un coup d'œil à travers le pare-brise comme si elle s'avisait seulement alors qu'ils étaient à l'arrêt.

— C'est votre maison ?

Mitch aurait juré avoir perçu une pointe d'appréhension dans sa voix. Bienvenue au club. Il n'était pas entièrement convaincu que ce soit une bonne idée. En fait, cela lui paraissait tout le contraire, mais il était trop épuisé pour en débattre. Et il ne pouvait s'offrir le luxe de confier sa garde à quelqu'un d'autre, pas alors qu'il ignorait à qui pouvoir se fier.

— Etes-vous certaine de vouloir dormir ici ?

Elle hocha la tête.

— Tout à fait certaine.

Ils descendirent de voiture et elle le suivit jusqu'à l'entrée. Il ouvrit la porte et s'effaça pour la laisser pénétrer dans le vestibule avant d'allumer la lumière et de composer le code pour armer le système d'alarme. Si quelqu'un essayait de s'introduire dans les lieux cette nuit, il en serait immédiatement averti.

Elle le précéda dans le salon.

— C'est ravissant, bien que je ne vous aurais jamais imaginé vivant dans une maison au papier peint fleuri et aux sièges tapissés de chintz pastel. Vous devez vous sentir très sûr de votre masculinité.

Il ôta son blouson et l'accrocha à une patère, près de la porte.

— Pas si sûr que ça. Je n'ai tout simplement pas eu le temps de changer grand-chose depuis que j'ai emménagé.

Il l'emmena dans la cuisine et laissa tomber ses clés et son badge sur la table.

— Vous avez faim ?

— Plutôt, oui, répondit-elle. Mais ça vous ennuierait vraiment si je prenais d'abord une douche ? J'aimerais enlever ce sang de mes cheveux.

Il éjecta le chargeur de son Glock et déposa le tout sur la table près de son badge.

— Venez.

Il la conduisit le long d'un couloir tapissé lui aussi de papier peint à fleurs jusqu'à une salle de bains peinte d'un jaune si lumineux qu'elle dut résister à l'envie de s'abriter les yeux. En dépit des notes féminines, l'atmosphère y était radicalement masculine. Il y régnait un parfum d'after-shave et de savon.

Il lui désigna un placard.

— Vous trouverez des serviettes propres et il y a une brosse à dents neuve sur l'étagère du haut. Prenez tout ce dont vous avez besoin.

Ils traversèrent ensuite le couloir en direction de la chambre d'amis. Décorée dans des tons vieux rose et vert amande, elle affichait un peu moins l'esprit bonbonnière qui avait présidé à l'agencement de la maison.

— Les draps viennent d'être changés et vous trouverez des couvertures et des oreillers supplémentaires dans l'armoire.

Elle s'assit sur le bord du lit pour en tester la fermeté puis, se renversant en arrière, elle ferma les yeux et soupira.

— Pas la moindre bosse, c'est merveilleux !

— Je pense qu'il doit y avoir aussi des vêtements appartenant à Lisa dans l'armoire. Je suis sûr que ça ne l'ennuiera pas que vous lui en empruntiez. Vous semblez être à peu près de la même taille.

— Ce serait super.

Elle ouvrit les yeux et se redressa. Thompson se tenait appuyé au montant de la porte, les bras croisés sur sa poitrine. Il était épuisé, hirsute et tellement craquant qu'elle se sentit fondre rien qu'en le voyant. Il semblait presque vulnérable alors qu'elle pressentait au fond d'elle qu'il était tout le contraire.

— Merci de me permettre de séjourner ici. Je sais que ça pourrait vous attirer des ennuis.

Il ne releva pas.

— Au moins, vous serez en sécurité. Je vais préparer quelque chose à manger pendant que vous prenez votre douche. Je dois avoir des lasagnes au congélateur.

Comme s'il n'en avait pas déjà assez fait pour elle ! Ce serait à elle de lui préparer à dîner, songea-t-elle. Enfin… à supposer qu'elle sache cuisiner.

— Vous savez, je me contenterais de quelque chose de simple, comme un sandwich au thon, déclara-t-elle.

C'était la première chose qui lui était venue à l'esprit. Restait à espérer qu'elle aimait le thon…

Il parut soulagé.

— Préférez-vous le pain blanc ou le pain complet ?

Elle n'en avait pas la moindre idée.

— Surprenez-moi.

— Prenez votre temps, ajouta-t-il avant de sortir de la chambre en refermant la porte derrière lui.

Elle se leva et ouvrit l'armoire. Plusieurs jeans y étaient suspendus, ainsi que quelques robes légères et un grand nombre de T-shirts. Elle en trouva un paraissant assez ample pour faire office de chemise de nuit. Il portait l'inscription : « La crise cardiaque, une punition divine pour qui mange nos amis les animaux. » Lisa était sans conteste une amie des animaux.

« Est-ce que j'aime les animaux ? » se demanda-t-elle.

Etait-elle une femme à chat ? A chien ? Leur était-elle allergique ? Avait-elle eu un animal de compagnie lorsqu'elle était enfant ?

« Voyons, tu ne te rappelles pas tes propres enfants et tu espères te souvenir d'un animal de compagnie ? Efforce-toi donc de garder le sens des priorités ! »

En poussant un soupir, elle retira le T-shirt du cintre. Elle fouilla ensuite les tiroirs de la commode en espérant y découvrir des sous-vêtements à sa taille, les siens ayant été découpés à l'hôpital. S'il y avait une chose qu'elle avait apprise au cours de cette journée, c'était que le jean était une matière irritante. Hélas ! tous les tiroirs étaient vides. Avant de sortir de la chambre, elle prit au passage un peignoir en flanelle accroché à une patère fixée à la porte.

Une fois sous la douche, elle chercha de nouveau des vergetures mais n'en trouva pas une seule. Son ventre était plat, ses seins hauts et fermes sans être précisément menus.

Elle ne pouvait accepter l'idée qu'elle puisse avoir des enfants, qu'ils soient biologiques ou adoptés. Ou alors peut-être la pensée de ses enfants attendant son retour, seuls et ne sachant que penser, était-elle trop difficile à supporter. Pourquoi personne n'était-il encore allé signaler sa disparition ? Où était sa famille ? N'y avait-il personne qui l'aimait ou se préoccupait d'elle ?

Des larmes jaillirent soudain de ses yeux et elle tourna le visage vers le jet d'eau pour les évacuer. Elle avait réussi à ne pas craquer jusqu'à présent ; elle ne pouvait pas baisser les bras maintenant. Elle devait continuer à croire que l'inspecteur Thompson résoudrait cette affaire, qu'ils la résoudraient ensemble.

Sortant de la douche, elle se sécha puis enfila le T-shirt et le peignoir. Elle démêla ses cheveux à l'aide d'une brosse trouvée dans le placard puis se pencha vers le miroir et examina ses dents. Elles étaient blanches et parfaitement alignées. Si elle avait eu des caries, elles n'avaient pas été comblées au moyen de plombages métalliques. Fallait-il en déduire qu'une somme considérable avait été investie en soins dentaires ou alors ses dents étaient-elles saines et naturellement alignées ?

Elle inspecta ensuite les ecchymoses d'un rouge violacé marquant ses coudes et ses avant-bras, remerciant le ciel de n'avoir pas plutôt atterri face contre terre. Elle découvrit quelques petites cicatrices qu'elle n'avait pas remarquées auparavant, notamment une ligne pâle d'environ un centimètre au-dessus de son œil droit. Etait-ce l'œuvre d'un mari violent ou le résultat plus innocent d'une chute de vélo lors de son enfance ?

Elle observa son reflet dans le miroir en fronçant les sourcils. Des cicatrices, des fractures anciennes…

Pourquoi n'avait-elle pas pensé à cela plus tôt ?

Une nouvelle bouffée d'espoir l'envahit et elle se précipita hors de la salle de bains. Elle trouva Thompson occupé à préparer des sandwichs sur le plan de travail de la cuisine.

Il se tourna vers elle lorsqu'elle déboula dans la pièce.

— Je viens de prendre conscience de quelque chose ! annonça-t-elle. Je ne pouvais pas vivre avec un mari violent. Je dois être divorcée.

Il apporta deux assiettes à table, chacune garnie d'un sandwich, de pickles et d'une montagne de chips.

— Comment êtes-vous arrivée à cette conclusion ?

— En dehors de mes blessures de la nuit dernière, je ne porte aucune marque. Uniquement d'anciennes cicatrices. Si je vivais avec un homme qui me battait, n'aurais-je pas des blessures plus récentes ? S'il était assez violent pour me briser les os, ne porterais-je pas au moins des traces de coups ?

Il l'invita à s'asseoir.

— J'y ai pensé également.

Elle se glissa sur son siège.

— Donc, vous pensez que c'est possible ?

Elle paraissait si pleine d'espoir que Mitch détesta l'idée de dire quoi que ce soit qui puisse la démoraliser. Il ne pouvait toutefois pas lui raconter d'histoires.

— Tout est possible.

Il s'apprêtait à s'asseoir lorsque le téléphone sonna. Il consulta l'écran du téléphone sans fil. « Numéro masqué » S'il s'était agi d'un collègue du commissariat ou de Lisa, cela se serait affiché.

— Vous ne répondez pas ? lui demanda son invitée comme il ne bougeait pas.

— La personne a volontairement masqué son numéro, dit-il. Je veux savoir si elle laisse un message.

Le répondeur prit le relais à la troisième sonnerie mais, lorsque le bip retentit, ils n'entendirent qu'un silence interminable puis la personne raccrocha.

— Ce n'était pas lui, n'est-ce pas ?

Elle avait blêmi.

— Il nous cherche.

— Nous n'avons aucune certitude. Ça pouvait être simplement un faux numéro ou du télémarketing.

Elle semblait pour le moins sceptique. Il ne fit pas mention du fait que son numéro était sur liste rouge et que l'obtenir relevait de l'exploit. A moins, bien entendu, que le suspect ne connaisse quelqu'un au commissariat… ou qu'il n'y travaille.

L'inconnue repoussa son assiette.

— Je crois que j'ai perdu l'appétit.

— Vous êtes en sécurité, ici. Personne ne peut passer le système d'alarme sans que j'en sois averti.

Il aurait voulu trouver le moyen de dissiper ses craintes, ses doutes. Il posa la main sur la sienne. Sa peau était douce et chaude, mais la tension de ses muscles trahissait son inquiétude.

Il resserra son étreinte dans un geste qui se voulait rassurant.

— Je ne laisserai rien de mal vous arriver.

Leurs regards se croisèrent et l'atmosphère se réchauffa. L'air autour d'eux se chargea d'électricité et il sentit son pouls s'accélérer. Bon sang ! Il n'aurait jamais dû la toucher, même s'il lui semblait ne plus pouvoir enlever sa main. C'était à elle de retirer la sienne, de rompre le charme.

Elle lui adressa un sourire tremblant.

— Je veux y croire.

A vrai dire, elle n'y croyait pas. Sa confiance se méritait. Il devrait lui prouver qu'il était capable d'assurer sa sécurité.

— A propos… En quoi un inspecteur a-t-il besoin de s'équiper d'un système d'alarme dernier cri ? demanda-t-elle en grignotant distraitement la croûte de son pain. Il faudrait être vraiment téméraire ou complètement idiot pour entrer par effraction dans la maison d'un policier.

Mitch lui fut reconnaissant de ramener la conversation sur un sujet neutre.

— C'est pour les besoins de l'assurance. Je possède une importante collection d'armes. Elle est dans ma famille depuis des générations. Quelques-unes datent de la guerre d'Indépendance.

Elle mangea l'une de ses chips.

— Qu'est-ce qui vous a poussé à devenir policier ? S'agit-il également d'un héritage familial ?

— Il y a une forte tradition militaire dans ma famille. Tout le monde pensait que mon père allait faire carrière mais, à son retour du Viêt-nam, il a abandonné l'armée. Il est alors devenu policier.

— A Twin Oaks ?

Il acquiesça.

— Il a pris sa retraite anticipée quand il est tombé malade. Cancer de l'estomac.

— Quand est-il décédé ?

— Cela fera trois ans le mois prochain.

Elle mordit dans son sandwich et se mit à mâcher lentement.

— Et, depuis, vous vous occupez de votre famille.

— Plus ou moins.

Elle hocha la tête.

— Hum.

Il leva les yeux au ciel.

— Nous y revoilà !

— Pardon ? fit-elle en posant sur lui ses grands yeux innocents. Je n'ai rien dit.

— C'était inutile.

Il termina son sandwich et alla poser son assiette dans l'évier.

— Vous faites de nouveau entendre ce petit murmure désapprobateur.

Elle partit d'un rire franc.

— Mais non, je vous assure.

— Tenez, là encore.

Elle se leva à son tour et alla poser son assiette sur le bord de l'évier. Elle avait à peine touché à son dîner.

— Je maintiens que, si vous n'avez pas de raison de vous sentir coupable, rien de ce que je pourrais dire ou « murmurer » ne devrait pouvoir vous faire culpabiliser.

Il se contenta de grommeler. Elle avait raison, c'était évident. Mais alors, pourquoi, se demanda-t-il, se sentait-il aussi terriblement coupable ?

*
* *

Mitch entendit un gémissement. Au début, il crut qu'il rêvait. En fait, il était bien en train de rêver... de l'inconnue. Il rêvait qu'elle était entrée dans sa chambre et s'était glissée entre les draps à côté de lui. C'était un rêve confus et décalé et, pourtant, il avait ressenti avec une acuité intense le contact des mains de la jeune femme sur son corps, la moiteur de ses lèvres sur sa peau, la chaleur de son corps blotti contre le sien. Mais, lorsqu'il avait voulu l'étreindre, elle s'était évanouie dans les airs.

— Non !

Il se redressa vivement sur son lit.

Il ne s'agissait pas d'un rêve. Rejetant les couvertures, il prit son Glock rangé dans le tiroir de la table de chevet et se leva vivement. Comment quelqu'un avait-il pu s'introduire dans la maison ? C'était impossible sans déclencher l'alarme.

Le cœur battant à tout rompre, il s'avança à pas de loup vers la porte. Bien qu'il fallût un moment pour que ses yeux s'habituent à l'obscurité, il sut presque immédiatement qu'elle était seule dans la chambre. A en juger par son agitation et ses paroles incohérentes, elle faisait un cauchemar.

La soudaine poussée d'adrénaline retomba et il dut s'appuyer contre le chambranle. Elle était saine et sauve. Pour l'instant, du moins.

« Prends garde à toi, Mitch. Tu deviens trop intime avec elle. Trop impliqué. »

Elle poussa un gémissement et marmonna quelque chose dans son sommeil. Il ne distingua pas clairement ses paroles, mais il crut l'entendre dire : « Il a pris mon bébé. »

Son bébé ? Tenant toujours son Glock, il traversa le couloir à pas feutrés jusqu'à la chambre d'amis. Elle était étendue sur le dos, vêtue d'un simple T-shirt, et avait complètement repoussé les couvertures. Bien que le T-shirt la couvrît jusqu'à mi-cuisses, il en révélait plus que Mitch ne se serait attendu à voir. Cela ne servit qu'à lui rappeler depuis combien de temps il n'y avait pas eu de femme dans cette maison. Ni dans son lit.

Cela faisait beaucoup trop longtemps.

Elle marmonna encore des paroles qu'il ne saisit pas et agita sa tête sur l'oreiller.

Il alla jusqu'à elle, lui saisit l'épaule et la secoua légèrement.

— Réveillez-vous ! Ce n'est qu'un mauvais rêve.

Elle repoussa sa main et grogna :

— Non ! Ne me touchez pas !

Il esquiva son bras qui battait l'air et l'attrapa par les poignets.

— Calmez-vous ! Ce n'est que moi.

Elle ouvrit grands les yeux, le regard hanté et plein de terreur et, avant qu'il ne comprenne ce qui lui arrivait, elle bondit sur lui, telle une panthère. Son pistolet lui échappa des mains et, atterrissant quelque part derrière lui, glissa sur le parquet. En un clin d'œil, il se retrouva étendu sur le dos, tandis que l'inconnue, à califourchon sur lui, bloquait sa respiration en appuyant son avant-bras contre sa gorge.

Il aurait pu facilement se libérer — il aurait dû se libérer —, mais il ne voulut pas lui faire de mal.

— Ce n'est que moi, répéta-t-il d'une voix étranglée.

Elle cligna des paupières à plusieurs reprises tandis qu'elle commençait à le reconnaître, puis elle retira vivement son bras.

— Oh ! Mon Dieu ! Vous allez bien ?

Il se frictionna la gorge, avalant plusieurs fois sa salive pour s'assurer que tout fonctionnait encore.

— Très bien. Au moins, cette fois, vous ne m'avez pas mordu.

Prenant le visage de Mitch entre ses mains, elle demanda, hébétée :

— Comment suis-je arrivée là ?

— Vous faisiez un mauvais rêve, lui expliqua-t-il. J'ai tenté de vous réveiller, et vous vous êtes jetée sur moi.

— Vraiment ?

— Où avez-vous appris ce genre de prise ?

— Je n'en sais rien. Je vous ai fait mal ?

Elle passa les doigts dans les cheveux de son hôte pour vérifier qu'il n'était pas blessé. Mitch sentit chacun des muscles de son corps se contracter. Le visage de l'inconnue n'était qu'à quelques centimètres du sien. Ses cheveux, exhalant un doux parfum, vinrent lui chatouiller la joue. Il lui serait tellement facile de l'envelopper de ses bras, de l'attirer contre lui, de poser sa bouche sur ses lèvres douces…

Pendant un instant, il fut tétanisé par la peur, la peur qu'elle l'embrasse effectivement… ou qu'elle ne l'embrasse pas. Il ferma les yeux en gémissant.

— Mitch ? Tout va bien ?

Elle changea de position, déclenchant inconsciemment chez lui une sensation de plaisir intense. D'instinct, il la prit par les hanches et sentit sous ses doigts sa peau nue et douce.

Elle retint sa respiration et, pendant un instant, ils restèrent immobiles à se regarder, comme incertains quant à ce qu'il y avait lieu de faire. Puis elle remua de nouveau, cette fois délibérément et probablement pour savoir jusqu'où elle pouvait aller.

Décidant qu'elle n'irait pas plus loin, il enfonça ses doigts dans sa chair.

— Ne refaites pas ça.

— Ou sinon ?

En dépit de l'obscurité, il vit la lueur malicieuse de son regard, comme si elle se complaisait à le torturer. Et quelle exquise torture ce serait s'il la laissait persévérer ! A Dieu ne plaise, c'était un péché des plus tentants. Elle cambra de nouveau les hanches, éveillant derechef ce délicieux tourment, et il se mordit la langue pour réprimer un gémissement. Puis elle se pencha en avant jusqu'à ce que leurs poitrines se frôlent et murmura à son oreille :

— Portez-vous une arme ou êtes-vous simplement content de…

Elle fut interrompue par un bruit de vitre volant en éclats alors que la fenêtre de la chambre explosait.

8

L'inconnue poussa un cri strident tandis que Mitch la renversait sur le dos, la protégeant d'une pluie d'éclats de verre. L'alarme se mit à hurler et l'éclairage extérieur s'alluma, illuminant la pièce à travers ce qui restait des fins rideaux. Puis il entendit un autre vacarme quand la fenêtre panoramique du salon se brisa en mille morceaux.

Sa protégée se contorsionnant sous lui, il employa tout le poids de son corps pour la maintenir au sol.

— Ne bouge pas ! ordonna-t-il, se mettant tout naturellement à la tutoyer.

Il chercha du regard son pistolet sur le parquet et le repéra près de la porte, à environ un mètre de lui. Il jura en silence. Le sol était bien trop criblé d'éclats de verre pour qu'il puisse ramper jusque-là afin de le récupérer.

Il resta allongé, parfaitement immobile, guettant l'entrée d'un éventuel intrus. La présence de la femme sous lui devenait de plus en plus sensible et obsédante. Il reconnaissait le parfum de son propre shampooing et de son savon, mais sur elle ils exhalaient des effluves plus doux, plus sucrés. Tout en elle était suave. Ses seins à la peau délicate pressés contre sa poitrine, ses cheveux soyeux qui lui chatouillaient la joue, son souffle doux à son oreille. Cette position aurait dû leur être inconfortable, pourtant leurs corps s'épousaient parfaitement, comme les formes d'une clé et de la serrure correspondante.

Il possédait la clé, l'inconnue la serrure. Cet euphémisme était pour le moins inapproprié ; il évoquait le genre de choses auxquelles il valait mieux ne pas penser en cet instant précis. L'excitation qui avait momentanément disparu revint de plus belle. Par chance, sa protégée n'aggrava pas le problème en se tortillant. Elle ne bougeait plus.

Au bout de quelques minutes, il se souleva sur ses coudes pour la regarder.

— Tu vas bien ?

Elle hocha la tête, l'air terrifié.

— Oui, je pense.

— Je crois que nous pouvons affirmer que ton agresseur nous a localisés.

Elle s'accrocha à son T-shirt.

— Et s'il est encore là, dehors ?

— Ce n'est pas le cas. Il nous aurait déjà trouvés. J'ai l'impression qu'il a voulu nous envoyer un message.

Elle leva les yeux vers le trou béant où s'était trouvée la vitre.

— Pas très subtil, comme message.

— Et je parierais que nous n'en avons pas fini avec lui.

L'alarme s'éteignit soudain et un silence lugubre s'ensuivit. La chambre était tellement silencieuse qu'il pouvait entendre les battements réguliers de son cœur ainsi que ceux, un peu plus rapides, de celui de sa compagne.

— Que s'est-il passé ? demanda-t-elle avec appréhension. Pourquoi s'est-elle arrêtée ?

— Elle est programmée pour s'éteindre au bout de cinq minutes. La police est en route.

Elle lui toucha le bras.

— Mitch, tu saignes !

Baissant les yeux, il vit un filet de sang suinter sur son avant-bras. C'était un miracle qu'ils n'aient pas été hachés menu.

— C'est juste une égratignure.

Elle se redressa sur ses coudes et contempla autour d'eux les morceaux de verre épars. La lumière entrant par la fenêtre révélait à quel point s'aventurer jusqu'à la porte serait risqué.

— Comment allons-nous sortir d'ici ? Il y a du verre partout !

— J'entends les sirènes, répondit Mitch en tendant l'oreille. Ils ne sont plus qu'à un kilomètre à peine. Ils arriveront d'un instant à l'autre.

— D'un instant à l'autre ?

Paniquée, elle le repoussa soudain.

— Il faut sortir d'ici. On ne peut pas les laisser nous trouver dans cette position.

— Il y a trop de verre. Attendons les secours.

— Mais je ne suis pas censée être ici ! Que vont-ils penser s'ils nous trouvent comme ça… tous les deux ?

Oui, qu'allaient-ils penser ? Il avait sa petite idée sur la question.

— J'ai bien conscience de l'impression que ça donne.

— Je ne crois pas, non.

L'air contrarié, elle se mordit la lèvre inférieure.

— Mitch, je ne porte pas de sous-vêtements.

Il se retint in extremis de vérifier de visu. Elle plaisantait, forcément.

— Ce n'est pas drôle.

— Je n'essaie pas d'être drôle.

Elle lui prit la main et la guida jusqu'à sa taille.

— Est-ce que tu sens le bord d'un slip ?

Partant de sa taille mince, il fit glisser sa main le long de sa hanche jusqu'à une fesse à la peau douce et… nue.

Il retira prestement sa main.

— Bon sang ! Pourquoi ne m'en as-tu rien dit ?

— Je viens de le faire !

— Pourquoi ne pas l'avoir dit avant ?

— A quel moment ? Tu me vois te dire : « Désolée de t'avoir fait tomber, Mitch. Ah, au fait, je n'ai pas de slip. »

Les voitures de police approchaient. Elles arriveraient d'un instant à l'autre. Mitch ne s'inquiétait pas trop pour lui. Il s'accommoderait du sermon auquel il aurait droit si on les découvrait dans cette posture. Il se souciait bien plus de la manière dont cela risquait d'affecter sa compagne. Elle avait traversé suffisamment d'épreuves au cours des deux derniers jours pour ne pas se trouver mêlée à ses problèmes personnels. Son expérience passée, connue de tous ses collègues, combinée à l'absence suspecte des sous-vêtements de la jeune femme, rendrait difficile à croire que la situation était complètement innocente. Enfin presque complètement innocente. Avant qu'il ait pu trouver le moyen de s'éloigner d'elle discrètement et sans se blesser, une voix se fit entendre.

— Désolé, déclara un homme debout près de la porte. Il semblerait que je vous aie interrompus.

— Où diable avais-tu la tête ?

Darren faisait les cent pas dans la cuisine comme un lion en cage.

— Tu peux te vanter d'avoir eu de la chance que j'aie été en chemin pour rentrer chez moi quand l'appel est arrivé. Si je n'étais pas arrivé le premier… Nom de Dieu, Mitch, c'était une idée stupide !

Mitch observa l'inconnue. Elle répondait aux questions de l'agent Greene, lovée sur le canapé et emmitouflée dans une couverture. Elle était sortie de cet incident physiquement indemne alors que lui avait écopé de quelques coupures mineures aux bras et aux jambes.

Ces dernières n'étaient rien en comparaison de la semonce qu'il avait reçue de Darren.

— Je te répète que c'était tout à fait innocent.

— Bien sûr, j'oubliais, le mauvais rêve ! Suis-je censé admettre qu'une femme de cette taille soit parvenue à te désarmer et à te clouer au sol ? Je n'y crois pas.

— D'accord, peut-être ton jugement a-t-il été légèrement influencé…

— « Légèrement influencé » ? Ça recommence, exactement comme avec Kim !

Cette déclaration attira sur eux plusieurs regards, notamment celui de l'inconnue.

— Ecoute, j'apprécie le souci que tu te fais pour moi, mais il n'y a rien de déplacé entre nous.

— Tu ne comprends donc rien ? Cette femme te manipule. C'est une arnaqueuse.

Mitch savait que Darren pensait bien faire. Il s'inquiétait pour son bien-être, son emploi. Et son affirmation n'était qu'à demi fausse… Pourtant, il eut du mal à garder son calme.

— Si elle avait un casier judiciaire, nous n'en serions pas réduits à nous demander qui elle est.

Darren ne sembla même pas l'entendre.

— Je ne comprends pas pourquoi tu l'as amenée ici ! Elle était censée être en lieu sûr, de l'autre côté de la ville.

— Quelqu'un surveille mes faits et gestes. L'un des nôtres. Je ne pense pas qu'elle y aurait été en sécurité.

— Eh ben voyons ! Voilà maintenant que c'est une conspiration. Tu ne deviendrais pas un peu paranoïaque ?

Mitch ne s'abaissa pas à répondre à cela.

— Je devrai rédiger un rapport dans la matinée. Comment espères-tu que je pourrai expliquer ça ?

— Tu n'auras qu'à dire la vérité et j'en assumerai les conséquences. Peut-être ai-je enfreint le règlement en l'amenant ici, mais je dois me préoccuper de sa sécurité.

— Sa sécurité vaut-elle que tu perdes ta plaque ?

— Si faire mon travail au mieux de mes possibilités implique que je prenne des risques, alors oui.

— Bon sang, Mitch ! Je ne peux pas te regarder ruiner dix années de service pour une femme que tu ne connais même pas. Je m'y refuse. Je vais recommander qu'on te dessaisisse de cette affaire.

Se tenant l'arête du nez entre le pouce et l'index, Mitch prit une profonde inspiration afin de se détendre. Laisser libre cours à sa colère ne rendrait la situation que plus explosive.

— Tu n'as pas entendu un seul mot de ce que j'ai dit !

— Au contraire, j'ai entendu chaque mot. Et j'ai entendu la même chose il y a deux ans. Si cette femme compte aussi peu à tes yeux, pourquoi ne délègues-tu pas ce dossier à quelqu'un d'autre ? Personne ne te le reprochera.

— Je te l'ai expliqué. Je dois résoudre cette affaire moi-même. Elle avait mon nom dans sa poche. Je suis déjà impliqué. J'ai besoin de comprendre pourquoi.

Darren s'appuya contre la table de la cuisine et secoua la tête.

— Est-ce que ça vaut la peine de ruiner ta carrière ?

— Je n'en arriverai pas là.

— Encore un seul faux pas, Mitch. Tu sais qu'ils n'attendent que ça. Le procureur meurt d'envie d'avoir une raison de t'épingler.

— C'est pourquoi il faut que je comprenne. Tu veux savoir si je suis attiré par elle ? Evidemment ! Qui ne le serait pas ? Mais il ne se passera rien ! Je veux résoudre cette enquête, bon Dieu ! Voilà ce que je veux.

— Excusez-moi, inspecteur…

L'agent Greene apparut à la porte.

— Il y a un appel pour vous.

— Prenez un message.

— Ça ne peut pas attendre. On vous demande à l'hôpital. Il y a eu une nouvelle agression.

Ils avaient joué au plus malin avec lui.

Il écumait de rage. La créature démoniaque en lui se déchaînait, secouant ses chaînes. De nouveau, il se sentit possédé par cette soif de violence. Mais, maintenant qu'ils avaient un suspect, il ne pouvait pas prendre ce risque. A moins de changer de mode opératoire. Mais même alors, ce serait courir un risque. Et il était trop intelligent pour ça.

C'était la rage, la fureur, qui avait au tout début libéré le démon qui sommeillait en lui, qui avait donné le coup d'envoi de ce jeu. Et sa femme, cette garce qui fourrait son nez partout, avait découvert sa cachette. Elle avait tout gâché ! Il aurait dû lui rabattre le caquet depuis longtemps. Elle se plaignait sans cesse, se croyait supérieure à lui. Tout comme l'avait fait sa mère.

Il allait leur montrer. Il était le plus intelligent.

La prochaine fois, il n'échouerait pas.

Debout dans le couloir devant les urgences, l'inconnue regardait Mitch s'entretenir avec le médecin de garde. Elle était trop loin pour entendre ce qui se disait mais, à leur expression solennelle, elle comprit que les nouvelles étaient mauvaises. Mitch écoutait le médecin avec attention en prenant des notes.

Il semblait exténué et contrarié. Il était resté muet comme une tombe à propos de toute cette enquête. Cependant, elle avait cru comprendre que la victime avait été agressée dans le centre où il était censé l'avoir déposée.

Le médecin serra la main de Mitch et longea le couloir en lui adressant au passage un signe de tête.

— Ne bouge pas d'ici, lui lança Mitch avant de disparaître derrière l'un des rideaux séparant les box.

Bien que terrifiée à l'idée de ce qu'elle pourrait voir derrière ce rideau, elle voulait savoir ce qui s'était passé. Elle devait le voir et l'entendre par elle-même.

Il était 2 heures du matin, mais le service des urgences grouillait d'activité et elle put le suivre sans se faire remarquer. Elle s'arrêta devant le box où il était entré et entrouvrit le rideau pour voir à l'intérieur. Mitch lui tournait le dos, lui masquant la femme étendue sur le lit.

— Que faisiez-vous dehors, à cette heure de la nuit ? demanda-t-il.

— Vous me prenez pour une imbécile ? s'exclama une voix bourrue. Je vous réponds et vous courez le répéter à mon contrôleur judiciaire. N'y comptez pas, mon mignon.

— Ce qui se dira ici restera entre nous. J'enquête sur une affaire qui peut avoir un lien avec votre agression et j'ai besoin de votre aide.

Il y eut un silence.

— J'avais besoin de me piquer, ça vous va ? marmonna enfin la femme. J'avais caché de la came derrière l'immeuble. Je me suis penchée pour la prendre et, quand je me suis retournée, il y avait un type derrière moi. Il m'a poussée en arrière et il m'a frappé la tête contre le mur.

— Avez-vous pu le voir ?

— Pas vraiment. Il faisait noir et il portait une veste à capuche. Il avait à peu près votre taille, ou un peu moins. Au début, j'ai cru que c'était mon dealer qui me l'envoyait pour avoir témoigné contre lui.

Elle marqua une pause.

— Mais il portait une de ces eaux de Cologne hors de prix. Et il n'avait pas l'allure d'un homme de main.

Mitch prenait des notes sur son bloc.

— Vous a-t-il dit quelque chose ?

— Il m'a demandé où était sa femme, répondit la victime.

Elle sentit sa gorge se serrer.

— Il n'arrêtait pas de répéter : « Tu sais où elle est ! Dis-moi où elle est ! » Quand je lui ai demandé le nom de sa femme, il s'est arrêté comme s'il ne comprenait plus. Puis il s'est mis à me frapper. Il m'a donné plusieurs coups de poing et, quand je suis tombée à terre, il a continué à coups de pied.

Mitch se déplaça vers la gauche et elle put voir la femme allongée dans le lit. Son œil gauche, fermé, était enflé et noirci, ses lèvres fendues et gonflées, et un plâtre lui couvrait le bras gauche de l'épaule au poignet. Et ce n'étaient que les blessures apparentes. Elle avait mentionné des coups de pied. Elle pouvait avoir eu des côtes fracturées ou une hémorragie interne. Elle aurait pu mourir.

Son estomac se révulsa à la pensée des souffrances que cette pauvre femme avait endurées.

« Ça aurait pu être moi. »

— A-t-il dit autre chose ? demanda Mitch.

— Il a parlé de retrouver ses enfants. Il a dit qu'elle ne pourrait pas éternellement les cacher.

L'inconnue poussa un cri involontaire puis mit une main devant sa bouche.

Mitch fit volte-face et jura en la découvrant derrière lui.

— Je t'avais dit de m'attendre dans le couloir !

— C'était elle qu'il cherchait ! fulmina la victime. Ton mari est un fou furieux, ma belle. Regarde ce qu'il m'a fait !

Elle sentit la nausée l'envahir. Son mari ? Ses enfants ? Ça ne pouvait être la réalité.

— Je suis vraiment désolée, murmura-t-elle. Tout ça est ma faute.

— S'il vous revient quelque chose, appelez-moi, dit Mitch en donnant sa carte à la victime.

Puis il sortit du box et l'entraîna vers la porte.

— Tu n'avais pas à entendre ça.

— Si, il le fallait.

Elle serra les poings dans une vaine tentative pour empêcher ses mains de trembler.

— J'aurais dû être à sa place. C'était moi qu'il cherchait.

Il s'arrêta et la prit par les épaules.

— Ecoute-moi. Ce n'est pas ta faute. Tu ne pouvais pas savoir qu'il ferait ça. Ce n'est la faute de personne.

— Comment ai-je pu... épouser un homme comme lui, avoir des enfants...

Les mots s'étranglèrent dans sa gorge.

— Le problème est-il là ? Ai-je caché nos enfants ? Et si jamais il les retrouvait et leur faisait du mal ?

— Nous les retrouverons avant lui.

— Et si nous n'y arrivons pas ?

Mitch l'attira contre lui, l'enveloppant de ses bras. Elle s'abandonna, pressant sa joue contre sa poitrine. Comment pouvait-elle se sentir à ce point en sécurité dans son étreinte et en même temps si terrifiée et vulnérable ?

— Je n'arrête pas de me dire que tout va s'arranger, que ce sera bientôt fini, et ça ne fait qu'empirer !

Un bras passé autour de ses épaules dans un geste protecteur, Mitch la guida vers la sortie.

— Nous avons tous les deux besoin de sommeil. Les choses nous paraîtront plus claires demain matin.

— Où allons-nous ?

— Chez moi.

— Mais...

— Il n'y a pas de « mais ». C'est encore l'endroit où tu seras le plus en sécurité. Les fenêtres auront été condamnées et l'alarme nous préservera de toute éventuelle intrusion.

A l'extérieur, l'air était vif. Comme elle frissonnait sous sa veste légère, Mitch la serra un peu plus contre lui.

— J'ai entendu ce qu'a dit ton ami. Je ne veux pas te créer de problèmes.

— Laisse-moi m'occuper de Darren. Comme je le lui ai répondu, ma priorité est de te garder saine et sauve.

— Et si tu ne le pouvais pas ?

Il posa sur elle son regard sombre.

— Cette option n'est pas envisageable.

Mitch se réveilla en sursaut et s'assit brusquement. Puis il prit conscience qu'il n'était pas dans son lit. Il avait dormi par terre dans sa chambre. Il plissa les yeux pour voir l'heure qu'affichait le réveil sur la table de chevet.

9 h 30.

Il bâilla et regarda vers le lit. Il avait insisté pour que l'inconnue y dorme. Le lit était vide. Son cerveau encore embrumé reconnut alors l'odeur du café et du bacon.

Bâillant de plus belle, il s'extirpa des couvertures et tituba jusqu'à la salle de bains. Il ôta le bandage de sa main. La morsure était en bonne voie de guérison et ne paraissait pas infectée, mais elle restait très douloureuse. Il prit une boîte d'ibuprofène dans la pharmacie et avala trois comprimés.

Sa protégée lui avait prouvé, à la fois dans la ruelle et au cours de la nuit précédente, qu'elle était une battante. C'était étrange de la part d'une femme ayant subi des violences conjugales. En règle générale, elles étaient craintives, timorées.

Décidément, rien, dans cette affaire, ne paraissait cohérent.

Il se doucha, se brossa les dents et décida qu'il était temps qu'il se rase. Après s'être habillé, il se risqua à aller voir ce que faisait son invitée. Il la trouva dans la cuisine, occupée à observer le jardin, une tasse à la main.

— Je croyais que tu ne buvais pas de café, observa-t-il.

Elle tourna vers lui un visage impassible. Elle ne parut ni surprise ni contente de le voir, plutôt un peu perdue.

— C'est du thé. Le café est pour toi. Tu as bien dormi ?

Il traversa la pièce d'un pas traînant et prit une tasse dans le placard.

— Comme une souche. Et toi ?

Elle haussa les épaules. Sous sa veste, elle portait l'une des robes de Lisa en tissu soyeux qui collait à ses hanches minces et produisait un bruit léger lorsqu'elle se dirigea vers la cuisinière. Ses cheveux étaient de nouveau relevés en queue-de-cheval, découvrant les courbes gracieuses de son cou. Elle était vraiment très belle.

S'invectivant intérieurement, il détourna le regard. Après les événements de la nuit précédente, il était dans son intérêt d'éviter de poser les yeux — ou les mains — sur elle.

Elle enfila une manique et sortit une assiette de bacon et un plat de pancakes du four.

— Tu as faim ?

— On dirait que tu as préparé de quoi nourrir un régiment.

— J'ai commencé à mélanger les ingrédients et je me suis retrouvée avec tout ça. J'ai pensé que tu pourrais congeler l'excédent.

Il la regarda poser le tout sur des dessous-de-plat.

— Tu n'étais pas obligée de cuisiner.

— C'est un moyen de tuer le temps.

— Depuis quand es-tu levée ?

De nouveau ce haussement d'épaules.

— Quelques heures.

— Il était presque 3 heures du matin quand nous sommes rentrés. Tu dois être épuisée.

— J'ai assez dormi.

Elle prit deux assiettes dans le placard ainsi que des couverts dans le tiroir. Il ne lui avait pas fallu longtemps pour se familiariser avec sa cuisine, constata Mitch avec un certain plaisir. Il ne se rappelait pas avoir trouvé le petit déjeuner prêt en se levant depuis des lustres. Kim, la seule femme avec qui il ait vécu, était une lève-tard. Il avait compris trop tard qu'elle dépendait d'un arsenal pharmaceutique. Amphétamines pour se mettre en route le matin, et tranquillisants pour s'assommer le soir… Sans oublier l'occasionnelle ligne de coke qui lui permettait de tenir dans la journée.

— Je… je voulais m'excuser pour ce qui est arrivé la nuit dernière, dit-elle en remplissant les assiettes.

— Tu n'as pas à t'excuser, je te l'ai déjà dit. Mon assurance couvrira les dommages.

— Oh ! je ne parlais pas des fenêtres ! Je voulais dire que

j'étais désolée de t'avoir jeté à terre et puis... tu sais... de t'avoir allumé. Je ne saurais dire ce qui m'a pris.

La simple évocation de ce moment et la prise de conscience que seul son caleçon les avait alors séparés emplirent son esprit de pensées brûlantes. Les mêmes qu'il avait entretenues la nuit précédente avant que les vitres ne volent en éclats. Cela le força à réfléchir à ce qui serait arrivé s'il n'y avait pas eu cette fusillade. Aurait-il, dans un moment de faiblesse, cédé à ses fantasmes ou aurait-il eu la volonté de la repousser ?

Pour ne rien arranger, il était quasiment certain qu'elle ne portait toujours pas de culotte.

— Il n'y a pas de mal, marmonna-t-il.

Du moins, pas à terme. Il était certain qu'il finirait par oublier la douceur de ses fesses sous sa main. Cette peau soyeuse, sensuelle...

D'accord, tout compte fait, ça l'avait un peu marqué. Il en gardait le souvenir dans la région de son entrejambe.

— J'ai déblayé le plus de verre possible, j'attendais que tu sois réveillé pour passer l'aspirateur.

— Tu n'aurais pas dû. Il y a une entreprise de nettoyage qui vient faire le ménage une fois par semaine. Je vais leur demander de passer aujourd'hui.

Il alla prendre le sirop d'érable dans le réfrigérateur et revint vers la table en s'efforçant prudemment de ne pas regarder plus bas que son cou. Ils s'assirent face à face.

Elle ne mangea pas, se contentant de déplacer distraitement la nourriture dans son assiette. Quelque chose n'allait pas, ce matin. Elle n'était plus la femme passionnée et courageuse qu'il avait appris à connaître. Elle était fermée, repliée sur elle-même.

— Tu vas bien ? lui demanda-t-il. Tu ne sembles pas être toi-même.

— Moi-même ?

Sa fourchette retomba bruyamment sur la table.

— Ça veut dire quoi, exactement ? Tu ne sais même pas qui je suis. Moi non plus, je ne sais pas qui je suis ! Et encore moins ce que je suis !

— Je t'en prie.

— Je suis sérieuse, Mitch.

Les pieds de sa chaise crissèrent sur le sol comme elle s'écartait de la table.

— Je pourrais être n'importe qui. Je pourrais être une voleuse. Je pourrais me jouer de toi ce matin sans que tu en saches rien. Pourquoi me ferais-tu même confiance ?

— Tu ne t'es pas jouée de moi. Et, si tu étais une criminelle, nous aurions trouvé tes empreintes dans la base de données.

Elle leva les yeux au ciel et soupira.

— Tu as réponse à tout, n'est-ce pas ?

— J'aimerais bien… J'aimerais pouvoir te révéler qui tu es et pourquoi cet homme t'a agressée. Et, quand je dis que tu ne sembles pas être toi-même, je veux simplement dire que tu es plus coriace que ça. Tu dois le savoir.

— Ah ? Vraiment ?

Elle jouait avec la fermeture Eclair de sa veste, l'observant derrière la frange de ses longs cils noirs.

— Je n'étais pas si coriace, quand j'ai vomi sur toi.

Il secoua la tête et lui sourit.

— J'ai l'impression que ça va te rester.

— Je parie que ça ne t'est jamais arrivé.

— Non, je n'ai aspergé personne mais, sur certaines scènes de crime, il s'en est parfois fallu de peu. Tout le monde a ses limites, psychologiques et physiques, même les policiers chevronnés. Ça nous rappelle que nous sommes des êtres humains, que nous avons encore des sentiments.

Elle resta silencieuse un instant puis sourit.

— Comment fais-tu ça ?

— Comment est-ce que je fais quoi ?

— Tu arrives toujours à trouver le mot juste. Tu sais faire renaître l'espoir.

Il lui prit la main par-dessus la table. En réalité, il aurait voulu la serrer dans ses bras.

— C'est parce que tout espoir n'est pas perdu. Pas encore, en tout cas.

9

Elle observa la main de Mitch, posée sur la sienne, puis elle le regarda dans les yeux et sa gorge se serra. Son regard était si empreint de compassion qu'une douceur lénifiante l'envahit. En dépit de toute cette confusion, en cet instant précis, elle se sentit inexplicablement sereine.

— Merci !

Il accentua légèrement la pression de ses doigts puis retira sa main.

— Je dois être honnête envers toi. Nous détenons une partie des pièces du puzzle, mais elles refusent obstinément de s'assembler. Greene y travaille mais, à moins que quelqu'un ne signale ta disparition ou que tu ne recouvres la mémoire, nous sommes dans l'impasse.

— Et il ne va pas cesser de me traquer.

— Il ne t'aura pas. Je l'en empêcherai.

Elle eut une soudaine révélation. Une idée si folle qu'elle avait des chances de fonctionner. Elle retrouva son enthousiasme, et même de l'espoir.

— Peut-être ne le devrais-tu pas.

— Qu'est-ce que je ne devrais pas faire ?

Il se leva et alla déposer son assiette dans l'évier.

— L'empêcher de me capturer. Il me capture et tu le captures à son tour.

Il se tourna vers elle, incrédule.

— Tu me suggères de t'utiliser comme appât ?

— Tu as dit qu'il aurait pu me tuer s'il l'avait voulu mais qu'il attendait quelque chose de moi. Je sais que ça paraît dément…

— Non, ça ne paraît pas dément. C'*est* dément !

— Comme tu le disais, je suis coriace. Je peux affronter ça. Je pense que ça marcherait.

— Hors de question !

— Mais, Mitch…

— Non. Ce n'est même pas la peine d'y penser. Ce qu'il a fait à cette femme, la nuit dernière, c'était de la fureur à l'état pur. Et si jamais je n'arrivais pas à temps ?

— Je suis sûre du contraire.

Il secoua la tête.

— Pas question. Je refuse de prendre ce risque. Si c'était ma vie qui était en jeu, ce serait différent.

A un moment, il la qualifiait de « coriace » et, l'instant d'après, il se remettait à la couver. S'il ne parvenait pas à se décider, peut-être devrait-elle décider pour lui. Il ne devrait pas être trop difficile d'échafauder un plan. Elle devrait s'arranger pour lui échapper, mais sans trop s'éloigner pour qu'il puisse la retrouver en cas d'urgence. Elle devrait agir rapidement, dès que l'occasion se présenterait.

Elle se leva pour déposer son assiette dans l'évier. Dans sa tête, les rouages s'étaient mis en branle, ourdissant un plan.

— Oh non ! dit Mitch.

Surprise, elle leva les yeux vers lui.

— Comment ? Qu'y a-t-il ?

Son front se plissa.

— N'y songe même pas !

— A quoi ?

— Tu complotes quelque chose, je le vois dans tes yeux. C'est exactement le regard que tu avais hier, quand je t'ai déposée au centre d'hébergement.

— C'est ridicule, se défendit-elle en se détournant.

Comment pouvait-il lire dans ses pensées ? Etait-elle à ce point transparente ?

Elle ouvrit le lave-vaisselle et entreprit d'y mettre la vaisselle sale. Elle allait devoir se montrer plus prudente, à l'avenir. Dès le début, elle avait compris qu'il était un enquêteur doué. Peut-être un peu trop doué. Son instinct ne le trompait jamais.

— Promets-moi que tu ne feras rien de stupide, insista-t-il.

Il s'était tellement approché d'elle qu'elle sursauta et se retourna pour lui faire face.

— Que veux-tu que je fasse ?

Il lui prit le bras.

— Je ne plaisante pas. Promets-moi que tu n'entreprendras rien d'insensé !

S'il subsistait dans son esprit quelques doutes quant à ce qu'il éprouvait pour elle, ce qu'elle lut dans son regard à cet instant les dissipa. Cela ne changeait rien au fait qu'elle attendait toujours des réponses. Toutefois, elle se voyait mal lui faire une promesse alors qu'elle savait qu'elle ne la tiendrait pas.

Elle choisit ses mots avec soin.

— Je ne ferai rien d'insensé, c'est promis.

— Mais tu complotes quelque chose, n'est-ce pas ?

Il l'avait acculée contre le plan de travail et lui tenait le bras d'une poigne suffisamment ferme pour qu'elle comprenne qu'il ne plaisantait pas. Et il se tenait si près d'elle qu'elle percevait l'odeur de café de son haleine. Elle frissonna.

— Dis-moi la vérité, reprit-il.

Il tenta de l'amadouer en plongeant son regard dans le sien, et elle maudit ce regard magnétique. Il l'hypnotisait, la poussait à se confesser. Il se rapprocha encore jusqu'à ce qu'ils soient littéralement nez à nez.

— Dis-moi que tu ne vas pas disparaître à la seconde où j'aurai tourné les talons.

Elle se sentit fléchir et dut faire appel à toute sa volonté pour garder les lèvres closes. Il lui fallait une diversion. Si seulement le téléphone pouvait sonner, le carillon de l'entrée tinter… la maison prendre feu !

Il s'approcha plus encore, insinuant une jambe entre les siennes, plaquant son corps contre le sien. Il trichait. Des hanches à la poitrine, ils ne formaient désormais plus qu'un. Elle n'entendit plus que son propre cœur qui cognait dans sa poitrine, son souffle court tandis qu'elle s'efforçait de garder ses esprits. Il caressa sa joue, et ses genoux se mirent à trembler. Puis la braise qui couvait en elle se raviva et ce fut l'embrasement, la promesse de… De quoi ? D'une séance de sexe torride qu'ils regretteraient ensuite tous deux ? Ce serait parfaitement stupide.

Bien sûr, il ne serait pas forcément question de sexe. Ça pourrait n'être qu'un baiser. Un petit baiser sans conséquence. Ainsi, elle n'aurait plus à se demander ce qu'elle ratait. Ce serait peut-être même sans intérêt. Après tout, il pouvait ne pas être doué pour embrasser. A moins d'essayer, elle ne le saurait jamais…

— Que diable…

Se hissant sur la pointe des pieds, elle jeta ses bras autour de son cou et pressa ses lèvres sur les siennes.

Il eut un instant d'hésitation puis ses lèvres se firent consentantes et il lui rendit son baiser. Elle sentit ses mains sur ses joues, ses doigts se glissant dans ses cheveux. Il lui inclina la tête, et elle s'abandonna à ce contact fusionnel. Tandis que leurs souffles se mêlaient, la réalité du monde extérieur s'estompa. Le baiser qui avait débuté dans la douceur et la légèreté devint plus pressant, voire exigeant. Mitch oublia toute retenue. Il l'embrassa avec une spontanéité qui la sidéra. Elle sentit ses orteils se recroqueviller et son corps fondre entre ses mains.

Elle devenait sienne. Et, au moment précis où elle renonçait à toute velléité de résistance, où son ultime appréhension s'évanouissait, et où n'existaient plus en ce monde que Mitch et elle, le téléphone se mit à sonner.

De nouveau, il la surprit car il attarda ses lèvres sur les siennes quelques secondes encore, n'interrompant leur baiser qu'avec un regret évident. Elle s'était attendue à ce qu'il se précipite pour répondre, trop heureux de pouvoir échapper à quelque chose qu'il se reprochait déjà. Or, il ne s'écarta pas d'elle. Il soupira simplement, les yeux fermés, et posa son front contre le sien.

— Je devrais répondre, dit-il.

Mais il ne semblait pas pressé de s'éloigner.

— Ça pourrait être important, convint-elle en détachant ses bras de son cou.

Il alla décrocher le téléphone.

— Oui ?

Il écouta pendant plusieurs minutes, hochant la tête et acquiesçant de temps à autre.

A en juger par l'expression sévère de son visage, ce n'était pas un appel personnel. Elle le rejoignit et posa la tête sur son épaule. Si seulement ce baiser avait été décevant ! Mais non. Il avait été au contraire merveilleux. Stupéfiant.

Parfait.

— Entendu, lieutenant, lundi matin, dit-il avant de couper la ligne et de reposer le téléphone.

— Un problème ? s'inquiéta-t-elle.

Il l'entoura de son bras, appuyant son menton contre le sommet de sa tête.

— Mon supérieur.

— Tu as des ennuis ?

— Il ne semblait pas enchanté, mais il m'a demandé de ne pas bouger avant demain matin. Il me fait confiance.

Elle fut assaillie par la culpabilité. Qu'aurait pensé son lieutenant s'il avait su que Mitch et elle s'embrassaient à pleine bouche au moment où il appelait ? Que, s'il n'avait pas appelé à ce moment précis, la situation aurait évolué vers quelque chose d'infiniment plus intime qu'un baiser ?

— Je suis désolée, chuchota-t-elle.

— Tu sais, tu passes un temps incroyable à t'excuser pour des choses qui ne sont en rien ta faute.

— Je n'aurais pas dû t'embrasser.

Il lui caressa doucement les épaules.

— Ce n'était pas si désagréable…

Elle soupira et ferma les yeux.

— J'aurais préféré que ça le soit. J'aurais voulu que ce soit nul. Au lieu de ça, j'ai eu l'impression d'être au paradis. Mais je ne vais faire que t'attirer plus d'ennuis encore.

— Alors pourquoi l'as-tu fait ?

— J'avais besoin d'une diversion.

Un rire s'empara de Mitch.

— Ça a été une réussite.

— Nous ne devrions pas recommencer. Du moins, pas avant de savoir qui je suis.

— Tu as raison.

Après l'avoir serrée une dernière fois dans ses bras, il s'écarta d'elle.

— J'ai une faveur à te demander.

Elle croisa les bras sur sa poitrine, comme pour combler le vide qu'elle avait ressenti à l'instant où il s'était éloigné d'elle.

— Tout ce que tu voudras.

— Aie confiance en moi. Dis-toi bien que je connais mon métier et que je ne te laisserai pas tomber. Ça peut prendre du temps, mais nous résoudrons cette affaire. Et nous le ferons ensemble.

Une émotion soudaine l'envahit et ses yeux s'emplirent de larmes.

— J'aimerais savoir pourquoi il m'est si difficile de te faire confiance, dit-elle. Ou de faire confiance à qui que ce soit… Je crois que je veux garder le contrôle. Ce sentiment d'impuissance me rend dingue.

— Et ça me rend dingue que tu ne me laisses pas veiller sur toi. Je ne veux pas qu'on te fasse de mal.

Avec son pouce, il essuya une larme égarée sur sa joue, ce qui la fit larmoyer plus encore.

— Regarde l'effet que tu as sur moi ! l'accusa-t-elle en reniflant. Cesse de te montrer aussi gentil.

— Promets-moi que tu ne vas rien tenter.

Un sanglot entrava sa respiration.

— Si tu continues, je vais avoir besoin d'une nouvelle diversion.

Il lui prit délicatement le menton, la forçant à le regarder.

— Ne te gêne pas et embrasse-moi encore, s'il le faut. Mais je ne lâcherai pas l'affaire tant que tu ne m'auras pas fait cette promesse.

C'était tentant… de l'embrasser de nouveau. Il s'y prenait tellement bien. C'est précisément pour cette raison qu'elle s'en abstint. La prochaine fois, ils ne se limiteraient pas à un simple baiser.

Dans le cas où elle serait une criminelle ou une femme mariée, elle devait empêcher que cela se produise, par respect pour Mitch.

— Et, quand bien même je t'en ferais la promesse, comment sais-tu que je la tiendrais ?

— J'ai confiance en toi.

Ce dernier argument fut décisif. Bien qu'elle en eût terriblement envie, elle ne put lui refuser cette promesse. Elle ne pouvait le tromper.

— Très bien, dit-elle en relevant le menton. Je te le promets. Là, tu es content ?

Pour toute réponse, il se contenta de lui sourire. En le voyant ainsi heureux, elle songea que le sacrifice en valait la peine, mais cela l'effraya également. Depuis quand le bonheur de Mitch était-il devenu aussi important pour elle ? S'il y avait une occasion où elle devait se montrer égoïste, c'était bien en ce moment.

« Les vieilles habitudes ont la vie dure », chantonna une petite voix dans sa tête avant de s'évanouir aussitôt.

Quelles vieilles habitudes ?

— Quelque chose ne va pas ? demanda Mitch. Tu avais à l'instant une drôle d'expression.

— Un souvenir fugace, lui répondit-elle en secouant la tête pour en chasser le contrecoup amer. Quoi que ce soit, ça a disparu aussi vite que c'était venu.

Le téléphone sonna de nouveau et Mitch décrocha. Il n'échangea que quelques mots avec son interlocuteur.

— Nous devons passer au commissariat. Greene pense avoir découvert quelque chose.

L'espoir, mêlé à l'angoisse, rejaillit en elle.

— Sait-il qui m'a agressée ? Connaît-il mon identité ?

— Il n'est pas entré dans les détails, mais ça paraissait urgent.

Il s'empara de son badge.

— Ça pourrait être l'élément nouveau que nous attendons.

*
* *

— Qu'avez-vous pour moi ? demanda Mitch en s'installant dans son fauteuil.

Elle se jucha sur le coin du bureau tandis que Greene, le jeune policier zélé qui l'avait interrogée la veille au soir, déposait un dossier épais devant Mitch.

— J'ai sorti le dossier de la victime d'hier soir, expliqua-t-il. Je trouve que quelque chose cloche dans cette agression.

— En effet, approuva Mitch. C'est aussi mon sentiment.

— Jetez un coup d'œil à son dossier. Sa taille, ses cheveux…

Mitch ouvrit le dossier et le parcourut pendant quelques minutes avant de s'exclamer :

— Bon sang, bien sûr !

— Qu'y a-t-il ? s'enquit-elle.

Mitch fit pivoter le dossier pour qu'elle puisse voir.

— Même couleur de cheveux, même corpulence.

Elle étudia la photo et écarquilla les yeux lorsqu'elle comprit ce qu'il voulait dire.

— Tu trouves qu'elle me ressemble ?

— Pas son visage. Mais elle a dit qu'il avait surgi derrière elle. Il est possible que, dans l'obscurité, l'agresseur vous ait confondues.

— S'il l'a prise pour moi…

Un réel espoir resurgit avec une telle force que les mots s'étranglèrent dans sa gorge.

— Cela signifie-t-il…

— Il croyait que c'était toi et te demandait où était sa femme. Ce qui impliquerait que cet homme n'est pas ton mari.

— Je peux donc en déduire que je n'ai probablement pas d'enfants cachés quelque part et qui m'attendent terrorisés. Je n'ai pas oublié mes propres enfants !

Ce fut pour elle le plus grand des soulagements, mais il fut de courte durée.

— Si c'est vrai, ça pourrait aussi vouloir dire que tu sais probablement où sont sa femme et ses enfants. Ou, du moins, le croit-il.

L'agent Greene s'éclaircit la voix.

— Euh… si vous n'avez plus besoin de moi, inspecteur,

j'aimerais rentrer à la maison pour passer du temps avec mes enfants.

Mitch se leva.

— Bien sûr, désolé. Merci de m'avoir prévenu.

— Pas de problème.

Greene la salua avant de partir d'un léger signe de tête.

— Madame.

— Il est sympathique, observa-t-elle lorsqu'il fut sorti. Et tellement jeune ! Il ne paraît pas en âge d'avoir des enfants.

— C'est un bon policier, affirma Mitch. Et un type bien.

Elle reporta les yeux sur lui, le front plissé.

— Qui est Kim ?

Pendant un instant, ce passage du coq à l'âne le surprit.

— Comment es-tu au courant pour Kim ?

— Arnold Palmer a mentionné son nom cette nuit.

— Arnold Palmer ?

Il se demandait maintenant si le coup qu'elle avait reçu sur la tête n'avait pas provoqué quelques dommages, après tout.

— Arnold Palmer ? Le pro du golf ?

— Tu sais bien, ton ami vêtu comme un golfeur. L'autre policier. Il a dit que ça recommençait comme avec Kim. Qu'entendait-il par là ?

Mitch s'appuya contre le dossier de son siège en réprimant un fou rire. Darren s'habillait très BCBG ; il soignait son apparence.

— Kim est une femme que j'ai fréquentée il y a quelques années.

— Que tu as fréquentée ?

— Avec qui j'ai vécu.

— Est-ce avec elle que tu as failli te marier ?

— Je l'ai envisagé.

— Et dans quelle mesure exactement est-ce que ça a un rapport avec moi ?

Il remua dans son fauteuil, mal à l'aise.

— En fait, euh… c'est en quelque sorte de l'ironie.

Elle se pencha vers lui.

— Ce n'est pas vraiment l'impression que j'ai eue.

— Je travaillais aux stups, à l'époque. Le petit ami de Kim revendait de la drogue. Lorsqu'elle l'a découvert, elle l'a livré à la police. Il a dénoncé ses fournisseurs et elle a accepté de témoigner. Par mesure de précaution, nous l'avons donc placée sous protection judiciaire.

— Laisse-moi deviner. On t'a confié son affaire.

Il acquiesça.

— J'étais vraiment bouleversé par la mort de mon père, et elle s'est servie de ça pour se rapprocher de moi. Avec le recul, j'ai compris qu'elle m'avait manipulé. Darren s'en était aperçu et il avait essayé de me mettre en garde.

— Mais tu ne l'as pas écouté.

— Kim et moi étions ensemble depuis trois mois quand elle s'est fait prendre en possession de drogue. Tous les signes étaient présents. Je refusais simplement de les voir.

— Est-elle en prison ?

— Non, répondit-il d'une voix dépourvue d'émotion, le regard neutre. Elle est morte.

Elle frissonna involontairement.

— Une overdose ?

— Elle a été assassinée.

— Etait-ce en rapport avec la drogue ?

— Je ne le saurai jamais de façon certaine. On n'a pas retrouvé celui qui a fait ça.

Elle aurait voulu le toucher, avoir un geste de réconfort, mais elle savait de quoi cela aurait l'air.

— Je suis désolée, Mitch. Ça a dû être terrible.

— Et il y a eu pire. Je n'ai découvert qu'après sa mort qu'elle était mariée.

— Aïe !

— En effet. Il y a de quoi se demander pourquoi je t'ai embrassée tout à l'heure.

— Tu ne m'as pas embrassée, rectifia-t-elle. C'est moi qui t'ai embrassé.

— Mais je t'ai laissée faire.

S'ensuivit l'un de ces moments où le monde autour d'eux disparaissait et elle eut le sentiment qu'il pouvait sonder son âme. Elle ne put s'empêcher de se demander ce qu'il y découvrait. Puis son cœur se remit à battre et ses pensées se reportèrent sur leur baiser.

Détournant le regard, Mitch s'éclaircit la gorge et se leva.

— Nous devrions partir.

Les joues en feu, elle dut résister à l'envie de s'éventer.

Dehors, le soleil brillait dans le ciel et une chaleur étouffante montait du bitume. Elle sentit le parfum doux de la lavande qui poussait autour du bâtiment en touffes épaisses dont les branches ployaient sous les fleurs violettes.

Ils traversèrent le parking presque désert pour rejoindre la berline. Mitch referma sa portière puis se dirigea du côté conducteur, retirant au passage un papier coincé sous l'essuie-glace avant de monter. Il le déplia et un sillon creusa son front. L'air contrarié, il fouilla le parking du regard.

— Qu'y a-t-il ? lui demanda-t-elle.

Mitch lui montra le papier. Trois mots étaient imprimés sur la page : « Je vous observe. »

— Ça vient de lui ! s'exclama-t-elle en frissonnant malgré la chaleur.

— Il cherche à t'effrayer.

Il fourra le papier dans la poche de son blouson.

— Et il y réussit. Ne devrais-tu pas vérifier les empreintes ?

— Il ne laisse pas d'empreintes ; il est plus malin que cela.

Il mit le contact et se tourna vers elle.

— As-tu confiance en moi ?

— Oui, répondit-elle avec une assurance qu'elle n'avait pas ressentie depuis le début de ce cauchemar.

Elle serait stupide de ne pas croire en lui.

— J'ai confiance en toi.

— Bien. Donc, tu sais que je ne le laisserai pas te capturer. A malin, malin et demi.

Son portable se mit à sonner.

— Thompson.

Il resta silencieux pendant quelques instants, puis proféra un chapelet de jurons qu'elle n'aurait jamais cru entendre sortir de sa bouche.

— Je me mets en route.

Il raccrocha brusquement et se tourna vers elle.

— Mets ta ceinture, ordonna-t-il avant de quitter le parking sur les chapeaux de roues.

Son brusque changement d'attitude était aussi saisissant qu'impressionnant. Elle avait eu l'occasion de l'observer dans l'exercice de son métier, mais pas encore sous ce jour.

— Nous allons devoir nous arrêter à la prison du comté, lui annonça-t-il en prenant un virage à vitesse excessive.

Elle prit conscience, au ton sec de sa voix, que cela sortait du cadre purement professionnel. Il était furieux.

— Quel est le problème ?

— J'ai procédé à une arrestation il y a deux jours. Celle d'un violeur en série nommé Robby Barrett.

— Le suspect que vous avez interrogé pendant douze heures ?

— Lui-même.

— A t-il avoué ?

— Non. On l'a retrouvé pendu dans sa cellule ce matin.

10

— Comment diable cela a-t-il pu arriver ?

— Il a déchiré ses vêtements, en a fait une corde et s'est pendu.

Le procureur était assis dans un imposant fauteuil en cuir, derrière un bureau non moins imposant… le genre de bureau censé symboliser, à n'en pas douter, son statut d'homme de pouvoir. L'homme était cependant loin d'incarner cette toute-puissance. Il paraissait fatigué, voire d'humeur maussade.

Mitch, pour sa part, était livide. Du couloir, d'où elle les observait, elle le vit se pencher en avant, poser les mains sur le bureau et défier son interlocuteur.

— Si je comprends bien, vous me dites qu'il a déchiré ses vêtements pour fabriquer un semblant de corde, puis qu'il s'est pendu aux barreaux de sa cellule, tout ça sans que personne ne s'en rende compte ?

— Vous avez eu votre arrestation, inspecteur. Vous avez savouré votre heure de gloire. Oubliez ça.

— Je n'ai pas obtenu ses aveux !

— Il était coupable. Je préfère penser qu'il nous a rendu service. Il a épargné aux contribuables d'avoir à supporter les frais de son procès et de son incarcération.

— Inclurez-vous cela dans votre communiqué de presse ?

Le procureur se pencha en avant sur sa chaise, menaçant.

— Laissez tomber, inspecteur.

Mitch ne battit pas en retraite. Au contraire, il envahit un peu plus l'espace personnel de son vis-à-vis.

— Tout homme est présumé innocent tant qu'on n'a pas prouvé sa culpabilité. Il méritait un procès équitable.

— Il l'aurait eu s'il ne s'était pas suicidé.

Mitch se redressa, les mâchoires crispées.

— Encore une chose, inspecteur. La famille a déjà pris contact avec un avocat. Non seulement elle nous demande des explications, mais elle veut aussi prouver son innocence.

Le procureur se leva. Plus grand que Mitch d'une bonne dizaine de centimètres, il avait une allure redoutable.

— Vous serez vraisemblablement assigné à témoigner. Je compte sur votre coopération dans cette affaire.

Aucune menace ne fut proférée, mais les choses étaient claires. Beaucoup s'en seraient trouvés intimidés, mais Mitch ne broncha pas. Pour une obscure raison, cette constatation la remplit de fierté. Il était décidément un homme d'exception.

— C'est toujours un plaisir, déclara Mitch en donnant au procureur une poignée de main virile.

Le degré d'hostilité que recéla son geste était si intense qu'elle ressentit presque l'afflux de testostérone. Enfin Mitch se dirigea vers la porte et, la prenant par le coude, l'entraîna le long du couloir.

— Espèce d'imbécile prétentieux ! grommela-t-il.

Elle dut forcer l'allure pour parvenir à le suivre.

— Il ne t'a tout de même pas demandé de te parjurer ?

— Bien sûr que non, dit-il entre ses dents. Il est procureur. Il n'inciterait pas un témoin à mentir.

— Mais il pourrait le lui suggérer ?

Comme il ne lui répondait pas, elle ajouta :

— Y a-t-il un contentieux entre vous ?

— Disons que nous avons un passé commun.

Il s'arrêta devant l'ascenseur et pressa le bouton d'appel. Les couloirs étaient déserts, mais il baissa malgré tout la voix.

— Lors de cette affaire avec Kim, il représentait le ministère public. Il était convaincu que j'étais impliqué et s'est acharné à me faire tomber. C'est un échec qu'il n'a manifestement pas digéré.

— Il te croyait impliqué dans le trafic de drogue ?

— Non. Dans son assassinat.

— Tu es policier ! Pourquoi croirait-il une chose pareille ?

— Quand quelqu'un est tabassé à mort dans ton appartement, on a tendance à te considérer comme suspect.

Il enfonça de nouveau le bouton de toutes ses forces.

— Et, non, ce n'est pas moi qui l'ai tuée.

— Je ne pourrais jamais te croire capable d'un acte aussi horrible, assura-t-elle d'une voix douce. Pourquoi croyaient-ils...

— Nous avons eu une très grave dispute avant sa mise en examen. Je lui ai dit que je lui donnais une heure pour emballer ses affaires et quitter mon appartement. Je suis sorti faire un tour en voiture pour me calmer et quand je suis revenu, une heure plus tard, elle était morte.

— Et le procureur reste persuadé que tu l'as tuée ?

— Il se moque de savoir si je suis innocent ou coupable. C'est un politicien véreux. Son seul souci est d'être réélu.

— Tu as été génial, avec lui. Ça peut sembler stupide, mais j'ai été fière que tu campes sur tes positions.

— Une minute de plus, et je lui mettais mon poing dans la figure.

S'impatientant, il appuya de nouveau sur le bouton. Comme l'ascenseur n'arrivait toujours pas, il la prit par la main et se dirigea vers l'escalier.

Il commença à descendre les marches, mais elle l'obligea à s'arrêter. Il l'interrogea du regard. Appuyée contre le mur, elle l'observait d'un air bizarre.

— Que se passe-t-il ? lui demanda-t-il.

— C'était tellement... excitant.

L'espace d'un instant, il crut avoir mal compris.

— Pardon ?

— Te voir là, te battant pour ce que tu crois être juste. C'était si... intense.

— Et ça t'a excitée ?

— Oh oui ! Tu n'imagines pas à quel point.

Peut-être après tout ne s'était-il pas mépris. Il vit distinctement ses joues s'empourprer, et sa poitrine se soulever et s'abaisser au rythme de sa respiration un peu haletante.

Il s'avança d'un pas vers elle en sachant pertinemment

qu'il jouait avec le feu. C'était évident, mais il posa tout de même la question.

— Et tu ressens encore cette excitation ?

Elle hocha la tête.

— Laisse-moi deviner… Serais-tu une de ces femmes que le danger émoustille ?

Elle haussa les épaules.

— Je ne sais pas. Peut-être que oui.

Il aurait mieux fait de se taire, de tourner les talons et de filer aussi vite que possible dans la direction opposée en attendant qu'ils recouvrent tous deux leurs esprits. Il en fut incapable. Au lieu de s'éloigner d'elle, il s'en approcha.

— Tu sais que ta franchise finira par te jouer des tours ?

— Dois-je prendre ça comme une menace, inspecteur ?

Tout alla tout à coup si vite qu'il n'aurait su dire lequel d'entre eux fit le premier mouvement. L'instant d'avant, un mètre les séparait ; celui d'après, elle était dans ses bras. Poussé par la colère et la frustration, il la plaqua contre le mur de tout son poids. Leurs lèvres se rencontrèrent et s'épousèrent. Elle lui fit l'effet d'une oasis, à la fois apaisante et brûlante. Il approfondit son baiser et elle réagit avec un enthousiasme égal, lui ouvrant son âme.

Comme par magie, l'hostilité qui rongeait Mitch quelques instants plus tôt encore s'évanouit. Une chaleur bienfaisante, émanant de son cœur, se répandit dans ses veines. Et, bien qu'il y ait indubitablement des tas de bonnes raisons pour ne pas faire l'amour dans la cage d'escalier d'un tribunal de grande instance, il ne fut capable d'en invoquer aucune.

Lorsqu'elle tira sur sa chemise et fit glisser ses mains sur sa peau le long de son dos, il découvrit au contraire des tas de bonnes raisons en faveur de cette idée. Et le doux gémissement de l'inconnue lorsqu'il caressa la courbe de ses seins lui parut même une excellente raison de ne pas s'en priver.

Ils comprirent très vite que si aucun d'eux ne reprenait rapidement ses esprits ils finiraient effectivement par s'abandonner à cette étreinte là, debout contre ce mur.

Bien que, personnellement, il ne considérât pas cet acte

comme répréhensible — exception faite de l'outrage à la pudeur —, il savait que ses supérieurs ne pourraient que désapprouver son comportement. Ce ne serait cependant pas dramatique. Au mieux il encourrait un blâme, au pire une mise à pied de quelques jours. Ce qui le retint, finalement, fut l'idée — qu'il ne pouvait chasser — que, étant donné la nature de leur relation, il abusait de la jeune femme.

En fin de compte, ce sens de la justice qu'elle avait trouvé si excitant œuvra à les séparer.

Il s'écarta alors lentement, prolongeant ce dernier baiser aussi longtemps que possible.

— Nous ne pouvons pas faire ça.

Elle resta la joue posée contre sa poitrine.

— Tu as raison.

Il l'entoura de ses bras, réticent à la lâcher, surpris que le simple fait de la tenir enlacée comblât un vide dont il n'avait pas jusqu'alors soupçonné l'existence. Jusqu'à ce qu'il la découvre étendue par terre dans ce magasin, jusqu'à ce qu'il apprenne à la connaître et à apprécier sa personnalité excentrique, il avait été… solitaire. Seigneur ! Pour la première fois depuis des années, il se sentait exister de nouveau. Et la femme qui lui faisait éprouver ce sentiment pouvait être à peu près n'importe qui.

— Nous ne devons pas céder à cela.

Il disciplina les mèches qui s'étaient échappées de sa queue-de-cheval. Malgré ses efforts, il ne pouvait s'empêcher de la toucher.

— Pas avant que nous sachions qui tu es.

Elle leva vers lui un regard plein d'espoir.

— Et ensuite ?

— Soyons réalistes…

— Ce sera toujours une mauvaise idée, fit-elle à sa place, la voix chargée d'une tristesse poignante.

— J'allais dire que tu as probablement déjà ta vie, et que je n'y ai pas forcément ma place.

— C'est étrange. Nous ne nous connaissons que depuis

deux jours, et j'ai l'impression que nous sommes amis depuis toujours.

— En un sens, ces deux jours représentent toute ta vie.

Ce qui n'expliquait toutefois pas pourquoi il ressentait exactement la même chose.

— Ce ne serait juste pour aucun de nous si nous nous engagions maintenant dans une relation.

— C'est vrai, acquiesça-t-elle en s'écartant.

Elle essayait de se montrer forte, mais il lut la souffrance dans ses yeux. Bien que ce soit sur l'instant difficile, ils y gagneraient à long terme. Au bout du compte, elle lui en serait reconnaissante.

Ça ne lui rendait pas les choses plus faciles pour autant.

— Et maintenant ? demanda-t-elle lorsqu'ils eurent regagné la voiture de Mitch.

— Je me disais qu'on pourrait rouler un peu au hasard pour voir si des souvenirs te reviennent.

— Et pour ce qui est de ta sœur ?

Il démarra et sortit du parking.

— Ma sœur ?

— N'étions-nous pas supposés lui rapporter ses courses ?

— Je suis en service.

Elle lui lança un regard lourd de sous-entendus.

— Si je retourne à la maison, elle va me trouver encore autre chose à faire. Elle me rend fou, avec ses listes.

— Quelles listes ?

— Des listes de courses, de corvées. Elle est sans pitié.

— Mais, tu le lui as promis. Et n'oublie pas que c'est elle qui a abandonné son emploi pour s'occuper de votre mère.

Elle avait raison, il devait le reconnaître. Il jura et écrasa l'accélérateur, intégrant le flot de la circulation.

— Bien, nous allons faire ces fichues courses, marmonna-t-il. Mais tiens-le-toi pour dit : nous les lui déposons et nous repartons aussitôt.

*
* *

Affichant un sourire, la jeune femme observait Mitch qui tondait la pelouse. Une fois de plus il prouvait que, bien que s'efforçant de paraître intraitable, il était au fond un tendre. Il avait suffi à Lisa d'un zeste de bouderie et de quelques menaces voilées pour qu'il s'exécute.

Ce n'était pas que Mitch et elle n'eussent rien de mieux à faire. Ils auraient pu comme prévu parcourir les rues à la recherche d'un souvenir familier. Hier encore, elle n'aspirait qu'à cela. A présent, cette pensée lui procurait un sentiment de vulnérabilité et… de solitude. Mitch lui avait à peine adressé la parole pendant qu'ils faisaient les courses. Elle avait présumé que c'était sa manière de mettre de la distance entre eux, de tenter d'oublier ce qui s'était passé au tribunal.

Elle ne put s'imaginer passant le reste de la journée ainsi, cernée par ce silence gêné et oppressant.

Dans la maison de la mère de Mitch, du moins avait-elle Lisa à qui parler. Lisa, qui restait cantonnée ici pour prendre soin de sa mère et qui semblait avoir besoin autant qu'elle de compagnie. Tout comme cela avait été le cas avec Mitch, elle se sentait en quelque sorte des affinités avec Lisa.

Une brise tiède lui caressa le visage et l'odeur de l'herbe fraîchement coupée l'enveloppa soudain comme l'étreinte d'une amie perdue de vue. C'était une impression si familière, si réconfortante… mais aucun souvenir précis n'en émergea. Plutôt que de se laisser gagner par la frustration, elle préféra contempler Mitch. Le soleil au zénith dardant ses rayons lui avait fait abandonner son T-shirt sur la table de pique-nique.

Elle regardait les muscles de ses épaules se contracter sous la peau ruisselante de sueur, ses longues jambes moulées par son jean. Elle ne pouvait détacher ses yeux de ce spectacle, ce qui expliqua probablement pourquoi elle n'entendit pas Lisa arriver derrière elle.

— Que regardes-tu donc de si intéressant ? la taquina Lisa avec un sourire espiègle.

Elle venait de se faire prendre sur le fait ; il aurait été vain de nier.

— Je crois que je suis en train de tomber amoureuse de ton frère.

Lisa parut un peu interloquée par sa franchise, mais elle continua de sourire.

— C'est quelqu'un de bien, quand il se montre raisonnable.

— Il pense que nous ne devrions pas nous lancer dans une relation. Je ne peux pas le lui reprocher.

Elle poussa un long soupir triste qui l'amena à se moquer d'elle-même.

— Mon Dieu ! Je suis si pathétique !

— Loin de moi l'intention de te décourager mais, quand il a pris une décision, il est difficile de le faire changer d'avis.

— En effet, j'ai cru le remarquer.

— Tu sais qu'il a vécu une expérience douloureuse ?

Elle hocha la tête. Dans le jardin, Mitch fit une courte pause et passa un bras hâlé sur son front trempé de sueur. Les pensées de la jeune femme s'égarèrent en direction de leur étreinte au tribunal. Elle se rappela le contact de ces muscles durs, de cette peau douce sous ses paumes. Un profond sentiment de nostalgie lui étreignit le cœur.

— Il m'a raconté, pour Kim. Le plus fou, dans tout ça, c'est que j'ignore si je suis tellement différente d'elle. Suppose que je sois mêlée à quelque chose d'illégal, que ce soit pour cette raison que cet homme me traque ?

— Si ça peut te consoler, tu n'as pas l'air d'une criminelle.

— Je n'ai pas non plus l'impression d'en être une, mais ça ne veut rien dire.

— Kim était… comment dire ? Sournoise. Elle était tout sucre et tout miel avec Mitch mais, en son absence, elle redevenait de glace. Je n'ai jamais cru qu'elle l'aimait.

Lisa se hissa sur le bord du plan de travail. Le pull sans manches qu'elle portait ce jour-là arborait l'inscription : « Tous les hommes sont des animaux. Certains seulement font de bons animaux de compagnie. »

— Sa famille s'est chargée de compromettre la réputation

de Mitch après qu'elle a été tuée. Son père en a rejeté la faute sur lui. Il est allé rencontrer son supérieur ainsi que le chef de la police et, comme ils n'ont pas prêté l'oreille à ses accusations, il s'est adressé à la presse. Ce fut un affreux scandale. Mitch a failli perdre son travail.

— Et maintenant, il ne fait plus confiance aux femmes. Je ne peux le lui reprocher, en particulier dans ma situation.

— Tu es différente, je te l'assure.

— J'apprécie. Mais ça ne change rien au fait que notre relation soit vouée à l'échec.

— Je vais te dire comment je vois les choses. Mitch a bâti autour de lui une forteresse où il ne laisse que rarement entrer quelqu'un. Pour l'instant, toi tu te trouves assise au sommet du mur d'enceinte, attendant son signal pour sauter, en espérant qu'il te rattrape.

— Et si je saute sans attendre sa permission ?

— Tu risques fort de te casser la figure.

C'était à peu près la conclusion à laquelle elle en était arrivée. Et c'était un risque qu'elle n'était pas prête à prendre. Pas encore, en tout cas.

— Parle-moi de ce salon de toilettage que tu veux ouvrir.

L'excitation et la surprise s'inscrivirent sur le visage de Lisa.

— Mitch t'en a parlé ?

— Pas en détail.

— C'est plus qu'un salon de toilettage. C'est un centre de bien-être pour animaux de compagnie. Pas seulement pour les chiens mais aussi pour les chats, les hamsters… Tout animal y serait le bienvenu. Nous aurions des services de toilettage, de la nourriture haut de gamme, un vétérinaire de garde. Toutes les prestations possibles et imaginables.

— Ça paraît vraiment intéressant, mais y a-t-il un marché pour ce genre de choses ?

— Je ne l'aurais jamais pensé. Mais l'un de mes amis possède un centre balnéaire du côté de Traverse City, un endroit très chic. Il s'adresse à un public aisé et excentrique et la plupart de ses clients y viennent accompagnés de leur animal. Il m'avait consultée sur la possibilité d'y ajouter un salon de toilettage.

Quand je lui ai exposé mon idée d'un « centre de bien-être pour animaux », il a adoré ! Malheureusement, David ne peut se permettre d'y investir que la moitié du capital nécessaire. Si je veux que ça se concrétise, il faut que j'apporte la seconde moitié de la somme.

— Ta part de la maison de ta grand-mère.

Lisa hocha la tête.

— Et si tu essayais de faire entendre raison à ton frère ?

— Il est impossible de lui faire entendre raison, assura Lisa. Je reconnais que je n'ai pas été exactement une enfant modèle et responsable, mais ce centre représente ce que j'ai toujours voulu faire. C'est la seule chose qui m'ait jamais passionnée.

Cette passion transfigurait Lisa. Comment Mitch pouvait-il ignorer aussi totalement l'enthousiasme de sa sœur ? Elle ne doutait pas qu'il pensât bien faire, mais Lisa méritait qu'on lui accorde sa chance. Même si cela impliquait d'avoir à affronter des hauts et des bas.

Par la fenêtre ouverte, elle entendit la tondeuse s'arrêter et vit Mitch s'allonger sur le dos sur la table de pique-nique, se protégeant les yeux avec son avant-bras.

Peut-être serait-ce le moment opportun pour lui faire entendre la voix de la raison. Pendant que sa garde était baissée.

— On dirait qu'il a soif, observa-t-elle.

Lisa sauta à terre pour regarder par-dessus son épaule.

— Tu crois ?

Elle hocha la tête.

— J'en suis sûre ! Nous ne voudrions pas qu'il se déshydrate.

— Non, ce serait dommage. Peut-être devrais-tu lui proposer un rafraîchissement.

Lisa sortit un pichet de citronnade du réfrigérateur. Elle en remplit un grand gobelet en plastique et ajouta quelques glaçons. Avec un sourire entendu, elle le mit dans la main de sa confidente.

— Mets-lui-en plein la vue !

11

Mitch poussa un soupir. Il sentait le contact rugueux du bois de la vieille table de pique-nique dans son dos, et la brûlure du soleil sur sa poitrine et ses bras nus, mais il était trop détendu pour bouger un seul muscle. Le bourdonnement occasionnel d'un insecte passant près de son oreille et le trille d'un oiseau dans les arbres l'amenaient dans un état de somnolence. Même lorsqu'il entendit le grincement de la porte et perçut le bruissement de pas dans l'herbe, il ne parvint pas à ouvrir les yeux. Pourtant, avant même qu'elle ait dit un mot, il sut d'instinct que c'était elle. Tous ses autres sens le lui signalèrent. Grâce au parfum de ses cheveux, au souffle de sa respiration, et à ce picotement caractéristique que sa présence éveillait sur sa peau…

— On dort pendant le travail ? demanda-t-elle sur un ton désapprobateur.

La table pencha légèrement d'un côté quand elle s'assit sur le banc attenant.

— Tu sembles avoir soif, je t'ai apporté de la citronnade.

Il resta parfaitement immobile.

— Tu vas devoir me l'injecter par intraveineuse. Je ne peux pas bouger.

— Un seul glaçon placé à un endroit stratégique, et je pourrais te faire te lever de cette table en une fraction de seconde.

Son ton malicieux l'avertit qu'elle était capable de mettre sa menace à exécution. Avec un grognement, il se redressa, se frottant les yeux avec le pouce et l'index. Lorsqu'il dirigea finalement son regard sur elle, la vue de sa peau nue acheva de le réveiller. Elle avait enlevé sa veste, et la robe qu'elle portait était retenue par deux fines bretelles. La peau de ses épaules paraissait translucide à la lumière du soleil et ses cheveux blonds brillaient comme de l'or. Il se remémora le contact de sa peau satinée sous ses doigts et eut soudain une violente envie de renouveler l'expérience.

Elle lui tendit le gobelet et, lorsqu'il le prit, leurs doigts se touchèrent l'espace d'un instant. Ce fut suffisant pour qu'un flux de sensations remonte le long de son bras.

— Merci !

Il but une gorgée de la citronnade glacée, en se disant qu'il ferait sans doute mieux de se la verser sur la tête.

— J'ai presque fini de tondre la pelouse.

— Rien ne presse.

Elle remonta l'un de ses pieds sur le banc et posa le menton sur son genou.

— J'espérais que nous serions encore là lorsque ta mère se réveillerait. J'aimerais faire sa connaissance.

— Je… ne suis pas sûr que ce soit une bonne idée.

En voyant son expression douloureuse, il s'empressa de s'expliquer.

— C'est seulement qu'elle est fragile, en ce moment. Elle a un traitement médical assez lourd et souffre beaucoup. Je ne veux pas… qu'elle soit contrariée.

— Je comprends, acquiesça-t-elle.

Mais il était évident qu'il l'avait blessée.

— Quelque chose m'intrigue, reprit-elle. Pourquoi tonds-tu la pelouse de ta mère ?

Comme chaque fois, sa capacité à passer d'un sujet à un autre le décontenança.

— Eh bien, elle a des problèmes de dos depuis des années. C'est trop épuisant pour elle.

— Mais pourquoi est-ce à toi de le faire ?

— Tu as entendu ce qu'a dit Lisa. Elle fait tout le reste.

— Ce que je me demande c'est : puisque l'argent n'a pas l'air d'être un problème et que tu as peu de temps libre, pourquoi ne pas louer les services d'un jardinier ?

— Oh non !

Il se laissa retomber sur la table et reposa le bras sur son visage.

— Dis-moi que nous n'allons pas encore avoir ce type de discussion dont je retire toujours le sentiment que je suis un salaud !

— Ce n'est pas mon but. J'essaie juste de comprendre pourquoi tu considères que c'est à toi de le faire.

— Ecoute, je sais que tu ne veux pas comprendre ça mais, depuis le décès de mon père, je me sens responsable de ma mère et de Lisa. Elles dépendent énormément de moi. Si je ne m'efforce pas de tout faire parfaitement, j'ai l'impression de ne pas être à la hauteur.

— As-tu jamais envisagé la possibilité qu'elles pouvaient être parfaitement capables de prendre soin d'elles ? Ne le leur dois-tu pas ? Je veux dire… qu'arriverait-il si, Dieu t'en garde, tu étais blessé dans l'exercice de tes fonctions ? Ou si tu étais tué ? Que feraient-elles alors ?

Il ne répondit pas. Il se contenta de soulever son bras et de lui lancer un regard, celui qui lui ordonnait de se mêler de ce qui la regardait. Elle savait qu'elle prenait des risques mais, pour une raison qu'elle ne pouvait s'expliquer, elle se refusait à abandonner.

— Se passe-t-il une journée sans que Lisa t'appelle ?

— J'aimerais, grogna-t-il.

— Ne serait-ce pas plus agréable pour toi ?

Il lui décocha un nouveau regard significatif.

— Alors pourquoi ne pas engager quelqu'un pour l'aider ? Quelqu'un qui viendrait tenir compagnie à votre mère quelques heures par semaine pour que Lisa puisse faire une pause. Si tu relâches un peu la pression qui pèse sur elle, peut-être en fera-t-elle autant à ton égard.

— Je ne pourrais jamais confier ma mère à une inconnue. Elle détesterait cela.

— Le lui as-tu demandé ?

— Je t'en prie…

— O.K., O.K. Je ne me mêlerai pas davantage de vos affaires.

— Je ferais mieux de finir de tondre pour que nous puissions repartir.

Il se redressa et sauta de la table, mettant un terme à leur conversation.

Au moins lui parlait-il de nouveau. Et, quoi qu'il en pensât, la discussion n'était pas close mais simplement différée.

— Je pense que je vais retourner à l'intérieur.

Au moment où elle traversait la pelouse, la tondeuse se remit en marche. Elle entendit un bruit sourd, et une douleur fulgurante lui vrilla l'arrière de la tête. Elle se sentit tomber comme au ralenti avant d'atterrir lourdement sur les genoux. Sonnée, elle se recroquevilla en position fœtale et se protégea la tête de ses mains. Elle perçut l'odeur de la terre et le contact de l'herbe fraîche contre son front, mais tout paraissait confus et irréel.

« Lève-toi ! »

Une voix dure résonna dans sa tête.

« Réponds-moi ou tu le regretteras ! »

Venue du plus profond d'elle, une vague de terreur inattendue l'envahit, lui coupant le souffle, la paralysant. Elle n'était même pas sûre de ce qui l'effrayait ; elle savait seulement qu'elle devait fuir et se cacher. Tapi dans l'ombre, il l'épiait. C'était une présence sans nom ni visage, tellement sinistre et malfaisante qu'elle en était à peine humaine.

« Fuis ! » la supplia une voix intérieure, mais elle ne put bouger. Cette peur paralysante l'empêchait de penser. Puis elle sentit une pression à l'arrière de sa tête, la chaleur d'une main sur son dos.

Il allait l'attraper. La punir.

— S'il te plaît, regarde-moi !

Cette supplication passionnée lui fit rouvrir les yeux. Son regard se focalisa sur le visage penché vers le sien, sur les yeux marron emplis de sollicitude et d'inquiétude.

Le soudain soulagement qu'elle éprouva la laissa tremblante et faible.

— Mon Dieu ! Tu m'as vraiment fait peur ! s'exclama Mitch.

Lui-même paraissait ressentir un vif soulagement.

— Comme tu ne répondais pas, j'ai eu peur que tu te réveilles de nouveau amnésique et qu'il nous faille tout reprendre de zéro.

— Que s'est-il passé ?

— La tondeuse a projeté une petite pierre qui a heurté ta tête. Tu saignes.

Il lui montra son T-shirt taché de sang. Elle grimaça lorsqu'il l'appliqua de nouveau sur les points de suture. C'était douloureux, mais sans commune mesure avec ce qu'elle avait ressenti lors de son réveil à l'hôpital.

— Est-ce que ça va ? Tu peux te relever ?

— Je pense que oui.

Elle prit sa main et il l'aida à se mettre debout, mais un étourdissement la fit vaciller.

— Attention !

Mitch passa son bras sous le sien.

— Peut-être devrais-tu t'asseoir un instant.

— Bonne idée.

Elle s'appuya sur lui tandis qu'il la guidait vers la table de pique-nique où il s'assit à côté d'elle. Elle laissa retomber sa tête sur son épaule alors qu'il écartait les cheveux de son visage. La peur panique s'était dissipée. Elle se sentait de nouveau en sécurité, mais pour combien de temps ? Il était toujours là, quelque part, à l'affût. Elle ne savait même pas de qui il s'agissait, mais elle sentait qu'il la guettait, attendant son heure.

— Quelque chose a changé, murmura-t-elle.

Du bout des doigts, Mitch lui caressa la joue.

— Que veux-tu dire ?

— Quelqu'un cherche à me retrouver. Quelqu'un… de malfaisant. Et je ne pense pas que ce soit l'homme du supermarché. C'est différent.

Elle leva la tête pour le regarder. Il l'écoutait attentivement, l'air inquiet.

— C'est tellement près ! Je sens qu'il va se passer quelque chose. Je ne peux pas l'expliquer. Je sais seulement que quelque chose a changé.

— La mémoire te revient. Je l'ai compris quand tu m'as regardé. Tu t'attendais à voir quelqu'un d'autre, n'est-ce pas ?

Se mordant la lèvre, elle hocha la tête.

— Je ne peux pas voir son visage ni entendre sa voix, mais je sais qu'il est là. Et il y avait autre chose… Une chose que je n'arrivais pas à déterminer mais que je pense avoir comprise, maintenant.

— Qu'est-ce que c'est ?

— Non seulement j'étais terrifiée, mais je me sentais si… seule. Comme s'il n'y avait personne qui puisse m'aider ou qui s'en soucie. Je me sentais vide, comme dépossédée.

Il resserra son étreinte autour de ses épaules.

— Tu n'es pas seule. Je resterai à tes côtés jusqu'à ce que cette affaire soit résolue. C'est promis.

Une bouffée de tendresse et de gratitude l'envahit, et elle prit conscience qu'elle lui faisait implicitement confiance. Et, bien que son instinct le lui déconseillât, ce fut un soulagement. Comme si on l'avait déchargée d'un fardeau.

Sans réfléchir, elle leva la main vers le visage de Mitch et effleura du bout de l'index une ridule qu'il avait au coin de l'œil. Saisissant sa main, il la pressa contre sa joue.

La porte donnant sur le jardin s'ouvrit alors avec fracas et ils se retournèrent tous deux.

Lisa se précipita vers eux.

— Que s'est-il passé ? Je t'ai vue tomber, mais j'aidais maman dans la salle de bains et je ne pouvais pas la laisser. Es-tu blessée ?

— Une petite pierre a été projetée par la tondeuse et je l'ai reçue en pleine tête. Mais je vais bien, maintenant.

— Est-ce que tu saignes ?

Lisa repoussa la main de son frère et souleva la compresse improvisée.

— Oh ! Ça fait mal ?

— Un peu.

Lisa pressa fermement le T-shirt contre la blessure.

— Lisa, que diable se passe-t-il ici ?

La question venait de l'arrière de la maison, et l'inconnue

se tourna pour découvrir qui l'avait posée. Elle aperçut une silhouette derrière la moustiquaire de la fenêtre d'une chambre. C'était la mère de Mitch.

— Oh oh !

— Seigneur ! marmonna Lisa en levant les yeux au ciel. Le médecin lui recommande sans cesse de ne pas se lever seule. Croyez-vous qu'elle l'écouterait ?

— Ce n'est rien, maman ! lui cria Mitch. Recouche-toi. Tout va bien.

Il se tourna vers sa sœur et siffla entre ses dents.

— Retourne l'aider à se mettre au lit avant qu'elle ne se fasse du mal.

Lisa serra les poings.

— Pourquoi n'y vas-tu pas toi-même ? s'exclama-t-elle. Je suis fatiguée de devoir toujours m'opposer à elle.

— Qui est avec vous, Mitch ? demanda leur mère.

— Personne, lui répondit Mitch en jetant un regard nerveux à sa voisine comme s'il craignait qu'elle lui révèle spontanément qui elle était.

— Oh ! Est-ce cette femme amnésique dont Lisa m'a parlé ?

Mitch décocha un regard noir à sa sœur.

— Tu lui en as parlé ?

Lisa haussa les épaules, lui signifiant qu'elle ne voyait pas ce qu'il y avait de mal à ça.

— Bon sang ! Je ne savais pas que c'était un secret.

— Fais-la entrer, dit leur mère. J'aimerais faire sa connaissance.

— Nom de Dieu ! grogna Mitch en se levant. Où croit-elle aller, maintenant ?

Il se rua vers la maison, Lisa sur les talons. La jeune femme les suivit, appuyant toujours le T-shirt contre sa tête. Le temps qu'ils arrivent tous trois à la porte, la mère de Mitch entrait dans la cuisine.

L'inconnue resta un instant derrière Mitch, s'efforçant de réconcilier l'image de femme frêle et fragile qu'elle s'était faite avec la femme alerte et pleine de vie qu'elle découvrait. Mme Thompson ne mesurait que quelques centimètres de moins que son fils : elle était mince et athlétique et, bien qu'elle dût se tenir au mur dans un effort visiblement douloureux, elle était tout sauf fragile. Malgré son état physique dégradé, elle affichait un caractère énergique et semblait prête à relever tous les défis.

Elle lui plut immédiatement.

— Tu sais que le médecin t'a recommandé de ne pas te lever seule, la gronda Lisa, s'adressant à sa mère comme à une enfant indisciplinée.

Mme Thompson écarta d'un geste ses protestations.

— Mitch, mon chéri, aide-moi à m'installer sur le canapé.

Après un bref regard pour leur invitée — signifiant « rends-toi invisible » —, Mitch prit sa mère par la taille pour l'emmener dans le salon.

— Ne devrais-tu pas t'allonger ? Je peux te reconduire à ta chambre.

— As-tu besoin d'un comprimé contre la douleur ? lui demanda Lisa. Il y a plus de quatre heures que tu as pris le dernier.

— A vous entendre tous les deux, on croirait que j'ai été lobotomisée !

Soutenue par Mitch, elle s'assit avec précaution sur le canapé.

— Si je ne pensais pas pouvoir me lever seule, je ne m'y risquerais pas. Et, si j'ai besoin d'un calmant, je le demanderai.

Cette petite scène familiale était touchante, et la jeune femme se sentit de trop. Elle n'avait rien à faire là ; Mitch avait été parfaitement clair sur ce point. Aussi discrètement que possible, elle se retira vers la porte, pensant pouvoir filer à l'anglaise. Elle y était presque quand Mme Thompson lui demanda sur un ton sévère :

— Où pensez-vous aller ?

Raté. Elle se sentit prise en faute.

— Eh bien… dehors. Je vais vous laisser en famille.

— Oh non ! Vous n'allez pas vous défiler. Je n'ai jamais rencontré d'amnésique. Mitch, présente-moi ton amie.

— Maman, elle n'est pas ma…

Sa mère l'interrompit au milieu de sa phrase d'un regard n'admettant pas de réplique.

L'inconnue s'approcha, la main tendue, se demandant si elle ne risquait pas de se faire mordre.

— Ravie de vous rencontrer, madame Thompson.

La mère de Mitch lui serra la main et la retint un instant.

— Qu'est-il arrivé à votre tête, ma chère ?

Elle se rendit compte alors qu'elle pressait toujours le T-shirt sur ses points de suture et le retira.

— Je pense que mes points de suture se sont rouverts. J'ai reçu un projectile envoyé par la tondeuse.

— Nous devrions aller à l'hôpital pour les faire examiner, intervint Mitch, apparemment pressé de s'en aller. Je vais chercher les clés.

Mme Thompson l'ignora et tira l'inconnue vers elle.

— Asseyez-vous, laissez-moi regarder ça.

— Vraiment, je vais bien.

Sa main se resserra comme un étau sur le bras de leur invitée.

— Asseyez-vous.

— Euh… d'accord.

Elle s'assit en se demandant si la mère de Mitch n'avait pas été sergent instructeur dans une autre vie.

— Ne vous inquiétez pas, je suis infirmière.

Elle écarta délicatement les cheveux et examina les points de suture.

— Ils sont intacts. Ça ne saigne plus, mais c'est enflammé. Lisa, apporte-moi une compresse et un flacon d'ibuprofène. Ça devrait faire disparaître la bosse.

Elle se tourna vers Mitch.

— Elle séjourne chez toi ?

Mitch confirma, l'air penaud. La jeune femme comprit alors pourquoi il ne voulait pas que sa mère la rencontre. Elle avait été femme de policier et, en tant que telle, elle savait pertinemment qu'il n'aurait pas dû l'accueillir chez lui. Il ne voulait pas qu'elle le sache pour lui éviter d'être furieuse ou pire… déçue. Elle ne pouvait l'en blâmer. La mère de Mitch ne semblait pas du genre à accepter qu'on la déçoive.

— Se montre-t-il respectueux envers vous ? lui demanda Mme Thompson.

Elle aperçut Mitch, qui lui faisait les gros yeux. Pensait-il sincèrement qu'elle le dénoncerait ? Par ailleurs, lorsqu'il l'avait acculée dans la cuisine, ce matin-là, ou plaquée contre le mur dans l'escalier du tribunal, elle n'avait pas eu une seconde l'impression qu'il lui manquait de respect. Au contraire, il l'avait séduite avec le plus grand respect.

— Très respectueux, répondit-elle enfin, un peu amusée.

Mitch lui adressa un petit signe de tête.

— Vous êtes entre de bonnes mains, mon petit.

Mme Thompson sourit en lui tapotant la main et se tourna vers son fils.

— Va donc finir de tondre la pelouse. Je vais tenir compagnie à notre invitée pendant que Lisa préparera le déjeuner. Lisa, donne un T-shirt propre à ton frère et mets celui-ci en machine avant que le sang ne sèche.

Lisa déposa la compresse et le flacon d'ibuprofène demandés sur le canapé près de sa mère puis saisit d'un geste rageur le T-shirt et s'éloigna en grommelant.

— Quant à toi, dehors ! ordonna Mme Thompson à Mitch en lui désignant la porte.

— Maman…

— Allez, ouste ! Sors d'ici. Nous allons faire un brin de causette, n'est-ce pas, ma chère ?

Son ton était plaisant, son sourire sincère. Pourtant, l'inconnue se sentit gagnée par l'appréhension. Seigneur ! Dans quel pétrin s'était-elle encore fourrée ? Elle en appela silencieusement à Mitch pour qu'il l'en sorte.

Il se contenta de lui adresser un petit sourire ironique et disparut dans le jardin.

— « Fragile » ?

Assise dans la voiture, elle se tourna vers Mitch.

— Tu trouves que ta mère est « fragile » ?

Il réprima un sourire.

— Je faisais allusion à son traitement médical très lourd. Elle n'est pas elle-même, en ce moment.

— Elle est… coriace.

— Elle était femme de policier. Il fallait qu'elle soit coriace.

— Et elle est incroyablement fière de toi. Mais elle veut te voir casé et, par-dessus tout, elle veut des petits-enfants.

— Je suis au courant, grommela-t-il.

Voilà des années qu'elle le lui rabâchait.

— Mais elle affirme que tu as peur de t'engager.

Mitch pesta. De quoi sa mère se mêlait-elle ?

— Ah ? Vraiment ? Et comment pourrait-elle savoir ça ?

— Parce que tu ne fréquentes jamais tes petites amies assez longtemps pour les lui présenter.

— Vous avez eu une sacrée conversation, dis-moi !

— Elle m'a interrogée sur ma famille et mes études. Il a fallu que je lui rappelle sans cesse que je n'avais aucun souvenir.

— Désolé… C'est probablement dû à son traitement.

Il s'engagea dans l'allée, se gara et coupa le contact.

— La vérité est qu'elle a toujours été un peu originale.

— Elle m'a plu.

— Elle a ses bons côtés.

— Ta sœur semblait furieuse, quand nous sommes partis.

Elle tira sur le T-shirt que Lisa lui avait donné.

Il baissa les yeux et lut l'inscription qu'il arborait sur la poitrine : « Jusqu'à présent, je maîtrisais le cours de ma vie. Mais c'est terminé. »

— Je n'en doute pas.

— J'aime bien Lisa, et ta mère aussi. Si les circonstances étaient différentes…

— Ce n'est pas le cas.

Elle se mordit la lèvre, blessée, et il se sentit ignoble d'avoir de nouveau heurté ses sentiments. Il ne pouvait cependant se permettre de la laisser s'attacher.

Bon sang ! Qui croyait-il abuser ? Il ne pouvait surtout pas se permettre de s'attacher. Sa présence lui était devenue trop précieuse. C'était comme rentrer chez soi après un voyage interminable. Et le fait que Lisa et sa mère se soient immédiatement entichées d'elle ne l'aidait pas. Elles avaient beau être plutôt excentriques toutes les deux, elles savaient juger les gens.

Comme si ça faisait une différence…

— Je ne voulais pas suggérer que j'espérais que les choses soient différentes, dit-elle.

Elle paraissait tellement perdue, abattue.

— Je sais que c'est impossible. Je pense seulement que ce doit être agréable de mieux connaître ta famille. Ta mère est drôle et intelligente.

Les yeux fixes, elle regarda dans le vague, devant elle.

— Ça m'a manqué de ne pas mieux connaître ma mère.

— Elle est morte ?

Il avait posé la question sans avoir conscience de ce qu'il lui demandait. Elle ne savait même pas qui était sa mère ! C'était simplement la suite logique à ce qu'elle venait de dire. Il n'en crut pas ses oreilles quand elle lui répondit, d'une voix soudain distraite et triste :

— Je ne la vois plus.

Elle recouvrait la mémoire ! Elle ne s'en rendait pas compte, mais elle lui parlait de son passé. Elle semblait presque en transe, complètement perdue dans ses pensées.

— Pourquoi ne la fréquentes-tu pas ? s'enquit-il en se tournant vers elle pour l'observer.

Elle cilla et le regarda, surprise.

— Qui ça ?

— Ta mère. Tu as dit que tu ne la voyais plus.

— Quand ai-je dit ça ? demanda-t-elle en fronçant les sourcils.

— A l'instant. Tu as dit que ta mère te manquait. Je t'ai demandé si elle était morte, et tu m'as répondu que tu ne la voyais plus. Quand je t'ai demandé pourquoi, tu es soudain revenue au présent, tu as perdu le fil.

Les yeux brillant d'excitation, elle appuya la main sur sa poitrine.

— Des souvenirs me reviennent, c'est bien ça ?

— Apparemment.

— Exactement comme tu l'avais prédit ! Quand j'ai cessé d'essayer de me rappeler, ça m'est revenu.

Son sourire disparut.

— Oh oh !

— Qu'y a-t-il ?

D'un mouvement de la tête, elle lui désigna la vitre derrière lui.

— Arnold est de retour.

Mitch se retourna.

Darren arrivait vers sa portière et ne semblait pas ravi. Le premier réflexe de Mitch fut de sourire. Elle avait raison, Darren avait vraiment la dégaine d'un golfeur professionnel. Il baissa sa vitre.

— Que se passe-t-il ?

Darren laissa errer son regard sur lui et sur sa passagère avant de répondre.

— J'allais te poser la même question.

Qu'avaient-ils donc tous, ces derniers temps ? S'étaient-ils donné le mot ?

— Nous sommes allés chez ma mère. Tu me surveilles ?

— J'ai appris le suicide de Robby Barrett. Je venais voir si tu allais bien.

— Je vais bien.

Darren posa de nouveau un regard méfiant sur l'inconnue puis demanda :

— Tu as une minute ?

— Bien sûr.

Comme s'il lui laissait le choix ! songea Mitch. Quoi qu'il puisse dire ou faire, Darren en tirerait ses propres conclusions et croirait ce qu'il avait envie de croire. Autant en prendre son parti.

— Désolé, dit-il à sa passagère.

Elle lui adressa un sourire compréhensif qui lui réchauffa le cœur et le fit se sentir coupable. Elle ne méritait pas l'antipathie de Darren et n'avait pas besoin de cela. Toutefois, elle ne se laissa pas démonter.

— Pas de problème, assura-t-elle d'une voix posée. Il est ton ami et il s'inquiète pour toi.

Darren les accompagna jusqu'à l'entrée. Les vitres des fenêtres sur rue avaient été remplacées. Seuls les massifs piétinés et les rideaux en lambeaux qui pendaient à la fenêtre de la chambre rappelaient l'incident de la nuit précédente.

Mitch ouvrit la porte et ils entrèrent. Pendant un instant, ils restèrent dans le vestibule, tous trois silencieux. La tension était palpable.

— Il faut que je te parle, dit enfin Darren en jetant un regard significatif vers l'inconnue. En privé.

— Si vous voulez bien m'excuser, marmonna-t-elle en prenant la direction du couloir.

Mitch esquissa un mouvement pour la retenir.

— Attends…

— Non, c'est bon. Je vais prendre une douche. Je vous laisse bavarder.

Il la regarda s'engager dans le couloir puis entendit la porte de la salle de bains se fermer.

Elle savait, tout comme lui, que sa conversation avec Darren n'aurait rien d'un bavardage amical.

— Alors, Mitch ? lança Darren. Tu prends du bon temps ?

12

Mitch se retourna vers Darren.

— Comment ça, du bon temps ?

— En jouant au papa et à la maman.

Négligemment appuyé contre le mur, les mains dans ses poches de pantalon, Darren le narguait avec impudence. Il le reconnaissait bien là.

— C'est ce que tu fais, non ?

— Je ne m'abaisserai pas à répondre à ça.

Nullement décontenancé, Darren lui jeta un regard accusateur.

— Pourquoi ne vois-tu pas ce qui est évident aux yeux de tout le monde ? Tu perds toute objectivité. Après l'épisode avec Kim, je pensais que tu ferais preuve de plus de jugement.

Cette remarque fit mouche. Mitch détestait le reconnaître, mais Darren avait raison. Le peu de contrôle qu'il avait encore sur ses émotions lui échappait. Lorsque la jeune femme avait été blessée à la tête tout à l'heure, il avait été fou d'inquiétude et avait failli paniquer. C'était inacceptable de la part d'un policier. Cela indiquait qu'il avait perdu sa capacité à raisonner, à envisager la situation avec sang-froid, et c'était très mauvais, pour ne pas dire dangereux.

Il se laissa tomber sur le canapé, se renversa contre les coussins et ferma les yeux. Si seulement il pouvait oublier les propos de son ami et faire taire ses propres doutes !

— Tu as besoin d'une bière, dit Darren.

Il lui faudrait plus qu'une bière pour mettre de l'ordre dans ses idées, pour maîtriser cette attirance qu'il ressentait, mais cela ne pouvait pas lui faire de mal.

Sans même ouvrir les yeux, il acquiesça.

— Tu as raison, je vais prendre une bière.

Il entendit Darren aller dans la cuisine et ouvrir le réfrigérateur. Il entendit aussi le ruissellement de l'eau dans la douche voisine et ne put s'empêcher de s'y représenter l'inconnue. Il s'imagina la rejoignant sous le jet d'eau brûlante, savonnant chaque centimètre carré de sa peau satinée.

— Tu couches avec elle.

Mitch ouvrit les yeux et dévisagea Darren.

— Est-ce une question ?

Son collègue lui tendit l'une des deux bières qu'il avait en main.

— Qu'en penses-tu ?

— Si je te réponds que non, me croiras-tu ?

— Non.

Darren s'assit face à lui, dans un fauteuil. Il se pencha en avant, les coudes sur les genoux, et but une première rasade de bière, puis une autre.

— En fait, je ne sais pas, reprit-il. Peut-être.

Mitch porta la bouteille à ses lèvres et but une gorgée. La bière glacée lui parut amère, sans doute en raison de ses nerfs surmenés. C'était sans comparaison avec la suavité des baisers de l'inconnue, cette suavité que son corps tout entier réclamait comme un toxicomane sa prochaine piqûre. Une sensation plus enivrante qu'aucun alcool, qui le rendait plus dépendant que ne l'aurait fait une drogue.

Il s'apprêtait à poser sa bouteille sur la table basse lorsqu'elle lui échappa. Avant qu'il puisse la rattraper, elle se renversa et la moitié de son contenu se répandit sur le tapis.

— Bon sang !

— Je vais chercher quelque chose pour nettoyer ça.

Darren se hâta vers la cuisine et en rapporta un rouleau d'essuie-tout. Il en détacha quelques feuilles qu'il laissa tomber sur la tache puis appuya avec son pied pour éponger la bière.

— Tu n'es vraiment pas en forme.

— Je ne couche pas avec elle ! protesta Mitch.

Darren ramassa l'essuie-tout et le déposa sur le plateau de verre de la table avant de reprendre sa place dans le fauteuil.

— Pourquoi ai-je l'impression qu'il y a un « mais » ?

— Parce que tu n'es qu'un cynique…

Mitch se pencha en avant et se frotta les yeux.

— Et parce que tu me connais trop bien.

— Qu'arrivera-t-il si elle est mariée ? Si elle est mêlée à quelque chose d'illégal ? Encore un fiasco comme celui avec Kim, et ils ne te rateront pas. Cette fois, tu pourras dire adieu à ta plaque.

— Tu crois que je n'en ai pas conscience ?

— Et, pour ne rien arranger, tu te retrouves avec un violeur mort et sa famille qui demande justice. Ce n'est pas non plus très bon pour toi. Ils sont convaincus qu'il était innocent.

— Crois-tu qu'il était coupable ?

— Evidemment, que je le crois coupable. As-tu la preuve du contraire ?

— Ce n'est pas comme ça que ça marche, et tu le sais très bien. Notre rôle consiste à prouver sa culpabilité. Et, après avoir interrogé cet homme pendant douze heures, je ne pourrais pas jurer sur la Bible qu'il ait été capable de commettre ces viols. Il avait les capacités intellectuelles d'un gamin de douze ans.

Darren maugréa :

— Et le casier judiciaire d'un criminel avéré !

— Je ne nie pas qu'il ait été un déviant sexuel. Mais l'outrage à la pudeur est à des années-lumière du viol avec violence. Et pourquoi ne détenait-il que l'un des deux trophées subtilisés à chacune des victimes ? Comment est-il parvenu à ne pas laisser derrière lui le moindre indice physique ? Ça ne colle pas.

— Qu'est-ce que tu veux dire ?

— Je pense qu'on l'a piégé. Je pense que celui qui a commis ces viols a dissimulé les preuves dans son appartement. Il savait que Robby vivait seul et fréquentait généralement les bars du coin le soir venu. Il savait qu'il avait un casier. Je pense que le véritable violeur l'a suivi et a repéré ses victimes dans des endroits où il est allé.

— Dans ce cas, que comptes-tu faire ? Si ton hypothèse est juste, comment retrouveras-tu le véritable violeur ? S'il n'y avait pas eu cette information anonyme, nous en serions encore à nous creuser les méninges. Tu n'as aucune preuve. Sans compter que le dossier est classé.

— Je ne suis pas encore certain de ce que je vais faire.

— Je vais te dire très exactement ce que tu devrais faire. Tant que tu ne pourras rien prouver, garde le silence. Si la famille venait à être informée de cette théorie, tu serais fichu.

Darren se leva et posa sa bouteille à moitié vide près de celle de Mitch.

— Sans parler du fait que tu n'as aucun intérêt à être à l'origine d'un procès qui pourrait coûter à la ville des millions en dommages et intérêts.

En effet, cela pourrait très mal se passer avec sa hiérarchie. Quand ils en auraient fini avec lui, il pourrait s'estimer heureux de trouver un emploi de vigile au centre commercial.

— Et, pour ce qui est de ta nouvelle petite amie, peut-être est-elle sincère. Il n'empêche que lorsqu'elle rcouvrera la mémoire et par la même occasion sa famille elle te laissera tomber. D'une manière comme d'une autre, tu es perdant. Et, si elle est mêlée à quelque chose d'illégal ou si elle est en cavale, inutile de te dire quelle pagaille ça causera.

Mitch se pencha en arrière et ferma de nouveau les yeux. Il aurait préféré ne pas entendre Darren lui tenir ces propos, car il avait déjà réfléchi plus d'une fois à tout cela. Malheureusement, il était fort possible qu'il n'ait déjà plus le choix. Il était trop impliqué.

Il entendit Darren traverser la pièce et sortir en claquant la porte derrière lui.

Il était difficile de combattre une telle logique.

Mitch se redressa en soupirant et rouvrit les yeux. Debout sur le seuil du salon, son invitée l'observait. Ses cheveux humides tombaient sur ses épaules. Elle les avait brossés en arrière, dégageant son visage, ce qui faisait paraître ses yeux immenses et innocents, presque enfantins. Cela ne fit qu'accentuer son sentiment de culpabilité. Elle portait le vieux peignoir de Lisa. Il ne put s'empêcher de se demander si elle était nue dessous, se rappelant comme la courbe de ses hanches et la plénitude de ses seins s'adaptaient à merveille à la paume de ses mains. Comme leurs corps plaqués l'un contre l'autre sur le sol de sa chambre s'épousaient à la perfection...

Il chassa ce souvenir.

— Alors même que la logique et mon instinct me crient que nous courons à la catastrophe, je ne peux m'empêcher d'avoir envie de poser les mains sur toi, dit-il en secouant la tête avec un air d'incompréhension.

Elle alla se camper devant lui en se demandant ce qui arriverait si elle sautait du mur de la forteresse. La rattraperait-il ? Et, même dans ce cas, auraient-ils raison de faire cela ? Elle sut de façon certaine, malgré son amnésie, qu'elle n'avait jamais désiré un homme comme elle désirait Mitch. Ce lien, ce besoin de ne plus faire qu'un, corps et âme, avec un autre être humain ne pouvaient se ressentir qu'une fois dans une vie. Peut-être n'était-ce pas très malin, peut-être était-ce même complètement stupide, mais c'était ce dont tous deux avaient envie, quelles qu'en puissent être les conséquences.

— Ce que nous ressentons l'un pour l'autre ne changera pas quand j'aurai recouvré la mémoire, affirma-t-elle.

Il leva vers elle un regard indéchiffrable. Si elle ne l'avait pas mieux connu, il lui aurait paru vulnérable.

— Tu n'en sais rien.

Elle comprit alors qu'il était plus inhibé par sa peur de s'engager que par un éventuel conflit d'intérêts. Il était effrayé ; il ne voulait pas avoir le cœur brisé.

Eh bien, elle aussi était effrayée. Elle avait autant à perdre que lui.

Il n'était plus question de sauter. Elle allait détruire ce mur, une bonne fois pour toutes.

Mitch se pencha alors en avant et, attrapant la ceinture de son peignoir, il l'attira à lui. Il appuya son front contre son ventre, enveloppa ses hanches de ses mains, enfonçant ses doigts dans sa chair. Elle sentit sa tête tourner et une douce chaleur irradier entre ses cuisses.

— Je ne devrais pas te toucher comme ça, grommela-t-il en faisant remonter de plus en plus haut le peignoir en flanelle. Si tu avais un peu de bon sens, tu t'écarterais.

— Je n'irai nulle part.

Elle s'installa à califourchon sur ses genoux sans qu'il résiste mais, quand elle fit mine de le toucher, il lui immobilisa les poignets.

— Dis-moi que tu n'en as pas autant envie que moi, murmura-t-elle.

Pendant un instant, il se contenta de la regarder puis il laissa retomber ses mains.

— C'est de la folie !

— Peut-être, mais la folie semble nous réussir. Pourquoi gâcher un aussi bon moment ?

Il prit délicatement son visage entre ses mains, effleurant sa bouche de ses lèvres, et l'univers entier sembla retrouver son harmonie. Elle savoura la pression légère de ses lèvres, si douces, si tendres, et le désir prit naissance dans son bas-ventre. Elle respira le parfum de ses cheveux, de sa peau. Il sentait le shampooing et l'herbe fraîchement coupée.

Elle passa ses doigts dans ses cheveux et il se mit à gémir. Resserrant son étreinte, il l'embrassa avec fougue. Elle sentit son pouls s'accélérer. Elle brûlait d'envie qu'il comble de son amour ce néant qu'elle portait en elle afin qu'elle se sente exister de nouveau.

Il fit glisser le peignoir sur ses épaules, les embrassa, les mordilla. Elle le débarrassa de son T-shirt et contempla sa peau hâlée, tendue sur ses muscles d'acier. Puis, avec hésitation, elle y fit glisser les paumes de ses mains, les regardant rebrousser les quelques poils cernant ses mamelons bruns.

— Mon Dieu ! souffla-t-il. Rien d'aussi bon ne devrait être légal.

Elle suffoqua tandis que les mains de Mitch s'emparaient fermement de ses hanches, dans un geste possessif, pour l'attirer contre lui. Elle en fut à la fois effrayée et excitée. Avec hardiesse, elle laissa descendre ses mains vers la ceinture de son jean et sentit les muscles de son ventre se contracter à leur contact. Elle en voulait plus — chaque fibre de son être pulsait de désir — mais, lorsqu'il défit la ceinture de son peignoir, elle leva les mains pour l'interrompre, en proie au doute.

— Ne me dis pas que tu vas maintenant avoir peur de moi, dit-il.

Elle ne comprenait pas ce qui n'allait pas chez elle, ni d'où lui était venu ce doute soudain.

— Je… je ne sais pas pourquoi j'ai fait ça.

Il mêla ses doigts aux siens.

— Quelqu'un a dû te faire du mal.

— Peut-être.

Elle le regarda avec fascination porter ses mains à ses lèvres et embrasser ses doigts, l'un après l'autre.

— Je ne vais pas te faire de mal.

Il déposa un baiser sur sa tempe, sur sa joue, sur la commissure de ses lèvres. Elle n'aurait jamais imaginé qu'il puisse se montrer aussi doux, aussi tendre. Elle laissa retomber sa tête en arrière, fermant les yeux tandis qu'il embrassait son cou, sa clavicule, le creux entre ses seins. A chaque frôlement de ses lèvres, à chaque caresse de son souffle, son appréhension se dissipait un peu plus.

Il repoussa lentement le peignoir, découvrant la naissance de ses seins et en effleura le léger renflement. Quand le peignoir glissa de ses épaules, puis le long de ses bras, elle dut réprimer son envie de le rattraper pour s'en couvrir.

Mitch prit ses seins dans ses mains. Il les caressa avec ses pouces, provoquant chez elle, à chacun de leurs mouvements, un frisson, un afflux soudain de sang dans ses veines. Cette fois, elle ne fit rien pour l'arrêter quand il dénoua la ceinture de son peignoir. Elle retint sa respiration alors que, tombant sur le sol, il dévoilait sa nudité. Bien que, d'instinct, elle aurait dû se sentir vulnérable et réservée, ce qu'elle lut dans les yeux de Mitch lui indiqua que lui aussi se mettait en danger, qu'il mettait ses sentiments à nu.

Elle ne l'en désira que plus encore.

— Tu es si belle…, murmura-t-il en faisant glisser ses mains sur sa peau avec une infinie douceur.

Les doigts tremblants, elle défit la boucle de son ceinturon et déboutonna son jean. Alors qu'elle s'apprêtait à se déplacer pour qu'il puisse l'enlever, il lui entoura la taille de son bras, la hissa contre sa poitrine et glissa une main entre ses cuisses.

Ce contact, cette première caresse lui procurèra un choc qui ébranla tout son corps. Le souffle coupé, elle s'agrippa aux épaules de Mitch.

Il la caressa délicatement, se concentrant sur la source de son plaisir, les yeux rivés sur son visage. L'intensité de ses sensations, l'ardeur de son propre désir l'effrayèrent et l'enivrèrent. Les jambes en coton, elle se sentit prise de vertiges. Jamais un homme ne lui avait procuré un tel plaisir. Une sensation aussi exquise, à la fois purement physique et en même temps tellement chargée d'affect, aurait été impossible à oublier.

Il s'interrompit seulement le temps de se débarrasser de son jean et de son caleçon puis il l'attira de nouveau sur ses genoux. S'emparant de ses lèvres, il plongea ses doigts dans ses cheveux. Ce fut un baiser impérieux, presque désespéré. Elle ne cessait de s'étonner en constatant combien il mettait de lui-même dans chacun de ses baisers, chacune de ses caresses.

Elle se cambra contre lui, un peu troublée cependant par l'intimité de leur position et la violence du désir qui la consumait. Puis le monde cessa d'exister.

— Mon portefeuille…, gémit-il d'une voix rauque. Il me faut mon portefeuille.

Se penchant en arrière, elle tâtonna sur le sol et le trouva. Il l'ouvrit et en sortit un préservatif. Elle le regarda avec fascination déchirer l'emballage avec ses dents et le mettre en place.

Il l'allongea ensuite doucement sur les coussins du canapé et se plaça au-dessus d'elle. Elle eut alors un bref moment de panique.

Il se figea.

— Un problème ?

— Non. C'est seulement que, pendant un instant, je me suis sentie… prise au piège.

Il resta immobile.

— Tu as confiance en moi ?

Qu'il ait pris le soin de lui poser cette question en disait long sur l'homme qu'il était. L'émotion lui serra la gorge, l'empêchant de parler. Si elle essayait, elle ne parviendrait qu'à fondre en larmes. Alors, pour lui prouver à quel point elle avait confiance en lui, elle noua ses bras autour de son cou, enroula ses jambes autour de ses hanches et l'attira à elle. Avec douceur, il la rejoignit et ils s'enfoncèrent tous deux dans les coussins du canapé. Elle ne ressentit ni crainte ni appréhension, rien qu'un profond sentiment de plénitude. A chacun de ses mouvements mesurés, il la menait plus près de l'orgasme jusqu'à ce que le monde ne soit plus qu'un maelström de sensations.

Sa dernière pensée cohérente, avant qu'elle ne sombre dans un océan de volupté, fut que Mitch avait raison. C'était trop bon. Trop parfait. Ensuite, elle cessa de penser.

Elle avait froid. Elle avait froid et elle se sentait seule. Son champ de vision était rétréci et flou et, malgré ses efforts de concentration, elle ne pouvait pas voir clairement. Il fallait qu'elle recouvre la vue pour sortir de là avant qu'il n'arrive quelque chose de terrible.

Elle entendit un petit gémissement et découvrit qu'elle tenait un bébé dans ses bras. Elle cligna des paupières, essayant de voir si c'était une fille ou un garçon. C'était son bébé, tout en n'étant pas le sien.

Elle entendit alors ce rire, railleur et maléfique. Elle fit volte-face, tenaillée par la peur, tandis qu'elle s'efforçait d'en découvrir l'origine, de percer ce brouillard du regard. Le son semblait venir de partout et de nulle part.

C'était lui. Il l'avait retrouvée. Et elle savait ce qu'il voulait.

— Vous n'aurez pas mon bébé ! cria-t-elle dans l'obscurité, n'obtenant pour toute réponse qu'un nouveau rire démoniaque.

Elle serra l'enfant contre sa poitrine mais découvrit ses bras soudain vides.

— Non !

Puis elle l'aperçut, silhouette indistincte à la limite de son champ de vision. Il ne lui prendrait pas son bébé. Pas cette fois. Elle tenta de courir vers lui, mais ses jambes étaient de plomb. Elle les força à bouger, poussant dessus de toutes ses forces, gagnant de la vitesse, mais, chaque fois qu'elle s'approchait de lui, il disparaissait de nouveau.

Autour d'eux, des personnages sans visage les regardaient sans faire un geste. Personne ne l'aiderait. Alors, elle les aperçut. Ses parents. Elle ne distinguait pas leurs traits, mais elle les reconnut.

— Il a pris mon bébé ! Arrêtez-le ! les supplia-t-elle.

— Tu es trop gâtée, lui répondirent-ils d'un ton triste. Tu n'es jamais satisfaite de ce que tu as. Tu nous brises sans cesse le cœur.

— Je vous en prie, aidez-moi ! implora-t-elle encore.

Lorsqu'elle les rejoignit, ils disparurent.

Puis elle sentit qu'on lui agrippait les bras. C'était lui ! Elle devait se défendre, se libérer.

— Réveille-toi !

Elle ouvrit brusquement les yeux et se débattit, repoussant les mains qui tentaient de la maîtriser. Puis elle se rendit compte que c'était Mitch qu'elle apercevait dans la pénombre. Elle regarda autour d'elle, prenant conscience qu'elle se trouvait dans sa chambre, dans son lit.

— Du calme, chuchota-t-il d'un ton apaisant.

Elle se laissa retomber sur l'oreiller. Elle était avec Mitch ; elle était en sécurité.

Il lui relâcha les bras et elle les noua autour de son cou. Il la serra contre lui.

— Tout va bien. C'est seulement un mauvais rêve.

— Je me le rappelle, cette fois. Un homme me poursuivait.

Un frisson lui parcourut l'échine.

— J'avais un bébé dans les bras et il me l'a pris.

— Qui était-il ?

— Je l'ignore. Mais mes parents étaient là aussi et ils refusaient de m'aider.

— Tu les as vus ?

— Je ne voyais pas leurs visages, mais je savais que c'étaient eux. Je me sentais si seule !

Il resserra son étreinte autour d'elle.

— Tu n'es pas seule.

Elle appuya sa joue contre la poitrine de Mitch et perçut les battements sourds de son cœur. Sa peau était douce, chaude, et avait gardé le parfum du savon qu'ils avaient utilisé dans la douche, plus tôt dans la soirée.

— C'était tellement étrange ! C'était mon bébé, mais ce n'était pas le mien. Maintenant, je sais que je n'ai pas d'enfants. Je sais aussi que l'homme de mon rêve est à ma poursuite. Je pouvais presque le… sentir. Et je sais qu'il n'aura de cesse de me retrouver.

— Quel que soit cet homme, je ne le laisserai pas te rattraper.

— Qu'arrivera-t-il, demain, quand tu rencontreras ton lieutenant ?

— Laisse-moi m'occuper de ça, d'accord ?

Il s'inquiétait assez pour deux. Il s'inquiétait de ce qui se passerait quand on le dessaisirait du dossier, ce qui semblait inévitable. Il commençait d'ailleurs à penser que ce serait mieux ainsi. Il s'attachait trop à elle et se sentait incapable de faire marche arrière. Il suffirait qu'ils trouvent un homme de confiance pour veiller sur elle. A condition que cet homme existe…

Il lui caressa le dos et le cou, enfouit ses doigts dans ses cheveux. Finalement, elle se détendit. Il sentait son souffle chaud sur son cou. Au bout d'un moment, elle posa ses lèvres sur sa peau et… aïe ! Elle l'avait mordu.

— Hé ! s'exclama-t-il. Ne sommes-nous pas convenus une fois pour toutes que les morsures n'étaient pas nécessaires ?

Elle lui mordilla l'épaule et susurra :

— Et si je promets de ne pas te mordre jusqu'au sang, cette fois ?

Glissant ses doigts dans ses cheveux, elle lui tira doucement la tête en arrière, exposant sa gorge. Ses dents effleurèrent sa pomme d'Adam.

— On ferait mieux de dormir, dit-il d'un ton bourru.

— Je ne veux pas dormir. Fais-moi l'amour.

Elle l'embrassa, attirant sa lèvre inférieure entre ses dents. Eh bien, puisqu'elle le demandait ainsi, il lui était difficile de refuser, songea Mitch. Il roula sur le dos pour attraper la boîte de préservatifs posée sur la table de chevet. Il eut à peine le temps d'en mettre un que, déjà, elle se ruait sur lui.

Chaque fois qu'ils avaient fait l'amour, elle s'était montrée plus audacieuse, abandonnant graduellement ses inhibitions. Il avait l'obscure sensation d'avoir libéré son instinct animal.

Il savait, au fond de lui, qu'il devait mettre un terme à tout cela. C'était à lui de se montrer rationnel. Il savait clairement ce qu'il avait à faire.

Demain, songea-t-il tandis qu'elle le rejoignait dans une étreinte passionnée. Il serait temps d'être rationnel demain.

Rien ne se passait comme prévu ! Il se sentit envahi par la frustration.

De la chance, voilà ce que c'était. Ils avaient eu de la chance. Il aurait pu mettre la main sur elle, ce soir-là. Il était si près du but. Mais il y aurait eu des victimes innocentes.

Il se tenait dans l'ombre, surveillant la maison. Les lumières s'étaient éteintes une heure plus tôt et il devinait ce qu'ils faisaient. Les femmes savaient s'y prendre pour obtenir ce qu'elles voulaient. Elles manipulaient les hommes, les traitaient comme des créatures sans cervelle. S'il le pouvait, il le leur ferait payer à toutes.

Le bip accroché à sa ceinture vibra et il regarda l'affichage. Un sourire étira ses lèvres. C'était le signal qu'il attendait. Il était amusant de voir comme les choses pouvaient s'arranger tout à coup. Comment, après qu'elle se soit cachée et l'ait obligé à la traquer, elle revenait d'elle-même vers lui, prouvant, sans équivoque, qu'il était le plus fort.

« Ton heure est venue, belle inconnue. Je n'ai plus besoin de toi, désormais. »

Il était prêt à entamer la phase finale. Si tout se passait comme il l'escomptait, avant le lendemain, tout serait terminé.

13

Assise dans la voiture près de lui, la jeune femme se rongeait manifestement les sangs. Posant sa main sur les siennes, Mitch sentit ses doigts glacés en dépit de la température clémente.

— Détends-toi.

Elle lui adressa un sourire tremblant.

— J'essaie. Mais j'ai l'impression que quelque chose de très mauvais va arriver aujourd'hui.

— Ce ne sera rien que je ne puisse gérer.

Il retira sa main pour la reposer sur le volant. S'il ne cessait de la toucher, il finirait par faire quelque chose d'irréparable comme faire demi-tour pour la ramener chez lui et passer la journée au lit avec elle. Il raterait alors le rendez-vous avec son lieutenant et, pour le coup, quelque chose de mauvais arriverait : il perdrait son emploi.

Il ne pouvait céder à la tentation de se rapprocher d'elle.

En s'habillant ce matin-là pour aller travailler, il lui était venu à l'esprit qu'il devrait avoir des regrets, ou pour le moins se sentir coupable, après ce qu'ils avaient fait. Faire l'amour avec une victime était, à bien des égards, une erreur. Or, l'expérience qu'ils avaient partagée allait tellement au-delà du sexe qu'elle était difficilement qualifiable. Il ne s'était jamais autant senti en phase avec une femme. Pas seulement physiquement ou émotionnellement, mais aussi sur le plan spirituel.

Comme seules deux âmes égarées pouvaient communier.

La communion des âmes ? Seigneur ! Délirait-il ? Si Darren l'entendait s'exprimer en ces termes, il le ferait à coup sûr interner.

— Je sens que ça me revient ! s'exclama tout à coup son âme sœur.

— Tu te rappelles quelque chose ?

— Presque. J'ai l'impression d'être au bord d'un précipice. Quelqu'un ou quelque chose me pousse à regarder, mais j'ai peur de ce que je pourrais voir. Il y fait tellement sombre et froid ! Je me retrouve à résister pour ne pas me rappeler et, plus je résiste, plus ça me revient.

Elle tourna vers lui un regard éperdu où se lisait son appréhension.

— Et si c'était quelque chose de vraiment très mauvais ?

Il tira sur la manche de sa veste pour l'attirer à lui car il ne supportait pas de la voir effrayée sans la réconforter. Elle se glissa contre lui et il mit le bras autour de ses épaules.

— Tu n'es pas seule face à cette épreuve, nous la traverserons ensemble.

— Je ne veux pas que tu me protèges. Je sais que tu trouveras probablement que ça n'a pas de sens, mais je sens que je dois affronter ça seule. Comme si je devais me montrer capable de prendre soin de moi.

Mitch ne voulait pas qu'elle s'attaque seule à ce problème. Il voulait être présent à ses côtés pour veiller sur elle, mais savait qu'elle ne le lui permettrait pas. Cela le blessait plus qu'il ne voulait l'admettre, tout en lui facilitant cependant la tâche.

— Tu as raison, ça n'a aucun sens.

— Je sais.

Frustrée, elle poussa un long soupir.

Comme ils approchaient du commissariat, Mitch ralentit. Il ne tenait pas à se garer là en les exposant au regard de tous dans la position où ils étaient.

Elle lui adressa une moue interrogatrice.

— Tu devrais reprendre ta place.

Elle regarda les voitures de police et les agents sur le parking.

— Pour donner l'illusion que nous n'avons pas passé la nuit ensemble ?

— Plus ou moins, oui.

— Entendu.

Elle se redressa et se remit sur son siège.

Il s'engagea sur le parking et se gara à l'arrière. Puis il prit une profonde inspiration pour rassembler tout son courage, l'entretien avec son lieutenant s'annonçant houleux.

— Pour le cas où j'aurais oublié de le mentionner, dit-elle, la nuit dernière, ça n'a pas été seulement époustouflant. C'était plus que ça. Tellement plus. C'était… prodigieux.

Elle soupira, nostalgique.

Mitch enleva la clé du contact et se tourna vers elle.

La lumière changeante du soleil faisait chatoyer les reflets dorés de ses cheveux. Il mourait d'envie d'y glisser les doigts. Il était submergé par le besoin de la toucher, d'être tout près d'elle. Chaque fois, sa franchise le bouleversait.

Il était vraiment dans le pétrin. S'il ne se détachait pas d'elle, il savait qu'il aurait du souci à se faire.

Elle était assise dans la salle de repos des policiers, les yeux rivés sur la porte du bureau où Mitch avait disparu quelque vingt minutes plus tôt. Un frisson de peur lui parcourut le dos. Elle se trouvait entourée de policiers, dans le bâtiment sans doute le plus sûr de Twin Oaks, mais elle ne pouvait se départir d'un sentiment de méfiance. Elle serra les bras contre sa poitrine et se fit toute petite sur sa chaise. Elle aurait aimé être invisible. Se sentirait-elle jamais de nouveau en sécurité ?

La porte du bureau s'ouvrit enfin et Mitch en sortit, suivi d'Arnold Palmer et d'un autre enquêteur qu'elle ne connaissait pas. Elle bondit de sa chaise, tentant de déchiffrer son expression, de deviner comment l'entretien s'était déroulé, et alla le rejoindre. Son visage demeura impassible et il se dirigea vers son bureau sans même la regarder. L'inspecteur qu'elle avait rebaptisé Palmer lui fit signe de les suivre. Lorsqu'ils furent tous dans son bureau, Mitch s'adressa à elle.

— Je vous présente l'inspecteur Petroski. Vous connaissez déjà l'inspecteur Waite.

Elle leva les yeux vers lui comme pour lui demander ce

que cela impliquait pour elle, bien qu'elle eût déjà une idée de ce qui allait suivre.

— Ils ont été désignés ce matin pour reprendre votre dossier. Vous serez placée sous leur garde jusqu'à ce que l'homme qui vous a agressée soit arrêté ou considéré comme ne représentant plus une menace.

Elle se mordit nerveusement la lèvre. Bien qu'il ne l'ait pas dit clairement, elle comprit ce qui s'était passé. Elle s'était attendue à ce qu'il reçoive une semonce de son lieutenant, mais pas à ce qu'il soit dessaisi de l'affaire.

— Je pensais que nous ne savions pas à qui faire confiance.

— Vous pouvez avoir confiance en eux.

C'était faux ! songea-t-elle. Mitch était le seul en qui elle avait confiance. Ne le voyait-il pas ?

— N'ai-je pas mon mot à dire ?

— J'ai bien peur que non.

Elle allait protester, mais quelque chose dans le regard de Mitch l'avertit de se tenir tranquille, lui faisant sentir que si elle exprimait son opinion elle ne ferait qu'aggraver les choses.

Faisant appel à toute sa dignité, elle se redressa.

— Très bien.

— L'inspecteur Petroski vous emmènera en lieu sûr. Je vous ramènerai d'abord chez moi afin que vous puissiez récupérer vos effets.

— Je vais prendre toutes les dispositions nécessaires, annonça Petroski. Que diriez-vous de nous retrouver ici dans une heure environ ?

Mitch approuva et, la prenant par le coude, la guida vers la sortie. Elle eut conscience que plusieurs regards les suivaient tandis qu'ils regagnaient le parking. Il se dirigea vers la berline, l'aida à prendre place et s'installa au volant.

— J'imagine que l'entrevue ne s'est pas très bien passée, dit-elle lorsqu'il eut démarré.

Mitch regardait droit devant lui.

— Ça aurait pu être pire.

Cette petite voix dans sa tête se remit à l'accabler.

« Tu es toujours si égoïste ! Tu n'es jamais satisfaite de ce que tu as. »

Etait-ce vrai ? Tout était-il vraiment sa faute ?

— Je suis désolée pour tout ça, lâcha-t-elle.

Il lui jeta un regard impassible.

— Cesse de faire ça. Ne t'excuse pas. Ce n'est pas ta faute. Allons chercher tes affaires et finissons-en.

Mitch se tenait à l'entrée de la chambre, se complaisant dans son propre malheur et ressassant sa culpabilité tout en regardant son invitée jeter ses quelques effets personnels dans le sac marin qu'il lui avait donné. Il n'aurait jamais cru se sentir aussi… misérable.

— Tout y est, conclut-elle. Tout ce que je possède.

— Allons-y.

Il s'effaça pour la laisser passer.

Au lieu de sortir de la chambre, elle laissa tomber le sac par terre et le regarda fixement, les bras croisés sur sa poitrine.

— Oh non ! Tu ne vas pas t'en tirer aussi facilement. Il faut que nous discutions de tout ça.

— Il n'y a rien à en dire, répliqua-t-il.

Hélas ! elle était déterminée, il le vit à sa posture, à la façon dont elle avait relevé le menton. Elle ne céderait pas d'un pouce.

C'était ce qu'il admirait le plus chez elle, mais ça pouvait aussi devenir extrêmement agaçant. En particulier dans un moment comme celui-ci. Ne voyait-elle pas que c'était ce qu'il y avait de mieux à faire ? Qu'avoir une relation avec lui était une mauvaise idée ? Qu'il la ferait souffrir ?

— Mitch, ne me tiens pas à l'écart. Je veux savoir ce qui se passe. Est-ce fini entre nous ?

Il regarda par terre. Seigneur ! Il ne se sentait même pas le courage de la regarder. S'il voyait de l'espoir ou de la souffrance dans ses yeux, il serait fichu. Ils devaient tourner la page.

— Il serait dans notre intérêt à tous deux de renoncer.

— Dans notre intérêt ? Pourrais-tu cesser de jouer les policiers un instant pour me parler vraiment ?

— Je *suis* policier. Je ne peux l'oublier.

— Peux-tu au moins me dire si nous nous reverrons ?

— Tu veux dire, à l'avenir ?

— Oui. A l'avenir ?

Il finit par la regarder, mais il n'aurait pas dû. Il lut dans ses yeux tellement de souffrance, tellement de peine !

— Peut-être ne vaudrait-il mieux pas.

— Suis-je donc censée oublier ce qui s'est passé la nuit dernière ? Prétendre que ça ne signifiait rien ?

— Peut-être était-ce le cas. Peut-être n'était-ce pour moi qu'une aventure sans lendemain.

L'indignation et la fureur assombrirent son regard.

— Tu es un menteur ! Et un lâche !

— Eh bien, poursuis-moi en justice, grommela-t-il.

— Va au diable !

Elle le bouscula. En fait, elle planta ses mains sur sa poitrine et le poussa tellement fort qu'il trébucha en arrière. Elle sortit de la chambre, mais pas assez vite pour lui cacher ses larmes. Celles-ci causèrent la perte de Mitch.

— Attends !

Il lui attrapa le poignet et la ramena vers lui.

— Lâche-moi ! cria-t-elle.

Elle essaya de se dégager mais il ne lâcha pas prise. Elle lui résista pendant une fraction de seconde avant de se laisser aller contre lui.

— Je suis désolé, murmura-t-il. Je ne le pensais pas. La nuit dernière a été géniale. Vraiment géniale. Mais ne vois-tu pas que nous arrêter maintenant serait dans ton intérêt ?

Sa voix lui parvint étouffée.

— Si je faisais toujours ce qui est dans mon intérêt, je ne me trouverais certainement pas dans cette situation.

— Qu'attends-tu de moi ? demanda-t-il alors.

Lorsqu'elle leva les yeux, il y vit le reflet de sa propre frustration.

— Je n'attends rien de précis… et, en même temps, j'attends tout de toi.

C'était plus fort que lui, il fallait qu'il l'embrasse une dernière fois. Il lui releva le menton et posa sa bouche sur ses lèvres. Un baiser, un seul dernier baiser.

Il comprit néanmoins qu'un baiser ne lui suffirait pas quand elle plongea ses doigts dans ses cheveux et se plaqua contre lui. Une violente excitation s'empara de lui.

Les pupilles dilatées par le désir, elle posa une main sur la braguette de son pantalon. Il voulait faire ce qui était le mieux pour elle, mais il ne pouvait nier avoir terriblement envie de lui faire l'amour. Une fois encore. Même si, après cela, elle devait le haïr.

Il abaissa la fermeture Eclair de sa robe, en fit glisser les bretelles et la regarda tomber sur le sol, dévoilant son corps parfait. Il ne se lasserait jamais de la contempler, de la toucher. Baissant la tête, il prit la pointe rose pâle d'un sein entre ses lèvres et elle se cambra contre lui, éperdue. Il aimait lui procurer ces sensations. Il glissa une main entre ses cuisses et la caressa. Elle gémit et s'arqua, prête à l'accueillir. Il fallait qu'il lui fasse l'amour.

Elle tâtonna un peu pour défaire la boucle de son ceinturon et ouvrir sa braguette. Lorsqu'elle commença à déboutonner sa chemise, il l'interrompit.

— On n'a plus le temps, souffla-t-il.

Il la repoussa contre le mur de la chambre puis se rappela le préservatif. Il ne pouvait se permettre de l'oublier.

— Prends mon portefeuille.

Elle s'exécuta mais, au lieu de le lui donner, elle en sortit un préservatif, ouvrit l'emballage et le mit en place. Il eut l'impression d'être mort sur place et monté au paradis.

Pourtant, jamais il ne s'était senti aussi vivant.

La soulevant de terre, il la cloua contre le mur tandis qu'elle enroulait ses jambes autour de sa taille. Il était à peine dévêtu et tenait une femme nue et sexy dans ses bras. C'était l'expérience la plus érotique qu'il ait jamais vécue.

D'un mouvement rapide et pas des plus tendres, il la pénétra.

Chaque fois que leurs corps se rejoignaient, il aurait pu jurer que c'était mille fois meilleur que la fois précédente. Elle s'accrocha à lui et il savoura la douceur de sa peau enfiévrée.

— Dis-moi que tu as envie de moi, exigea-t-elle, le souffle court. Dis-moi que tu as envie de moi autant que j'ai envie de toi.

— J'ai envie de toi, déclara-t-il en s'emparant de ses lèvres.

Elle avait un goût suave et dangereux. Dangereux parce que ce fichu mot avec un A majuscule s'insinuait dans ce qui était censé n'être qu'une relation purement sexuelle. Du sexe à l'état pur, renversant et passionné.

Or, il ne pouvait nier que ce qu'ils vivaient à l'instant, comme ce qu'ils avaient vécu la nuit précédente, allait bien au-delà de ça.

Il s'efforça de se contrôler, mais il désirait que ce soit violent, rapide et intense, et cela ne semblait pas la gêner. Il sentit qu'elle commençait à jouir. Rejetant la tête en arrière, elle cria et tout son corps se contracta. Son propre orgasme le terrassa alors, mettant ses muscles à rude épreuve et le laissant pantelant. Sans le mur qui les soutenait, ils se seraient probablement retrouvés par terre.

— Nous devenons vraiment excellents, dit-elle en haletant.

Il approuva d'un grognement. S'il ouvrait la bouche, il laisserait s'échapper des paroles qu'il regretterait. Des paroles qu'il ne pensait pas vraiment telles que « Je t'aime » ou « Epouse-moi. » Le sexe, quand il était à ce point dévastateur, pouvait faire cet effet à un homme.

— Il n'en a pas toujours été ainsi, reprit-elle.

— Que veux-tu dire ?

— J'ai le sentiment que, à une certaine époque, je n'avais pas le choix.

Mitch poussa un juron étouffé.

— Je ne suis pas certain d'avoir envie d'entendre ça.

— Je ne fais pas allusion à un viol. C'était davantage un… devoir. Je pense que je faisais ce qu'on attendait de moi.

Il la regarda dans les yeux parce qu'il tenait à ce qu'elle sache qu'il était sincère.

— Je n'ai pas cherché à provoquer ça et je ne m'y attendais pas.

Elle sourit et lui caressa la joue.

— Je sais. C'est ce qui le rend tellement spécial.

Et il fallait que ça s'arrête là, songea Mitch. Quelques minutes de plus avec elle, et il ne serait plus responsable de ses actes.

— Ça ne change rien.

Elle hocha la tête.

— J'en ai conscience.

Il la reposa délicatement sur ses pieds.

— Nous devons partir. Ils nous attendent.

Elle se baissa pour ramasser sa robe.

Pendant qu'elle se rhabillait, Mitch se rendit dans la salle de bains.

Après tout ce qu'ils avaient traversé, pouvait-il laisser les choses en l'état ? se demanda-t-il. Ne devait-il pas, au moins, tenter de s'expliquer ?

— Je suis prête, annonça-t-elle en se montrant à l'entrée de la salle de bains. Finissons-en.

— Ce n'est pas toi, dit-il.

— Qu'est-ce qui n'est pas moi ?

— La raison pour laquelle ça ne peut marcher. Simplement, je ne pense pas que ce soit une bonne idée que nous prenions cet engagement. En ce moment, ma vie est compliquée.

— Epargne-moi les fadaises du style « ce n'est pas toi, c'est moi », répliqua-t-elle avec sa vivacité habituelle.

Cependant, il perçut le chagrin dans sa voix.

— Si tu éprouvais de véritables sentiments pour moi, reprit-elle, nous pourrions nous en accommoder.

— Ce n'est pas si simple. J'ai des responsabilités.

— En d'autres termes, entre ton travail, ta sœur et ta mère, où pourrais-tu me trouver une place ?

— C'est un peu ça.

— Bien entendu, ça n'a aucun rapport avec ta peur de t'engager.

Elle cala son sac sous son bras.

— Nous devons y aller. Mes nouveaux baby-sitters nous attendent.

Mitch la suivit vers l'entrée, la laissant croire ce qu'elle voulait. En mettant fin à cette relation avant qu'ils ne soient trop attachés l'un à l'autre, il faisait ce qui était juste pour elle.

En disant qu'il craignait de s'engager, elle avait tort. Il n'avait tout simplement pas de place dans sa vie déjà bien remplie. Il ne doutait pas un instant qu'elle ne se contenterait pas d'un second rôle. D'un autre côté, elle était farouchement indépendante et ne le laisserait pas s'occuper d'elle. Cette femme était une contradiction ambulante. Et il avait le sentiment que, lorsqu'elle recouvrerait la mémoire, tout deviendrait encore plus compliqué.

Tout était bien ainsi, songea-t-il. Il lui rendait service en rompant maintenant. Mais alors, pourquoi se sentait-il aussi abject ? Et, s'il pensait que c'était pour son bien, pourquoi cela le rendait-il à ce point malade ?

Quand ils arrivèrent au commissariat, Petroski et Darren les attendaient à l'accueil.

Petroski prit le sac de l'inconnue.

— Je vais l'aider à s'installer et prendre le premier tour de garde. Darren me relèvera à 22 heures.

— Super, marmonna la jeune femme, juste assez fort pour que Mitch puisse l'entendre.

De nouveau, la culpabilité le tarauda. Darren ne paraissait pas non plus ravi de cet arrangement, mais c'était une piètre consolation.

— Je vous tiens au courant, leur dit Mitch. Dès que j'ai du nouveau, je vous appelle.

— C'était une décision difficile, enchaîna Darren. Tu as fait ce qu'il fallait. Elle sera davantage en sécurité avec nous.

Elle scruta le visage de Darren.

— Qu'est-ce qui a été une décision difficile ?

Sachant ce qui allait s'ensuivre, Mitch s'arma de courage.

Elle ne comprendrait pas que c'était le seul choix qui s'offrait à lui pour assurer sa sécurité.

— De demander à déléguer le dossier à quelqu'un d'autre.

Il lui avait laissé croire qu'il avait été dessaisi de l'affaire. Apprendre qu'il l'avait volontairement abandonnée après avoir promis de veiller sur elle lui causerait sans doute une cuisante déception. Elle se sentirait probablement trahie.

Il attendit l'explosion de colère, mais elle ne broncha pas.

— Je suis prête à partir, déclara-t-elle à Petroski.

Puis, se tournant vers Mitch, elle lui décocha un regard si glacial qu'il en frissonna presque.

— Au revoir, inspecteur.

Avant de sortir, Petroski ajouta :

— Je te rappelle quand nous serons installés.

Elle ne se retourna même pas.

La culpabilité qui rongeait Mitch se transforma en un profond sentiment de malaise. Il espéra que Petroski savait ce à quoi il s'exposait et qu'il parviendrait à la contrôler.

Son silence suffisait pour que Mitch comprenne qu'elle mijotait quelque chose.

— Vous n'êtes pas très bavarde.

Elle reporta les yeux sur Petroski en veillant à conserver une expression morne alors que, intérieurement, elle écumait de rage.

— Faites-moi donc un procès.

Il haussa les épaules.

— Je m'efforçais seulement d'être aimable. Vous pouvez garder le silence, peu m'importe.

Elle prit une profonde inspiration. En dépit de ses cheveux gras, de sa manie agaçante de fumer et de son allure générale plutôt douteuse, l'inspecteur Petroski ne méritait pas de faire les frais de sa mauvaise humeur. Il ne l'avait pas trahie, lui. Il ne lui avait pas promis qu'ils résoudraient ensemble cette affaire. Il ne lui avait pas juré qu'il ne la laisserait pas seule pour l'abandonner à la première occasion.

Mitch était coupable de tout cela. Et la colère, la rage étaient les seules émotions qui lui permettaient de tenir. Lorsqu'elle les oubliait, même un instant, une douleur intolérable lui broyait sournoisement le cœur.

Apparemment, la nuit précédente n'avait rien signifié pour lui. Il avait couché avec elle tout en sachant qu'il se débarrasserait d'elle dans la matinée. Il aurait pu lui dire la vérité. Il en avait eu l'occasion. Comment avait-il pu lui faire l'amour alors qu'il l'avait trahie ?

Il lui avait fourni la preuve de ce qu'elle soupçonnait depuis le début : elle ne pouvait compter que sur elle-même.

Le téléphone de Petroski se mit à sonner et elle comprit que reprendre cette affaire lui compliquait singulièrement l'existence.

— Ellen, je t'ai expliqué que je devais travailler ce soir. Non, je n'ai pas pu l'éviter. Je sais, mais…

Il poussa un juron et raccrocha.

— Ellen est votre femme ? lui demanda-t-elle.

Pourquoi ce prénom lui paraissait-il si familier ?

— Ma petite amie. Nous étions censés sortir dîner.

Ellen. Elle ne cessa de se le répéter. Elle connaissait ce prénom. Et, en même temps, ce n'était pas tout à fait cela. Etait-ce son prénom ? Celui d'une connaissance ?

Ellen.

Il lui manquait un nom de famille pour le compléter. C'était quelque chose de simple, de facile à retenir. Elle l'avait sur le bout de la langue. Ellen Smith. Ellen Jones. Ellen Andrews. Ellen…

Philips !

Son cœur se mit à battre la chamade. Ellen Philips. Le nom était Ellen Philips. Et ce n'était pas le nom de n'importe qui. C'était le sien.

Mais ce n'était pas vraiment le sien.

Elle se massa les tempes. Tout ça était si déroutant.

Comment pouvait-elle à la fois être une personne et ne pas être cette personne ?

Cette petite voix dans sa tête l'exhorta de nouveau : « Fuis ! Ne le laisse pas te retrouver ! »

Mais *où* devait-elle fuir ? Et *qui* cherchait à la retrouver ?

Tout cela n'allait pas. L'inspecteur Petroski ne pourrait pas la protéger. Elle en avait l'intime conviction, sans savoir pourquoi. Elle savait seulement qu'elle devait s'éloigner de lui. Elle devait se rendre là où personne, pas même la police, ne songerait à la chercher.

Mais *où* ?

Elle devait agir rapidement. Plus elle attendrait et plus ils se trouveraient loin de tout ce qui lui était familier. Elle n'était pas sûre de l'endroit où il l'emmenait. Elle savait seulement que c'était à l'extérieur de Twin Oaks, et ils avaient franchi les limites de la ville depuis cinq minutes.

— Je n'ai rien mangé aujourd'hui, dit-elle à Petroski. Ça vous ennuie si nous nous arrêtons ?

— Ça ne peut pas attendre ?

Il consulta sa montre.

— Il est midi. Tout va être bondé, et nous sommes plutôt pressés.

Elle y comptait bien.

— Je fais de l'hypoglycémie, lui expliqua-t-elle. Si je ne mange pas, je me trouve mal et je perds conscience. L'inspecteur Thompson ne vous l'a pas dit ?

Il la regarda puis consulta de nouveau sa montre avant de pousser un soupir résigné.

— Entendu mais dépêchons-nous.

Il s'arrêta devant le premier fast-food venu et jura en voyant la file de voitures qui s'étirait aux abords du drive-in.

— Pourquoi n'entrerions-nous pas pour commander ? suggéra-t-elle. De toute manière, je dois aller aux toilettes.

— Entendu.

Le parking étant presque plein, il se rabattit sur une place réservée aux handicapés près de l'entrée.

Alors qu'ils pénétraient dans la salle, l'odeur de graisse et de mauvais café lui chavira l'estomac. Il lui serait impossible d'avaler quoi que ce soit pour l'instant. L'idée même de manger révulsait son estomac déjà noué.

Quatre à cinq personnes attendaient devant chaque caisse. Petroski s'emporta.

— Il va nous falloir une heure.

— Je vais aux toilettes pendant que vous attendez, lui annonça-t-elle en faisant mine de s'éloigner.

Il la rattrapa par le bras.

— Attendez ! Je ne sais pas si c'est vraiment une bonne idée.

— Voyons, répondit-elle. Que pourrait-il m'arriver dans un restaurant bondé ? Qui plus est, il faut vraiment que j'y aille.

Elle se dandina d'un pied sur l'autre pour qu'il saisisse l'urgence de la situation.

Il finit par se laisser fléchir.

— Vous revenez immédiatement, c'est compris ? Que voulez-vous que je vous commande ?

— Quoi que ce soit, ce sera parfait, répliqua-t-elle par-dessus son épaule.

De toute façon, elle ne le mangerait pas.

Elle se dirigea vers les toilettes mais s'arrêta devant la porte. Puis elle attendit quelques minutes, hors du champ de vision de Petroski, avant de revenir. Il avait progressé de deux places dans la file d'attente.

— J'ai un problème, lui confia-t-elle.

Devant son air interrogateur, elle ajouta tranquillement :

— Un problème féminin.

Il resta perplexe un instant avant de comprendre.

— Oh ! Et ne pouvez-vous pas le régler ?

— Le distributeur des toilettes est vide. J'ai ce qu'il me faut dans mon sac, mais il est dans la voiture.

Le client précédant Petroski était en train de passer sa commande.

— Ne pouvez-vous pas attendre ? Je vais perdre ma place.

Elle se balança d'un pied sur l'autre.

— Je ne sais pas combien de temps le tampon va tenir, si vous voyez ce que je veux dire.

Il parut particulièrement dégoûté, comme elle l'avait espéré. Il sortit ses clés de sa poche et les lui tendit.

— Tenez, allez chercher ce dont vous avez besoin. Mais faites attention et revenez aussitôt.

Elle se saisit des clés en se forçant à ne pas laisser paraître sa joie.

— Ça ne me prendra qu'une minute !

« En effet, songea-t-elle en rejoignant la voiture. A peine une minute, le temps de prendre mes affaires et de déguerpir. »

Assis à son bureau, Mitch, en proie à un violent mal de tête, sirotait un Coca. Il avait passé la matinée à essayer de se convaincre que tout irait bien pour l'inconnue et qu'il avait fait ce qu'il fallait — qu'il s'était montré responsable — en déléguant son dossier.

Mais, s'il était si sûr de lui, pourquoi se sentait-il tellement coupable ?

— Inspecteur ?

Levant les yeux, Mitch vit l'agent Greene qui s'avançait vers lui, un dossier à la main.

— Nous avons un signalement de personne disparue qui correspond à notre inconnue.

Mitch sentit son cœur bondir dans sa poitrine.

— Montrez-moi ça.

Greene lui donna le dossier.

— Le signalement a été fait à Lincoln Heights. Une de ses collègues a signalé sa disparition quand elle ne s'est pas présentée à son travail. Elle nous a révélé qu'elles travaillaient dans un domaine « sensible » et qu'elle s'inquiétait que son amie n'ait pas repris contact avec elle.

Dans le dossier se trouvaient une copie du signalement ainsi qu'une photocopie d'un permis de conduire. Celui de l'inconnue. Avec sa photo.

Elle s'appelait Ellen Philips.

— Le mystère est élucidé.

— Pas exactement, précisa Greene. Quand j'ai obtenu

son nom, j'ai procédé à quelques recherches. Regardez la page suivante.

Mitch parcourut rapidement la page en question. Bon sang ! Il avait redouté quelque chose dans ce genre.

— Quel type de travail avez-vous dit qu'elles faisaient ?

— Le département de police de Lincoln nous a rapporté que la femme n'avait pas voulu leur donner de détails. Mais elle était persuadée que son amie avait des problèmes. Selon elle, elle n'était pas du genre à s'absenter sans prévenir.

Il s'agissait, à n'en pas douter, d'activités illégales. Il parierait sa plaque là-dessus.

Bon Dieu ! Ce n'était pas bon signe.

Son téléphone sonna et il décrocha brusquement, répondant d'un ton bourru.

— Oui ?

Pendant plusieurs minutes, il écouta Petroski crier et jurer. Curieusement sa première réaction fut d'éclater de rire. Puis, à la réflexion, il songea qu'il aimerait tordre le cou de l'inconnue… d'Ellen, enfin de cette femme, qui qu'elle soit. Il avait vu juste, elle complotait quelque chose mais il ne s'était pas attendu à cela. Même de sa part.

— Je m'en occupe moi-même, répondit-il à Petroski avant de raccrocher violemment.

Il remit les documents dans le dossier et sortit ses menottes du tiroir de son bureau.

— Je dois partir.

— Un problème, inspecteur ?

— Si on veut. Il faut que j'aille arrêter notre amie Ellen.

— L'arrêter ? Pourquoi ?

— Elle a volé une voiture de police.

14

Mitch se gara devant la maison de sa mère et ne fut pas vraiment surpris de trouver la voiture de l'inspecteur Petroski dans l'allée. Jusqu'à cet instant, il s'était encore demandé s'il avait vu juste. Mais, au fond, il savait que s'il y avait un endroit où il pourrait retrouver la fugitive, ce serait celui-là. Elle ne connaissait personne d'autre.

Qu'est-ce qui avait bien pu lui passer par la tête ?

Il prit sur le siège passager le dossier qu'il avait emporté, descendit de voiture et se dirigea d'un pas furieux vers l'entrée. La porte étant verrouillée, il se servit de sa clé. La serrure fonctionna sans problème mais, lorsqu'il voulut entrer, la porte ne bougea pas d'un pouce. Il tambourina contre le battant.

— Lisa, ouvre-moi !

N'obtenant pas de réponse, il contourna la maison avec l'intention d'entrer par-derrière. A travers le fin rideau du haut de porte vitré, il aperçut une chaise qui bloquait la poignée.

Il secoua la tête. C'était tout de même incroyable. Elles s'étaient barricadées ! S'imaginaient-elles vraiment pouvoir l'empêcher d'entrer ?

Il frappa du poing sur la porte.

— Bon sang, Lisa ! Ouvre cette porte ou je jure devant Dieu que je vais la défoncer !

— Va-t'en, lui répondit une voix étouffée. Nous n'avons plus besoin de toi pour la protéger. Elle restera avec nous.

— Je ne suis pas venu la protéger mais l'arrêter.

Seul le silence lui répondit.

— Ouvre cette fichue porte ! Ne m'oblige pas à appeler du renfort.

Le visage de Lisa s'encadra dans la fenêtre au-dessus de l'évier.

— Elle n'a pas volé cette voiture. Elle l'a seulement empruntée. Il lui a donné ses clés.

— Tu sais aussi bien que moi qu'il ne lui a pas donné les clés pour qu'elle s'enfuie à bord de son véhicule.

— Dans ce cas, elle plaidera la démence comme étant une conséquence de sa blessure à la tête. Elle ne savait plus ce qu'elle faisait.

Il agita le dossier devant la fenêtre.

— Tu vois ça ? C'est le dossier d'une inconnue de notre connaissance. Egalement connue sous le nom d'Ellen Philips.

— Et alors ? demanda Lisa.

— Pourquoi n'as-tu pas l'air surprise ?

Il entendit un murmure de voix étouffées.

— Tu promets de te montrer compréhensif avec elle ?

— Compréhensif ?

— Tu dois promettre de ne pas hurler et de ne pas lui faire de reproches. Tu en as déjà assez fait, tu ne crois pas ?

— Que dois-je comprendre ?

— Que tu aurais mieux fait de laisser ton « arme » à sa place.

Bon sang ! Si Lisa était au courant, sa mère l'était probablement aussi. Génial.

— Je promets d'être compréhensif, siffla-t-il entre ses dents.

Après avoir arrêté Ellen, il arrêterait aussi sa sœur pour avoir fait obstruction à la justice et donné asile à une fugitive. Et pour l'avoir fait tourner en bourrique.

Il vit l'ombre de Lisa derrière le rideau de la porte et entendit le cliquetis de la poignée tandis qu'elle enlevait la chaise. D'un mouvement brusque, il ouvrit la porte.

— Ellen, cria-t-il, où es-tu ?

Lisa se campa devant lui, les bras croisés.

— Ça ne marchera pas comme ça. Tu dois te montrer gentil avec elle, sinon, elle ne viendra pas.

— Ellen Philips ! appela-t-il.

Elle apparut dans le couloir, suivie de près par la mère de Mitch.

— Tu connais mon nom ?

— Toi aussi, apparemment.

Elle acquiesça.

— Tout a commencé à me revenir. C'est encore un peu confus, mais je me rappelle presque tout.

— C'est une bonne chose, décréta Mitch en jetant le dossier sur la table de la cuisine. Parce que j'attends que tu me dises qui tu es en réalité.

— Je suppose que je te dois une explication, déclara Ellen.

A vrai dire, elle ne savait par où commencer. Elle avait tant de choses à lui raconter ! Alors qu'elle se rendait chez la mère de Mitch, les souvenirs s'étaient mis à affluer, incluant un certain nombre de choses qu'elle aurait préféré continuer d'ignorer. Il n'était pas étonnant qu'elle ne puisse se rappeler qui elle était, vu les informations contradictoires que lui envoyaient deux personnes.

Ses souvenirs étaient encore un peu embrouillés et elle avait des difficultés à distinguer ses deux vies.

Mitch prit place sur l'une des chaises de la cuisine.

— Vas-y. Je suis tout ouïe. Et, si ce que j'entends me plaît, je pourrais ne pas t'arrêter.

— Je n'ai fait qu'emprunter cette voiture.

— Je ne faisais pas allusion à la voiture. Je parlais d'usurpation d'identité. Parce que je dois dire, Ellen, que je te trouve particulièrement en forme, pour une personne qui est morte d'une leucémie il y a vingt ans.

Meurtrie par son ton acerbe, elle se mordit la lèvre. Mais il avait toutes les raisons d'être en colère. Tout comme il méritait sa colère en retour.

— Ne vous montrez pas aussi pontifiant, inspecteur. Au moins n'ai-je pas menti sciemment. Et je peux tout expliquer.

Mitch ne se départit pas de son masque de policier.

— Je me doutais que tu allais dire ça.

— Mais d'abord, je dois utiliser le téléphone. J'ai essayé sans succès de joindre une personne, et il faut absolument que j'entre en contact avec elle.

— Hors de question.

La mère de Mitch posa la main sur l'épaule de la jeune femme.

— Mitch, où sont tes bonnes manières ? Bien sûr, qu'elle peut utiliser le téléphone.

— Maman, je ne pense pas...

Mme Thompson perdit toute patience.

— Elle est portée disparue depuis trois jours, et il y a des personnes qui s'inquiètent de son sort ! Laisse-la passer ce fichu coup de fil.

— D'accord, marmonna-t-il. Tu as cinq minutes.

Lisa lui donna le téléphone et Ellen composa le numéro du foyer.

« Je t'en prie, réponds ! » supplia-t-elle intérieurement. Il n'y avait pas de raison qu'il ait aussi trouvé Anna.

Quand elle s'était rendue au département de police pour rencontrer l'inspecteur Thompson et qu'elle l'avait ensuite suivi jusqu'au supermarché, elle avait eu l'impression d'avoir été suivie à son tour. Elle en avait informé Anna, son assistante, quand elle l'avait appelée de sa voiture.

Sa voiture ! Où sa voiture était-elle passée ? se demanda-t-elle. Et son téléphone portable ? Elle devait rentrer chez elle pour voir ce qu'il avait pu faire. Il avait dû chercher des informations, ce qui signifiait qu'il avait sans doute fouillé sa maison de fond en comble. Ce ne serait ni la première ni la dernière fois.

— Allô ? répondit enfin Anna, apparemment sur ses gardes.

Ellen se sentit profondément soulagée. Anna ne les avait rejoints que depuis quelques mois et elle était encore nerveuse la plupart du temps. Presque à cran. Certaines femmes ne parvenaient jamais à surmonter la peur d'être retrouvées.

— Anna, c'est moi.

— Oh ! Dieu merci ! Ellen ! J'ai eu tellement peur. J'étais persuadée que quelque chose de terrible t'était arrivé. Je sais que je n'aurais pas dû appeler la police, mais j'étais tellement effrayée.

C'était donc ainsi que Mitch avait eu connaissance de son nom.

— Tout va bien, Anna. Tu as fait ce qu'il fallait. Mais j'ai besoin d'informations sur la femme qui a appelé vendredi. Est-elle venue au foyer ? Va-t-elle bien ?

— Quand tu as disparu, elle a pris peur. Je n'ai plus de nouvelles d'elle depuis samedi soir.

Ellen jura à mi-voix.

Elles n'avaient plus aucune chance de retrouver cette femme, désormais.

— J'ai tenté de la faire revenir. J'ai même appelé cet inspecteur dont elle nous avait parlé.

— Tu as appelé le commissariat ?

— Non. Elle m'avait communiqué son numéro personnel. Mais ne t'inquiète pas, j'ai suivi ton conseil et j'ai masqué notre numéro. Mais il n'a pas pris l'appel. J'ai eu son répondeur et j'ai eu peur de laisser un message.

L'appel masqué reçu par Mitch samedi soir, c'était Anna. Si seulement il avait décroché…

Mitch commençait à manifester son impatience.

— Anna, je dois te laisser. Je voulais seulement que tu saches que je vais bien. Je te rappellerai plus tard et alors je te raconterai tout ce qui s'est passé.

Elles se dirent au revoir et Ellen rendit le téléphone à Lisa.

Mitch se leva et se dirigea vers la porte.

— Allons-y.

Lisa se posta près d'Ellen.

— Pas question. Tu as promis de ne pas l'arrêter.

— Les promesses n'ont pas grande importance à ses yeux, lança Ellen d'une voix cinglante.

Mitch parut à juste titre blessé. Cependant, au lieu d'en ressentir de la satisfaction, elle se reprocha amèrement le mal qu'elle venait de lui faire.

— Je ne l'arrête pas.

Il écarta Lisa et prit Ellen par le bras.

— Pas encore. Je l'emmène à l'extérieur où nous pourrons avoir un peu d'intimité.

— C'est bon, Lisa, intervint Ellen. J'ai beaucoup de choses à lui dire.

Mitch se tourna vers sa sœur.

— Rends-moi service. Appelle Petroski au commissariat et dis-lui que j'ai sa voiture.

— Il doit être furieux, fit Ellen.

Elle aurait juré avoir vu Mitch esquisser un sourire.

— En effet, il est furieux et probablement plus encore atteint dans son orgueil.

Mitch la conduisit à la table de pique-nique. Le soleil de l'après-midi lui réchauffa les bras et les épaules, chassant le froid qui s'était emparé d'elle depuis qu'elle avait recouvré la mémoire et pris conscience de la situation périlleuse qui était la sienne.

Elle s'assit sur le banc et Mitch s'y installa également, à distance respectable.

— Alors, raconte-moi.

L'homme avait instantanément laissé la place au policier. Sa voix, son expression étaient totalement dépourvues d'émotion.

— Et je veux la vérité !

Elle frotta ses mains l'une contre l'autre.

— A l'évidence, Ellen n'est pas mon vrai prénom.

— Sans blague !

Elle tenta d'ignorer le sarcasme mais en fut néanmoins blessée.

— J'ai usurpé son identité quand j'ai choisi de disparaître. Mon véritable nom…

Elle s'interrompit. Depuis combien de temps n'avait-elle pas prononcé son propre nom ? Si elle le dévoilait à Mitch — ou à quiconque —, son mari pourrait la retrouver. Elle n'était pas sûre d'être prête à prendre ce risque.

— Je n'utilise plus mon véritable nom.

— Il serait dans ton intérêt de me le dire.

— Si je le faisais, ça pourrait mettre ma vie en danger.

— Et ces fractures anciennes ? Ces cicatrices ?

Les paroles eurent du mal à franchir ses lèvres.

— C'était… mon mari.

— Tu veux dire ton ex-mari ?

Elle secoua la tête.

— Tu es mariée ?

Il jura entre ses dents.

— Bon Dieu ! Il ne manquait plus que ça !

— Sur le papier seulement. Dans mon cœur, j'ai mis fin à ce mariage le jour où je suis partie.

— Ça ne l'en rend pas moins officiel.

La colère perça dans sa voix lorsqu'il ajouta :

— Ça ne change rien au fait que je me suis compromis avec la femme d'un autre.

— A t'entendre, ça paraît sordide. Ce n'est pas comme si toi et moi l'avions su. Si j'avais pu obtenir le divorce, j'en aurais fait la démarche, mais il aurait préféré me voir morte. Ma seule option était de m'enfuir, de tout recommencer à zéro.

— Dis-moi ce qu'il t'a fait. J'ai besoin de savoir.

— Il m'a quasiment détruite.

Sa voix se mit à trembler. Le souvenir de la terreur que lui avait inspirée son mari lui était encore difficile à évoquer, en parole comme en pensée. Même pendant son amnésie, elle avait eu le sentiment qu'il restait tapi au plus profond de son esprit, prêt à la harceler.

— Il… me battait et se plaisait à jouer avec mes nerfs. Il me disait des choses comme : « Sais-tu à quel point il me serait facile de te tuer ? Tout ce que j'aurais à faire serait de t'étouffer avec un oreiller pendant ton sommeil. » Ou : « Je pourrais briser ton cou comme une brindille et te jeter dans l'escalier, et personne n'en saurait jamais rien. »

— Et ta famille ? Pourquoi ne t'est-elle pas venue en aide ?

— Il avait réussi à berner tout le monde. Mes parents l'adoraient. Après une scène particulièrement violente — pour une futilité, un minuscule faux pli sur une de ses chemises —, je me suis finalement armée de courage pour leur avouer la vérité. Ils m'ont accusée d'être trop gâtée et ingrate.

Mitch jura de nouveau.

— Leur supposition n'était pas tout à fait dénuée de fondement. Adolescente, j'étais pour le moins dévergondée, incontrôlable. Je travaillais mal à l'école. Je me rebellais contre tout et tout le monde. Par la suite, mon attitude m'a valu d'être renvoyée de tous mes emplois.

Mitch secoua la tête.

— Pas étonnant que Lisa et toi vous entendiez si bien, marmonna-t-il.

— Mes parents ont pensé que David était une bénédiction pour moi. Ils étaient enchantés quand je me suis mariée. Il leur a semblé que je m'étais trouvé un but dans la vie. Que j'étais enfin capable de réussir quelque chose… de devenir la parfaite femme au foyer.

— Mais toutes ces fractures… Tu devais bien avoir des ecchymoses. Ne les remarquaient-ils pas ?

— Il prenait soin de ne pas me frapper là où ça aurait pu se voir. Les fois où j'avais des fractures ou des marques visibles, il me décrivait comme une empotée. J'avais trébuché dans l'escalier, ou alors je m'étais cogné la tête après avoir glissé en lavant le sol de la cuisine. Mes parents consentaient volontiers à entrer dans son jeu si cela pouvait préserver l'équilibre de leur monde parfait. Ma mère en riait et affirmait que j'avais toujours été sujette aux accidents.

— Etait-ce le cas ?

— Je ne m'étais jamais rien cassé avant de l'épouser. Je n'avais jamais eu de points de suture. Se convaincre que c'était ma faute, que c'était moi qui avais un problème, était sa manière d'éluder la réalité.

— Mais tu l'as quitté. Tu es partie.

Le fait d'en parler, de se rappeler chaque détail horrible réveilla sa douleur et son ressentiment. Mais rien ne pouvait être pire que ce qu'elle avait éprouvé au cours des derniers jours de son martyre et qui lui avait finalement donné la force de s'enfuir.

— Je n'ai eu d'autre choix que de le quitter, conclut-elle, se sentant aussi désespérément dépossédée et glacée que ce jour-là. Il m'a pris mon bébé.

Mitch serra les poings en se demandant jusqu'où son mari avait pu aller. S'il battait aussi son enfant, s'il l'avait emmené loin d'elle. Il brûlait de retrouver cet homme pour lui infliger une sérieuse correction.

— Tu as un enfant ?

— J'aurais pu. J'aurais dû avoir un enfant. Ça aussi, il me l'a enlevé.

Le chagrin dans ses yeux était aussi vif et poignant que si cela datait de la veille.

— J'entretenais l'illusion que, si je pouvais être parfaite, si je portais les vêtements adéquats, si je tenais bien la maison, si je disais les choses qu'il voulait entendre, il finirait par être satisfait. J'ai cru que ce jour était arrivé quand j'ai découvert que j'étais enceinte.

Une douce brise dégagea son visage. Elle était si belle et pourtant si triste ! Ce qui aurait dû être un souvenir heureux ne lui causait que de la peine. Mitch eut mal pour elle. Il se sentait impuissant à la consoler ; il était impossible de remédier à cela.

Pourtant, il souhaitait plus que tout y remédier.

Elle inspira profondément et poursuivit :

— Nous avions tenté sans succès d'avoir un enfant pendant deux ans. Lorsque le test s'est avéré positif, j'étais tellement excitée ! J'étais certaine qu'il allait changer. Quel genre d'homme pourrait frapper la mère de son enfant ?

— Il n'a pas changé ? demanda Mitch.

Elle secoua la tête.

— Non seulement il n'a pas changé, mais il s'est mis à me battre de plus en plus violemment. Il menaçait carrément de me frapper au ventre et devenait fou si je me mettais à pleurer. Il avait l'art de me faire pleurer. Je suis alors tombée malade. Vraiment malade, ce qui n'était pas autorisé dans sa maison. J'ai continué à faire mon travail malgré une grippe sévère. J'ai fait la cuisine et la lessive avec quarante de fièvre. Jamais je n'avais rien attrapé de tel. Je me rappelle avoir passé mon temps aux toilettes à vomir. Il se tenait derrière moi et me hurlait d'arrêter. Comme si j'avais le moindre contrôle sur ce qui m'arrivait… Il m'a menacée de tuer mon bébé, de tuer mes parents. Il est devenu fou furieux. J'étais tellement malade que je n'aspirais plus qu'à mourir. Je voulais en finir avec tout ça ; j'aurais voulu qu'il me tue.

Consterné, Mitch écoutait ses confidences en gardant les yeux fixés sur ses mains. Il ne pouvait l'imaginer dans une telle situation. Elle était trop forte pour cela, elle était quelqu'un de trop bien, de trop courageux. Elle méritait d'avoir tout ce qu'elle désirait. Elle méritait d'être heureuse.

— Mais il ne t'a pas tuée.

— Il a failli. Il m'a donné une volée de coups de pied dans le ventre. J'ai ressenti une douleur intolérable au côté et tout est soudain devenu noir.

— Ton appendice. Le médecin m'a dit que tu avais une cicatrice d'appendicectomie.

Elle hocha la tête.

— Il a éclaté. Je me suis réveillée à l'hôpital le lendemain. Ils m'ont sauvée, mais j'ai perdu le bébé.

— Dans ton sommeil tu disais : « Il a pris mon bébé. » C'était à ça que tu faisais allusion.

Cela expliquait ses étranges cauchemars. Ce salaud lui avait pris son bébé et, tout comme dans son rêve, personne ne lui avait prêté assistance. Quelqu'un aurait dû s'en apercevoir. Quelqu'un aurait dû faire quelque chose.

— Tout a changé après cela, reprit-elle. J'étais comme morte à l'intérieur. J'ai fini par comprendre que notre mariage n'avait jamais été une histoire d'amour. Il se complaisait à me contrôler et à me manipuler. Je n'aurais jamais pu le rendre heureux. Il n'était jamais aussi heureux, aussi satisfait que lorsqu'il me terrorisait. Alors, j'ai compris que je n'aurais d'autre choix que de le tuer ou d'être tuée. Et, puisque je ne pourrais jamais tuer un être humain, aussi abject fût-il, je suis partie. La veille du jour où je devais quitter l'hôpital, j'ai attendu qu'il rentre à la maison, j'ai emballé mes quelques effets personnels et je me suis enfuie de l'hôpital. C'était il y a près de trois ans.

— Et, pendant tout ce temps, il n'a jamais réussi à te retrouver ?

— Il a retrouvé ma trace à deux reprises. Chaque fois, j'ai eu la chance de lui échapper. Mais je commençais à manquer d'argent et à ne plus savoir où me cacher. C'est alors que j'ai eu connaissance de W.I.N, Women In Need.

— J'en ai entendu parler. C'est un réseau clandestin qui vient en aide aux femmes maltraitées.

— Ils m'ont fourni une nouvelle identité, m'ont aidée à m'installer dans une autre ville. Il est évident qu'ils m'ont sauvé la vie. Depuis, j'apporte mon aide à des femmes qui vivent la même situation.

— C'est le point de départ de ce cauchemar. Tu caches quelqu'un.

Comme quelqu'un l'avait elle-même cachée par le passé. Il l'avait soupçonné — tous les indices concordaient — mais n'avait pas voulu le croire.

— Les couches et la nourriture pour bébé étaient destinées aux enfants de cette femme. Tu sais que ce que tu fais est illégal ?

— Ce que je fais est une nécessité. Ces femmes n'ont pas d'autre choix.

Mitch leva les yeux vers elle. Elle paraissait lasse et découragée, comme si elle portait toute la misère du monde sur ses épaules.

— Et qu'est-ce que je viens faire dans tout ça ?

— La femme qui a appelé le foyer où je travaille se cachait de son mari. Elle m'a donné ton nom, m'a demandé de t'appeler et d'organiser une rencontre.

— Est-ce que je la connais ?

— Elle a refusé de nous dire son nom. Elle nous a seulement expliqué qu'elle avait besoin de te voir, mais qu'elle ne pouvait pas prendre le risque de t'appeler elle-même. Elle a dit que ses enfants et elle étaient en danger.

— Comment était-elle ? Quel âge avaient ses enfants ?

— Je ne l'ai jamais vue. Nous avons seulement discuté assez longtemps au téléphone pour qu'elle me donne ton numéro.

— Combien d'enfants a-t-elle ?

Ellen haussa les épaules.

— Elle n'a pas voulu le dire. Elle a simplement précisé qu'elle aurait besoin de couches et de nourriture pour bébé. Peut-être pouvons-nous deviner qui elle est. Qui connais-tu qui ait des enfants ? Un homme que tu pourrais soupçonner de maltraiter sa femme… Elle a ton numéro personnel, Mitch. Cet appel masqué, l'autre soir, émanait de mon assistante. Ce doit être forcément l'un de tes amis, tu ne crois pas ?

Mitch se frotta la mâchoire.

— Je connais beaucoup de gens qui ont des enfants. Darren a des enfants, Greene en a plusieurs, lui aussi. Mais pourrais-je les soupçonner de battre leur femme ? Mon Dieu, non ! Darren est comme un frère, pour moi. S'il frappait sa femme, je le saurais. Quant à Greene, eh bien, c'est quelqu'un de génial. Et un bon policier.

Mais dans quelle mesure le connaissait-il vraiment ? se demanda-t-il. Il le trouvait parfois presque trop sympathique.

— Ce serait facile à savoir. Appelle-les et essaie de savoir si leurs femmes sont à la maison.

— Je peux appeler le commissariat pour demander le numéro de Greene.

Il sortit son portable, composa le numéro du commissariat et appela ensuite chez Greene. La femme de ce dernier prit l'appel. Mitch inventa un prétexte quelconque puis raccrocha.

— Ce n'est pas elle. Elle semblait en forme bien qu'un peu surmenée. J'entendais un bébé crier.

— Et pour ce qui est de l'épouse de Darren ?

— Diane ? Elle s'est absentée.

Ellen se raidit.

— Ce n'est pas ce que tu penses, dit-il. Sa mère a fait un infarctus. Diane s'est rendue à Seattle pour l'aider le temps qu'elle se remette. Elle a des problèmes de cœur depuis des années.

— Comment peux-tu en être certain ?

— Enfin, je les connais ! Ils sont comme ma famille. Et

je n'ai jamais remarqué ne serait-ce qu'une égratignure sur Diane. Pour autant que je sache, elle n'a jamais eu de fracture.

— Lui arrive-t-il de s'habiller sans rapport avec la saison ? De mettre par exemple des T-shirts à manches longues ou des cols montants par une chaude journée d'été ?

— Jamais.

— Elle ne semble jamais avoir peur de lui ?

Mitch se mit à rire.

— Tu plaisantes ? Je l'ai vue le prendre sévèrement à partie. Si l'un des deux peut paraître craindre l'autre, je dirais plutôt que c'est lui. Bien qu'il aime prétendre le contraire, c'est elle qui porte la culotte dans cette famille.

Ellen se mordilla l'ongle du pouce.

— Dans ce cas, tu as raison. Ce n'est probablement pas elle.

— Ce que je veux vraiment savoir, c'est pourquoi tu me suivais ce soir-là.

— J'avais appelé le commissariat à plusieurs reprises dans la journée, mais on me répondait sans cesse que tu n'étais pas disponible.

— J'interrogeais Robby Barrett. Cela a duré une grande partie de la journée et de la soirée.

— J'ai fini par aller au commissariat, et le policier à l'accueil m'a dit que tu venais de partir. Je lui ai donc laissé mon numéro en demandant que tu m'appelles d'urgence. Et, quand je suis ressortie, je t'ai vu prendre ta voiture.

— Comment as-tu su que c'était moi ?

— Quelqu'un a crié : « Belle arrestation, Thompson ! » Tu t'es retourné pour lui faire un signe. Je n'ai eu qu'à additionner deux et deux.

— Pourquoi ne m'as-tu pas abordé à ce moment-là ?

— Honnêtement, je ne savais pas si je pouvais te faire confiance. Ce que je fais n'est pas légal. Puisque je savais de quoi tu avais l'air, je pouvais t'observer à distance. Je voulais te suivre pendant un petit moment. Peut-être aussi engager la conversation pour apprendre à mieux te connaître.

— Donc, tu m'as suivi jusqu'au supermarché.

— Et quelqu'un m'a suivie.

Il entendit trembler sa voix. Elle était terrifiée et faisait de son mieux pour n'en rien laisser paraître.

— Nous le retrouverons.

— « Nous » ? Voilà un mot avec lequel tu t'autorises bien des libertés.

Elle regarda ses pieds.

— Tu m'as promis que nous résoudrions cette affaire ensemble. Tu m'as dit que je n'étais pas seule.

— J'ai aussi promis d'assurer ta sécurité, mais je n'étais plus en mesure de le faire.

— Tu veux dire que tu ne voulais plus le faire.

— J'étais trop impliqué. Si je devais tout recommencer, je referais les choses à l'identique. Je préfère te savoir en vie et furieuse contre moi plutôt que même imaginer que quelqu'un puisse te faire du mal.

Il posa sa main sur celle d'Ellen.

Tête basse, elle regarda leurs mains jointes. Elle se sentait happée par un tel vide qu'elle n'était plus que douleur. Pour la première fois en trois ans, elle avait laissé quelqu'un partager son intimité. Et tout ce qu'elle y avait gagné était d'avoir été repoussée.

— Je pensais vraiment que nous avions une chance, dit-elle.

— Et maintenant, tu ne le penses plus ?

— Nous ne sommes pas du même côté de la barrière.

— Si tu le voulais, tu pourrais changer ça. Tu pourrais commencer par me dire ton nom.

Comme elle ne répondait pas, Mitch lâcha sa main.

— Mais je suppose que c'est un sacrifice auquel tu n'es pas prête.

Sous l'effet de la colère, elle sentit ses joues s'empourprer.

— Ne me parle pas de sacrifice, Mitch ! Tu n'as aucune idée de ce à quoi j'ai renoncé. Pendant plus de trois ans, je n'ai pas été autorisée à penser par moi-même ni à exprimer ce que je ressentais. Ce cauchemar a pris fin quand je me suis enfuie de l'hôpital. J'ai juré de ne plus jamais laisser personne m'imposer sa loi. Si je ressens quelque chose, je n'hésite pas à le dire et je fais ce que je veux.

— Et alors ? Je devrais renoncer à être policier pour te plaire ? Je devrais rendre mon badge et bafouer tous mes principes…

— Non, je ne te demanderais jamais une chose pareille. D'autant que, dans le domaine des sacrifices, tu ne te classes pas loin derrière moi.

Il parut soudain furieux.

— Tu as un problème avec ma famille ?

— Non, ta famille est très bien. C'est toi qui as un problème.

— Aimer ma famille et vouloir prendre soin d'elle, tu trouves que c'est un problème ? Ça ne manque pas de piquant, venant de quelqu'un qui a passé les trois dernières années à fuir la sienne.

— Je n'avais pas le choix.

— On a toujours le choix.

Il se leva, la dominant de sa haute stature. Il cherchait à l'intimider, mais elle savait qu'il ne lui ferait jamais de mal. Pas physiquement, du moins. Il pouvait cependant lui briser le cœur, si elle lui en donnait la possibilité.

— Tu ne pourras pas toujours fuir, Ellen. Tu devras affronter ton mari un jour ou l'autre. Aussi loin que tu ailles, ton passé finira par te rattraper.

— Tu parles comme un policier.

Toute nuance d'émotion avait disparu de sa voix.

— Je *suis* un policier.

Elle se redressa.

— Dans ce cas, pourquoi ne pas en finir, inspecteur ? Terminez ce que vous êtes venu faire.

Mitch décrocha les menottes de son ceinturon.

— Ellen Philips, vous êtes en état d'arrestation.

15

Mitch était assis à son bureau, les yeux fixés sur l'écran de l'ordinateur, mais il ne voyait rien. Il avait des rapports à rédiger, du travail l'attendait, et il était incapable de se concentrer sur quoi que ce soit.

— Oncle Mitch !

Il se tourna et vit une fillette blonde se ruer vers lui. Jessica, la fille de Darren, se jeta dans ses bras. Voilà qui allait lui changer les idées.

— Bonjour, princesse. Que fais-tu ici ? Tu cherches du travail ?

La fillette gloussa et noua ses bras fluets autour de son cou avant de lui planter un gros baiser mouillé sur la joue.

— Que t'es bête ! Je suis trop petite pour travailler.

— Je crois savoir que c'est bientôt ton anniversaire.

Elle lui jeta un regard exaspéré.

— Je vais seulement avoir cinq ans.

Il feignit le plus grand sérieux.

— Je te donnerais plutôt huit ou neuf ans.

— Et elle agit comme si elle en avait vingt-cinq.

Darren entra avec, dans ses bras, sa plus jeune fille, Lauren. Elle avait les mêmes cheveux blonds et fins que sa sœur et de grands yeux bleus. Les deux fillettes étaient le portrait craché de leur père.

Jessica descendit des genoux de Mitch, bondissant avec excitation vers son père. C'était un véritable feu follet.

— Papa, je peux jouer sur l'ordinateur ? Dis oui, s'il te plaît, dis oui !

— Quelques minutes seulement. Emmène ta sœur. Je dois parler un peu avec oncle Mitch.

Il tendit le bébé à Jessica, qui la prit dans ses bras avec une grande maîtrise avant de se précipiter vers le bureau de son père.

— Comment vas-tu ?

Darren s'assit à califourchon sur une chaise près du bureau de Mitch.

— A voir ta tête quand tu as ramené Ellen, tout à l'heure, les choses n'ont pas dû très bien se passer.

Et voilà que Darren venait lui faire un sermon, songea Mitch. Comme s'il ne se sentait pas déjà assez mal !

— Elle n'a pas opposé de résistance, si c'est ce que tu veux dire.

— J'ai cru comprendre qu'elle n'avait pas voulu te révéler son véritable nom.

— En effet.

Toutes ses belles paroles à propos de sa confiance en lui n'avaient été que mensonges. Lorsqu'elle avait été amenée à le lui prouver, elle s'était rétractée. Pouvait-il vraiment le lui reprocher ?

— J'ai entendu dire que son employeur avait engagé un ténor du barreau de Detroit pour la représenter. A l'heure où nous parlons, il verse sa caution. Il a prétexté que dévoiler sa véritable identité la mettrait en danger de mort. Elle sera probablement disculpée de toutes les accusations.

— Et pour ce qui est de la protection policière ?

— Elle n'en veut pas, répondit Darren. Elle pense que l'homme qui la recherche a probablement laissé tomber, puisque sa femme a maintenant depuis longtemps disparu.

— Qu'en penses-tu ?

— Elle a sans doute raison. Je vais la ramener chez elle et jeter un coup d'œil pour m'assurer que personne ne l'attend.

— Tu vas la ramener chez elle ?

— Tu sais, je me sens désolé pour la manière dont je l'ai traitée.

Il passa une main sur sa joue. Mitch se rendit compte alors

que Darren ne s'était pas rasé. A vrai dire, son meilleur ami avait une tête à faire peur.

— Que se passe-t-il, Darren ?

— Tu veux savoir la vérité ? J'étais jaloux. Jaloux que tu puisses être heureux alors que ma vie est en train de s'effondrer. En fait, Diane me quitte.

— Elle te quitte ? Mais qu'est-ce que tu racontes ? Votre mariage est un modèle de réussite.

— Je le croyais aussi, mais elle m'a menti en prétendant qu'elle allait chez sa mère à Seattle.

Mitch fut stupéfait de voir le sang monter au visage de Darren. Lui qui était d'ordinaire si sûr de lui, si calme…

— Où est-elle ?

— Elle m'a quitté pour un autre homme. Hier, elle a déposé les filles à la maison et s'est envolée. Je n'ai pas la moindre idée de la manière dont je vais pouvoir leur expliquer la situation.

Abasourdi, Mitch s'adossa à son siège.

— C'est… eh bien… Je ne me serais jamais attendu à ça.

— Moi non plus. Au début, elle m'a raconté qu'elle avait besoin d'un peu de temps pour se retrouver. Comme j'ai un peu insisté, elle a fini par reconnaître qu'il y avait un autre homme. J'étais venu pour t'en parler hier mais, en vous voyant aussi heureux tous les deux, je n'ai pas pu m'y résoudre.

— En nous voyant heureux ?

Mitch prit conscience qu'il l'avait été. En compagnie d'Ellen, ces quelques derniers jours, il s'était senti revivre.

— J'ai couché avec elle.

Ça lui avait échappé, mais Darren ne sembla pas surpris.

— J'ai eu beau me jurer de ne pas le faire, je n'ai pas pu résister.

— Est-ce que tu l'aimes ?

— Je n'en sais rien. Peut-être.

— Tu le lui as dit ?

— A quoi bon ? Je suis policier, et elle travaille dans l'illégalité. Si elle vivait avec moi, elle devrait abandonner cette activité. Elle ne consentirait à ce genre de sacrifice pour personne.

Seigneur ! On croirait entendre un gamin amoureux, pensa-t-il. Il la connaissait depuis trois jours. Trois petits jours seulement et, pourtant, il avait l'impression de la connaître depuis toujours.

— Inspecteur Waite ? Vous êtes prêt à me reconduire chez moi ?

Mitch se retourna brusquement et sentit son cœur s'arrêter de battre. Ellen se tenait derrière lui et elle avait probablement entendu chacune de ses paroles. Aurait-il pu se montrer plus pathétique ? Au lieu de se sentir mortifié, il se laissa envahir par la colère.

Elle avait raison. Il passait trop de temps et dépensait trop d'énergie à prendre soin des autres, se sacrifiant au détriment de son propre bonheur. Et, maintenant qu'il souhaitait enfin quelque chose pour lui-même, ça lui était refusé.

Apparemment, Darren ne l'avait pas entendue approcher non plus. Il fut tout aussi surpris que Mitch. Il se leva et s'éclaircit la voix.

— Oui, bien sûr. Je dois seulement déposer les filles chez ma mère. Etes-vous sûre que ce soit ce que vous voulez ?

— Certaine.

Elle releva le menton dans un mouvement de défi.

— Je peux me débrouiller seule.

Darren s'esquiva.

— Je vais chercher les filles et je vous attends dehors. Je vous laisse prendre congé.

— Nous nous sommes tout dit.

Mitch lui tourna le dos et par là même à tout ce qu'il y avait de beau dans sa misérable existence. Lorsqu'il fit de nouveau pivoter son fauteuil pour jeter un coup d'œil, il était seul.

Le téléphone se mit à sonner.

— Mon frère adoré, entendit-il Lisa susurrer quand il décrocha. J'ai besoin que tu ailles d'urgence faire une course.

Génial ! Il ne lui manquait que cela. Comme si sa journée n'avait pas assez mal commencé, il allait devoir passer l'après-midi à courir les magasins pour sa sœur. Il attrapa un stylo et un bloc-notes.

— Que te faut-il ?

— Maman n'a presque plus de calmants. J'ai appelé la pharmacie pour le renouvellement de l'ordonnance.

— Lisa, la pharmacie est à trois pâtés de maisons. Tu ne peux pas aller les chercher à pied ?

— En laissant maman seule ? Il suffit que je m'absente cinq minutes pour que je la retrouve en train de se promener. Imagine qu'elle fasse une chute !

— D'accord, grommela-t-il. J'irai chercher ses comprimés.

— Ah ! j'allais oublier ! En plus, j'aurai besoin de quelques courses au supermarché.

Elle commença à lui dicter une liste. Quelque part entre le beurre de cacahuètes et le papier toilette, l'esprit de Mitch se mit à vagabonder. Il songea à la longue convalescence qui attendait sa mère et à toutes les courses qu'il devrait encore faire au supermarché. Et à la corvée hebdomadaire de tonte de la pelouse. Quant à Lisa… Seigneur ! Il commençait à en avoir plus qu'assez de se demander si elle finirait par se décider à grandir et à prendre sa vie en main.

La remarque de sa fugitive préférée résonna dans sa tête. « Techniquement, vous êtes le seul obstacle l'empêchant d'exercer la profession de son choix. »

Peut-être l'empêchait-il de vivre sa vie, mais c'était parce qu'il l'aimait. S'il la laissait disposer de son argent, il s'inquiéterait sans cesse de ses choix et craindrait de la voir échouer. Elle avait connu tellement de revers, déjà ! Un échec de plus pourrait finir par la détruire.

Mais, franchement, s'inquiétait-il moins alors qu'il l'empêchait de dépenser son argent et de vivre sa vie comme elle l'entendait ? Et elle, en était-elle plus épanouie ?

Puis il pensa au mari d'Ellen. Que lui avait-elle confié à son propos ? Qu'il ne l'autorisait pas à penser par elle-même ni à exprimer ses sentiments. Ce qu'il faisait à Lisa était-il moins répréhensible ? Il se plaisait à croire le contraire, mais il lui imposait sa loi tout comme l'avait fait le mari d'Ellen.

— Mitch ! cria Lisa.

Il sursauta.

— Allô ? As-tu entendu un mot de ce que je t'ai dit ?

— Désolé, non. Je ne t'écoutais pas.

— Vas-tu aller faire mes courses, oui ou non ?

— Non.

Il y eut un silence à l'autre bout de la ligne puis Lisa demanda :

— Qu'entends-tu exactement par « Non » ? Dois-je te rappeler que c'est toi qui as voulu cet arrangement quand…

— Tais-toi, Lisa. Rends-moi service et appelle le cabinet médical. Demande-leur s'ils peuvent nous recommander quelqu'un qui puisse venir tenir compagnie à maman quelques jours par semaine.

— Ce n'est pas que je trouve cette idée mauvaise, mais je ne suis pas sûre que sa mutuelle le prenne en charge. Ça pourrait coûter une fortune.

— Ne t'inquiète pas de ça. Nous trouverons un moyen de payer. Si tu peux trouver une personne pour lui tenir compagnie pendant la journée du lundi au vendredi, je me chargerai de quelques nuits en semaine et d'une journée entière chaque week-end.

— Mais… et ton travail ? Tu ne peux pas t'engager et faire ensuite machine arrière.

— Pas de souci. Je m'organiserai en conséquence. Au fait, le gamin qui habite en face de la maison, quel âge a-t-il ? Douze, treize ans ?

— A peu près.

— Demande-lui si ça l'intéresse de gagner un peu d'argent chaque semaine. Nous avons besoin de quelqu'un pour tondre la pelouse.

Il y eut de nouveau un long silence, puis Lisa déclara :

— Mitch, tu m'inquiètes.

— Et puis, Lisa, il y a autre chose encore…

— Je t'écoute, puisque tu es lancé.

— Tu sais, ton ami, celui qui a un centre balnéaire… Dis-lui que tu auras l'argent pour cette affaire de salon de toilettage avant la fin du mois.

Cette fois, il n'eut pas de réponse. A peine entendit-il un petit cri à l'autre bout de la ligne.

Pour la première fois de sa vie il avait réduit sa sœur au silence. Quel exploit !

Il raccrocha et se sentit tout à coup léger, comme si on lui avait enlevé un énorme poids des épaules. Soudain, la conséquence de ce qu'il venait de faire lui apparut avec une clarté aveuglante. Il venait de se libérer du temps qu'il pourrait consacrer à constater à quel point sa vie était solitaire. Du temps libre qu'il passerait seul… sans Ellen.

Puis il eut une révélation. Avait-il inconsciemment entretenu cette situation chaotique, mêlant travail et famille, pour combler un vide existentiel ? Etait-ce là ce qu'elle avait tenté de lui faire saisir d'une manière plus subtile qu'en lui donnant une tape sur la tête et en lui disant : « Espèce d'idiot, regarde ce que tu as fait de ta vie » ? Elle avait procédé par allusions, l'amenant à le comprendre par lui-même.

Et il avait fini par le comprendre, mais trop tard.

Elle lui manquait déjà terriblement.

— Inspecteur ?

Levant les yeux, il vit Greene qui se tenait devant son bureau, habillé en civil.

— Je voulais seulement vous faire savoir que j'ai enquêté sur tous les policiers qui, à ma connaissance, ont des enfants. Sans résultat.

— Tant pis. Ça valait tout de même la peine d'essayer. Nous ne saurons peut-être jamais de qui il s'agissait.

En proie à une soudaine lassitude, il soupira et s'adossa à son siège.

— Vous avez fini votre service ?

— Oui.

Greene sortit un trousseau de clés de la poche de son jean.

— Je dois rentrer donner un coup de main à ma femme. Les enfants vont la rendre folle. Le bébé a des coliques terribles, et mon plus âgé est un vrai danger public dans son trotteur.

Cela semblait être l'anarchie la plus totale, mais il se dit que ce serait merveilleux de rentrer chez lui pour retrouver sa maison remplie d'enfants et une femme comme Ellen.

Non, pas seulement quelqu'un comme elle. Il la voulait elle, Ellen — ou quel que soit son nom. Il voulait passer de longues nuits à lui faire l'amour avant qu'ils se réveillent dans les bras l'un de l'autre. Il voulait que son visage soit la dernière chose qu'il voie le soir avant de s'endormir et la première, le matin à son réveil. Il voulait tout cela… Il voulait l'emprunt immobilier, le monospace, les nuits passées à bercer le bébé qui ferait ses dents.

Il voulait compenser toute la souffrance qu'elle avait endurée, lui prouver qu'elle ne devait pas perdre foi en ses semblables. Qu'il était différent.

Il voulait la rendre heureuse.

Et il avait laissé ce bonheur lui filer entre les doigts pour la simple raison que, comme elle le lui avait fait remarquer, ils n'étaient pas du même côté de la barrière. Ce constat allait à l'encontre de sa vision manichéenne du monde.

— A plus tard, inspecteur.

Alors qu'il était déjà dans le couloir, Greene revint sur ses pas.

— A propos, quelqu'un a appelé chez moi cet après-midi. Ma femme a pris l'appel. Vous ne seriez pas au courant, dites-moi ?

Il était parfaitement clair que Greene l'avait identifié comme étant l'auteur de cet appel. Sans doute disposait-il de l'affichage du numéro, et Mitch n'avait même pas songé à demander l'anonymat.

— C'était moi, répondit-il.

— Parce que j'ai des enfants ?

— Ça n'avait rien de personnel.

— Vous n'avez pas à vous justifier. Je sais que vous ne faisiez que votre travail. A votre place, j'aurais fait la même chose.

— Sauf que je n'ai pas…

Les mots s'étranglèrent dans la gorge de Mitch avant qu'il puisse dire qu'il n'avait pas de famille.

— Pourquoi ne rentrez-vous pas chez vous, inspecteur ? Il n'y a pas grand-chose de plus que vous puissiez faire ici.

Mitch esquissa un sourire penaud.

— J'ai l'air tellement mal ?

— Rentrez et prenez le temps de réfléchir à tout ça. Vous y verrez plus clair demain.

— Vous savez, c'est le meilleur conseil qu'on m'ait donné aujourd'hui.

Greene le salua d'un petit geste de la main et s'en alla. Mitch se leva en soupirant, prit sa veste sport posée sur le dossier de son fauteuil et la jeta sur ses épaules. Peut-être en effet qu'un peu de temps pour lui l'aiderait à reconsidérer les choses, à trouver un sens à tout ce gâchis ainsi que le moyen d'y remédier.

Il sortit du bâtiment et se trouvait à mi-chemin de sa voiture quand une petite femme rondouillarde, au visage rongé par le chagrin, vint vers lui. Il l'avait vue au commissariat l'autre soir, quand elle était venue contester la culpabilité de son fils.

— Inspecteur Thompson, je suis Lorraine Barrett, la mère de Robby.

— Je suis navré de la perte que vous avez subie, madame Barrett, mais je n'ai rien à vous dire.

Mitch allongea le pas et elle le suivit en trottinant.

— Vous avez arrêté mon fils et vous l'avez interrogé. Je veux seulement savoir si vous croyez qu'il était coupable. J'ai besoin de l'entendre de votre bouche.

Mitch sortit ses clés et ouvrit sa portière.

— Votre fils était un délinquant sexuel connu de nos services.

Mme Barrett plaqua sa main contre la portière pour l'empêcher de l'ouvrir. Le désespoir et la souffrance de cette mère donnèrent à Mitch le sentiment d'être un bourreau sans cœur.

— Je sais que mon fils n'était pas un ange, inspecteur. Il avait des problèmes et il consultait un psychologue. Il prenait un traitement pour réussir à contrôler ses pulsions. Mais il n'était pas violent. Il n'aurait pas pu faire de mal à ces femmes.

Tant qu'il ne l'aurait pas regardée dans les yeux, Mitch

pouvait espérer s'en tirer sans dire ou faire quelque chose de terriblement stupide ou d'irresponsable.

Elle parut en avoir l'intuition, car elle le força à lui faire face.

— Je pense que vous êtes un honnête homme, inspecteur. Vous ne diriez pas à une mère en deuil que son fils était un monstre à moins d'en être convaincu. Alors, regardez-moi en face. Regardez-moi en face et dites-moi que vous pensez que mon fils était coupable, et je l'accepterai. Je ne vous ennuierai plus jamais.

Mitch fit alors la chose la plus stupide qu'il pût faire : il la regarda dans les yeux. Elle avait les mêmes yeux marron et ternes que son fils, et ils étaient emplis d'autant d'appréhension et de douleur. Aussitôt, il revit Robby jurer qu'il était innocent et pleurer comme un bébé en réclamant sa mère. Il n'avait même pas eu le bon sens, en raison de sa déficience intellectuelle, de demander un avocat. Et ils en avaient profité ; ils l'avaient cuisiné pendant des heures.

Pouvait-il se tenir là, devant cette femme, la regarder dans les yeux et lui mentir ?

— Non, lâcha-t-il finalement. Je ne crois pas que Robby ait été coupable.

Les yeux de Mme Barrett s'emplirent de larmes de gratitude et, pour la première fois de cette journée, Mitch eut le sentiment d'avoir fait ce qui était juste.

— Je pense qu'il a été victime d'un coup monté, madame. Il me reste à trouver le moyen de le prouver.

16

Le meilleur conseil qu'il ait reçu au cours de cette journée se transforma pour Mitch en son pire cauchemar. Il n'avait rien d'autre à faire chez lui que penser. Penser à la manière dont il avait mené un innocent au suicide pendant que le véritable coupable restait en liberté. A quel point il lui serait difficile, pour ne pas dire impossible, de le prouver, sans compter que cela suffirait sans doute à mettre un terme à sa carrière. Et, quand il cessait de ruminer, il pensait à Ellen. Il n'était pas un seul endroit dans cette maison qui ne la lui rappelât. Elle n'y avait vécu que deux jours, mais son souvenir hantait chaque recoin et obsédait totalement Mitch.

C'étaient son parfum imprégnant les draps là où son corps avait laissé son empreinte, des cheveux sur sa brosse, le peignoir abandonné près du canapé la première fois qu'ils avaient fait l'amour…

Même après la mort de Kim, il n'avait rien éprouvé de comparable à cette douleur implacable et persistante.

Il prit sa bière sur la table et en but une gorgée, avant de se rendre compte qu'il s'agissait de la bouteille de la veille. Le liquide complètement éventé, et pour tout dire infect, lui donna un haut-le-cœur. Il se leva d'un bond du canapé et se rua dans la cuisine pour le recracher dans l'évier.

C'était vraiment une bière imbuvable. Il l'avait trouvée amère la veille mais, s'il ne l'avait pas renversée, il l'aurait probablement bue en entier. Il se félicita de ne pas l'avoir terminée.

Il vida ce qu'il en restait dans l'évier et s'apprêtait à tourner le robinet pour le rincer lorsqu'il remarqua quelque chose de bizarre. Regardant de plus près, il aperçut de minuscules taches blanches sur l'inox, tellement insignifiantes qu'il aurait facilement pu ne pas les voir.

Quelque part dans son cerveau, un signal d'alarme retentit. Il recueillit quelques-unes de ces taches sur le bout de son doigt et les écrasa entre le pouce et l'index. Elles s'étalèrent comme de la pâte dentifrice et l'alarme s'amplifia.

— Je n'y crois pas… C'est impossible.

Il porta les doigts à sa bouche et les effleura avec sa langue. C'était amer, comme quelque chose qu'on aurait réduit en poudre pour l'incorporer à sa boisson.

Il se rinça la bouche à plusieurs reprises puis recracha, répétant l'opération jusqu'à ce que le goût ait totalement disparu. Sans doute n'en avait-il pas suffisamment ingéré pour en ressentir les effets mais, tant qu'il ne saurait pas de quoi il s'agissait, il ne prendrait aucun risque. Ce qu'il ne parvenait pas à comprendre, c'était comment ce produit était arrivé là. Hormis Ellen et lui, la seule autre personne qui ait été présente était…

Cela le frappa de plein fouet.

Darren lui avait rendu visite.

C'était lui qui lui avait donné cette bière et avait nettoyé quand la bouteille s'était renversée. Et la femme de Darren ainsi que ses filles s'étaient absentées…

Non, il ne pouvait s'agir de lui ! Il l'aurait su. Darren était son meilleur ami ; il était comme son frère.

Quoi qu'il en soit, il ne pouvait pas non plus ignorer les faits. Darren avait à peu près la même corpulence que le suspect. Ils étaient quasiment de la même taille. Mais au fait, qu'avait précisé la seconde victime ? L'homme portait une eau de Cologne hors de prix. C'était le cas de Darren.

Et, plus important encore, il avait aisément accès au dossier.

Mitch se refusait encore à l'admettre. Il se raccrocha à l'illusoire espoir que tout cela pourrait n'être qu'une étrange coïncidence, mais il devait prendre contact avec Ellen et la mettre en garde. D'après son dossier, elle vivait à une demi-heure de là. Ils étaient donc vraisemblablement déjà chez elle. Aucun numéro de téléphone ne figurait dans le dossier, il avait vérifié.

Il prit le téléphone sans fil sur la table et composa le numéro de Darren. Après plusieurs sonneries, l'appel fut renvoyé vers la boîte vocale. Nom de Dieu !

Il appela alors le commissariat et demanda au brigadier de faction qui avait été de service ce vendredi soir.

— C'est moi. J'ai assuré mon service jusqu'à minuit ce soir-là.

— Quelqu'un a demandé à me voir. Une femme.

— La femme amnésique ? En effet, elle est venue. Elle est arrivée quelques minutes après votre départ.

— C'est extrêmement important. Elle a dit qu'elle m'avait laissé un message. J'ai besoin de ce numéro de téléphone.

— Je ne l'ai plus. Je l'ai donné à l'inspecteur Waite.

Mitch sentit son sang se figer.

— L'inspecteur Waite ? Qu'est-ce qui vous a pris de le lui donner ?

— Juste après son départ, il est venu me demander ce qu'elle voulait. Il m'a dit qu'il vous transmettrait lui-même le message. Je l'ai interrogé à ce sujet le lendemain, et il m'a répondu que le nom et le numéro étaient faux.

Darren ne lui avait jamais transmis le message. Le lendemain matin, dans la salle de repos, il avait agi comme s'il n'avait jamais vu Ellen. Pourtant, il connaissait son nom et son numéro de téléphone. Pendant tout ce temps, il avait eu connaissance de son identité.

Les pièces du puzzle commençaient à s'assembler et la panique s'empara de Mitch, lui comprimant la poitrine. En ce moment même Ellen était avec Darren. Il était peut-être déjà trop tard.

Assise dans la voiture à côté de Darren, Ellen regardait défiler le paysage qui bordait l'autoroute 75 en direction du nord, un paysage si merveilleusement familier qu'il aurait dû l'enchanter. Elle rentrait chez elle. Elle allait retrouver sa vie, son travail. Alors qu'elle aurait dû être soulagée, elle se sentait seulement fatiguée. Fatiguée de se cacher, fatiguée de fuir, fatiguée de prétendre qu'elle vivait sa vie alors qu'elle était seulement parvenue, en réalité, à se faire oublier. Mais, par-dessus tout, elle était fatiguée d'être seule. Pour la première fois depuis trois ans, elle avait cru trouver un homme en qui elle puisse avoir confiance. Un homme qu'elle pourrait s'autoriser à aimer. Un homme qui valait la peine de prendre un tel risque.

— Il s'en remettra, dit soudain Waite.

Elle se tourna vers lui. Il était resté silencieux pendant la plus grande partie du trajet, ce qui lui avait tout à fait convenu.

— Qui se remettra de quoi ?

— Mitch. Il donne l'impression de beaucoup souffrir, mais il s'en remettra. Il arrive toujours à rebondir.

— Toujours ? Insinuez-vous que ce genre de chose lui arrive fréquemment ?

— Vous paraissez passablement accablée. Je voulais simplement que vous sachiez qu'il ira bien malgré votre départ.

— Trop aimable. Je me sens beaucoup mieux.

Elle poussa un discret soupir de soulagement en apercevant le panneau indiquant sa sortie sur la droite. Peut-être Darren s'efforçait-il vraiment de lui remonter le moral et n'avait-il pas conscience de son manque de tact et de sensibilité. Ou peut-être tentait-il délibérément de la démoraliser.

Dans ce cas, il avait réussi, au-delà de ses espérances.

Quoi qu'il en soit, elle était heureuse qu'ils se séparent bientôt.

— Voici ma sortie, lui indiqua-t-elle.

Comme il ne changeait pas de voie et ne mettait même pas son clignotant, elle se dit qu'il ne l'avait pas entendue et répéta plus fort :

— Vous devez sortir ici.

Il continua à fixer l'autoroute comme si elle n'avait rien dit et dépassa rapidement la sortie.

— Y a-t-il un problème ? demanda-t-elle en espérant qu'il ne percevrait pas l'anxiété dans sa voix.

— Aucun. Nous avons du temps à tuer.

Un frisson glacé lui parcourut l'échine.

— Pardon ?

— Vous savez, si vous aviez laissé Petroski vous emmener dans ce motel, tout aurait été tellement plus simple. Maintenant, je dois changer mes plans.

Ses plans ? A quoi faisait-il allusion ? Quelque chose ne tournait pas rond.

— Je préférerais rentrer maintenant.

— J'espère que vous vous rendez compte de toute la peine que je me suis donnée pour vous.

Il lui jeta un regard de côté comme si elle n'était qu'une sale gamine et ajouta :

— Vous ne m'avez pas facilité la tâche.

Cette fois, lorsqu'elle reprit la parole, sa voix tremblait.

— Quelle peine vous êtes-vous donnée ?

— Celle d'organiser pour vous cette réunion de famille... Jill.

Jill ? Elle réprima la panique qui montait en elle et se força à parler.

— Vous connaissez mon véritable nom ?

— Je sais tout de vous. Vous vous appelez Jillian Stone. Vous êtes née et avez grandi en Caroline du Nord. Votre mari, David Stone, a signalé votre disparition il y a trois ans.

Il la regarda et sourit. Le sang de Jill se figea dans ses veines. De la méchanceté à l'état pur se cachait derrière ce sourire. Une méchanceté qui ne lui était que trop familière.

— Comment avez-vous fait ? demanda-t-elle d'une voix à peine audible.

— Comment je l'ai découvert ? J'ai trouvé votre secret dissimulé dans le mur, derrière le sèche-linge. Il m'a fallu une demi-journée pour le dénicher. Je salue votre esprit créatif.

— O mon Dieu !

Depuis le début, c'était lui. Il l'avait suivie dans le supermarché et l'avait agressée. Il avait volé son sac à main et fouillé sa maison.

— A partir du moment où j'ai su d'où vous veniez, il m'a été facile de retrouver votre famille.

Elle voulut avaler sa salive mais sa gorge était trop serrée.

— Mon mari, vous ne l'avez pas…

— Prévenu ? Eh bien si, justement. Il a été tellement soulagé d'apprendre que vous alliez bien ! Bizarrement, tout ce temps, les pires soupçons ont pesé sur lui en raison de votre disparition. Il a aussitôt sauté dans un avion pour vous ramener afin de pouvoir se blanchir.

Il serait vraisemblablement plus que furieux, et cette colère avait couvé trois années durant. Dieu seul savait ce qu'il serait capable de lui faire. La terreur menaça de lui faire perdre ses moyens.

— Pourquoi ? Pourquoi feriez-vous une chose pareille ?

— Il fait partie du plan. La partie est presque finie.

Son premier réflexe fut de s'enfuir, mais elle était piégée. Elle jeta un coup d'œil à sa portière. Ils roulaient trop vite. Si elle sautait, elle n'y survivrait pas. Si elle pouvait l'amener à ralentir, elle réussirait peut-être à s'échapper. Elle pourrait arrêter une voiture…

— Je ne vous le conseille pas.

Posant les yeux sur Waite, elle aperçut l'éclat métallique de l'arme qu'il tenait sur ses genoux. C'était un pistolet et, pour autant qu'elle pût en juger, pas n'importe quel pistolet.

— J'ai également trouvé ça chez vous.

Il lui lança un regard réprobateur.

— Vous n'avez pas honte de garder chez vous une arme non répertoriée, qui plus est chargée ? Ça pourrait vous attirer des ennuis.

— Vous avez tout à fait raison, approuva-t-elle. Déposez-moi au prochain poste de police et je me constituerai prisonnière.

Waite se mit à rire. Ce rire abject lui communiqua un frisson.

— Vous êtes coriace. C'est une qualité qui vous honore. Les femmes coriaces sont celles que j'ai le plus de plaisir à mater.

— Mitch m'a dit que votre femme était coriace. L'avez-vous matée, elle aussi ?

Il pointa l'arme sur elle, lui enfonçant le canon dans la joue. Elle se pétrifia.

— Je vous prierais de ne plus faire de remarques désobligeantes sur ma femme.

Le métal s'enfonça dans sa chair, jusqu'à lui faire mal.

— Je l'aime. Elle doit seulement apprendre à rester à sa place.

Elle hocha la tête et il abaissa son arme. Elle respira de nouveau et remercia le ciel en silence.

Puis elle choisit avec soin ses mots.

— Pourquoi est-elle venue me demander de l'aide ?

— Je ne peux pas me permettre de la laisser raconter ce qui s'est passé. J'ai tenté de le lui expliquer, mais elle ne m'a pas compris.

Il parlait d'elle au présent, ce qui pouvait vouloir dire que sa femme était toujours en vie… ou qu'il était complètement fou. Il ne semblait pas vraiment cohérent.

Peut-être était-ce la clé. Fuir était impossible, et tenter de le maîtriser physiquement leur coûterait probablement la vie à tous deux. Pourquoi n'essaierait-elle pas de le raisonner ?

— Vous êtes policier, reprit-elle, espérant faire appel à son sens du devoir, si toutefois les fous avaient le sens du devoir. Pensez à votre carrière. A vos petites filles. Vous pourriez vous faire aider, consulter un psychologue…

— Bla bla bla…

Il leva les yeux au ciel.

— Vous parlez comme si c'était ma faute. C'est vous-même qui vous êtes mise dans cette situation. Si, par hasard, ils retrouvent le corps de ma femme, vous la reconnaîtrez. Vous additionnerez deux et deux et qu'adviendra-t-il de moi alors ? Nul ne peut le savoir.

Le corps de sa femme ? Il pensait…

— Mais j'ai seulement parlé à votre femme au téléphone. Je n'ai aucune idée de ce à quoi elle ressemble. Je ne connais même pas son nom.

Posant les yeux sur elle, il laissa échapper un rire moqueur.

— Vous êtes sérieuse ? Vous ne l'avez vraiment jamais rencontrée ? Eh bien, on dirait que ce n'est pas votre jour de chance. Vous tuer sera simplement un bonus.

— Mitch comprendra tout. Quand on me retrouvera morte…

— Mon plan est sans faille. Personne ne devinera jamais.

Son arrogance provoqua chez elle une colère qu'elle mit aussitôt à profit. Il n'y avait rien de tel pour endiguer le sentiment d'impuissance et la panique qui menaçaient de la paralyser. Il devait y avoir un moyen de déjouer ses plans. Et, si cela ne fonctionnait pas, elle se défendrait bec et ongles, dût-elle y laisser la vie.

— Vous êtes terriblement sûr de vous, n'est-ce pas ? riposta-t-elle.

Son assurance et sa colère semblèrent le surprendre.

— Mais il n'existe pas de plan sans faille, poursuivit-elle. Vous serez démasqué. Ça pourra prendre un an ou plus, mais ils finiront par vous avoir.

Il l'étudia longuement, au point qu'elle crut qu'ils allaient sortir de la route.

— Je comprends pourquoi Mitch est tombé amoureux de vous. Vous étiez faits l'un pour l'autre. Vous auriez pu être heureux.

Elle savait qu'il ne disait cela que pour la torturer, mais elle avait la certitude que ce constat était juste. Elle aimait Mitch. S'il existait pour chaque personne une âme sœur, un individu parmi tant d'autres qui lui était destiné, c'était sans conteste Mitch qui était celui-là pour elle. Et elle n'aurait probablement jamais l'occasion de le lui dire.

Si une seconde chance lui était accordée, elle ferait tout ce qui serait en son pouvoir pour que cela fonctionne. Même si ça impliquait d'abandonner son travail, d'affronter son passé. Il valait tous ces sacrifices.

— Je pense que c'est la première chose logique que vous ayez dite aujourd'hui, concéda-t-elle à Darren.

— Eh oui ! Dommage que ça ne puisse jamais se produire.

« Je mettrai tout en œuvre pour que cela se produise, au contraire », se dit-elle sous l'impulsion soudaine d'une décharge d'adrénaline. Devoir se cacher, être tenaillée par la peur, elle en avait assez de tout cela, désormais. Il était temps qu'elle prenne le contrôle de sa vie. Elle devait retrouver le contrôle de sa vraie vie, et non la sécurité illusoire derrière laquelle elle s'était réfugiée.

Il y avait un moyen de se sortir de ce mauvais pas. Elle devait continuer de le faire parler, de le distraire.

— Parlez-moi de votre plan. Si je dois mourir, j'aimerais apprendre comment.

— Si vous pensez pouvoir vous échapper et aller tout raconter à la police, vous rêvez !

Elle haussa les épaules et regarda à travers la vitre.

— Très bien, ne me dites rien. Après tout, c'est sûrement mieux pour moi de ne pas savoir.

Elle n'aurait jamais cru qu'il tomberait dans le panneau de quelque chose d'aussi grossier que la psychologie inversée, mais il mordit à l'hameçon.

— J'ai songé à une balle dans la tête. Rapide et sans douleur.

Elle réprima un frisson.

— Comme c'est attentionné de votre part !

— Mais pas avant que votre mari n'en ait terminé avec vous.

— Vous laisserez mon mari me battre, puis vous me tirerez une balle dans la tête. Et ensuite vous vous serrerez la main et partirez chacun de votre côté ? Je croyais qu'il voulait se blanchir…

— Voyez-vous, c'est là toute la beauté de mon plan. Votre mari sera retrouvé mort, lui aussi. Un cas classique de meurtre suivi d'un suicide. Le mari abandonné retrouve sa femme, la tue puis retourne l'arme contre lui.

La terreur menaça de la submerger. Elle la refoula ; elle devait rester concentrée. Il fallait qu'elle trouve le moyen de s'en sortir.

— Si Mitch m'aime et si vous êtes son meilleur ami, comment pouvez-vous justifier de me tuer ?

— C'est pour son bien. Il ne s'en est pas encore rendu compte, mais vous êtes exactement comme Kim. Elle l'a manipulé et a failli ruiner sa carrière. C'est mieux qu'elle soit morte.

— Vous l'avez tuée, elle aussi ?

— J'aurais aimé le faire. Elle voulait entraîner Mitch dans

sa chute. Elle allait l'impliquer dans son trafic de drogue. Elle a mérité ce qui lui est arrivé.

S'il estimait que Kim avait mérité de mourir, cela signifiait qu'elle n'avait pas la moindre chance.

« Continue à le faire parler, à le distraire. »

— Il y a une chose que je ne comprends pas, poursuivit-elle. Comment avez-vous pu maltraiter votre femme sans que personne ne remarque rien ? Il y a toujours des traces.

— Je vous l'ai déjà dit, j'aime ma femme. Je n'ai jamais levé la main sur elle. Mais elle fourrait son nez partout. Elle a découvert mes trophées et a deviné ce que j'avais fait. Elle en aurait parlé à la police, si je ne l'en avais pas empêchée.

— Des trophées ? Comme des trophées de golf ?

Il se tourna vers elle, lui décochant ce sourire démoniaque qui lui glaça le sang.

— J'en prenais deux sur chacune de mes victimes. Un pour moi, et un pour piéger Robby Barrett.

17

Tandis que, sirène hurlante, Mitch avalait les kilomètres de l'autoroute 75, son téléphone portable se mit à sonner. Et, comme chaque fois depuis qu'il avait alerté son supérieur et la police de l'Etat, sa gorge se serra.

Cette fois, c'était Greene qui l'appelait.

— Je viens de parler aux policiers de Lincoln. Son véritable nom est Jill Stone.

Le cœur de Mitch se serra douloureusement.

— L'ont-ils retrouvée ?

— Non, mais nous avons appréhendé un certain David Stone. Il prétend être son mari.

— Son mari ? Que diable faisait-il là ?

— M. Stone a reçu un appel d'un homme prétendant avoir retrouvé son épouse disparue. Il a affirmé qu'ils étaient convenus de se retrouver chez elle, mais que l'homme en question et sa femme n'étaient toujours pas arrivés. Nous avons libéré le périmètre, et la police locale l'a truffé de voitures banalisées. S'ils se montrent, nous les repérerons.

— Assurez-vous que ce Stone soit retenu en garde à vue.

— Ce sera fait.

— Ils observent le silence radio ? Si Darren entend un appel sortant…

— Ne vous inquiétez pas, inspecteur, ces hommes savent ce qu'ils font. Ils la retrouveront. Je… Un instant, je vous prie.

Mitch patienta.

— Bon sang, attention ! marmonna-t-il en braquant pour éviter la collision avec un semi-remorque qui freinait.

Plus que quelques kilomètres, et il arriverait à la sortie.

Il se reprochait amèrement de n'avoir pas compris plus tôt. Si seulement il avait su ravaler son orgueil ! Il aurait dû la reconduire lui-même chez elle.

Enfin Greene reprit la ligne.

— Nos hommes viennent de fouiller la maison de Darren. Ils ont retrouvé Diane.

— Dites-moi qu'elle est vivante.

Il y eut un silence à l'autre bout du fil.

— Je suis désolé, inspecteur.

Oh ! mon Dieu ! Comment Darren avait-il pu tuer sa propre femme ? La mère de ses enfants ! Dire qu'il y avait une heure à peine, il était assis devant lui et lui mentait effrontément, affirmant que Diane s'était enfuie avec un autre homme. Quels autres mensonges avait-il proférés au cours de toutes ces années ?

Et ces pauvres fillettes ? Que deviendraient-elles ? Jessica et Lauren auraient à endurer successivement la perte de leur mère puis celle de leur père.

Durant tout ce temps, Darren avait maltraité son épouse et lui n'avait rien soupçonné. Une semaine auparavant, il n'aurait jamais pu le croire. Maintenant, tout semblait possible.

— Inspecteur, vous êtes toujours là ?

— Nous devons prendre contact avec la mère de Diane, dit-il d'une voix étranglée.

Il ne devait pas flancher. Pas maintenant.

— Et il faut trouver les filles de Darren.

— On s'en occupe. Nous… Un instant, je vous prie.

Tandis qu'il patientait, Mitch repensa à Kim, à cet instant où il l'avait trouvée morte en rentrant chez lui. Sur le moment, il s'était senti singulièrement détaché. Bien sûr, il avait été désolé qu'elle ait perdu la vie, mais il n'avait pas eu le cœur brisé. Plus tard, ayant pris du recul, il avait éprouvé une profonde compassion, surtout envers sa famille, ainsi qu'une intense colère à l'égard de celle qui lui avait empoisonné l'existence.

Cette fois, c'était différent. S'il ne retrouvait pas Jill à temps et qu'il lui arrive quelque chose, cela le détruirait sans aucun doute.

Greene revint en ligne.

— Quelle est votre position actuelle, inspecteur ?

— Je suis à un kilomètre au sud de la sortie Lincoln.

— La police de l'Etat vient de nous contacter. Ils ont repéré la voiture de Darren.

Mitch retint sa respiration.

« Je vous en prie, Seigneur, faites qu'il ne soit pas trop tard ! »

— Où sont-ils ?

— A quinze kilomètres au nord.

— Au nord ?

— Stone nous a rapporté qu'ils étaient censés se retrouver à 19 heures. Je suppose que Darren retarde le moment d'arriver pour être au rendez-vous à l'heure pile.

Mitch enfonça la pédale d'accélérateur.

— Ce qui signifie que j'ai encore le temps d'arriver avant eux.

— Est-elle morte ? s'enquit Jill.

Darren sembla presque pris de remords.

— Je ne voulais pas la tuer. Je l'aime, mais elle allait me dénoncer.

Jill ravala un sanglot. Elle n'avait pas réussi à sauver la femme de Darren. Si seulement elle s'était montrée plus prudente ! Si elle s'était contentée d'aborder Mitch au commissariat plutôt que de le suivre, rien de tout cela ne serait arrivé. L'épouse de Darren serait en vie et lui en prison.

— Quand ils la trouveront, ils sauront que c'est vous.

— Ils ne la trouveront pas. Je vais emmener son corps là où personne ne le cherchera.

Il secoua la tête.

— Tout est sa faute. Elle se croyait tellement maligne, tellement mieux que moi. Mais elle était si facile à berner.

— Comment l'avez-vous retrouvée ?

— Voilà le plus drôle : c'est elle qui m'a trouvé. Elle m'a appelé pour me demander de me rendre. J'ai pleuré, je lui ai dit que je l'aimais, que je voulais trouver de l'aide, que j'avais besoin d'elle…

Il se mit à rire.

— Elle m'a vraiment cru ! Je lui ai dit que j'allais me constituer prisonnier mais que je n'y arriverais pas sans elle. Que j'avais besoin d'elle pour prendre soin de moi. Elle est aussitôt tombée dans le piège.

Apparemment, tout le monde avait sous-estimé Waite. C'était un monstre et, si elle n'était pas capable de l'arrêter, il s'en tirerait à bon compte. Sa mort ne servirait à rien.

Il jeta un coup d'œil à sa montre et mit son clignotant, prenant la direction de la prochaine sortie.

— Il est presque l'heure. Il doit nous attendre.

Lorsqu'ils s'engagèrent dans l'allée, celle-ci était déserte. Peut-être n'était-il pas venu. Peut-être David avait-il pressenti le piège et renoncé à les rejoindre. Ou peut-être avait-il appelé la police.

— N'ayez pas l'air aussi soulagée, dit Waite. Je lui ai conseillé de ne pas se garer dans l'allée. Il est là.

Sa soudaine bouffée d'espoir fut instantanément dissipée. Il n'y avait aucun moyen de s'en sortir. Elle allait mourir et personne ne connaîtrait jamais la vérité.

Mitch ne saurait jamais combien elle l'aimait.

— Je vais descendre de voiture et vous sortirez de mon côté, lentement. Ensuite, nous irons ensemble jusqu'à la maison. Si vous tentez quoi que ce soit, je vous mets une balle dans le ventre. Vous ne mourrez pas tout de suite et ce sera atrocement douloureux. C'est compris ?

Elle acquiesça en silence.

Il ouvrit la portière et descendit de voiture, le pistolet pointé vers elle. Tremblant de tous ses membres, elle se glissa sur son siège. La peur la privait tellement de ses moyens qu'elle n'était pas certaine de pouvoir marcher jusqu'à l'entrée. Elle se demanda ce qu'il ferait si elle s'évanouissait.

Il tirerait probablement, par principe.

En sortant de la voiture, elle jeta un coup d'œil circulaire pour voir si les voisins étaient sortis. Si seulement elle arrivait à alerter quelqu'un ! Hélas ! un silence lugubre régnait dans les environs. C'était un lieu de résidence pour classes moyennes, et la plupart des gens travaillaient. Par ailleurs, elle ne connaissait pas vraiment ses voisins. Si l'on voulait passer inaperçu, mieux valait ne pas se faire d'amis. Personne ne remarquerait donc quoi que ce soit d'inhabituel, car personne ne savait ce qu'elle faisait habituellement.

— Allons-y.

Il lui attrapa le bras, enfonçant les doigts dans sa chair, et la conduisit jusqu'à l'entrée, le canon de l'arme appuyé contre ses côtes. Il semblait de plus en plus excité, comme un jeune enfant à l'approche du matin de Noël.

L'estomac de Jill se révulsa et ses jambes faiblirent. Il ouvrit brusquement la porte et la poussa à l'intérieur avant de refermer à clé derrière elle.

Le téléviseur était allumé et réglé sur une chaîne sportive et la pièce ressemblait à un champ de bataille. Il l'avait manifestement fouillée de fond en comble.

Elle entendit un bruit provenant de la cuisine et perdit tout espoir en comprenant que son mari s'y trouvait, qu'il en sortirait d'un instant à l'autre et que les efforts de ces trois années passées à se cacher seraient réduits à néant. Elle allait être incessamment confrontée à sa plus grande peur. Bizarrement, ce fut presque un soulagement. Sa cavale prendrait fin.

Un vertige la saisit et ses mains se mirent à trembler. Elle chancela, mais Waite enfonça de plus belle les doigts dans son bras.

— Oh non ! Pas question ! Il faut que tu restes consciente pour en profiter. Je meurs d'envie de voir l'expression de ton visage.

Elle entendit un tiroir se fermer dans la cuisine.

— Stone ! appela Darren.

Une silhouette s'encadra dans l'arche menant dans la cuisine. Elle dut cligner des paupières à plusieurs reprises pour s'assurer que ses yeux ne la trompaient pas. Ce n'était pas son mari, cet homme debout devant eux. C'était Mitch.

— Tu peux ranger ton arme. J'ai déjà contrôlé la maison. Tout va bien, assura-t-il à Waite.

Il ne parut pas remarquer que celui-ci pointait l'arme sur elle.

— Que fais-tu là ? lui demanda Waite.

— Je t'avais dit que je te préviendrais quand j'aurais des informations supplémentaires. Nous avons appris qu'Ellen Philips n'était pas le seul nom qu'elle ait emprunté. Elle n'est pas restée inactive. Elle est recherchée pour escroquerie dans trois Etats différents. Ainsi que pour kidnapping. Je suis venu l'arrêter.

Il regarda Jill.

— Je t'ai fait confiance et tu m'as menti sur toute la ligne, constata-t-il, la voix chargée d'un profond mépris.

Jill fut trop abasourdie pour lui répondre. Elle ne voyait absolument pas de quoi il parlait. Jamais elle n'avait commis d'escroquerie ni kidnappé personne ! Elle comprit soudain qu'il mentait ; il avait découvert ce qui se passait et était venu la sauver. Il essayait de l'éloigner de Darren. Elle devait garder son calme et entrer dans son jeu.

— Ce n'est pas vrai, Jill ?

Elle laissa échapper un petit cri de surprise. Il connaissait son nom. Cela signifiait sans doute qu'ils avaient appréhendé son mari. Mais Mitch était-il au courant pour Robby ? Savait-il que Waite avait assassiné sa femme ?

Il fit un pas dans leur direction.

— Les fédéraux étaient sur le point de retrouver ta trace. Un jour de plus, et ils te mettaient la main au collet. Mais cette arrestation sera la mienne.

— Tu es seul ? lui demanda Waite, qui paraissait garder son calme.

— Je ne voyais pas vraiment l'intérêt d'appeler du renfort. Je me suis dit qu'à nous deux nous n'aurions pas de mal à l'appréhender.

La poigne d'acier se resserra sur son bras et elle sentit Waite se crisper. Il ne croyait pas Mitch. Elle devait lui fournir une raison de lui faire confiance, de penser que son collègue n'éprouvait plus rien pour elle.

— Darren a tué sa femme ! lança-t-elle.

Elle eut l'impression que son bras était pris dans un étau.

Mitch se contenta de rire.

— Mais bien sûr !

— Et ce n'était pas Robby ! C'est lui qui a violé toutes ces femmes !

Le sourire de Mitch persista.

— Franchement, ai-je l'air aussi stupide ? Tu veux lui passer les menottes, Darren, ou puis-je le faire ?

Darren relâcha sa prise et elle se dit qu'ils avaient réussi. Elle crut qu'il allait la lâcher.

— Bien tenté, Mitch !

Elle retint sa respiration lorsque Darren la plaça devant lui, pressant le canon du pistolet sur sa tempe. Quand elle reporta son regard sur Mitch, elle vit qu'il avait dégainé son arme.

— Qu'est-ce qui t'a mis la puce à l'oreille ? demanda-t-il sans quitter Waite des yeux.

Il paraissait calme, voire désinvolte.

— Ta voiture n'était pas dans l'allée. Si tu ne soupçonnais pas quelque chose, pourquoi ne pas l'avoir garée là où je la verrais ?

Mitch haussa les épaules.

— Ça valait la peine d'essayer.

— Qu'est-ce qui t'a mené à moi ?

— La bière. Que projetais-tu de faire ? Attendre que je perde conscience et t'introduire dans la maison pour l'enlever ?

— Quelque chose comme ça.

— Laisse-la s'en aller.

— Je suis désolé.

Il appuya plus fort son arme contre la tempe de Jill.

— Je ne peux pas faire ça.

— C'est vrai ? Tu as réellement violé ces femmes ? Est-ce la raison pour laquelle tu as tué Diane ? Parce qu'elle avait tout découvert ?

— Tout a été sa faute. Il a fallu qu'elle vienne mettre son

nez dans mes affaires. Tu sais comment elle était ! Toujours si autoritaire…

— Tu as envoyé un homme innocent en prison.

— Innocent ? répéta Waite d'un ton méprisant. C'était un exhibitionniste ; il a traumatisé des enfants. Il méritait d'aller en prison.

— Tu as agressé et violé cinq femmes !

Waite ne sembla pas faire le rapport. Il était vraiment dément.

— Tu devrais me remercier.

— Te remercier ?

— Je t'ai permis de procéder à son arrestation. J'ai fait de toi un héros. Je me suis occupé de toi.

— Baisse ton arme, Darren.

— Je ne peux pas faire ça.

— Le département de police de Lincoln au grand complet t'attend dehors. Tu n'iras nulle part. Rends-toi.

La voix de Waite perdit son accent arrogant.

— Je n'irai pas en prison. Tu sais ce qui arrive aux policiers en prison.

— Je m'assurerai qu'il ne t'arrive rien. Je te dois bien ça, non ?

Mitch leva son arme, visant la tête.

— Darren, je vais tirer.

— Si c'est ainsi que cela doit se terminer…

Waite haussa les épaules avec un calme sinistre.

— Je la tue, tu me tues. Ça me paraît équitable.

Il le ferait, Jill n'en doutait pas. Si elle voulait s'en sortir vivante, elle devait tenter quelque chose. C'était maintenant ou jamais. Si elle pouvait trouver le moyen de faire un signe à Mitch, elle pourrait repousser le bras de Waite et lui fournir une occasion de tirer, mais il ne détachait pas les yeux de Waite. Comme s'il choisissait délibérément de ne pas la regarder.

— Je t'aime, Mitch, dit-elle.

Il croisa enfin son regard. Elle baissa les yeux vers sa main posée sur sa poitrine, l'incitant à suivre son regard, et leva trois doigts. Il cilla.

Il savait ce qu'elle l'engageait à faire. D'un signe de tête à peine perceptible, il tenta de l'en dissuader.

Derrière elle, elle sentit Waite se crisper. Elle avait le dos moite de transpiration.

— C'est vrai, je t'aime, reprit-elle.

— C'est ta dernière chance de lui dire que tu l'aimes, Mitch.

Elle articula silencieusement les mots « A trois » et vit la main de Mitch se raffermir sur son arme. Ce qu'elle lui avait dit lui revint à la mémoire. « Il me capture et tu le captures. » Elle ne s'était toutefois pas attendue à ce que cela se termine ainsi.

« Un. » Elle replia l'un de ses doigts.

— Je t'aime, lui dit-il.

« Deux. » Elle replia un autre doigt.

— Je t'aime aussi.

« Trois… »

Elle repoussa le bras de Waite de toutes ses forces, éloignant l'arme de sa tête. Il y eut le bruit assourdissant d'une détonation, puis d'une autre juste derrière elle et elle ressentit une douleur déchirante à l'épaule.

Un instant plus tard, elle sombra dans le néant.

Tandis que la pièce se remplissait de policiers, Mitch s'agenouilla auprès de Jill et fit pression sur son épaule. Il y avait tellement de sang ! Il se sentit faible et pris de vertiges. La vue du sang ne l'avait jamais gêné, mais c'était une autre affaire quand il s'agissait de la femme qu'il aimait.

Elle était sans conteste l'une des personnes les plus courageuses qu'il ait rencontrées. L'amour immense qu'il éprouvait pour elle lui gonflait la poitrine au point qu'il avait l'impression qu'elle allait éclater. S'il pouvait seulement avoir une nouvelle chance…

— L'ambulance sera là d'un instant à l'autre, inspecteur.

Levant les yeux, il vit un policier vérifier le pouls de Darren.

— Est-il mort ?

Le policier hocha la tête.

— Il semble que vous n'ayez pas eu le choix.

— A-t-on réussi à tout enregistrer ?

— Chaque mot.

Ouvrant sa chemise, Mitch arracha le micro de sa poitrine. Ils venaient de résoudre cinq viols, deux agressions et un meurtre. Darren rendait compte à lui seul de toute une vague de criminalité.

— Et pour ce qui est de son mari ?

— Nous le détenons.

— A-t-il quelque chose à déclarer ?

— En fait, il semble impatient de coopérer. Je pense qu'il a pris conscience qu'il aurait pu s'attirer de gros ennuis.

— Qu'a-t-il dit ? Etait-il de mèche avec Darren ?

— Il a déclaré avoir reçu un appel anonyme lui annonçant que sa femme avait été retrouvée. On lui a donné des instructions sur le vol et l'hôtel à réserver.

— Ainsi, c'était Darren qui l'avait appelé. Il projetait de…

Les mots se refusèrent à sortir de sa bouche.

— Seulement, quand M. Stone est arrivé à l'hôtel, il a trouvé un message lui indiquant que le plan avait changé et qu'ils devaient se retrouver ici.

— Vous a-t-il révélé ce qu'il comptait faire lorsqu'il mettrait la main sur elle ? Cela faisait-il partie de leur plan ?

— Il nous a juré qu'il voulait simplement lui parler. Les soupçons s'étaient portés sur lui après sa disparition. Il a dit qu'il voulait se blanchir. Vous pourrez l'interroger.

— Mieux vaudrait que vous vous en chargiez. Laissez-moi seul avec cet homme, et je risque de lui faire regretter d'être né.

— Pas de problème, inspecteur.

— Mitch ?

Jill avait ouvert les yeux.

— Est-ce que… nous l'avons eu ? demanda-t-elle d'une voix faible.

— Oui, nous l'avons eu.

Elle grimaça.

— J'ai mal…

— Accroche-toi, tu m'entends ? L'ambulance arrive.

On entendait effectivement une sirène. Il contempla le sang qui maculait sa chemise et ses mains et inspira profondément à plusieurs reprises. Il devait tenir le coup. Il devait se montrer fort pour Jill.

— Darren est-il…

— Il est mort, ma chérie. Il ne pourra plus te faire de mal. Il ne fera plus de mal à personne.

Elle lui toucha le bras.

— Je suis vraiment navrée… Il était ton ami.

Seigneur ! Elle était étendue à se vider de son sang et elle s'inquiétait pour lui. Les larmes lui montèrent aux yeux ; il ne voulait pas la perdre.

Elle soupira et referma les yeux.

— Tu restes avec moi ?

— Je ne te quitterai pas.

Le service médical d'urgence entra dans la pièce avec un brancard à roulettes et Mitch dut dégager le passage. Ils évaluèrent l'état de Jill et la transportèrent immédiatement dans l'ambulance. Mitch l'accompagna. Il n'était pas question qu'il la laisse seule, pas après lui avoir dit qu'il resterait à ses côtés. S'il ne l'avait pas abandonnée en premier lieu, rien de tout cela ne serait arrivé. Il ne se pardonnerait jamais de s'être montré aussi obstiné.

Tandis qu'il s'asseyait auprès d'elle, Jill lui tendit la main. Il la prit et l'embrassa tendrement. Elle ferma les yeux, grimaçant à chaque cahot, tandis que l'ambulance s'élançait sur la grand-route. Toutefois, fidèle à elle-même, elle ne se plaignit pas une fois. Mitch ne lâchait pas sa main. Il aurait voulu absorber sa douleur.

— Pourriez-vous lui donner quelque chose ? demanda-t-il à l'auxiliaire médicale qui lui prenait la tension.

Celle-ci secoua la tête.

— Elle a perdu trop de sang. Sa tension a chuté.

— Combien de temps nous faut-il pour arriver à l'hôpital ?

— Sept minutes.

Sept minutes qui allaient lui paraître une éternité. Sept minutes dont une pourrait être de trop.

— Je pensais ne jamais te revoir…

Les larmes coulèrent des yeux de Jill.

— … Tu n'aurais jamais su alors combien je t'aime.

— Je t'aime moi aussi.

Elle était la femme avec qui il était destiné à passer le restant de ses jours. Il se moquait désormais du fait qu'ils ne se tenaient pas du même côté de la loi, et de l'adversité qu'ils pourraient avoir à affronter. Ils feraient en sorte que cela fonctionne.

Il ne voulait pas envisager une autre éventualité.

18

La tête appuyée contre le mur, Mitch changea de position sans en trouver de confortable. Bien que le fauteuil dans la chambre d'hôpital de Jill soit rembourré, il n'était pas exactement propice à une bonne nuit de sommeil. Il garda les yeux mi-clos pour se protéger des premiers rayons du soleil entrant à flots par la fenêtre. Les infirmières avaient insisté pour qu'il rentre chez lui se reposer, mais il avait refusé. Il voulait être présent pour le cas où Jill se réveillerait et le demanderait. Il ne voulait pas qu'elle soit seule.

Elle avait passé la majeure partie de la nuit en chirurgie pour réparer les dommages causés par la balle qui lui avait traversé l'épaule. La seule pensée de ce qu'elle avait enduré le fit frissonner. Lorsqu'on l'avait emmenée, il n'aurait pu jurer qu'il la reverrait vivante.

Il entendit un léger bruissement du côté du lit et bondit de son siège. Jill avait les yeux ouverts. Elle avait prononcé faiblement quelques paroles incohérentes après son opération mais ne s'était pas éveillée de toute la nuit. Elle paraissait maintenant alerte et tout à fait lucide.

— Depuis combien de temps es-tu réveillée ? lui demanda-t-il.

— Pas très longtemps.

Sa voix était encore ensommeillée, mais elle était claire. Elle se remettrait.

Il s'assit près d'elle sur le lit et, craignant de lui faire mal, lui prit délicatement la main.

— Tu sais, il faut vraiment que nous cessions de nous voir dans ces circonstances.

Elle regarda la pièce autour d'elle, l'air confus.

— Où suis-je ?

— A Pontiac. C'était l'hôpital le plus proche.

Il se rendit compte qu'elle devait encore être sous le coup des calmants qu'on lui avait administrés.

— Tu as été blessée par balle, hier soir, tu te rappelles ?

Plissant le front, elle retira sa main.

— Est-ce que je vous connais ?

— Ce n'est pas drôle !

Ne la voyant pas rire, ni même sourire, il sentit son cœur cogner dans sa poitrine. Oh non ! Pas encore !

— Tu plaisantes, n'est-ce pas ? Tu ne te rappelles vraiment pas ?

Elle leva vers lui de grands yeux pleins d'appréhension puis un sourire se dessina lentement sur son visage.

— Je t'ai eu !

Il secoua la tête, tellement soulagé qu'il se sentait près de pleurer.

— Seigneur ! Ne me fais plus une telle peur !

Jill se mit à rire puis grimaça de douleur.

— Tu aurais dû voir l'expression de ton visage ! C'était impayable.

— Ne me refais plus jamais ça !

Il lui embrassa tendrement la main. Il la retrouvait bien là, égale à elle-même.

— Je présume que tu te sens mieux ?

— J'ai encore les idées un peu embrouillées et mal partout. J'ai fichu une belle pagaille cette fois, n'est-ce pas ?

— Ce n'était pas ta faute.

Le regard empreint de compassion, elle posa sa main sur le bras de Mitch.

— Je suis désolée, Mitch. En dépit de tout ce qu'il a fait, Darren était pour toi un ami de longue date. Tu dois en souffrir.

Une part de lui tendait à se sentir coupable. Darren avait été son meilleur ami, mais leur amitié même avait été un mensonge et il n'était pas certain de pouvoir jamais le lui pardonner. Tout ce qu'il pouvait faire désormais était de s'assurer que l'on prenne soin de ses filles.

— C'est probablement mieux ainsi. La prison ne réussit pas particulièrement aux policiers.

— David, mon mari, est-il…

— Il est en garde à vue, mais Greene m'a informé qu'ils le relâcheraient vraisemblablement aujourd'hui. Il prétend qu'il n'était venu que pour pouvoir se laver de tout soupçon. La police n'a aucune preuve du contraire.

— Et si jamais il venait ici, à l'hôpital ?

A cette seule idée, Mitch se hérissa.

— Il aura d'abord affaire à moi. S'il s'approche à moins de dix kilomètres de toi, je lui briserai les membres un par un.

Elle lui caressa la joue en souriant.

— J'apprécie le geste. Mais si quelqu'un ici doit lui botter les fesses, c'est moi.

Heureux de sentir de nouveau le contact de sa peau, il s'abandonna à cette caresse. Si cela ne dépendait que de lui, il profiterait de ses caresses pendant le restant de ses jours.

— Je ne le laisserai pas te faire de nouveau du mal.

— Je n'ai plus peur de lui. Et, sans cette peur, il n'a aucun pouvoir sur moi.

— Il a prévenu tes parents. Pendant tout ce temps, ils t'ont cru morte. Ils sont en chemin ; leur avion devrait arriver cet après-midi.

— Je ne suis pas sûre d'être prête à les rencontrer. Ça fait tellement longtemps…

— Ne t'inquiète pas, j'ai laissé la consigne au personnel de l'hôpital. Pas de visiteurs tant que tu ne te sentiras pas prête.

Mitch dégagea les cheveux de son visage, cherchant son regard.

— Si seulement je t'avais raccompagnée moi-même chez toi hier soir ! Si je ne m'étais pas montré aussi entêté…

— Et, si je t'avais tout de suite abordé ce premier soir sur le parking du commissariat, rien de tout cela ne serait arrivé. Nous pourrions nous rendre fous avec tous ces « si ». Remercions simplement le ciel de nous en être sortis, pour ainsi dire, sains et saufs.

— Tu disais que, si nous nous étions rencontrés en d'autres

circonstances, nos positions respectives par rapport à la loi nous auraient empêchés de tenter notre chance ensemble.

— Nous sommes toujours chacun d'un côté de la loi.

— Et je m'en moque autant désormais que je m'en serais moqué alors. J'aurais su, dès l'instant où j'aurais posé les yeux sur toi, que tu m'étais destinée. Même s'il m'aurait fallu un moment pour le reconnaître. Qu'importe le temps que ça prendra, nous ferons en sorte que cela fonctionne.

Mitch lui caressa la joue. Il ne se lasserait jamais de la toucher, d'être près d'elle.

— Si ça signifie que je dois changer de travail, je le ferai. Je pourrais fonder une société de sécurité ou devenir détective privé. Je pourrais même reprendre la fac de droit.

— Mitch, tu adores ton métier de policier !

— Mais je t'aime plus encore.

Les yeux de Jill s'emplirent de larmes. C'était probablement la chose la plus adorable qu'on lui ait jamais dite. Ignorant la douleur dans son épaule, elle l'attira à elle et se serra contre sa poitrine.

— Je ne pense pas que ce soit nécessaire. J'envisage sérieusement de faire les choses dans les règles, à l'avenir.

Il s'écarta et la regarda dans les yeux.

— Tu n'as pas à faire ça pour moi.

— C'est pour moi que je le fais. Je pense reprendre mes études. Je pourrais m'orienter vers la psychologie ou le travail social. De cette manière, je pourrais continuer à aider les gens.

Un sourire adoucit les traits de Mitch.

— Quoi que tu veuilles faire, je te soutiendrai à cent pour cent.

Elle promena ses doigts dans ses cheveux et caressa sa joue rendue rugueuse par la barbe naissante. Son corps entier n'était que douleur, mais elle ne s'était jamais sentie aussi pleinement satisfaite. Pour la première fois de sa vie, elle avait l'impression que quelqu'un la comprenait vraiment et qu'elle était à la place qui lui revenait.

— Je voudrais passer des heures simplement à te parler.

Nous avons encore tant à apprendre l'un de l'autre ! Je veux que tu me racontes tout de toi.

Il lui adressa l'un de ses sourires ravageurs.

— Et, dès que tu seras prête pour ça, je veux que tu m'épouses et que nous ayons des enfants. Je veux absolument tout.

Des larmes se mirent à couler sur les joues de Jill.

— Es-tu certain de ce à quoi tu t'engages ? Tu connais ma franchise. Si je pense que tu agis de façon stupide, je te le dirai. Et, si nous avons un problème, je t'obligerai à m'en parler.

— Je ne conçois pas les choses autrement.

— Et ce n'est pas tout ! Je me suis déjà essayée au rôle de ménagère et je me suis sentie comme un fauve en cage. Je veux une carrière et une famille.

Il hocha la tête.

— Tu les auras.

— Et j'ai besoin d'un mari disposé à m'aider. Tu devras être prêt à changer les couches et éventuellement à préparer le dîner quelques soirs par semaine, si je rentre tard.

— Nous nous répartirons les tâches équitablement.

Elle posa sur lui un regard inquisiteur.

— Même si ça implique que tu doives acheter des protections périodiques en faisant les courses ?

Il se mit à rire de bon cœur.

— Même à cette condition.

— Dans ce cas, inspecteur — elle déposa un baiser sur ses lèvres pour sceller leur accord —, vous venez de vous trouver une épouse.

Le 1er mars

Black Rose n°198

Une troublante surveillance - Kay Thomas

Abby est dévastée. Jason, son frère adoré, vient de mourir dans un stupide accident… Alors quand un certain Shaun Logan vient la trouver et lui révèle que Jason a en réalité été assassiné, c'en est trop pour elle. Elle refuse de le croire. Qui est cet homme énigmatique, au regard troublant ? Pourtant, quand Shaun lui présente des preuves, elle prend peur. Certes, Shaun lui promet de la suivre comme son ombre pour assurer sa sécurité. Mais parviendra-t-il à arrêter les tueurs de Jason, qui pensent qu'elle détient les fichiers compromettants qu'il avait découverts ?

Seuls contre tous - Kara Lennox

Défendre les innocents accusés à tort : telle est la passion de Raleigh Shinn. Voilà pourquoi elle est déterminée à mettre tous ses talents d'avocate en œuvre pour faire libérer Anthony Simonetty, un jeune homme condamné pour avoir assassiné sa petite amie. Aussi tombe-t-elle des nues quand Griffin Benedict, un journaliste, affirme avoir entendu dire qu'elle est corrompue et intéressée uniquement par l'argent… Qui cherche à saper sa réputation ? Raleigh n'a plus qu'une idée en tête : le découvrir. Car, sans qu'elle sache bien pourquoi, elle éprouve le besoin impérieux de prouver à Griffin qu'il se trompe.

BLACK ROSE

Black Rose n°199

Un séduisant étranger - Marilyn Tracy

Qui cherche à la faire fuir ? Jeannie vit dans la peur depuis que les incidents se multiplient sur le domaine qu'elle vient de racheter au Nouveau-Mexique. Certes, les gens du coin n'ont pas vu son arrivée d'un bon œil. Mais jamais elle n'aurait pensé être la cible de menaces si angoissantes ! Aussi, quand Chance Salazar, qu'elle vient d'embaucher, lui révèle qu'il est en réalité un agent fédéral en mission et lui propose de la protéger, accepte-t-elle sans hésiter. Chance, qu'elle s'était pourtant juré d'éviter le plus possible, tant il la trouble…

Une vie à protéger - Debra Webb

– Jonathan… Rappelle-moi, je t'en supplie. J'ai besoin de ton aide.

En entendant la voix de Melissa au bout du fil, Jonathan est bouleversé. Jamais il n'aurait pensé que la femme qu'il n'a jamais cessé d'aimer – mais qu'il a quittée trois ans plus tôt, incapable de lui faire supporter sa dure vie de soldat – accepterait un jour de lui reparler. Aussi, quand elle lui demande de venir de toute urgence, n'hésite-t-il pas une seconde : sa nièce de trois ans a été enlevée sans qu'aucune demande de rançon n'ait été adressée… Pourtant, il le sait, revoir Melissa et lui cacher ses sentiments va certainement être la pire épreuve de sa vie…

Black Rose n°200

L'amour en danger - Charlotte Douglas

En s'approchant du chalet perdu au milieu des pins où Stephen lui a ordonné de se rendre, Rachel sent l'angoisse la gagner. *« Tu cours un grave danger. »* Cette phrase, elle ne peut s'empêcher de la faire tourner en boucle dans sa tête. Pourquoi Stephen, son ancien coéquipier au FBI, s'est-il montré si mystérieux au téléphone ? Et surtout, de quoi parlait-il ? Car le danger, elle le redoute, c'est vrai. Mais sa formation d'agent fédéral lui a appris à l'affronter. En revanche, elle ne sait comment elle va réagir en revoyant Stephen. Stephen, qui ignore qu'après la nuit d'amour qu'ils ont passée ensemble seize mois plus tôt, elle s'est retrouvée enceinte...

Noces à hauts risques - Kerry Connor

Jason Stone... Jamais Audrey n'aurait pensé devoir collaborer avec un homme si différent d'elle. Et encore moins se faire passer pour son épouse ! Pourtant, elle le sait, en acceptant de l'aider à mener l'enquête pour découvrir qui a assassiné son oncle, Jason, un ami proche de celui-ci, lui a fait une immense faveur. Car cet homme sombre, blessé par la vie, n'accorde plus aucune confiance à personne depuis qu'il a perdu sa famille dans un terrible accident... Alors qu'importe qu'il soit désagréable avec elle et insensible aux attentions qu'elle lui porte : Audrey a besoin de lui pour découvrir la vérité.

BLACK ROSE

Black Rose n°201

Une mère sous protection - Catherine Anderson

Sa fille de sept ans a été enlevée. Emily, son enfant adorée, est aux mains des plus grands criminels de la région de Seattle... Mallory n'a jamais ressenti une peur aussi terrible de sa vie. Comment son beau-père, victime de chantage, a-t-il pu la placer dans une situation aussi éprouvante ? Certes, il a embauché Bud Mac Phearson, un détective privé, pour lui venir en aide et retrouver Emily. Mais peut-elle vraiment faire confiance à cet homme qui, bien qu'il dégage une force rassurante, n'est qu'un inconnu pour elle ?

Une brûlante attirance - Debra Cowan

Pourquoi a-t-il fallu qu'on lui assigne Jack Spencer comme partenaire ? Terra est exaspérée. Car Jack, inspecteur à la brigade des homicides, semble la prendre pour une parfaite idiote et ne manque pas une occasion de le lui faire savoir... Or elle est experte en incendies criminels, et n'a pas besoin d'un macho comme lui pour résoudre l'affaire qu'on lui a confiée ! Pourtant, contre toute attente, Jack se montre sous un nouveau jour quand Terra commence à recevoir des menaces du pyromane qui sévit dans les environs. Et elle doit bien reconnaître qu'avoir sa présence rassurante à ses côtés fait naître en elle une attirance brûlante, qu'elle a le plus grand mal à réfréner...

Best-Sellers n°494 • roman

Un nouveau jour - Joan Johnston

Kristin Lassiter est bouleversée : Bella Benedict, la mère de Max, son grand amour de jeunesse, lui demande de venir lui rendre visite en Angleterre, dans son château de famille. Bella, que Kristin n'a jamais revue depuis le jour où Max lui a brisé le cœur, dix ans auparavant. Pourquoi son ex-belle-mère cherche-t-elle soudain à la contacter ? Et quelle est cette fameuse mission qu'elle dit vouloir lui confier ? Une mission qui, apparemment, est susceptible de lui rapporter beaucoup d'argent. Kristin hésite. Elle élève seule sa petite Félicity et elle a vraiment du mal à s'en sortir financièrement. La proposition de Bella pourrait certes être un moyen de remédier à ce problème, mais elle craint de rouvrir d'anciennes blessures en croisant Max... Et ce qu'elle redoute encore plus, c'est que son secret - celui que le chagrin l'a conduite à préserver toutes ces années - n'éclate au grand jour.

Best-Sellers n°495 • suspense

L'inconnu de Shadow Falls - Maggie Shayne

Depuis des années, Olivia Dupree, professeur de littérature, voue une admiration sans bornes à Aaron Westhaven, un célèbre romancier qui vit caché. Aussi est-elle très surprise lorsque ce dernier accepte de venir parler au cours de la conférence qu'elle organise pour ses étudiants. Mais le jour prévu, quelle n'est pas la stupeur d'Olivia lorsqu'elle est convoquée par la police à l'hôpital, au chevet d'un inconnu victime d'une tentative de meurtre... Une stupeur qui ne fait que s'accroître quand elle apprend que sa carte de visite se trouvait dans la poche de cet homme qui a perdu la mémoire... Qui peut bien être cet étranger séduisant et mystérieux ? Est-il l'écrivain qu'elle avait fini par considérer comme son âme sœur ? Et si ce n'est pas le cas, que faisait-il à Shadow Falls avec sa carte de visite dans la poche ? Soudain, prise de panique, Olivia craint de voir ressurgir le secret d'un passé qu'elle fuit depuis seize ans.

Best-Sellers n°496 • suspense

Noir Secret - Brenda Novak

Brillante substitut du procureur, Grace Montgomery ne s'attendait pas à voir un jour ressurgir les terribles démons de son passé. A l'âge de neuf ans, Grace a en effet été victime des désirs pervers de son beau-père, le révérend Barker, un homme pourtant respecté de tous dans la petite ville de Stillwater. Et même après la mystérieuse disparition du révérend, ce n'est que dans la fuite et le silence qu'elle a trouvé refuge. Un refuge, hélas, bien fragile. Car aujourd'hui, alors que les souvenirs viennent forcer les portes de sa conscience, d'importantes zones d'ombres persistent, assorties d'un obscur malaise qui l'invite à penser qu'elle a joué un rôle dans la disparition de son bourreau. Sinon pourquoi, après toutes ces années, se sentirait-elle toujours coupable ? Résolue à clore ce chapitre douloureux de son existence, Grace n'a plus le choix : elle doit retourner à Stillwater pour exhumer le passé…

Best-Sellers n°497 • thriller

Frayeur - Michelle Gagnon

Appelée sur une nouvelle scène de crime à Phoenix, Kelly Jones, agent spécial du FBI, découvre une mise en scène macabre : le corps de la victime a été minutieusement découpé, et ses différents membres, artistement répartis aux extrémités d'un socle en forme d'étoile. Pire encore, Kelly comprend bientôt que ce qu'elle a vu n'est que l'un des rouages d'un projet macabre plus vaste encore, et que le meurtrier séquestre Madison, une jeune adolescente de seize ans. Un kidnapping sur lequel enquête son fiancé, Jake Riley, un ancien flic brillant et charismatique reconverti dans la libération d'otages. Perturbée par la tournure des événements mais épaulée par Jake, Kelly est prête à tout pour déjouer le complot derrière lequel, elle en est persuadée, se cache un adversaire plus redoutable que jamais. Un adversaire qui exige une rançon aussi inédite qu'effroyable.

Best-Sellers n°498 • roman

L'héritière australienne - Lynne Wilding

A la mort de son père, Carla Stenmark hérite d'un domaine viticole dans la Barossa Valley, en Australie. Une propriété dont son père ne lui a jamais parlé. Pas plus que de son passé secret, qu'elle découvre à la lecture de son journal intime : accusé à tort d'avoir séduit la fiancée de son frère, Rolfe a été renié et banni par son propre père. En s'installant à Sundown Crossing avec son fils, c'est donc un double défi que Carla s'apprête à relever : remettre en état un vignoble en friche depuis des années, et renouer avec le clan Stenmark, bien qu'héritière d'un fils maudit…

Best-Sellers n°499 • historique

Le mystère des Carlyle - Shannon Drake

Angleterre, 1892.

A l'idée d'affronter le comte de Carlyle, dont la réputation suffit à la faire frissonner, Camille est terrifiée. Hélas, elle n'a pas le choix : son tuteur, l'homme qui l'a recueillie alors qu'elle n'était encore qu'une enfant, et qu'elle aime par-dessus tout, a été injustement emprisonné au manoir des Carlyle. Alors peu importent les rumeurs qui prétendent que le comte est l'héritier d'une redoutable malédiction qui touche quiconque essaie de l'approcher, Camille est déterminée à rencontrer cet homme et à obtenir la libération de son protecteur. Mais sa détermination vacille dès son arrivée au manoir. Car derrière le masque terrifiant que le comte porte en public, elle découvre un regard profondément troublant, celui d'un homme blessé qui détient la clé d'un terrible secret…

lu